MANFRED BAUMANN

Jedermanntod

BÜHNENREIF Salzburg im Sommer, belagert von Touristenscharen und Festspielgästen. Auf der »Jedermann«-Bühne vor dem Dom liegt ein Toter. Ein prominenter Toter. Der Tod höchstpersönlich. Hans Dieter Hackner, der gefeierte Darsteller des Todes in Hofmannsthals »Jedermann«. In seiner Brust steckt die Kopie eines Renaissance-Dolches, an seinen Füßen fehlen die Schuhe. Ein toter Tod, ohne Schuhe, in grünen Socken. Kommissar Martin Merana steht unter Druck. Die Medien drängen genauso wie Polizeichef und Minister. Er findet heraus, dass Hackner bei der Premierenfeier eine junge Schauspielerin geschlagen hat. Warum schlägt der »Tod« die »Guten Werke«?

Alles viel zu theatralisch, denkt Merana, und beginnt seine Ermittlungen in einer Welt, die ihm fremd ist: die Welt der Salzburger Festspiele mit ihren extrovertierten Künstlern und fädenziehenden Managern …

Manfred Baumann, 1956 in Hallein geboren, lebt und arbeitet seit über 20 Jahren in Salzburg. Als langjähriger ORF-Journalist, derzeit im Bereich Programmgestaltung/Kreativredaktion, kennt er das Leben in dieser Stadt und die Salzburger Festspiele sehr genau. Sowohl vor als auch hinter den Kulissen. Zusätzlich ist er als Universitätsdozent, Autor, Kabarettist und Regisseur tätig. „Jedermanntod" ist sein erster Kriminalroman.

MANFRED BAUMANN

Jedermanntod

Kriminalroman

Original

GMEINER

Personen und Handlung sind frei erfunden.
Ähnlichkeiten mit lebenden oder toten Personen
sind rein zufällig und nicht beabsichtigt.

Besuchen Sie uns im Internet:
www.gmeiner-verlag.de

Im Ehnried 5, 88605 Meßkirch
Telefon 07575/2095-0
info@gmeiner-verlag.de

4. Auflage 2011

Lektorat: Claudia Senghaas, Kirchardt
Herstellung / Korrekturen: Julia Franze / Doreen Fröhlich, Katja Ernst
Umschlaggestaltung: U.O.R.G. Lutz Eberle, Stuttgart
unter Verwendung eines Bildes von: © DawnAllynn / sxc.hu
Druck: Fuldaer Verlagsanstalt, Fulda
Printed in Germany
ISBN 978-3-8392-1089-5

Gewidmet meinen Eltern

PROLOG

Genau in dem Augenblick, als der Stoff reißt, entlädt sich der Himmel. In dem Moment, als die Gewalt des Donners wie eine Faust nach der Stadt greift, trifft die Spitze des Stahls auf den Stoff, lässt das Hemd, die Haut und das darunterliegende Fleisch aufplatzen wie eine überreife Melone. Und als der Stahl, vorbei an knirschenden Knochen, sich einen eher willkürlichen Weg frisst und im zuckenden Muskel des Herzens einrastet, bricht der Regen aus den Flanken des Himmels. Aufgestaut hat es sich in langen schwülen Tagen. Und nun entlädt sich alles. Der Regen. Der Donner. Die Verzweiflung. Die Regenfontänen, die wie schwere Ketten vom Himmel prasseln, vermischen sich mit dem Schmutz des Platzes, mit dem Staub auf den Brettern und mit dem Blut. Die animalische Wut des Himmels übertönt alles, fegt alles weg mit Donnerschlägen, deren Wucht sich als hundertfaches Echo an den versteinerten Fratzen der Häuser bricht, hinübergeschleudert wird an die Steilwände des Domes, zurückgeworfen auf den Platz, um schließlich an den Klippen aus Marmor zu zerbersten. Immer und immer wieder.

Und mitten im Brüllen des Donners ein heftiges Schluchzen. Hände tasten nach Händen. Hände beginnen, umständlich und zitternd, Hände zu falten. Wie zum Gebet. Und plötzlich wächst ein Schatten aus dem Boden, jäh und bedrohlich. Genau in dieser Sekunde zuckt die Blitzfackel des Himmels zum siebten Mal grell über den Platz, und der Widerschein trifft auf drei

Gesichter: ein entsetztes, ein verwirrtes, ein erstarrtes. Ein Schrei fegt über den Platz, gellend, wie von einem Tier, durchschneidet das Prasseln des Regens. Und noch ehe der Schrei an Kraft verliert, wird er schon vom nächsten Donnerschlag niedergebrüllt. Flucht setzt ein. Sich hochrappelnd, stolpernd, rutschend, taumelnd, von Angst gehetzt.

Und als der Blitz zum neunten Mal mit grellem Licht die Szenerie des Platzes erhellt, ist das entsetzte Gesicht verschwunden. Zurück bleiben das verwirrte und das erstarrte.

MONTAG, 31. JULI, 5.37 UHR

Die Tauben passten nicht ins Bild. Einfach grotesk. Geradezu komisch.

Wenn schon Vögel, dachte Merana, dann Aasgeier. Aber keine Tauben. Allerdings – rein zoologisch betrachtet – war die Salzburger Altstadt sicher kein Biotop für Aasgeier. Zumindest nicht für gefiederte. Für andere schon eher. Für Aasgeier im Lodenmantel zum Beispiel. Nur hockten sich die nicht um fünf Uhr früh auf die Jedermann-Bühne vor dem Dom, um einer Leiche die Augen auszuhacken.

An Toten haben die Salzburger Aasgeier wenig Interesse. Tote geben nichts her. Kaufen keine Souvenirs. Essen keine Pommes frites. Zahlen keinen Eintritt. Tote interessieren die Salzburger Aasgeier nur, wenn sie so berühmt sind, dass man ihr Bild auf Marzipankugeln und Likörflaschen kleben kann. Und solche Tote sind meist 200 Jahre alt.

Aber die Leiche hier war frisch. Martin Merana, Kommissariatsleiter der Fachabteilung ›Mord/Gewaltverbrechen‹ der Bundespolizeidirektion Salzburg, gähnte, blinzelte zu den Tauben hinüber und musste kichern, was ihm einen leichten Schrecken einjagte. Er hatte noch nie an einem Tatort den Drang verspürt, zu kichern. Woher auch? Die Tat, die einen Tatort zu einem solchen machte, war meist eine grauenvolle … Der Anblick der Tauben war grotesk. Merana drehte sich zu einem jungen Mann in Uniform um.

»Gerber, jagen Sie die verdammten Tauben weg!«
»Sofort, Herr Kommissar.«

Man konnte Revierinspektor Kurt Gerber wirklich keinen Vorwurf machen. Er tat sein Bestes. Man lernt heutzutage viel auf der Polizeischule, von internationaler Verbrechensbekämpfung bis zu Aggressionspräventionen. Aber man lernt nicht, wie man zwei Dutzend neugierige Tauben von einer regennassen Bretterbühne verjagt, auf der ein Toter liegt. Kurt Gerber erfreute sich des Rufes, der beste Basketballspieler des Polizeisportvereins Maxglan zu sein. Vier Mal die Woche Training, jeden Samstag zwei Spiele, 250 Körbe in der Saison. Es mangelte ihm weder an Beweglichkeit noch an der nötigen Armlänge, um sein ordnungsheischendes Gebrüll auch noch durch eindrucksvolles Gefuchtel zu unterstreichen. Aber Stadttauben verteidigen keinen Rebound. Stadttauben sind eine eigene Spezies. An Intelligenz sind sie Aasgeiern weit überlegen. Und vielleicht auch Rebound-Verteidigern. Und sie sind noch etwas: hartnäckig. Keine fotografierwütige Touristenschar kann sie aus der Ruhe bringen, kein noch so ausgefuchster Innenstadtplanungsbeamter sie vertreiben. Und schon gar kein aufgebrachter Polizist.

Das Bild, das sich Martin Merana bot, war bizarr, nahezu irreal. Im Hintergrund die mächtig aufragende dreigeteilte Fassade des Salzburger Doms aus Untersberger Marmor, flankiert von den zwei Türmen, der Prachtbau des Architekten Santino Solari, Kulisse unzähliger Werbespots und Filmaufnahmen. Der Dom lag noch völlig im Schattenumhang der langsam weichenden Nacht. Davor die riesige Bretterbühne, auf der sich Sommer für Sommer der Salzburger Jedermann vor 100.000 zahlenden Zeugen aufs Sterben vorbereitet. Und auf dieser jetzt leeren Bühne lag ein menschlicher Körper. Auf dem Rücken. Reglos. Ein Mann, wie Merana aus der Entfernung erkennen konnte, mit einem Dolch in der Brust. Umringt von flatternden Tauben, die ein 1,97 Meter großer Polizist in Uniform zu verscheuchen versuchte.

Der wilden Treibjagd war wenig Erfolg beschieden. Zwei, drei Tauben wichen vor dem die Morgenluft durchschneidenden Arm des Gesetzes zurück, flatterten kurz hoch, warteten, bis der Uniformierte sich auf die nächsten Artgenossinnen stürzte, und landeten sofort wieder dort, wo sie eben verscheucht worden waren. Die Tauben pickten nach unsichtbaren Körnern am Boden, schoben einander flügelschlagend zur Seite, hackten mit den Schnäbeln aufeinander ein. Keine wollte sich wegdrängen lassen. Es geht in dieser Stadt immer um die besten Plätze, dachte Merana und schaute den Tauben zu. Denn diese hatten die Vögel hier am Tatort eindeutig inne. Die Tauben scherten sich auch wenig um den jungen Polizeifotografen, der eben eine Großaufnahme vom Gesicht des Toten machte. Und schon gar nicht um Meranas winterlichen Squashpartner Richard Zeller, Polizeiarzt mit der Aussicht, in vier Jahren in Pension zu gehen, der eben dabei war, mit einer Gelassenheit, wie sie über 500 Totenbeschauungen in 30 Dienstjahren mit sich brachte, seine Instrumente einzupacken. Grotesk, dachte Merana. Wie ein schlecht inszeniertes Theaterstück. Die bedrohlich barocke Domkulisse, der malerisch hingestreckte Tote mit einem auffällig prunkvollen Dolch in der Brust. Und ein Polizist als Vogelfänger. Dazu die ersten Schaulustigen, die allmählich aus den noch nachtschlafenden Gassen herbeikrochen, und von den Streifenbeamten energisch ersucht wurden, weiterzugehen. Und jetzt, quasi Auftritt von links, kam auch noch die Sonne hervor, die einen ersten schmalen Lichtstrahl auf das Grau der Dombögen legte. Einfach grotesk.

Eben war es dem besten Basketballspieler des Polizeisportvereins Maxglan gelungen, drei Tauben endgültig zur Flucht Richtung Kapitelplatz zu bewegen, da schossen von der anderen Seite, vom Gesims der residenzplatzseitigen Dombögen, zwei bisher unbeteiligte Vögel im Sturzflug nieder, so wie vor Jahren bei einer spektakulären Jedermann-Inszenierung die Engel an schrägen Drahtseilen. Die beiden Tauben landeten genau vor den Füßen des Toten. Und Merana, der den theatralischen Sturzflug der Tauben verfolgt hatte, bemerkte in diesem Moment etwas, was zu dieser unwirklichen Situation passte: Der Tote hatte keine Schuhe an.

Bei allem Respekt vor dem Schauplatz und der Würde des Todes, nun entfuhr Merana ein zweites Kichern. Zuerst die Tauben und jetzt auch das noch: ein Toter ohne Schuhe, nur mit Socken an den Füßen. Grüne Socken. Ein schmerzhafter Kontrast zum Graublau der ringsum flügelschlagenden Tauben. Wo sind seine

Schuhe?, dachte Merana, und fragte sich einen Augenblick lang, ob die Tauben sie wohl hatten. Aber soweit er sich an seinen Biologieunterricht erinnern konnte, waren es nur Elstern, die ab und zu etwas mitgehen ließen. Und auch das musste glitzern. Von einem solchen Verhalten bei Tauben hatte er noch nie gehört.

Meranas Angewohnheit war es, nie sofort auf eine Leiche zuzugehen, wenn er am Tatort ankam. Er drängte sich niemals gleich in den stummen Kreis, der die Toten umgab. Er brauchte immer Zeit, um sich auf die Anwesenheit des Todes einzustellen. Auch nach über 20 Jahren Polizeidienst hatte er immer noch Respekt vor der zurückgelassenen menschlichen Hülle, in der Stunden oder Tage, manchmal sogar Monate davor noch das Leben gewohnt hatte. Merana wandte sich ab. Er würde sich den Toten später genauer anschauen. Für gerade einmal zehn Minuten Anwesenheit am Tatort war es genug. Um kurz vor sechs Uhr in der Früh. Bei einem Tag, der so schön zu werden versprach wie die letzten sieben Tage davor, trotz oder gerade wegen des reinigenden Gewitters in der Nacht. Ein Tag, an dem er sich ab Mittag freinehmen wollte, um in den Fuschlsee zu springen.

Und jetzt hatte er einen Toten. Noch vor dem Frühstück. Einen Toten mit einem Dolch in der Brust, ohne Schuhe, in grünen Socken.

»Guten Morgen, Martin. Wird wohl nichts heute mit deinem Fuschlsee!« Otmar Braunberger, Abteilungsinspektor in Meranas Team, kam auf den Kommissar zu und gab ihm die Hand.

»Guten Morgen, Otmar.«

»Hast du ihn dir schon angeschaut, Martin?«

Merana schüttelte den Kopf. Ein zweiter Sonnenstrahl erreichte die Dombögen und verwandelte steinernes Grau in samtenes Gold. Ein Tag fürs Gemüt, dachte Merana. Um sich in einer Blumenwiese einfach lang hinzustrecken. Sicher kein Tag, um sich als Toter auf eine Bretterbühne zu legen.

»Dann komm mit. Du wirst dich wundern. Wir wissen nämlich schon, wer er ist.«

»Ausweis?«

Braunberger schüttelte den Kopf. »Nein. Haben wir keinen gefunden. Braucht er auch keinen. Es kennt ihn sowieso jeder.«

»Jeder? Wer ist es?«

Otmar Braunberger räusperte sich und zog die Stirn leicht in Falten, als müsse er sich auf eine bedeutende Aussage konzentrieren.

Jetzt wird mein bester Mitarbeiter auch noch theatralisch, dachte Merana. Dieser verdammte Ort steckt an. »Also sag es schon, Otmar.«

»Es ist der Hackner. Hans Dieter Hackner.«

Das glaube ich nicht, dachte Merana. Nie und nimmer. Ich liege noch daheim und träume von Tauben und einem Toten mit einem Dolch in der Brust. Gleich werde ich wach, stehe auf und fahre an den Fuschlsee.

»Das ist nicht dein Ernst, Otmar!«

»Doch. Es ist der Hackner.«

Der junge Polizeifotograf erschrak mehr als die Tauben, als der Kommissar fluchend auf die Bühne kletterte.

Auch das noch, ging es Merana durch den Kopf. Ausgerechnet vor dem Dom. Es reicht nicht, dass ich in Gegenwart eines Toten kichere, jetzt wird auch noch geflucht. Was für ein Tag.

Er schaute auf den leblosen Körper, sah einen Mann Anfang 60. Kantiges Gesicht, das dunkle Haar leicht ergraut, aber immer noch dicht. Er trug eine dunkle Hose, ein blaues Hemd und ein helles, teuer aussehendes Sakko. Hemd und Sakko waren blutverschmiert. Mitten in der Brust ragte das Heft eines Dolches in die Höhe. Merana hatte diesen Mann auf vielen Bildern gesehen, in Zeitungen, in Fernsehinterviews, bei Theaterübertragungen. Zweimal sogar auf der Bühne. Aber noch nie aus der Nähe. Menschen wie er kamen manchen Menschen erst dann nahe, wenn sie tot waren.

Die Hände des Toten waren über der Brust gefaltet. Wie zum Gebet, dachte Merana. Das passte zu diesem merkwürdigen theatralischen Ambiente. Es war tatsächlich der Hackner. Der große Hans Dieter Hackner. Regisseur und Schauspieler. Träger zahlreicher Auszeichnungen. International gefeierter Star. Hier in Salzburg spielte er auf der berühmtesten Freilichtbühne der Welt seit fünf Jahren den Tod im ›Jedermann‹. Mit der berühmten Szene, wenn der Tod sich hinter den reichen Prasser stellt, um ihm aufs Herz zu schlagen. Um ihn zu holen, ausgesandt als Bote des Allmächtigen. Hans Dieter Hackner, der sogar von kritischen Journalisten hofierte und gefeierte Salzburger Tod.

Jetzt lag er hier. Ein toter Tod. In grünen Socken.

»Wer hat ihn gefunden?«

Inspektor Braunberger zeigte mit dem Notizbuch auf einen jungen Mann, der neben einem Fahrrad wartete, aufgeregt ob der Wichtigkeit seiner Entdeckung und zugleich eingeschüchtert von der Wucht der Ereignisse.

»Ein 17-jähriger Schüler, der unterwegs war, um Freunde vom Jugendgästehaus im Nonntal abzuholen. Sie wollten eine Bergtour machen. Er ist kurz vor fünf hier vorbeigeradelt und dachte, da schläft ein Penner auf der Bühne. Er weiß, dass das verboten ist, und wollte ihn wecken. Hat einen ziemlichen Schrecken bekommen, als er sah, dass hier ein Toter liegt. Er hat sofort per Handy unsere Notrufzentrale verständigt.«

Merana nickte. »Was hat unser Knochenzersäger gesagt?«

»Das Übliche. Genaues gibt es erst nach der Obduktion. Aber wenn wir seine bescheidene Einschätzung wissen wollen, ist der Mord irgendwann zwischen Mitternacht und drei Uhr morgens passiert.«

Ein Streifenwagen hielt zwei Meter neben der provisorischen Absperrung. Gleich dahinter kam ein Kleinbus mit der grellen Aufschrift eines Fernsehsenders zum Stehen. Eine junge Frau und ein Mann mit einer Kamera sprangen heraus.

Es geht immer um die besten Plätze, dachte Merana erneut.

»Danke, Otmar, mach bitte hier fertig.« Merana schaute noch einmal auf die Leiche. Wie oft hast du den Boten gespielt, der alle holt?, dachte er. 40 Mal, 50 Mal, 100 Mal? Die Frage ist nur, wer dir den Boten geschickt hat. Den wirklichen Boten. Den echten. Nicht den geschminkten.

»Ich fahre ins Präsidium, Otmar. Und mit den Fernsehleuten macht ihr es am besten wie mit den Tauben. Verscheucht sie!«

Braunberger hob zum Abschied die Hand. »Wer verständigt den Chef?«

»Ich«, sagte Merana und drehte sich zur Fassade der Kathedrale. Ob der ungeschminkte Tod auch aus dem Dom gekommen war, mit langsamem Schritt, so wie der maskierte Kollege? Ich muss hier weg, dachte der Leiter der Fachabteilung für Mord und Gewaltverbrechen, sonst fange ich noch an zu spinnen. Als Merana zu seinem Wagen ging, hatte der dritte Sonnenstrahl die Dombögen erreicht. Im gleichen Atemzug bemerkte er, wie zwei junge Männer in Kutten über den Platz liefen. Zwei Patres auf dem Weg zur Frühmesse in der Franziskanerkirche. Sie hoben nur ganz kurz den Kopf, weder unterbrachen sie ihren Schritt, noch schenkten sie dem Auflauf vor dem Dom länger Beachtung als einen flüchtigen Moment. Sie hatten ein anderes Ziel. Es interessierte sie offenbar wenig, was in dieser Welt vorging. Keine Tauben, keine Bretterbühnen, keine Dolche, keine Mordfälle. Aber mich muss es interessieren, dachte Merana und startete den Motor. Und zwar von dieser Sekunde an. Die Räder begannen zu rollen, Merana fuhr über den Residenzplatz in Richtung Polizeidirektion. Der Fuschlsee war weiter weg als der Indische Ozean.

MONTAG, 31. JULI, 8 UHR

Merana würde sich nie an diese Hand gewöhnen. Sie fühlte sich teigig an und war immer bereit zum Schütteln. Wie eine kleine hungrige Schlange schoss sie manchmal aus dem Leib des Polizeipräsidenten hervor. Und dann schnappte sie zu. Schüttelte Bürgermeisterhände, Kinderhände, Journalistenhände, Vorgesetzten- und Untergebenenhände, sogar Hände von Tatverdächtigen. Niemand war vor der kleinen hungrigen Schlange sicher. Merana mochte diese Hand nicht. Den Rest vom Polizeipräsidenten konnte er einigermaßen gut leiden. Nicht immer. Aber meistens.

»Setz dich, Martin.«

Merana ergriff die Hand des Chefs. Dann zog sich die Schlange ins Uniformnest zurück. Der Herr Präsident plumpste in seinen ergonomisch austarierten Bürosessel und atmete schwer. »Also, was haben wir?«

»Schwierigkeiten.«

»Und sonst?«

»Nichts.«

Der Polizeipräsident stieß etwas hervor, was irgendwo in der Mitte zwischen Kichern und Fauchen lag. Er blickte auf seine blank polierten Fingernägel. »Also lass hören, und bitte fass dich kurz. In einer Stunde ist Pressekonferenz, und vorher will sogar der Minister informiert werden. Wie du weißt, ist er seit gestern da, wegen der Rosenkavalier-Premiere heute Abend, in der Loge der Landeshauptfrau.«

Unser Pech, dachte Merana. Warum steht der Herr

Minister nicht auf Operetten? Dann wäre er in Mörbisch bei den Seefestspielen und weit von uns entfernt. Aber so ist er gleich zur Stelle, um uns mit seinen Wiener Spezialisten in die Suppe zu spucken, wenn wir nicht schnell genug umrühren.

»Wie teilen wir uns die Arbeit auf?«, fragte Merana.

»Ganz einfach, Martin. Ich stelle mich vor die Journalisten. Der Minister stellt sich dorthin, wo die meisten Scheinwerfer sind. Und du stellst dich mitten ins Getümmel und machst die Knochenarbeit. So wie immer!«

Dabei musste er lachen, der Herr Präsident. Dieser Anflug von Galgenhumor war Merana dennoch lieber als seine teigige Schlangenhand. Wenn Polizeipräsident Günter Kerner, der ›Herr Hofrat‹, seine fast bedächtig vorgetragenen Ausführungen in kratzende Heiterkeit kleidete, stand er bereits unter Druck. Das wusste Merana aus dem fast 15-jährigen Umgang mit seinem Präsidenten. Und der Druck würde noch wachsen. Vielleicht hatte auch schon das Büro der Landeshauptfrau angerufen. Oder gar der Intendant der Salzburger Festspiele. Nein, der wohl nicht. Merana hatte vorhin selbst versucht, den Intendanten und die Festspielpräsidentin zu erreichen. Aber der Portier hätte sich lieber erschießen lassen als die Privatnummer eines Direktoriumsmitgliedes rauszurücken. Man werde zurückrufen.

»Es ist absolut sicher, dass es der Hackner ist. Und er wurde erstochen?«, fragte der Präsident.

Merana nickte. »Es gibt zwar noch keine offizielle Bestätigung, aber selbst Gerber, der kaum Leute kennt, die weiter als zehn Meter von einem Basketballkorb entfernt leben, hat ihn erkannt. Einen Tatzeugen, serviert auf dem Silbertablett, hätten wir alle gern, aber es gibt bis jetzt keinen. Der Bursche, der ihn gefunden hat, ist zufällig vorbeigekommen. Braunberger hat mich vorhin angerufen. Gestern Abend soll es eine Jedermann-Premierenfeier gegeben haben, im Bischofsbräu. Da wird der Hackner vermutlich dabei gewesen sein. Bestätigt ist noch gar nichts.«

Der Hofrat setzte zu einer Art Schmunzeln an. »Der Hackner war dort«, informierte er seinen Angestellten, »ist hiermit amtlich bestätigt.«

Merana öffnete erstaunt den Mund. Man hätte ihm eine Mozartkugel zwischen die Zähne schieben können. »Woher weißt du das? Und von wem amtlich bestätigt?«

Das hofrätliche Schmunzeln flackerte erneut auf. »Von mir. Ich war auch dort.«

Natürlich, dachte Merana, mein Präsident lässt doch kein gesellschaftliches Event aus.

»Es war eine Einladung des Landes Salzburg. Premierenfeier mit Sponsoren und grässlich vielen Schickis. Großes Gelaber, durchschnittliches Buffet, penetrante Fernsehleute. Und im Mittelpunkt der große Mime Hackner. Der wurde nämlich ausgezeichnet, höchst offiziell durch die Frau Landeshauptfrau, zum 60. Geburtstag und zugleich zum 40-jährigen Bühnenjubiläum bei den Salzburger Festspielen.«

»Das heißt, er hat einen Orden bekommen?«

Der Hofrat schüttelte den Kopf. »Nein, von Orden hielt er nichts. Hätte er nie angenommen. Also hat man sich ein originelles Geschenk einfallen lassen, weil er doch so ein großer Sammler ist.«

Merana schaute seinen Präsidenten fragend an. »Was für ein Geschenk?«

»Der Hackner hatte eine Vorliebe für alte Stichwaffen. Also was überreicht ihm da die Frau Landeshauptfrau gestern unter Applaus und Fanfarentrara? Auf einem Samtpolster? Einen Dolch. Die extra für den Jubilar angefertigte maßgetreue Kopie eines Prunkdolches von irgendeinem Erzbischof, dessen Namen ich vergessen habe. Was ist los, Martin, was schaust du so?«

Jetzt hätte man Merana gut und gerne zwei Mozartkugeln zwischen die Zähne schieben können. Er wartete noch einen Herzschlag lang, dann schloss er den Mund und sagte: »Ich glaube, ich weiß, wo dieser Dolch jetzt ist.«

Der Hofrat taxierte ihn mit erwartungsvollem Blick.

»Der steckt in seiner Brust!«

MONTAG, 31. JULI, 8.35 UHR

Seit drei Jahren war Martin Merana der Kommissariatsleiter der ›Fachabteilung Mord/Gewaltverbrechen‹, wie das schön amtlich hieß, der Abteilung 4, im Dienst der Bundespolizeidirektion Salzburg. Sein Vorgänger hatte ihm zwei Dinge hinterlassen: zum einen den guten Rat, sich trotz modernster Untersuchungstechniken immer auf das eigene Gefühl zu verlassen. ›Der ganze CSI-Kram ist ja nicht schlecht, Martin, aber Reagenzgläser können nicht denken. Also vertrau auf deinen Instinkt!‹, hatte Rupert Haigermoser bei seinem Abschied gesagt. Und zum anderen hatte er Merana noch seinen alten Schreibtisch geschenkt, ein Ungetüm aus Nussholz. Fünfmal gebeizt. Glich eher einem alten Schulkatheder als einem Büromöbel an der Schwelle zum dritten Jahrtausend. Aber Merana liebte dieses braune Schlachtross. Der zierliche Laptop nahm sich darauf aus wie ein Spielzeugfisch auf einem schlafenden Walross. Das Telefon auf dem Schreibtisch läutete. Merana hob mit der einen Hand ab, kramte mit der anderen in der Schublade. Irgendwo hatte er doch ein Festspielprogramm herumliegen.

»Merana.«

Es war ein Journalist. Vom ORF. Michael Guttmann. Er sei vor einer Stunde am Tatort gewesen, begann er.

Merana wollte zu einer Antwort ansetzen, doch der Reporter setzte sofort nach.

»Nicht nötig, Herr Kommissar. Weiß von der Pressekonferenz. Aber bei unserer bewährten Art der Zusammenarbeit mit den Behörden, Sie kennen mich doch. Und in einer Viertelstunde gehen die aktuellen Nachrichten über den Sender. Ein, zwei Details würden genügen. Eventuell auch nur die eine oder andere Vermutung.« Und er wolle nicht extra betonen …

»Nein«, knurrte Merana, »bitte, nur das nicht. Kommen Sie mir nicht mit dem Recht der Öffentlichkeit auf Information. Ich leite eine Untersuchung und kein Proseminar über Staatsbürgerkunde. Alles, was es zurzeit zu sagen gibt, erfahren Sie bei der Pressekonferenz. Auf Wiederhören.« Er legte auf.

Schon läutete es wieder. Dieses Mal war eine Frau am Apparat. Sie stellte sich als Kulturkorrespondentin der Tageszeitung Figaro vor. Ihr Deutsch war nahezu makellos. Wenn Merana Zeit gehabt hätte, hätte er kurz durch die Zähne gepfiffen. Le Figaro. Europäisches Großformat. Welche Ehre für einen kleinen Polizeikommissar aus Salzburg. So aber konzentrierte er sich auf einen Balanceakt zwischen Charme und Sturheit. Er verwies auf die Pressekonferenz, sagte am Schluss sogar noch »Au revoir«, dachte einen Moment an seine Französischmatura und legte auf.

Wie schaffen manche es nur, immer die Nase im Wind zu haben? Und woher haben die nur die Nummer zu jener Direktleitung, mit der man den Chef der Mordkommission auch unter Umgehung der Telefonzentrale erreichen kann?

Er musste lächeln. Leute, die etwas von ihrem Job verstanden, bewunderte er. Und hartnäckige obendrein. Wenn er selbst sich immer an vorgegebene Wege gehalten hätte, stünde er möglicherweise heute an der Aiglhofkreuzung, um bei Ampeldefekt den Verkehr zu regeln. Nichts gegen Dienst an der frischen Luft. Aber sein Job war ihm doch lieber. Schon wieder das Telefon. Merana hob nicht mehr ab. Er wählte auf der anderen Leitung die Kurznummer zur Telefonzentrale und gab eine knappe Anweisung. Das Klingeln hörte auf.

Dafür klopfte es. Jetzt dringen die sogar schon hier ein, dachte Merana, und machte sich darauf gefasst, in der nächsten Sekunde von einem Mikrofon bedroht zu werden. Die Tür wurde geöffnet. Aber es war keine Reportermeute, es war nur Abteilungsinspektor Otmar Braunberger. Ohne Mikrofon. Dafür mit einer Tüte frischer Roggenweckerl. Und mit dürftigen Neuigkeiten. Braunberger hielt Merana die Tüte hin, der bediente sich.

»Der Hackner ist bereits drüben.«

Merana nickte.

Otmar Braunberger sagte immer ›drüben‹. Er würde niemals etwas anderes sagen. Nie ›Leichenschauhaus‹. Nie ›Totenkammer‹. Nie ›Prosektur‹. Als ob dieses ästhetische Ablenkungsmanöver die Sache besser machte.

»Seinen Agenten haben wir noch nicht erreicht, dafür aber die Pressechefin der Festspiele. Die ist zurzeit hinter ihrem Intendanten her. Das wird wohl viel Wirbel machen. Umbesetzung, Probenpläne, Presseerklärung und so. Anfangs hat die Pressechefin es für einen blöden Scherz gehalten. Glaubte lange nicht, dass die Polizei am Telefon war. Die müssen oft mit Spinnern zu tun haben. So wie wir. Aber plötzlich war sie hellwach, die Dame. Und dann ging es dahin: erstens, zweitens, drittens. Bin kaum mehr zu Wort gekommen. In einer Stunde ist sie in ihrem Büro. Ich dachte, du würdest lieber dort mit ihr reden.«

Merana mochte ihn einfach, diesen großen Brummbären. Mit seinem Bierbauch und seiner ruhigen Haltung, die so viele Leute für träge Behäbigkeit hielten. Er mochte Braunbergers manchmal umständliche Art, an die Dinge heranzugehen.

Otmar Braunberger wusste selbst, dass ihn die meisten seiner Mitmenschen unterschätzten. Und er machte sich einen stillen Spaß daraus, hin und wieder die großmäuligen Arschkriecher innerhalb und außerhalb des Präsidiums zu verblüffen. Er konnte grinsen wie ein frisch lackiertes Karussellpferd, wenn die anderen irgendwann doch merkten, dass er ihnen um mindestens drei Nasenlängen voraus war, weil er das richtige Gespür gehabt hatte.

Den Termin mit der Pressechefin in ihren eigenen Räumlichkeiten zu vereinbaren, das hätte Meranas neuer Mitarbeiter, Gebhart Kaltner, nie getan. Der hätte die Dame ins Präsidium zitiert. Und das wäre taktisch falsch gewesen.

»Hast du gut gemacht, Otmar«, lobte deshalb Merana und biss erneut in sein Roggenweckerl. »Hast ihr sicher das Gefühl gegeben, wie wichtig sie ist. Und dass selbstverständlich der Herr Kommissar Rücksicht nehmen wird und sich gern zu Ihnen bemühen werde …«

»Ja«, quetschte Otmar zwischen den weckerlzermalmenden Zähnen hervor, »ja, so ähnlich habe ich das gesagt. Und da war sie gleich um zwei Wärmestufen freundlicher und kooperationsbereit.«

»Was hast du sonst noch, Otmar?«

Braunberger schlug sein Notizbuch auf. »Wenig. Um halb zwei Uhr morgens hat die Streife vom Wachzimmer Rathaus den Domplatz kontrolliert. Keine Leiche. Auch keine Lebenden. Überhaupt niemand. Alles ruhig. Kurz nach zwei Uhr hatte das Gewitter eingesetzt. Regengüsse wie bei der Sintflut. Bis etwa drei Uhr. Die nächste Kontrollrunde der Kollegen wäre um fünf Uhr gewesen, aber da kam schon der Anruf des jungen Radfahrers. Mehr gibt es nicht. Bis jetzt weit und breit keine Zeugen. Aber drei unserer Leute sind schon unterwegs und hören sich um.«

»Was ist mit den Schuhen, habt ihr die gefunden?«

»Nein. Keine Schuhe. Alles, was wir haben, sind zwei leere Bierdosen. Die lagen auf der Rückseite unter der Bühne. Sind schon im Labor. Darüber hinaus keine nennenswerten Spuren. Wenn es solche überhaupt gegeben hat, hat sie die Sintflut jedenfalls weggespült.«

Merana schaute aus dem Fenster und sagte mehr zu sich selbst als zu seinem Gegenüber: »Und wenn unser allseits verehrter Chef sich nicht stets selbstlos mitten unter die wichtigsten Menschen dieser Welt mischen würde, hätten wir nicht einmal eine Ahnung, woher die Tatwaffe stammt.«

»Der Chef kennt die Tatwaffe?« So laut hatte man Otmar Braunberger schon lange nicht mehr gehört.

Merana nickte und berichtete.

»Wie praktisch für den Täter«, brummte Braunberger. »Wer schleppt heutzutage schon die Kopie eines Renaissancedolches mit sich herum, um sich damit ermorden zu lassen? Meistens nehmen die Opfer ihren Mördern diese Arbeit nicht ab. Die Schurken müssen die Waffe schon selbst mitbringen.«

»Du hast recht, Otmar. Die Frage ist in diesem Fall wohl: Gibt es einen Mörder, der eine eigene Waffe dabei hatte? Oder hat der Täter die Gelegenheit, die sich ihm bot, einfach beim Schopf gepackt?«

»Beziehungsweise am Dolchgriff«, ergänzte Braunberger.

Merana nickte. »Wir müssen so schnell wie möglich überprüfen, ob die Waffe tatsächlich dieser feierlich überreichte Dolch ist. Aber davon können wir wohl ausgehen. Wir müssen außerdem wissen, wer alles bei der gestrigen Premierenfeier war. Wer hat wann mit wem die Feier verlassen? Und wo hat der Hackner gewohnt, im Hotel? Privat? Haben wir schon eine Adresse, Otmar?«

Braunberger verdrehte die Augen. »Wo denken Sie nur hin, Herr Kommissar. Keine Auskünfte über Privatangelegenheiten der Künstler. Eisernes Gesetz. Die Pressetante wollte am Telefon überhaupt nichts sagen. Die schirmen selbst noch die Toten vor lästigen Fragen ab. Möglicherweise erreichst du mehr. Du bist der große Meister. Ich bin ja nur der kleine Fährtenhund.«

Merana musste lächeln. Wenn es einen goldenen Pokal für Zuverlässigkeit und Ausdauer gäbe, er wäre für Otmar Braunberger reserviert. Stimmt, Otmar war sein Spurenschnüffler, sein Faktensammler, sein unbeirrbarer Fährtenleser, der sich zwar manchmal mit einer Hand am Bierkrug festhielt, aber mit der anderen nie die Zügel ausließ. Wenn schon Fährtenhund, dann sicher nicht der kleine, sondern der ganz große.

»Hast du Carola mittlerweile erreicht?«

Braunberger nickte. »Ja. Sie hätte heute erst ab 15 Uhr Dienst, aber sie meinte, du kannst über sie verfügen.«

»Verfügen hat sie gesagt?«

»Ja, hat sie.«

»Gut, bestell ihr bitte, ich verfüge gern über sie. Sie soll ins Bischofsbräu gehen und versuchen, so viel wie möglich über die gestrige Premierenfeier rauszukriegen. Ich verfüge mich auf der Stelle ins Festspielhaus zur Pressechefin und komme anschließend nach.«

Braunberger stand auf, steckte den Rest des Roggenweckerls in die Papiertüte und wollte gerade gehen, als Merana noch etwas einfiel.« Der Hackner wird den Dolch ja nicht offen in der Hand getragen haben. Habt ihr eine Scheide oder so etwas gefunden?«

»Ach ja«, bestätigte Braunberger, »hätte ich fast vergessen. Er hatte in der Sakkoinnentasche ein Lederetui. Das wird wohl für den Dolch gewesen sein.«

Und wie ist der Mörder da rangekommen?, dachte Merana, als Braunberger die Tür schloss.

MONTAG, 31. JULI, 9.30 UHR

Die Uhr am Rathausturm schlug halb zehn, als der Fahrer des Dienstwagens Merana an der Staatsbrücke aussteigen ließ. Er hätte sich auch bis vors Große Festspielhaus bringen lassen können, aber das wollte er nicht. Merana kam tagsüber ohnehin selten in die Stadt. Die Polizeidirektion lag in der Alpenstraße, einer der großen Ausfahrtsstraßen von Salzburg, nicht gerade das Schmuckstück der als Barockjuwel bekannten Festspielstadt: Hier dominierten Fertigteilbauten, Tankstellen, Autohändler, Einkaufszentren, Wohnblocks. Daran konnte auch die halbwegs gelungene Architektur der Polizeidirektion nichts ändern. Meranas Büro lag im dritten Stock. Mit Blick auf den Untersberg, diesen mächtigen, sagenumwobenen Koloss aus Kalkstein, der an klaren Herbsttagen so nahe an die Stadt heranrückte, dass man ihn fast berühren konnte. Merana konnte von seinem Büro aus die halbe Stadtfestung sehen, wenn er sich aus dem Fenster lehnte. Auch Hellbrunn war nicht weit, das von Erzbischof Markus Sittikus erbaute Lustschloss mit dem weitläufigen Park, den romantischen Nischen und den Wasserspielen.

Ab und zu hastete Merana mittags zu Fuß hinüber in den großen Park von Hellbrunn. Eine Viertelstunde Wandeln im Lustgarten. Er mischte sich in die bunte Schar der Spaziergänger, Touristen und Einheimischen, die ein vielsprachiges Gemisch bildeten, manchmal sogar verstärkt durch exotische Laute aus dem benachbarten Tiergarten. Hellbrunn war für Merana an bürointensiven Tagen wie ein Kurzurlaub. Da konnte er für den Rest des Tages auftanken. Und genauso sehr, wie er die heilenden Kräfte von Hellbrunn schätzte, liebte er die Salzburger Altstadt. Merana hatte noch nie einstimmen können in das allgemeine Gejammere der Stadtsalzburger, in ihr frustbeladenes Gezeter über die Touristenströme. Typisch für die meisten Salzburger war es, die Hand aufzuhalten, aber über die Massen von Besuchern zu maulen. Zugegeben, auch Merana waren es manchmal zu viele Menschen, die hier unterwegs waren. Auch er konnte sich etwas Angenehmeres vorstellen als andauernd in japanische Zoomobjektive zu starren. Aber er liebte diese einzigartige, große Bühne von Salzburg. Das Nebeneinander der Plätze, oder ›piazze‹, wie die stets ausgelassen fröhlichen Gäste aus Italien sie nannten. Besonders liebte Merana die Altstadt am Vormittag, denn da waren auch die Salzburger unterwegs. Sie tummelten sich am Grünmarkt auf dem Universitätsplatz, setzten sich auf einen Kleinen Braunen in den Gastgarten des Tomaselli oder an einen der 100 Tische des Café Demel, dem ehemaligen Café Glockenspiel, Auge in Auge mit dem bronzestarren Genius Loci, Herrn Mozart persönlich, der den gesamten Platz beherrschte. Und da saßen sie oft, die Salzburger, mitten unter den Touristen, und jammerten darüber, dass die Altstadt immer mehr herunterkomme. Verfluchten die Politiker, die sie alle fünf Jahre dennoch wieder wählen, löffelten gierig ihren Eiskaffee und freuten sich über die Straßenmusiker. Merana war nicht blind. Er konnte die schamlos überzogenen Preise auf den Speisekarten genauso gut lesen wie jeder andere. Er wusste, dass sündteure Wohnungen leer standen, weil sich keiner die Mieten leisten konnte. Die letzte Volksschule in der Altstadt wurde vor Jahren zugesperrt. Es gab keine Spielplätze und keine normalen Geschäfte. Banken thronten neben Boutiquen, Souvenirläden lümmelten neben Fressbuden. Und von den alt eingesessenen Handelsgeschäften wurde eines nach dem anderen geschlossen. Das Lieblingsspiel der sogenannten Genossenschaft der Innenstadtkaufleute bestand darin, sich gegenseitig neidvoll zu belauern, und bei jeder unpassenden Gelegenheit von der himmelschreienden Ungerechtigkeit zu brüllen, dass die Leute in die Ameisenbauten der Mega-Märkte an den Rändern der Stadt drängten. Wer je einen Blick in die Innenstadtschaufenster geworfen hat, weiß auch, warum. Jammern nützte nichts. Man musste auch Ideen haben.

Merana liebte es dennoch, sich hier unter die Leute zu mischen, Teil dieses Gepränges zu werden, aufzuatmen im Anblick der barocken Kuppeln, der Brunnen und Plätze. Und jedes Mal ergriff ihn dasselbe Gefühl: einfach nur Gast wollte er sein. Als sei er eben jetzt angekommen. So wie damals vor 25 Jahren, als er aus dem engen Pinzgau in die große Stadt gekommen war, um hierzubleiben.

Merana hatte sich dieses Staunen bewahrt, das er damals empfunden hatte. Ja, er war in diese Stadt verliebt, immer noch, trotz all ihrer Widersprüchlichkeit. Und wann immer er es mit einer dienstlichen Verpflichtung verbinden konnte, ließ er sich in die Innenstadt bringen, und versuchte, wenigstens ein paar Schritte zu Fuß zu gehen. Dann hatte er das Gefühl, dass er dazugehörte, dass er ein Teil dieses Schauspieles war, eingehüllt in eine Aura aus steingewordener Macht, jugendlich unbekümmerter Rucksackfrische und Pferdedung.

Es war schwer, dieses Gefühl jemandem begreiflich zu machen. Besonders Birgit, mit der Merana seit drei Jahren eine Beziehung hatte. Die war in der Judengasse aufgewachsen. Und wohnte jetzt am Fuß des Gaisberges. Die war hier nie angekommen, so wie er. Vielleicht würde Sandro es verstehen, sein sizilianischer Freund, der in der Innenstadt ein Lokal führte. Der schon. Der verstand sowieso immer alles.

Der Portier im Großen Festspielhaus war freundlich. Er erklärte zwei amerikanischen Touristen im besten Volkshochschulenglisch, dass es hier leider nichts zu besichtigen gäbe. »Sorry, members only«, tat er kund, zeigte ihnen mit großen Gesten den Weg zum Petersfriedhof und hatte daraufhin Zeit für die Kriminalpolizei.

»Einen Moment bitte.« Telefonhörer. Linker Zeigefinger auf den abgewetzten Tasten, der eine fünfstellige Nummer wählte. Vier Worte, unverständlich. Dafür laut und deutlich: »Kann ich bitte Ihren Ausweis sehen?«

Merana hielt die Plastikhülle gegen das Glasfenster und versuchte ein freundliches Lächeln. Der Portier nickte und winkte ihn durch, ehe er sich drei spanischen Studentinnen zuwandte, deren Gesichter hinter einem riesigen Stadtplan aufgetaucht waren.

Jetzt war er also hier. Hier, wo Hackner tagtäglich ein und aus gegangen war. Wo Hackner Star gewesen war, umgeben von Menschen, die mit ihm gearbeitet, ihn gekannt hatten. Die er brauchte. Die ihn brauchten. Merana hatte unbekanntes Land betreten. Wenn sich diese Welt auch mitten in der Stadt befand, in der er lebte, vertraut gemacht hatte sich Merana damit noch nie. Er kannte es nicht, das Universum des Theaters, des Konzertbetriebs, der großen Künstler, sie war ihm neu, die Welt der Festspiele.

Und dass er davon so wenig wusste, verursachte ihm ein ungutes Gefühl in der Bauchgegend, als er den ersten Gang entlangging, überholt von dahinhastenden Menschen, die Geigen in den Händen hielten. Merana hörte gedämpfte Klaviermusik. Eine Tür irgendwo weit hinter ihm wurde aufgerissen, und ein Schwall von Stimmen schwappte wie eine Welle an sein Ohr. Tiefe Stimmen waren es und dazwischen eine, die in einer Art Girlande auf einen hohen Ton zusteuerte, dann absetzte, es erneut versuchte.

Merana bog um eine Kurve des Ganges. Eine Gruppe von Frauen kam ihm entgegengelaufen, drängte ihn an die Wand, alle steckten in gelbgrünen Kostümen, ihre Gesichter waren geschminkt. Die Frauen plapperten aufgeregt in einer Sprache, die ihm fremd war, rumänisch vielleicht.

Jemand sagte etwas zu ihm in gebrochenem Englisch. Er verstand nichts, eilte weiter. Er spürte, wie er Schritt für Schritt hineingezogen wurde in eine ihm völlig unbekannte Welt. Aber er steckte mitten in einer Morduntersuchung und durfte sich nicht anmerken lassen, dass er von all dem rings um ihn wenig Ahnung hatte.

›Vertrau auf deinen Instinkt, Martin.‹ Ja, er wollte darauf vertrauen. Viel mehr hatte er ohnehin nicht, worauf er im Augenblick bauen konnte.

Fünf Minuten später saß er Frau Doktor Braga gegenüber, Elena Braga, Leiterin der Pressestelle der Salzburger Festspiele. Mitte 30, schätzte Merana. Dunkelhaarig. Hat wohl einen Urgroßvater aus einer wärmeren Gegend in der Familie, dachte er. Portugiese oder Grieche. Sie hatte graue Augen und war nur schwach geschminkt. Nicht unsympathisch. In netterer Umgebung könnte ich sie eventuell auch zu einem Lächeln verführen, dachte Merana. Hier wohl nicht.

»Ich kann mir vorstellen, dass Sie viel zu tun haben, Frau Doktor Braga. In der ersten Phase der Saison ohnehin. Vier Premieren in fünf Tagen. Dazu der große Presseempfang übermorgen. Rosenkavalier-Premiere heute Abend. In drei Tagen das Botho-Strauß-Stück auf der Pernerinsel. Und jetzt auch noch dieser tragische Zwischenfall.« Merana hatte im Auto Zeit gehabt, das Festspielprogramm durchzublättern, das Otmar ihm noch zugesteckt hatte.

Jetzt lächelte sie doch. Und es wirkte entspannend in dieser nüchternen Umgebung: Stahlrohrschreibtisch, Computer. Drei Stühle. Ein Schirmständer. Fünf Opernplakate. Zwei Fenster, Blick auf die Pferdeschwemme. Keine Pflanzen.

»Sie sind ja gut informiert, Herr Kommissar. Gehören Sie zu jener wachsenden Schar von Salzburgern, die sich immer mehr für ihre eigenen Festspiele interessiert? Opernfreund? Kammerkonzerte? Liederabend?«

»Leider viel zu wenig Gelegenheit, Frau Doktor Braga.«

Das Lächeln hielt noch einen Moment an. Dann war es weg. Schade, dachte Merana, es hat ihr gut gestanden.

»Und von Opern und modernen Inszenierungen verstehe ich so gut wie gar nichts. Vor Jahren war ich einmal bei einer Mozart-Matinee. Generalprobe. Und einmal habe ich den Jedermann mit Maximilian Schell gesehen. Das war es leider.« Er probierte ein Schulterzucken, das Hilflosigkeit signalisierte, und brachte es ganz gut hin. »Sie sehen, liebe Frau Doktor Braga, ich bin meilenweit davon entfernt, ein Insider zu sein. Umso mehr hoffe ich auf Ihre Mithilfe.«

Hatte er sie gelangweilt? Geärgert? Jedenfalls blickte sie auf die Uhr, eine mechanische Bewegung, vom Unterbewusstsein diktiert. Ich weiß genau, was jetzt kommt, dachte Merana. Er hätte ihr den nächsten Satz einflüstern können. Wie ein Souffleur.

»Ich habe leider wenig Zeit, Herr Kommissar. Die nächsten Termine, Sie verstehen? Bitte stellen Sie Ihre Fragen.«

Bingo, dachte Merana, genau das hatte ich erwartet. Leider keine Zeit. Die nächsten Termine. Stellen Sie Ihre Fragen. Hoffentlich sind die Theaterstücke bei den Festspielen überraschender als die Zwischentexte der Pressechefin.

»Ich will ganz offen sein, Frau Doktor Braga. Je mehr

Sie uns unterstützen, umso eher haben wir die Chance, die Zusammenhänge rund um diesen Mord aufzuklären. Auch werden sich die Medien beruhigen, und Sie alle hier können wieder Ihrer ohnehin aufwendigen und gewohnten Arbeit nachgehen. Außer Sie wollen die unerwartete Publicity ausnützen. Willkommene Gelegenheit für verstärktes Medienecho –«

Weiter kam er nicht. Ganz plötzlich blitzte der griechisch-portugiesische Urgroßvater aus ihren grauen Augen und ließ ihre rechte Hand durch die Luft schneiden wie ein Florett. »Die Salzburger Festspiele, Herr Kommissar Merana …« Sie sprach leise, ganz leise. Jedes Wort klirrte wie ein Eiswürfel im leeren Glas. »Die Salzburger Festspiele erfreuen sich eines ausgezeichneten Rufs in aller Welt. Wegen ihres unvergleichlichen Niveaus, wegen ihres einmaligen künstlerischen Erfolges. Wir sind auf schmutzige Boulevardmethoden nicht angewiesen. Wir pflegen durch unverwechselbare Inszenierungen aufzufallen. Durch Konzertereignisse und Opernaufführungen, wie sie sonst nirgendwo auf der Welt zu erleben sind. Und nicht durch billiges Gieren nach bluttriefenden Skandalen.«

Das hat gesessen, dachte Merana. Noch so ein Schnitzer von mir und ich kann mich neben Hackner ins Leichenschauhaus legen. Und die brauchte nicht einmal einen Dolch dazu. Die macht das so, mit einem eiskalten Blick und ein paar wohldosierten Worten.

»Wäre es Ihnen möglich, Herr Kommissar, jetzt zu Ihren Fragen zu kommen?« Sie starrte ihn an.

Jetzt schaut sie gleich wieder auf die Uhr, dachte Merana.

Tat sie aber nicht. Sie ließ ihn nicht mehr aus den Augen.

Warum fällt mir ausgerechnet jetzt die TV-Dokumentation über den Schwarzen Panther ein, dachte Merana noch, ehe er zu reden anfing. »Fürs Erste sind drei Dinge wichtig, Frau Doktor Braga. Wir müssen versuchen zu rekonstruieren, was Herr Hackner in den letzten Stunden vor seinem Tod gemacht hat. Wir wissen, dass er gestern bei der Jedermann-Premierenfeier eine Ehrung entgegennahm. Ich brauche eine Liste mit allen Anwesenden. Zweitens: Wo hat Hackner hier in Salzburg gewohnt, haben Sie eine Adresse oder vielleicht auch mehrere? Wir müssen seine persönlichen Sachen durchsuchen. Und drittens: Wer ist ihm nahegestanden? Mit wem hatte er Umgang? Nicht nur in seiner Arbeit als Schauspieler und Regisseur. Auch als Privatmensch. Möglicherweise können Sie mir hier wenigstens ein, zwei Namen nennen. Das hilft mir schon weiter.« Auch wenn sie sich immer noch über seine Bemerkung von vorhin ärgerte, sie war dennoch ein Vollprofi. Noch während er sprach, hatte sie ihr Notebook eingeschaltet und auf der Tastatur herumgetippt.

»Wir werden alles tun, um die Arbeit der Behörden zu unterstützen, Herr Kommissar. Ich ersuche Sie andererseits, mit Ihren Ermittlungen so behutsam wie möglich vorzugehen. Unser Betrieb hier ist ein riesiges Räderwerk mit äußerst sensiblen Teilen. Jede noch so kleine Störung kann mittlere Katastrophen auslösen. Und ich muss sicher nicht extra erwähnen, Herr Kommissar, dass jede Information über Künstler und Personal der Salzburger Festspiele mit absolutem Vertrauen zu behandeln ist. Manche Zeitungsverlage würden Ihnen große Summen für die kleinste Auskunft zahlen. Wir geben grundsätzlich keine persönlichen Details über unsere Künstler weiter.« Ihre Stimme wirkte jetzt ein wenig blasiert. Sie blickte vom Laptop hoch und fügte ein wenig spöttisch hinzu: »Schon gar nicht, wenn wir nicht genauestens wissen, was mit diesen Informationen geschieht.«

Die glaubte wohl, dass sie es mit einem Vollidioten zu tun hat. Merana spürte, wie ein leichter Groll in ihm aufstieg. Allmählich hatte er dieses affektierte Getue satt. Wenn die nicht auf der Stelle von ihrem fünf Meter hohen Gaul heruntersteigt und kooperativ wird, werde ich ihr einmal zeigen, was es heißt, einen Pinzgauer nicht für voll zu nehmen. Andere Leute arbeiten auch unter Zeitdruck. Ich habe hier, verdammt noch mal, einen Mord aufzuklären. Und ihre sensiblen Künstler sind ein Dreck gegen meinen unsensiblen Innenminister. Merana setzte gerade zu einer scharfen Erwiderung an, da nistete sich wieder ein Lächeln auf Elena Bragas Gesicht ein. Ihre Augen blitzten. So wie heute Morgen die Sonnenstrahlen auf den Dombögen.

Merana verstand, was dieses Lächeln bedeuten sollte. Genug also mit diesem unprofessionellen Geplänkel, sagte es. Sie akzeptieren unsere Spielregeln, nehmen hin, dass wir sensibel und etwas Besonderes sind, und unterstellen uns nie wieder Publicitygeilheit, selbst wenn es da und dort stimmen sollte. Im Gegenzug akzeptieren wir Ihre Spielregeln und dass Sie alles auspacken müssen, was Sie in Ihrer großen Herumschnüffel-Trickkiste lagern haben. Imponiergehabe beiderseits okay.

Aber jetzt zur Sache. Also, schließen wir Frieden. Das alles stand in ihrem Lächeln zu lesen, das immer noch in ihrem Gesicht war.

»Ich glaube, ich könnte Sie mögen, Frau Doktor Braga«, verkündete Merana und hoffte, dass sie das nicht als sexuelle Belästigung am Arbeitsplatz auffassen würde.

Sie war sichtlich verblüfft. Aber der griechisch-portugiesische Urgroßvater in ihr war sicher nicht überrascht. Der verstand. Wahrscheinlich hatte der nie in seinem Leben einen Pinzgauer mit Südtiroler Wurzeln gekannt. Aber wenn, dann hätten sie sicher das eine oder andere Gläschen miteinander gehoben. Bis in die Morgenstunden.

Die Pressechefin ließ es dabei bewenden und drückte auf die Eingabetaste. Der Drucker am Beistelltisch erwachte zum Leben. »Ich drucke Ihnen aus, was ich habe. Herr Hackner hat in Salzburg die meiste Zeit bei seinem Bruder in der Kaigasse gewohnt. Adresse und die Namen einiger Kontakte finden Sie auf dem Ausdruck. Außerdem eine vollständige Liste aller eingeladenen Künstler, Journalisten und Festspielmitarbeiter der gestrigen Feier. Was Politiker, Wirtschaftsleute und die üblichen Adabeis anbelangt, müssen Sie sich an die Präsidialabteilung der Salzburger Landesregierung wenden. Das ist nicht unser Job. Ich selbst bin gestern bis 23.30 Uhr im Bischofsbräu geblieben. Da waren die meisten noch da, Herr Hackner auch. Jemanden zu nennen, der ihm sehr nahe war, steht mir nicht zu. Auf Klatsch gebe ich nichts. Nur auf Fakten. Doch da wird Ihnen eventuell der Bruder weiterhelfen können.« Und sie konnte sich doch nicht verkneifen hinzuzufügen: »Oder Sie lesen einfach die Klatschspalten, Herr Merana.« Jetzt erreichte ihr Lächeln Dombogenhelligkeitsstufe drei. Und plötzlich, ganz leise und ernst: »Wenn Sie meine persönliche Meinung interessiert, Herr Kommissar: Ich kann mir beim besten Willen nicht vorstellen, wer aus dem Umkreis der Festspiele so eine grauenvolle Tat begangen haben soll. Warum auch? Niemand hat etwas davon. Außer Scherereien. Wie sollen wir auf die Schnelle einen halbwegs passenden Ersatz organisieren, der am kommenden Sonntag den Tod spielt? Das war Hackners Paraderolle. Mit ihm identifizieren die Besucher diese Figur. Und in drei Wochen ist in der Felsenreitschule die Premiere von ›Heinrich der Vierte‹. In Hackners Inszenierung. Probleme, wie wir sie so noch nie hatten. Mit Sicherheit war es die Tat eines Gewohnheitskriminellen. Ein Überfall, eine Verwechslung. Aber da kennen Sie sich besser aus.« Sie wartete, bis die Ausdrucke fertig waren. Alles in allem fünf Seiten. Sie reichte ihm die Blätter. »Auf Wiedersehen, Herr Kommissar. Und noch eine Bitte: Alle unsere Künstler, vom Bühnenbildner bis zum Opernstar, leisten in kurzer Zeit unter enormem Druck wirklich Großartiges. Dazu die Pressetermine, Fernsehinterviews, Galaempfänge, Fördererkontakte und sonstige Verpflichtungen. Wir tun alles, damit sie so wenig wie möglich belästigt werden. Das sind unsere Künstler so gewohnt. Es würde meine, und vielleicht auch Ihre Arbeit erleichtern, wenn Sie Terminwünsche für Ihre …«, sie wollte wohl ›Verhöre‹ sagen, entschied sich aber nach einer kleinen Pause anders, »für Ihre Gespräche mit mir abstimmen könnten.«

Es war wirklich eine Bitte. Die Sache musste ihr tatsächlich zusetzen. Mehr, als es der Profi in ihr überspielen konnte, dachte Merana. Unerwartet fühlte er sich ihr ganz nahe. Sie hatte einen Haufen Unannehmlichkeiten auszubügeln, weil andere gepfuscht haben. Und dazu wahrscheinlich ein Intendant, der auf Lösungen drängte. Und auf seiner Seite ein Minister. Entweder sie war von ihrem hohen Ross herabgestiegen, oder sie hatte ihm geholfen, zu sich in den Sattel zu gelangen. Merana wusste es nicht. Aber jetzt waren sie irgendwie auf gleicher Augenhöhe.

Er spürte, dass er sie mochte. Und der griechisch-portugiesische Urgroßvater in ihr mochte ihn, den Pinzgauer, wohl auch. Er reichte ihr die Hand. Auch in ihrem kräftigen Händedruck ließ sich der Urahn erkennen. »Könnten Sie mir die Listen zusätzlich ins Präsidium mailen?« Er gab ihr seine Karte.

Sie nickte. »Gern.«

Damit war er entlassen, der Herr Kommissar Martin Merana, Kommissariatsleiter der Fachabteilung Mord/Gewaltverbrechen der Bundespolizeidirektion Salzburg. Als er die Tür öffnete, läutete sein Handy. Um einen Herzschlag früher als ihres.

MONTAG, 31. JULI, 11 UHR

Es war inzwischen heiß geworden. Die Vormittagssonne schickte ihre Strahlen über die Dächer der Stadt. Die Vorderfront warf einen harten Schatten auf den Platz. Auf der großen Bretterbühne vor dem Dom waren keine Tauben mehr zu sehen. Dafür Kinder. Viele Kinder. Einige spielten Fangen. Andere sprangen vom Bühnenrand, drehten sich johlend um die eigene Achse, kletterten wieder hinauf. Sprangen erneut hinunter. Dann wieder hinauf. Immer wieder. Nichts deutete mehr darauf hin, dass heute Morgen hier ein Toter gelegen hatte. Der Regen hatte alles weggewaschen, keine Spuren hinterlassen. Die Spurensicherung auch nicht. Alles, was auf den Tod hinwies, war weg. Das Leben musste weitergehen. Es schert sich nicht darum.

Eines der Kinder, ein Junge, zehn oder zwölf Jahre alt, hielt mit einem Mal die Hände an den Mund und formte einen Trichter. Ließ einen lang gezogenen Schrei über den Platz gellen, der sich an den steinernen Wänden brach, zersplitterte und mit mehrfachem Echo zurückkam. »Jeeeeeedermaaaan!«

Zwei Passanten, ein Mann und eine Frau, drehten sich um. Gelächter, Applaus. Einige Kinder bremsten mitten im Laufen und hörten auf, andere zu erhaschen. Rannten zu dem Jungen. Rissen ebenfalls die Hände an den Mund.

»Jeeedermaaannnn!« Der Ruf wurde verstärkt. Verdoppelt. Verdreifacht. Helle Kinderstimmen hallten über den Platz. Miteinander, durcheinander, gegeneinander. Die Kinder waren bemüht, sich gegenseitig zu überschreien. Waren eifrig dabei, dunkel und grässlich zu klingen. Erwachsen. Versuchten, einander Angst zu machen durch ihre Schreie. Dazwischen erklang das Gelächter der Erwachsenen. Die Kinder imitierten die Stimmen der Todesboten. Noch mehr Gelächter. Helles Gejohle.

»Jeeedermaaaannn!« Zehnfach, zwanzigfach. Und so plötzlich, wie es begonnen hatte, hörte es auch wieder auf. Es war der Junge, der angefangen hatte, der als Erster sein Rufen einstellte. Er warf, mitten im Schrei, einen Blick nach rechts, einen Blick nach links. Hatte mit einem Mal keine Lust mehr am albernen Geplärre. Lasst uns wieder Fangen spielen! Der Tod kommt heute nicht. Und wenn schon: Uns erwischt sowieso keiner. Nie und nimmer. Er lief davon, die anderen hinterher.

Der harte Schlagschatten der Domfassade teilte den Platz in zwei Hälften. Ein Reich war dunkel, kühl. Dort stand die Bühne. Dort wurde gespielt. Fangen und Verstecken. Erhaschen und Ausweichen. Leben und Sterben.

Das andere Reich war heiß. Der hintere Teil der Tribünen, in der gleißend hellen Vormittagssonne. Dort saß ein einsamer Kommissar.

Merana hielt die Computerausdrucke in der Hand. Er hatte sich trotz der Hitze auf die Zuschauerbänke gesetzt, um nachzudenken. Vorhin hatte er bei einem Anruf von Otmar Braunberger erfahren, dass der Chef um 17 Uhr den nächsten Bericht haben wollte. Später wäre wohl besser, aber in diesem Fall käme der Herr Minister nicht rechtzeitig zur Rosenkavalier-Premiere. Dienst ist Dienst. Schnaps ist Schnaps. Und Oper ist Oper. Merana hatte seinerseits Braunberger von der Unterredung mit der Pressedame erzählt und ihn beauftragt, das Mail mit den Namen an alle weiterzuleiten. Jeder Beamte fünf Namen, fünf Adressen. Sofort. Dazu zwei Beamte, die noch einmal Gassen und Häuser in Domplatznähe durchkämmten. Klingeldrücken, Klinkenputzen. Fragen stellen, Bürger belästigen, Wichtigtuer beruhigen. Nerven strapazieren. Scherben sammeln. Auch wir sind ein Werk mit vielen sensiblen Teilen, dachte Merana, mit großen und kleinen Rädchen, die ununterbrochen laufen und laufen. Aber uns kann nichts aus der Ruhe bringen. Uns nicht. Wir sind Katastrophen gewohnt. Größere und kleinere. Wir leben davon. Urlaubssperre für alle, hatte Otmar berichtet. Ministerielle Anweisung. Und Verstärkung aus Wien.

Die Bühne war wieder leer. Keine Kinder mehr. Auch keine Tauben. Es herrschte eine eigenartige Stille auf dem Platz. Niemand war zu sehen. Merana schaute auf die Uhr. Halb zwölf vorbei. Sie waren mitten in der Festspielsaison, und auf dem Domplatz zeigt sich keine Menschenseele. Merana sah sich um. Irrtum. Da war doch jemand. Zwei junge Patres schlichen durch die Hitze über den Platz, ihre Köpfe hingen tief. Vielleicht waren es dieselben wie heute früh. Sie sehen einander zum Verwechseln ähnlich, dachte Merana. Und so schnell wie die beiden Patres aufgetaucht waren,

waren sie auch wieder weg. Der Schatten hatte sie verschluckt. Wenn es in den Mittagsnachrichten gesendet wird, werden die Leute angerollt kommen wie die Wallfahrer, dachte Merana. Mörder schauen. Geht nicht, weil den haben wir noch nicht. Also wenigstens den Platz unter die Lupe nehmen, wo der Mörder zugeschlagen hat. Nichts wie hin und Digitalkameras mitbringen. Oder gleich mit dem Handy fotografieren und die Eindrücke postwendend an Freunde schicken. Ich gehe jede Wette ein, in 20 Minuten kommen die Ersten, ließ Merana seine Gedanken schweifen und kramte nach einem Taschentuch. Und wie ich diese Stadt kenne, kommt noch vorher ein Hotdog-Verkäufer. Mit Energydrinks und Hamburgern. Und Autogrammkarten von Hans Dieter Hackner. Vormals Tod. Jetzt hinüber.

Drei Stück für 18 Euro.

Zeit fürs Mittagessen. Merana machte sich auf den Weg zum Bischofsbräu. Aber er wusste, dass das eher eine Illusion blieb. Mittagessen am ersten Tag in einer Morduntersuchung, bei der dürftigen Ausgangslage. Das war nicht drin.

MONTAG, 31. JULI, 11.55 UHR

Als Merana im Bischofsbräu ankam, sah er sich um. Von Carola keine Spur. Das Bischofsbräu gehörte nicht zu Meranas Stammlokalen. Wenn er hier schon aß, dann meist einen Zwiebelrostbraten, der war nicht schlecht. Aber sonst bevorzugte Meranas Gaumen andere Lokale, wie das ›Magazin‹ in der Augustinergasse, den ›Weiserhof‹ in der Nähe des Bahnhofes und natürlich die Trattoria seines Freundes Sandro.

»Einen Tisch, Herr Kommissar, oder haben Sie es eilig?«

Der Chef de Rang, der ihn ansprach, hörte auf den Namen Josef. Hatte garantiert schon seine 30, 35 Festspielsommer auf dem Buckel. Sprach immer leise. Und das in fünf Sprachen. Heute konnte er sich auf Deutsch und Italienisch beschränken. Der zum Eingang hin offene Keller, ein architektonisch geschickt erweitertes Naturgewölbe, war nicht einmal zu einem Viertel besetzt. Zu heiß heute. Die meisten Touristen rösteten an einem der vielen Seen im Salzkammergut oder im Trumer Seenland. Einige hatten sich in die nahen Berge verzogen. Und die paar Japaner und Italiener, die die Busse am Vormittag am Parkplatz im Nonntal ausgespuckt hatten, fielen nicht weiter auf.

»Nein, danke, Herr Josef. Einen Espresso vielleicht. Ist meine Kollegin hier irgendwo, Frau Doktor Salmann?«

Der Chef de Rang gab einem seiner Untergebenen ein Zeichen wegen des Espressos und wandte sich anschließend Merana zu. »Jawohl, Herr Kommissar, sie ist hinten im Haydn-Zimmer. Soll ich Sie hinführen? Oder trinken Sie lieber erst einmal in Ruhe Ihren Espresso, und wenn es Ihnen recht ist, gebe ich Bescheid, dass Sie da sind.«

Merana setzte sich nun doch an einen der Tische. »Bitte tun Sie das.«

Auch wenn ihm die Küche anderswo besser zusagte, die Atmosphäre hier mochte er. Gerade im Sommer. Die Holzbänke. Das schattige Halbdunkel der grottenartigen Architektur. Ein wenig erinnerte ihn die Szenerie immer an eine überdimensionale Weihnachtskrippe.

Der Chef de Rang servierte den Espresso höchstpersönlich.

»Danke, Herr Josef.« Seinen vollständigen Namen kannte Merana gar nicht. Er war sich nicht einmal sicher, ob der Herr in seinem Ausweis überhaupt ›Josef‹ stehen hatte. Möglicherweise hieß er Albert oder Wilhelm oder Patrick. Vielleicht musste ein Chef de Rang in einem Salzburger Traditionsgasthof aber auch einfach so heißen. Und so, wie manche Stammgäste dieses ›Herr Josef‹ aussprachen, klang es fast wie ›Herr Ministerialrat‹, wenn nicht gar wie ›Exzellenz‹.

Der Chef de Rang blieb neben dem Tisch stehen. Die Livree war makellos, der ganze Mann in einen leichten Hauch von schottischem Hochmoor getaucht.

Sehr teuer, das Rasierwasser, dachte Merana und sagte: »Bitte nehmen Sie doch Platz. Ich habe ein paar Fragen an Sie. Darf ich Sie auf einen Kaffee einladen?«

»Sehr gern, Herr Kommissar.« Herr Josef setzte sich und gab einem der Kellner einen Wink. Eigentlich war es eine kaum wahrnehmbare Geste mit der Hand. Der

Kellner straffte den Oberkörper wie ein Rekrut, den man mit offener Weste erwischt hatte, nickte hastig und eilte in die Küche.

»Wie lange sind Sie jetzt schon hier, Herr Josef?«

Die Antwort kam prompt. »37 Jahre, vier Monate und 19 Tage.«

Merana musste lächeln. Da hatte er sogar noch zu niedrig geschätzt. »Herr Josef, ich nehme an, Sie haben mitbekommen, was heute Nacht auf dem Domplatz passiert ist.«

Der Chefkellner nickte knapp. »Ich habe es in den 10-Uhr-Nachrichten gehört. Aber ich hatte es schon vorher erfahren. Die Herta hat es mir erzählt. Unsere zweite Köchin. Sie hat es in der Früh beim Einkaufen erfahren, auf dem Grünmarkt.«

Merana nickte. Auch wenn sich diese Stadt immer für den Nabel der Welt hielt, sie war und blieb ein Dorf. Provinz. Im besten und im schlechtesten Sinn. Jeder wusste fast alles von jedem. Die direkte Achse Grünmarkt-Caféhaus-Wohnzimmer war schneller als jeder Datenhighway.

»Herr Hackner war gestern Mittelpunkt der Ehrung und der Premierenfeier«, machte Merana weiter. »Hatten Sie gestern Abend Dienst?«

Wieder nickte der Herr Josef. »Selbstverständlich, Herr Kommissar.«

»Wissen Sie, wie lange Herr Hackner geblieben ist? Haben Sie gesehen, mit wem er sich nach der Ehrung hauptsächlich unterhalten hat? Ist Ihnen irgendetwas Außergewöhnliches aufgefallen?«

Merana würde sich nie daran gewöhnen. Zu Hause,

auf seinem Nachttisch, stapelte sich Buch um Buch. Thomas Bernhard und John Updike, Friedrich Dürrenmatt und John le Carré. Er bewunderte die meisten Schriftsteller. Ihre Fantasie, ihre Lust am Fabulieren. Ihre Kunst, Menschen und Szenen zu beschreiben, die sie erst Wort für Wort in ihrem Kopf wachsen lassen mussten. Manchmal las er laut. Er versuchte dabei, in die handelnden Personen zu schlüpfen. Versuchte, mit ihren Stimmen zu sprechen, ihre Gedanken in sich zu spüren. Und fast immer war er fasziniert von der Sprache. Aber wenn er eine Zeugenbefragung führen musste und sich dabei selbst zuhörte, erschrak er jedes Mal aufs Neue. Seine Fragen gestalteten sich immer nach demselben Muster: Wo waren Sie? Wann haben Sie zuletzt …? Was ist Ihnen aufgefallen? Wer kann das bezeugen? Warum haben Sie …? Wer hat außer Ihnen noch?

Hunderte von Menschen. Hunderte von Situationen. Und immer derselbe kümmerliche Kanon von zehn, zwölf Fragen. Er würde sich nie daran gewöhnen. Manches Mal klingt mein Leben wie ein einziges Vernehmungsprotokoll, sinnierte Merana.

Der Chefkellner hatte kurz über Meranas Erkundigung nachgedacht. Schließlich sagte er so leise wie immer: »Ich hatte Dienst bis ein Uhr. Da war, meiner Erinnerung nach, Herr Hackner noch da. Und mit ihm einige andere Leute. Aber da ich auch in den anderen Sälen Aufsicht zu führen hatte, kann ich wenig über die Vorfälle bei dieser Feier sagen.«

Von irgendwoher war plötzlich der Kaffee gekommen. Eine Melange. Merana hatte es nicht registriert. Herr Josef nippte an seiner Tasse.

»Ich weiß nicht, ob meinen Mitarbeitern etwas aufgefallen ist. Die hatten viel zu tun. Wir hatten gestern zusätzliches Personal angemietet. Eine Liste der Namen habe ich Ihrer verehrten Kollegin schon ausgehändigt.«

Und genau in diesem Moment öffnete sich eine Seitentür, und die verehrte Kollegin Salmann kam auf ihn zu. Wie aufs Stichwort, dachte Merana. Schon wieder theatralisch. Alles an diesem Fall ist irgendwie theatralisch.

»Hallo, Martin.«

»Hallo, Carola.«

Carola Salmann war schlank, groß, langes braunes Haar fiel ihr bis auf die Schultern. Ihrer Figur sah man schon von Weitem an, dass sie mehrmals wöchentlich trainierte. Taekwondo, wie Merana wusste.

Neben der durchtrainierten Carola sah das Mädchen in Jeans und T-Shirt, das mitgekommen war, wie ein Pummelchen aus. Sommersprossen, rote Haare, ein viel zu großer Busen. Und sie war sichtlich nervös, kaute auf den Fingernägeln.

»Ich berichte dir gleich, was ich bisher erfahren habe, Martin. Aber zuvor hat uns die junge Dame etwas zu erzählen von gestern Abend.«

Merana deutete auf die freien Stühle am Tisch. Carola und das Mädchen setzten sich. Das Mädchen erst, nachdem der Chef de Rang durch Kopfnicken seine Zustimmung gegeben hatte.

»Das ist Draga, Herr Kommissar«, erläuterte er. »Sie arbeitet eigentlich in der Küche, aber sie hat gestern Abend im Service ausgeholfen.« Und dann sagte er etwas zu dem Mädchen in einer Sprache, die Merana nicht verstand. Sie schüttelte den Kopf. Herr Josef sprach weiter. Das Mädchen versuchte zu lächeln, aber das Lächeln blieb ihr schief auf den nachlässig geschminkten Lippen hängen.

»Draga ist Bosnierin, Herr Kommissar. Ich habe ihr gesagt, sie braucht keine Angst zu haben. Sie soll alles erzählen, was sie weiß. Ich ersuche Sie inständig, das Mädchen schnell zu befragen, damit sie wieder zu ihrer Arbeit zurück kann. Wir sind auch heute knapp mit Personal.« Damit stand er auf, nickte Carola und Merana würdevoll zu und steuerte den nächsten Tisch an, wo gerade eine japanische Familie Platz genommen hatte.

Merana schaute fragend auf Carola. Seine Kollegin legte ein Foto auf den Tisch, das sie bis jetzt noch in der Hand gehalten hatte. »Ich habe Hackners Bild aus dem Internet ausgedruckt und es dem Personal gezeigt. Aber die meisten, die gestern Abend Dienst hatten, sind noch nicht da. Und das zugemietete Personal einer Cateringfirma müssen wir erst auftreiben. Aber etwas habe ich doch erfahren.« Sie wandte sich dem Mädchen zu und forderte sie langsam und betont freundlich auf: »Schildern Sie bitte noch einmal, was Sie gestern Abend gesehen haben, Draga. Was dieser Mann getan hat.«

Carola schob Hackners Bild ein paar Zentimeter in Dragas Richtung. Das Mädchen nahm die Hand vom Mund. Und mit einem Schlag änderte sich ihre Haltung. Da war nicht mehr Ängstlichkeit in ihren Augen, da blitzte es auf. Zornig. »Hat gehaut!«, stieß sie hervor, und das ziemlich laut. »Diese Mann hat gehaut. Hat gehaut junge Frau!« Und sie zerbiss einen bosnischen Satz zwischen den Zähnen, den Merana vorerst einmal in die Kategorie Fluch einordnete.

»Gestern Abend?«, fragte er.

Das Mädchen nickte.

»Wo? Im Saal, bei der Feier«?«

Das Mädchen nickte energisch. Immer noch zornig. »Hat gehaut!«

»Wann war das?«

Draga zuckte mit den Schultern. »Weiß nicht. Halbe zwei Uhr.«

Merana wiederholte ganz langsam: »Dieser Mann auf dem Foto hat eine junge Frau geschlagen, das haben Sie gesehen?«

Wieder Nicken. Dieses Mal presste sie die Lippen fest aufeinander. Kein bosnischer Fluch gelangte mehr darüber.

»Welche Frau?«

Erneutes Schulterzucken. »Weiß nicht. Aber junge Frau. Schöne Frau. Ganz schöne Frau. Mann hat laut, wie sagt man, gerufen. War ganz zornig und hat gehaut.«

Jetzt doch wieder ein bosnischer Fluch. Carola legte ihr beruhigend die Hand auf den Oberarm. »Und was ist dann passiert, Draga?«

»Dann andere Frau hat gerufen. Ist von Tisch schnell aufgestanden und hat gerufen Titta! Titta! Zwei Mal gerufen Titta!«

»Und dann?«

»Dann auch andere Leute aufgestanden. Und Mann …« Sie klopfte nachdrücklich auf Hackners Foto. »Diese Mann hat weggestoßen andere Mann und ist gelaufen hinaus bei Türe!«

»Ist er noch einmal zurückgekommen?«, fragte Merana.

Draga schüttelte den Kopf. »Nein. Aber wieder andere Mann ist auch hinaus. Und mehr weiß nicht. Weil wieder Arbeit, mit Teller zurück in Küche.«

Ganz plötzlich war ihr Zorn verschwunden und der Ausdruck von Ängstlichkeit schlich sich wieder in die Augen, die vorhin noch geblitzt hatten wie bei einer Wildkatze.

»Kennst du die andere Frau?«, fragte Carola, »die aufgesprungen war und gerufen hatte?«

Ein ganz schnelles Kopfschütteln seitens des Mädchens.

»Kannst du sie beschreiben?«

Draga dachte nach. Stirnrunzeln unter rotem Haardach. »Weiß nicht. War auch schön. Aber nicht so schön wie andere. War auch mehr alt. Aber nix kennen.«

Verdammt, dachte Merana, ich hätte Fotos mitnehmen sollen, als ich bei der Pressedame war. Er hätte auch gern geflucht wegen seiner Nachlässigkeit, am liebsten auf Bosnisch.

Carola lächelte. »Ich weiß, was du denkst, Martin. Ich mache dir folgenden Vorschlag. Du fährst zurück ins Präsidium. Ich versuche, ob ich hier an einem der Bürorechner ins Internet kann. Da finde ich auf der Festspielhomepage sicher die Fotos von allen Mitwirkenden am Jedermann. Ich schau sie mir mit Draga an. Vielleicht haben wir Glück und die beiden Frauen gehören zum Ensemble.«

Merana nickte zustimmend. »Das ist eine gute Idee, Carola«, bedankte er sich bei seiner Mitarbeiterin. Dann verabschiedete er sich von dem Mädchen. Die beiden Frauen standen auf und liefen in Richtung Küche.

Carola blieb kurz beim Chef de Rang stehen und sprach mit ihm. Herr Josef nickte und deutete mit der Hand ins Gebäudeinnere, als beschriebe er einen Weg.

Herr Josef kam zu Merana an den Tisch. »Ich weiß, dass Sie Ihre Arbeit machen müssen, Herr Kommissar. Und es liegt selbstverständlich nur an Ihnen, wie Sie Ihre Untersuchung durchführen. Aber wir haben heute Abend ein volles Haus. Unsere Belegschaft arbeitet unter Hochdruck. Ich hoffe, dass Sie unsere Mitarbeiter nicht allzu lange von ihrer Arbeit abhalten müssen. Ich hoffe, Sie verstehen, was ich meine, Herr Kommissar. Jeder Mitarbeiter hat seinen exakten Arbeitsbereich und seinen Zeitplan, und wenn der durcheinanderkommt …« Der Chefkellner hob die Arme und wollte sie gerade pathetisch wieder sinken lassen, als er bemerkte, dass am Nebentisch der Brotkorb nicht exakt platziert war. Also verzichtete er auf Theatralik und schob mit in 37 Festspielsommern anerzogenem Pflichtbewusstsein den Brotkorb in die vorgegebene Position, drei Fingerbreit neben dem Blumenarrangement.

Merana konnte sich ein Lächeln nicht verkneifen. Schon wieder einer, der mir etwas von einem sensiblen Räderwerk erzählen will. Und dass ich gefälligst ja keine Unruhe reinbringen soll. Polizeiliche Untersuchung schön und gut. Ist ja auch staatsbürgerliche Pflicht! Aber bitte ohne Geschäftsbeeinträchtigung.

Merana legte das Geld für die zwei Tassen Kaffee auf den Tisch. »Wir werden uns bemühen, Herr Josef«, sagte er und ging.

Er schaute auf die Uhr. 12.29 Uhr. Vor nicht einmal sieben Stunden hatten sie mit den Ermittlungen begonnen und waren zumindest auf so etwas wie eine Spur gestoßen. Hoffentlich ist es eine Spur, dachte Merana, und keine blinde Fährte, der sie hinterherhetzen mussten, um am Schluss festzustellen, dass sie sich verrannt hatten. Wie so oft. Aber eine Entwicklung in die falsche Richtung würden sie hoffentlich bald merken.

Er überlegte, ob er noch einmal über den Domplatz gehen sollte. Entschied aber, sich nach links zu wenden, um durch die Sigmund-Haffner-Gasse den Weg in Richtung Altes Rathaus fortzusetzen. Vielleicht konnte ihn eine Streife von der Rathauswache hinaus in die Polizeidirektion bringen. Ich habe das Mädchen gar nicht gefragt, ob Hackner den Dolch bei sich hatte, als er so plötzlich weggerannt war. Er holte das Handy aus der Tasche, wollte schon die Kurzwahl drücken, steckte das Gerät dann aber doch wieder ein. Carola wird schon danach fragen, da bin ich sicher. Carola vergisst nie etwas. Nicht einmal meinen Geburtstag. Und den von Birgit schon gar nicht.

Zwei Männer kamen ihm entgegen, der eine mit einer Fernsehkamera auf der Schulter, der andere mit einem riesigen Stativ, als Merana unvermittelt stehen blieb, sodass eine dunkelhaarige Frau, die, das Handy am Ohr und wild gestikulierend, hinter den beiden herstürzte, in ihn hineinrannte.

»Pardon«, wollte Merana noch sagen. Aber die Frau fuchtelte nur mit der freien Hand. Ihre riesigen Armreifen am Handgelenk schlugen aneinander und sie fauchte etwas wie: »Merda!«, und war schon an ihm vorbei. Merana schaute ihr kopfschüttelnd nach. Dabei erinnerte er sich, was ihm vorhin gerade eingefallen war, und ihn zum abrupten Stehenbleiben veranlasst hatte. Natürlich hatte die Frau gestern Abend nicht Titta gerufen, sondern höchstwahrscheinlich Dieter. Für bosnische Ohren klang das eben anders. Die Frau musste also Hans Dieter Hackner so gut gekannt haben, dass sie ihn mit Vornamen anredete. Und sie hatte sich herausgenommen, ihn in einer offenbar peinlichen Situation zurechtzuweisen. *Hat zweimal gerufen Titta!* Möglicherweise haben wir doch eine Spur, dachte Merana, und keine blinde Fährte.

Er setzte seinen Weg fort. Ich muss mehr über Hackner wissen, mehr über die Zusammenhänge in diesem Kulturbetrieb. Das ist einfach nicht meine Welt.

Wieder blieb er abrupt stehen. Doch dieses Mal war keine dunkelhaarige Armreifträgerin in der Nähe, die ihn rammte. Er holte das Handy aus der Sakkotasche und wählte eine eingespeicherte Nummer. Die Stimme der Frau, die das Klingeln erhörte, hatte er schon lange nicht mehr vernommen.

»Hallo, Merana, schön, dass du dich auch wieder einmal meldest. Aber was immer du von mir willst: Ich habe es furchtbar eilig. Oder rufst du mich an, um mir zu sagen, ihr habt den Mörder von Hackner, und ich soll es als Erste erfahren? In diesem Fall spendiere ich dir eine Flasche Laurent-Perrier.«

Jutta Ploch war nicht direkt eine Freundin von Merana, aber eine gute Bekannte. Sie arbeitete als Kulturjournalistin bei der angesehensten Tageszeitung der Stadt. Und sie hatte ihm schon einmal geholfen, als er vor Jahren den Mord an einem Gitarristen aus der lokalen Rockszene aufklären musste.

»Hallo, Jutta, leider habe ich keinen Mörder zu bieten. Aber wenn du einen Tipp hast, gilt das mit dem Champagner auch umgekehrt.« Merana wich einem Fahrradkurier aus, der gerade einen Fiaker überholte.

»Habe ich nicht. Dafür eine Menge Arbeit am Hals. In zehn Minuten ist Redaktionskonferenz. Danach muss ich mich um den Nachruf kümmern und am Abend ist die Rosenkavalier-Premiere. Also, was willst du?«

»Sag mir alles über den Hackner, was du weißt.« Er konnte ihr Schnauben durchs Telefon hören. Sie rief jemandem etwas zu. Was, konnte er nicht verstehen. Sie war wohl in einem Raum mit vielen Leuten, wie er anhand des Stimmengewirrs vermutete.

»Merana, ich habe absolut keine Zeit, sorry. Eventuell morgen oder übermorgen.«

»Das ist mir zu spät, gib mir bitte wenigstens eine Kurzfassung.« Wieder hörte er, wie sie jemandem etwas zurief.

»Merana, du nervst. Ich muss zur Konferenz. Hier hast du zehn Sätze: Theaterfanatiker, ein Bühnentier, verlangt von anderen 120 Prozent, von sich selbst das Doppelte, als Schauspieler grandios, als Regisseur in der Topliga, alle großen Rollen, fast in allen großen Häusern, als Mensch schwierig, ein Despot. Schluss.«

»Das waren nur neun!«

»Was?«

»Das waren nur neun und nicht einmal ganze Sätze. Mindestens einen Satz bist du mir noch schuldig.«

»Karriere oder Charakter?«

»Sag mir noch was über seinen Charakter.«

»Gut. Obwohl er auf der Bühne und, wie man hört, ebenso im Privaten, oft ein Despot war, konnte er auch unheimlich charmant sein. Darauf stehen Frauen, Merana. Nach meinem letzten großen Interview mit ihm wäre ich zum ersten Mal auf der Stelle bereit gewesen, mich mit ihm auf die Couch zu legen, wenn er mich gefragt hätte. Reicht das?«

Merana war stehen geblieben. »Das reicht. Warum hat er nicht gefragt, ob du dich mit ihm auf die Couch legen willst?«

»Merana, du kannst mich mal.«

»Warte, Jutta, noch eine Bitte. Kannst du dich für mich ein bisschen umhören? Du weißt schon, ein paar Leute anrufen, fragen, was so hinter den Kulissen läuft, was mit dieser Sache zu tun haben könnte, mit Hackner, mit den Festspielen, mit anderen Schauspielern, Künstlern …«

»Merana, ich bin bei einer Zeitung, nicht beim KGB!«

Wo ist da der Unterschied, wollte er schon sagen. Laut ließ er aber hören: »Bitte, Jutta, es ist mir ernst! Ich weiß nicht, wen ich sonst fragen könnte.«

»Ja, ich komme schon!« Dieser genervte Satz galt nicht ihm. »Ich werde es mir überlegen, wenn ich dazu komme. Achtung, hier spricht der Operator: Ihre Zeit ist um. Three, two, one, zero!« Dann das Besetzzeichen. Sie hatte aufgelegt.

Merana hatte die Polizeiwache am Rathausplatz erreicht. Er schwitzte. Es war wirklich sehr heiß.

MONTAG, 31. JULI, 13.25 UHR

Als Merana ins Polizeipräsidium kam, war es kurz vor halb zwei. Besprechung um 14 Uhr, hatte Merana von unterwegs noch per SMS seine Mitarbeiter benachrichtigt. Das Polizeipräsidium war selten ein Ort der Beschaulichkeit. Vielleicht in ein, zwei Nächten im Jahr. Bei starkem Schneetreiben. Wenn das Verbrechen wegen Rutschgefahr lieber zu Hause blieb. Aber sonst war immer leichte Hektik zu spüren. Immer dieses nervöse Kribbeln. Ein Polizeiapparat hatte selten Gelegenheit, die nächste Woche, den nächsten Tag, die nächste Stunde zu planen. Man reagierte. War angewiesen auf das, was passierte. Und obwohl das Präsidium sich heute genauso zeigte wie an allen Tagen, spürte Merana dennoch eine größere Anspannung. Die Schritte der Mitarbeiter waren um eine Spur hastiger. Die Grüße um eine Spur kürzer. Die Gesichter schneller abgewandt als sonst, weil jeder in Eile war. Die Kommissariatssekretärin unterbrach sofort ihr Telefonat.

»Bitte schauen Sie in Ihr Mail-Postfach, Herr Kommissar, es ist etwas da von der Gerichtsmedizin.«

Merana murmelte: »Danke«, und öffnete die Tür zu seinem Büro.

Er ließ den Computer das Virenschutzprogramm durchackern und öffnete den Posteingang. Drei Nachrichten waren gespeichert. Er klickte auf die erste.

13.22 Uhr – Gerichtsmedizin. Absender Dr. K. Eckschlager.

›Bestätigung der Erstuntersuchung. Tod durch Einstich in den Brustkorb. Die Dolchspitze hat das Herz durchstoßen. Stichkanalanalyse: Stich von vorn. Leicht schräg nach oben angestellt. Mit großer Wucht durchgeführt.‹

Hackner ist kein kleiner Mann, dachte Merana. Entweder ist der Mörder um einiges größer. Oder Hackner hat gesessen. Oder gelegen. Muss mit Eckschlager reden. Er wählte die Durchwahl der Gerichtsmedizin und hatte Glück. Doktor Eckschlager war selbst am Telefon.

»Hallo, Konrad, danke für die schnelle Analyse. Lese gerade deinen Bericht. Hackner war ein ziemlicher Brocken. So um die 1,90 Meter. Was glaubst du, ist er gestanden, als er erstochen wurde, oder gelegen?«

Konrad Eckschlager hatte eine volltönend tiefe Stimme. Sehr zur Freude des Leiters des Salzburger Domchores, bei dem Eckschlager seit 30 Jahren mitsang.

»Das lässt sich schwer sagen, Martin. Also eines ist klar, das steht auch im Bericht: Es gibt keine erkennbaren Kampfspuren. Weder Quetschungen noch Schürfwunden. Er kann gestanden sein, als er erstochen wurde, und ist dann umgefallen. Allerdings gibt es keine Hämatome. Aber er kann auch gestürzt sein, ohne dass ein Hämatom entstanden ist. Jedenfalls war er sofort tot, als die Klinge ins Herz fuhr.«

Merana dachte kurz nach. »Wie ist deine Einschätzung, Konrad?«

Merana konnte fast sehen, wie Doktor Konrad Eckschlager, langjähriges Mitglied des Salzburger Domchores, sein immer noch prächtiges, nur von ein paar Silberfäden durchzogenes Lockenhaupt unwillig schüttelte und leicht schnaubend erwiderte: »Einschätzung ist keine wissenschaftlich haltbare Methode, Martin. Und ich lass mich auch nicht zitieren. Und schriftlich kriegst du das auf keinen Fall. Aber wenn ich es auf einer Wahrscheinlichkeitstabelle einzeichnen müsste, würde ich bei einem hohen 70er-Prozentsatz ein Kreuz machen, dass er schon am Boden lag, als ihm jemand die 16,4 Zentimeter lange Klinge durch den Brustkorb gejagt hat.«

Wenn Konrad Eckschlager sich auf einen so hohen Prozentsatz einließ, konnte man wohl davon ausgehen, dass es so war. »Das heißt«, sagte Merana, »wenn er schon gelegen ist, und sich jemand neben ihn, sagen wir einmal, hingekniet und mit den Händen beim Stoß weit ausgeholt hat, dann müsste der Täter nicht unbedingt ein kräftiger Kerl sein.«

»So ist es«, kam es aus dem Telefonhörer, »es könnte also sogar ein zehnjähriges Kind gewesen sein. Noch dazu, wo der Dolch sehr spitz ist.«

Für einen Augenblick schoss es Merana durch den Kopf, welche Zehnjährigen er kannte, die dazu fähig wären, einem anderen einen Dolch in die Brust zu rammen.

»Aber wenn er gelegen ist, hätte er doch gesehen, dass ihm da einer mit dem Dolch ans Leder will. Da hätte er sich doch gewehrt. Noch dazu, wo der andere kräftig ausholen musste.«

Die Stütze des Bassregisters im Salzburger Domchor

antwortete: »Nicht unbedingt. Bei dem, was er getankt hatte. Du musst weiterlesen, steht alles im Bericht.«

Merana scrollte mit der Maus am Bildschirm den Text runter. »›Blutanalyse‹«, las er laut. »›Auffällig hoher Alkoholanteil. 2,1 Promille.‹ Meine Herren«, entfuhr es ihm. »Der war ja schon vor seinem Exitus eine Schnapsleiche.«

»Nur bedingt«, ließ sich der Gerichtsmediziner vernehmen. »Seiner Leber nach zu schließen vertrug er schon einiges. Auch wenn es die wohl nicht mehr allzu lange mitgemacht hätte. Dennoch, auch wenn das sicher nicht sein erster Rausch gewesen war, bei 2,1 Promille ist in jedem Fall die Wahrnehmungs- und Reaktionsfähigkeit extrem herabgesetzt. Auch bei einem starken Trinker.«

»Danke, Herr Doktor«, erwiderte Merana und legte auf.

Das wurde immer schöner. Er hatte also einen toten Tod, der im Augenblick seines Lebens so sternhagelvoll gewesen war, dass die Alkoholfahne zweimal um den Dom herumreichen musste, und nicht den geringsten Ansatz, wo er mit der Ermittlung ansetzen sollte. Wenn er tatsächlich gelegen ist, als ihn der Stoß traf, kann es jeder gewesen sein, sogar ein zehnjähriges Kind.

In der Gegensprechanlage summte es. »Herr Kommissar, der Herr Hofrat hat angerufen. Um 16 Uhr ist eine Pressekonferenz anberaumt, da will er Sie dabei haben. Der Herr Minister wird auch vor die Presse treten.«

»Warum nicht um 17 Uhr, wie heute Morgen ausgemacht?«

»Keine Ahnung. Wahrscheinlich will der Herr Minister vor der Rosenkavalier-Premiere noch mit der Frau Landeshauptfrau einen Prosecco zwitschern.«

Merana musste lachen. Das mochte er an Frau Rosner. Diese trockene Art, scheinbar undurchschaubare Zusammenhänge mit einer einzigen Bemerkung auf den Punkt zu bringen. Er sah auf die Uhr: Zeit für die 14-Uhr-Besprechung.

Als Merana den Besprechungsraum betrat, waren zwei seiner Mitarbeiter schon da, Braunberger und Kaltner. Carola fehlte noch. Kaltner war erst seit einem Jahr in seiner Abteilung. Den kannte er noch nicht so gut. Aber bei Otmar Braunberger wusste Merana mit einem Blick, wie ergiebig die Beute sein würde. Schon die Art, wie Otmar in seinem uralten Notizbuch blätterte, wie er sich langsam mit dem Zeigefinger der rechten Hand über die Unterlippe fuhr, sagte Merana, dass die Ausbeute dürftig ausfallen würde, sehr dürftig.

»Fang mit dem Positiven an, Otmar«, bat Merana und setzte sich. »Gibt es wenigstens die üblichen Anrufe?«

Braunberger stieß heftig die Luft durch die Nase und schnaubte widerwillig. Wie ein Maultier, das den Korb nicht schleppen will.

»Nicht einmal da viel Aufregendes. Die erste Meldung über Radio und Fernsehen kam um 10 Uhr. Seitdem hatten wir nur zwei Anrufe von Spinnern. Der eine Anruf kam von einem Mann, etwa um die 50. Behauptet, er sei es selbst gewesen. Der übliche Stumpfsinn. Er könne sich gegen eine innere Stimme nicht wehren. Er müsse jede Nacht um den Dom schleichen. Und einfach …«, Braunberger schaute in seine Unterlagen, »… und einfach seinem inneren Drang folgen und zustoßen. Womit genau zustoßen, war ihm nicht zu entlocken. Ich habe trotzdem den Steinmeier hingeschickt, um den Kerl zu überprüfen. Und außerdem haben wir noch eine etwa 60-jährige Frau. Auch hier das Übliche: Hysterische Stimme, jedes zweite Wort ist ›Sünde‹ oder ›Himmlische Gerechtigkeit‹ oder ›Höllische Strafe‹. Sie behauptet, das sei ein Racheengel gewesen. Irgendein Astariel. Niemand dürfe sich anmaßen, den Tod zu spielen. Schon gar nicht vor einem Gotteshaus.«

Merana starrte auf das speckige Notizbuch seines Inspektors. Und wenn die ganze Welt sich ins papierlose Internet verkrümelte, sein Otmar, sein Fährtenhund, würde trotzdem jeden Tag seine Ergebnisse in sein Büchel kritzeln. Bis zur letzten Seite. Und dann ein neues kaufen und vollschreiben.

Laut sagte Merana: »Wir sollten das trotzdem überprüfen. Klingt ein bisschen nach Sekte. Racheengel Astariel. Man weiß ja nie, was dran ist. Kaltner, übernehmen Sie das. Gleich nach der Besprechung.«

Gruppeninspektor Gebhart Kaltner runzelte die Stirn. Äußerte aber nichts außer: »Wenn Sie meinen.«

Seit genau 14 Monaten hatte Merana den 28-Jährigen in seinem Team. Er war alles andere als erfreut gewesen, als der Chef ihm erklärt hatte, Kaltner würde der Nachfolger des pensionierten Hartmut Klose sein. Merana mochte diesen Schnösel Kaltner nicht. Immer gestylt, immer darauf bedacht, Sakkos in der richtigen Farbe zu tragen, das Haar immer geföhnt. Die richtigen Leute kennen, immer auf den richtigen Partys dabei sein. Im Schlepptau seiner Frau Gisela, jüngster Spross einer alten Salzburger Kaufmannsfamilie. Und wie man so hörte, war Kaltner öfter in Gesellschaft von Leuten zu sehen, die politisch sehr für starke Hände und ordentliches Durchgreifen plädierten. Nein, Merana mochte ihn nicht. Aber er musste zugeben: Kaltner war ein guter Polizist. Fachlich beschlagen, hellwach, ehrgeizig. Und eine bescheuerte selbst ernannte Zeugin zu vernehmen, die von Racheengeln faselte, das war ihm sicher zu einfach. Zu abwegig. Das brachte einen nicht weiter, gerade hier, bei einem Fall, der im Fokus der Medien stand. Und in dem des Herrn Ministers. Und gerade als Merana überlegte, ob er Kaltner nicht doch eine andere Aufgabe geben könnte, da stürmte Carola Salmann zur Tür herein.

»Entschuldigung!« Das Wort kam schnell und ein bisschen atemlos aus ihrem Mund. Schon saß sie auf ihrem Platz.

Merana sah sie an. »Ist etwas passiert?«

Carolas Kopfschütteln war kurz und energisch. Sie sah nicht in die Runde, sondern starrte auf ihre Unterlagen.

»Wegen Hedwig?«

Mit einem schwachen Seufzer sah Carola auf. »Ja, ich musste noch schnell heim. Es gab Tränen. Moritz ist tot.«

Carola hatte ein behindertes Kind, ein Mädchen von sieben Jahren, Hedwig. Sie war geistig zurückgeblieben und kapselte sich oft von der Außenwelt völlig ab.

Nur Moritz schaffte es immer, Hedwig ein Lächeln ins Gesicht zu zaubern. Moritz zu streicheln, das beruhigte Hedwig. Das öffnete ihr eine Tür zur Wirklichkeit außerhalb ihrer selbst. Moritz war ein Meerschweinchen. Und nun war Moritz also tot.

»Vielleicht war es ein Racheengel!«

Das konnte nur von Kaltner kommen. Und dann auch noch dieses aus der Rasierwasserwerbung ausgeliehene dämliche Grinsen dazu. Carola schaute irritiert.

Und noch ehe Merana zu einer scharfen Bemerkung ansetzen konnte, sagte Otmar Braunberger: »Kaltner, wenn du noch einmal den Mund ungefragt aufmachst, kriegst du so eine in die Goschen, dass es deinem Boss-Anzug sämtliche Nähte zerreißt!«

Das Rasierwassergrinsen in Kaltners Visage war schlagartig weg. Und er war mindestens ebenso verblüfft wie die beiden anderen im Raum, Carola und Merana. Niemand konnte sich erinnern, dass Otmar Braunberger jemals eine Drohung ausgestoßen hatte. Und schon gar nicht eine solche.

Carola wollte etwas erwidern, aber Braunberger hob nur kurz die Hand und lächelte Kaltner einfach nur an. Und dieses Lächeln war aus keiner Rasierwasserwerbung. Eher aus einem Mafiafilm. Auch wenn Otmar Braunberger mit Carola nicht immer einer Meinung war, er mochte Hedwig. Und ähnlich wie bei Moritz, wenn Hedwig ihre ungeschickten Finger durch dessen Fell gleiten ließ, beruhigte sie sich auch, wenn Otmar sie auf den Schoß nahm und ihr mit seinem Bierbass ein Kinderlied vorbrummte, das wohl wirklich niemand außer Hedwig als schön empfand.

Kaltner entgegnete nichts, er senkte nur den Kopf.

Na Mahlzeit, dachte Merana. Das können wir jetzt brauchen, einen Promifall am Hals, einen ungeduldigen Minister im Genick und Zoff im Team. Und ich werde Kaltner alle geisterstimmengeplagten und sonst wie verrückten Zeugen vernehmen lassen, bis er schwarz wird, dachte Merana und beschloss, kein Wort mehr zu diesem Zwischenfall zu verlieren, sondern mit der Besprechung weiterzumachen.

»Was hast du sonst noch, Otmar?«

Mit der Ruhe, die an einen in seiner Mitte ruhenden Zenmönch erinnerte, blätterte der Abteilungsinspektor in seinem speckigen Notizbuch herum. »Bis jetzt haben sich noch vier Personen gemeldet, die zur fraglichen Zeit in der Altstadt unterwegs waren. Wir überprüfen das, aber soviel ich am Telefon mitbekommen habe, bleibt die Biersuppe dünn.« Braunberger schloss sein Buch, steckte es ins Sakko.

Jetzt kommt etwas Brauchbares, dachte Merana, das sehe ich ihm an.

»Ich habe außerdem versucht, den Bruder zu erreichen. Doktor Thomas Aichmüller. Rechtsanwalt. Kanzlei in der Linzergasse. Aber der ist geschäftlich in London und wird erst in zwei Tagen zurückerwartet. Seine Sekretärin versucht, ihn per Handy zu erreichen oder im Hotel. Unter Umständen kriegt er es auch so mit. Kann mir vorstellen, dass ein Mord bei den Salzburger Festspielen ein Fressen für die englischen Medien ist. Das Einzige, was ich dir bieten kann, ist die Putzfrau von diesem Doktor Aichmüller. Die hat nämlich einen Schlüssel für die Wohnung. Ihre Handynummer habe ich von der Sekretärin. Wir können die Putzfrau jederzeit anrufen, falls du da hineinschauen willst, bevor der Bruder aus London zurückkommt.«

Merana dachte nach. Würde es etwas bringen, die Wohnung zu durchsuchen? Vielleicht war es dem Herrn Rechtsanwalt gar nicht recht. Vermutlich war der Herr Bruder nur Sommergast. Etwas fiel ihm ein. »Hatte der Hackner einen Schlüssel eingesteckt?«

Der Inspektor ließ langsam wieder sein abgegriffenes Notizbuch erscheinen. »Nein. Er hatte gar nichts bei sich. Keine Papiere, keine Brieftasche, keinen Schlüssel. Nicht einmal Schuhe, wie du weißt.«

Hervorragend. Ohne Brieftasche und Schlüssel hat der Chef wenigstens eine offizielle Marschrichtung für die Presse: Raubüberfall. Und schon werden sie uns morgen in den Frühausgaben die Schlagzeilen über die Birne ziehen. ›Raubmord vor dem Salzburger Dom. Wie sicher ist Salzburgs Altstadt?‹

Merana liebte dieses Spiel. Manchmal schlossen sie dezernatsweise Wetten darüber ab, welche Abteilung die Schlagzeilen des nächsten Tages erriet. Seine eigene Abteilung schnitt meistens am besten ab.

Raubmord ist natürlich völliger Unsinn. Hier ist nicht New York. Nicht einmal Wien. Und wenn schon. Kriminelle, die auf Beute um jeden Preis aus sind, führen eigene Waffen mit und sind nicht angewiesen auf einen vom Opfer mitgebrachten Dolch, der noch dazu eine Imitation ist.

Merana schaute in die Unterlagen. Wohnung Doktor Aichmüller: Kaigasse 57. Das befand sich am Ende der Gasse, stadtauswärts gelegen. Vom Dom in fünf, sechs Minuten erreichbar.

»Wir werden doch die Putzfrau bemühen. Kümmerst du dich darum, Otmar?«

Braunberger nickte.

»Haben deine Internetrecherchen was gebracht, Carola?«

Carola hatte die ganze Zeit über Kaltner angestarrt, dabei ab und zu den Kopf geschüttelt, aber nie den Blick abgewandt. Kaltner malte Dreiecke auf seinen Notizblock.

Jetzt drehte Carola Merana das Gesicht zu und nickte. Ihre Augen erinnerten ihn immer wieder an Granit. »Ja, ich weiß, wer die beiden Frauen von gestern Abend sind, von denen uns Draga erzählt hat. Die junge Frau heißt Ramina Haubendorf, sie spielt die Guten Werke im Jedermann. Und die ›mehr alte‹, wie Draga sie nannte, die Hackner zurechtgewiesen hat, ist Deborah Jadlinski …«

»… und die spielt den Glauben«, ergänzte Merana. »Zwar nicht in allen Vorstellungen, aber in den meisten.« Auch wenn er sich wenig fürs Theater interessierte, der Name Deborah Jadlinski war ihm natürlich bekannt. Irgendwie hatte die auch mit dem Hackner zu tun. Da war doch vor Kurzem was in der Zeitung gestanden. »Sehr gut, Carola. Wir müssen so schnell wie möglich mit den beiden reden. Und auch mit den anderen, die gestern Abend dabei waren.«

»Ich habe es schon versucht. Von der Pressechefin weiß ich, dass Frau Jadlinski gerade in der Hauptprobe zum Botho-Strauß-Stück in Hallein auf der Pernerinsel steckt. Und die dauert bis zum Abend. Ramina Haubendorf hat probenfrei. Die Pressechefin versucht, sie zu erreichen und gibt uns Bescheid.«

Merana nickte, schaute in die Runde. Nun hatte auch Kaltner den Blick erhoben, sein Block war vollgekritzelt.

»Ich schlage vor, wir ermitteln in alle Richtungen. Otmar, du kümmerst dich um die Wohnung, die Putzfrau, den Bruder. Wir wollen möglichst alles aus Hackners Privatbereich wissen, Testament, Verwandte, Rechtsanwalt, Vermögen, das Übliche. Carola, du übernimmst die Künstler und alle Gäste, die gestern bei dieser Premierenfeier waren. Dazu sämtliches Festspielpersonal, das mit der gestrigen Jedermann-Aufführung zu tun hatte, vom Billeteur bis zu Hackners Garderobiere.«

Carola lachte auf. »Ich hoffe, du bist nicht enttäuscht, wenn wir bis Weihnachten brauchen.«

Merana schnitt mit der Hand durch die Luft. Das machte er immer, wenn er allmählich in Fahrt kam. »Nehmt euch so viele Leute, wie ihr braucht. Auch aus der Abteilung 3. Der Chef wird alles genehmigen. Davon könnt ihr ausgehen. Dieser Fall hat höchste Priorität.«

Ein Raunen ging durch den Raum.

»Kaltner, wenn Sie mit den Verrückten durch sind, ermitteln Sie in Richtung Raubüberfall. Erstens will ich mir den Rücken freihalten und den Chef beruhigen, wenn er danach fragt, und zweitens, wer weiß. Möglicherweise ist was dran. Wäre ja nicht das erste Mal, dass wir gehörig überrascht würden. Und wenn Sie sich schon umhören, Kaltner, lassen Sie auch nach diesen verdammten Schuhen suchen. Die können ja nicht in den Gully geschwemmt worden sein. Alles klar?«

Das Telefon läutete.

»Ich wette, das ist der Chef. Der Herr Minister möchte womöglich jetzt doch schon um drei vor die Presse treten«, vermutete Braunberger.

Es war nicht der Chef, es war Frau Rosner. »Ein Herr Brehmstett«, kündigte die Sekretärin an. »Meint, es sei dringend.«

Da war es, ganz plötzlich. Dieses leichte Kribbeln in den Wangen, das Merana immer spürte, wenn er meinte, es gehe einen Schritt vorwärts.

»Ich übernehme, Frau Rosner. Vielen Dank.« Merana stellte auf Lautsprecher, damit die anderen mithören konnten.

Eine heisere Männerstimme erfüllte den Raum. Norddeutscher Akzent. Schmieriger Unterton. Es klang, als versuche ein Ostseematrose, einen Wiener Fiaker nachzuahmen. »Meine Verehrung, Herr Kommissar. Herwig Brehmstett. Wie Sie vielleicht wissen, bin ich … äh, war ich künstlerischer Berater von Hans Dieter Hackner. Ich kann es einfach nicht glauben. Habe eben meine Mobilbox abgehört. Sofort die Festspielleitung in Salzburg rückgerufen. Die haben mir Ihren Namen genannt. Wie um Himmels willen ist denn das passiert?«

Theatralisch. Das war das Erste, was Merana einfiel. Verwirrt, schön und gut. Aber der trägt ein bisschen zu dick auf. Er ging nicht auf die Frage ein, sondern erkundigte sich nur: »Wo sind Sie, Herr Brehmstett?«

Er sei in Hamburg, antwortete der Manager. Heute früh geflogen. Dringende Termine. Hamburger Staatsoper. Wegen Rigoletto.

»Waren Sie gestern bei der Premierenfeier?«

Ja, er sei gestern bei der Feier gewesen. Mit dem Hans Dieter. Und 200 anderen. Was genau denn passiert sei?

Merana schilderte in knappen Worten, was sie bisher wussten.

»Einfach unfassbar! Und das ist wirklich dieser Dolch? Das Geschenk des Landes? Damit ist er erstochen worden?«

Merana fragte ihn, ob er irgendetwas zum Vorfall sagen könne.

Nein, er habe keine Ahnung, erwiderte der Manager. Ja, er sei dem Hans Dieter nachgegangen. Wollte ihn nach Hause begleiten, zur Wohnung des Bruders. Die sei ja nur, wie sagt ihr da in Österreich, einen ›Flohhupfer‹ vom Bischofsbräu weg. Er sei aber nur bis zum Beginn der Kaigasse mitgegangen, dann umgekehrt. Wegen des Wetters. Es sah so aus, als ob es jeden Augenblick losginge mit dem Gewitter.

Merana versuchte, den Redefluss in brauchbare Bahnen zu lenken. »Haben Sie jemanden gesehen, Herr Brehmstett?«

Die Antwort kam schnell. »Bedaure, Herr Kommissar, ich habe niemanden gesehen. War ja auch schon zappenduster, wie man so treffend formuliert. Wolken wie beim Weltuntergang. Bin gelaufen, was die alten

Beine hergaben. Spüre heute noch das Seitenstechen, Herr Kommissar, das kann ich Ihnen sagen.«

»Sind Sie zurück ins Hotel, Herr Brehmstett?«

»Ja, in den Goldenen Hirsch. Ich wohne immer da, ist ein sehr nettes Haus. Bin auch gleich brav in die Heia, hatte ja schon heute früh ein Rendezvous mit Rigoletto. Aber wenn ich das geahnt hätte – ich da friedlich im warmen Bettchen und der arme Hans Dieter … Und gibt es denn überhaupt schon eine Spur, Herr Kommissar? Ein Überfall, nehme ich an?«

Merana ließ die Frage unbeantwortet. »In welcher Verfassung war Herr Hackner, als Sie mit ihm das Lokal verließen?«

»Wie darf ich das verstehen, Herr Kommissar?«

»War er betrunken?«

Einen Moment war es still in der Leitung. Dann entgegnete Brehmstett ein wenig zögerlich. »Also betrunken kann man nicht sagen … Hatte sicher ein bisschen was geladen, der gute Hans Dieter. Hat er öfter gemacht. Vertrug auch einiges. Wie seinerzeit der Curd. War auch einmal bei mir unter Vertrag. Der Jürgens. Hat ja auch einmal den Jedermann gespielt, der Curd. Meine Herren, der konnte saufen, besonders Schnaps …«

Und ehe Brehmstett die Lieblingsschnäpse von Curd Jürgens auflisten konnte, fuhr Merana schnell mit der nächsten Frage dazwischen. »Bevor Sie mit Herrn Hackner das Bischofsbräu verließen, hat es da etwas gegeben? Eine Auseinandersetzung vielleicht, einen Streit?«

Dieses Mal kam die Antwort noch verzögerter. Und zum ersten Mal seit Herwig Brehmstett Wortschwaden durchs Telefon schickte, setzte er ein lang gezogenes Äh vor den Beginn des nächsten Satzes. »Äh … wie soll ich sagen, Herr Kommissar. Mag sein, dass da was war. Wissen Sie, diese großen Künstler sind ja im Grunde alle wie kleine Kinder. Großartig in ihrer Darstellung und ihrer Gestik, dabei oft übertrieben und immer hypersensibel. Leicht angerührt, schnell beleidigt, aufbrausend. Das ist halt die exaltierte Künstlerseele.«

»Etwas konkreter, Herr Brehmstett. War da was? Ein Streit, ein Zwischenfall, etwa mit Frau Haubendorf oder Frau Jadlinski?«

Und wieder ein Äh, dieses Mal kürzer. »Äh, schon möglich, Herr Kommissar. Wissen Sie, wenn man so lange miteinander an einem Stück probt und noch dazu so intensiv wie beim Jedermann, staut sich schon etwas auf. Und das entlädt sich dann manchmal in einer Situation wie bei einer Premierenfeier, wenn die Konzentration endlich nachlassen darf und die Gefühle hervorbrechen.«

»Ganz konkret, Herr Brehmstett!« Merana gab seiner Stimme etwas mehr Schärfe. »War da etwas? Haben Sie was mitbekommen oder nicht?«

»Also, wenn Sie mich so direkt fragen, Herr Kommissar, muss ich zugeben, dass es schon den einen oder anderen Wortwechsel gegeben haben kann. Aber ich weiß beim besten Willen nicht mehr, wer mit wem. Wie gesagt, diese Künstler fangen ja alle an, laut und übertrieben zu werden, wenn die Premierenanspannung weg ist und sie ausgelassen feiern. Und ich habe mich ja mit so vielen Leuten unterhalten.«

»Gab es einen Zwischenfall mit den Damen Haubendorf und Jadlinski?«

»Das müssen Sie die Damen selbst fragen.«

»Das werde ich, Herr Brehmstett. Wissen Sie sonst etwas, das uns weiterhelfen könnte? Hatte Herr Hackner zum Beispiel Feinde?«

»Ach, wissen Sie, Herr Kommissar, in dieser Branche hat jeder Feinde.« Jetzt kurvte Brehmstett wieder in gewohntem Fahrwasser. »Also nicht gerade Feinde, wie Sie als Kriminalist das verstehen, aber Neider. Menschen mit Erfolg haben immer Neider. Je größer der Mann, desto größer die Schar seiner Gegner. Leute, die das auch gern hätten, was man erreicht hat. Geht Ihnen sicher nicht anders, Herr Kommissar. In Ihrem Betrieb werden wohl auch hinterrücks die Messer gewetzt.«

Merana ging nicht darauf ein, obwohl ihm dazu eine Menge eingefallen wäre. »Warum haben Sie Herrn Hackner überhaupt begleitet? Für Sie war das ein großer Umweg. Der Goldene Hirsch liegt auf der anderen Seite der Stadt.«

»Weiß nicht, Herr Kommissar. Es gab keinen besonderen Grund. Wir sind miteinander los, schon waren wir in Richtung Kaigasse unterwegs. Und ich bin ja auch nicht weit mitgegangen, wegen der drohenden Sintflut. Aber wenn ich jetzt so darüber nachdenke, Herr Kommissar, was anschließend passiert ist – vielleicht hätte ich ihn nicht allein lassen sollen, dann wäre alles anders gekommen. Ich bin einfach fassungslos, Herr Kommissar, vollkommen perplex. Ist mir in meiner ganzen Zusammenarbeit mit Künstlern noch nie untergekommen. So ein Gewaltverbrechen.«

Merana wartete. Aber am anderen Ende der Leitung blieb es still. Ging Brehmstett das alles nahe? Der Gedanke, dass Hackner möglicherweise noch am Leben wäre, hätte er ihn bis vor die Haustür begleitet? Fühlte er sich schuldig? Oder war das wieder so eine theatralische Pause, gekünstelt, inszeniert, wie so vieles, das im Laufe dieses Tages seinen Weg gekreuzt hatte?

»Wann kommen Sie wieder nach Salzburg, Herr Brehmstett?«

»Äh, gleich morgen, Herr Kommissar. Sage alle meine Termine hier ab, nehme morgen die Frühmaschine. Stehe Ihnen dann voll und ganz zur Verfügung, falls Sie mich brauchen, Herr Kommissar.«

Merana legte auf und blickte in die Runde. »Was meint ihr?«

Braunberger zuckte leicht mit den Schultern. »Ich weiß nicht. Glatt. Gegen den ist ein Aal ein Stacheltier.«

Merana nickte leicht.

»Hinter der Auseinandersetzung mit der Haubendorf steckt wohl mehr als nur die theatralische Entladung exaltierter Künstlerseelen«, meinte Carola. »Die Frage war Brehmstett mehr als unangenehm. Ich denke, darüber sollten wir schnell mehr erfahren.«

»Da stimme ich dir zu. Du versuchst, die Haubendorf aufzutreiben, und ich fahre nach der Pressekonferenz nach Hallein, auf die Pernerinsel, zur Jadlinski.«

Er stand auf, taxierte noch einmal die Runde. »Sonst noch etwas?«

Kaltner, der wieder angefangen hatte, Dreiecke zu malen, hob kurz den Kopf. »Sie haben ihn nicht gefragt, ob er etwas über die Schuhe weiß.«

Tatsächlich. Das hatte er vergessen. Merana spürte, wie ihm die Röte ins Gesicht kroch.

MONTAG, 31. JULI, 17.45 UHR

Merana fuhr auf der Alpenstraße Richtung Süden. Die Pressekonferenz hatte lange gedauert. Der Andrang war enorm gewesen. Während der Minister etwas von ›Absoluter Priorität‹ und ›Ganz im Sinne der Öffentlichkeit‹ faselte und dann im zugegebenermaßen ganz leidlichen Englisch über die bisherigen vorausgegangenen Fahndungserfolge während seiner Amtszeit räsonierte (was wirklich keinen der Anwesenden interessierte, auch nicht auf Englisch), hatte Merana die Schar der Journalistenmeute zahlenmäßig zu erfassen versucht. Es waren wohl an die 200. Gebracht hatte es nichts, außer dass der Minister ihn am Ende mit einem, wie er es wohl nennen würde, kameradschaftlich aufmunternden Schulterklopfen verabschiedet hatte.

»Merana, ich verlasse mich auf Sie. Wir erwarten Fakten, Fakten, Fakten!«

Nun hatte sich doch ein kleines Wolkenschaf vor die Spätnachmittagssonne geschoben, als Merana von der Alpenstraße in Richtung Hallein abbog. Er drückte auf den Knopf des CD-Players. Stimmen wie aus einer anderen Welt füllten das Innere des Wagens. Tiefe Stimmen, die wie aus dem Nichts langsam anschwollen, allmählich überlagert von hellen Stimmen, und die gemeinsam ineinander verschlungen anwuchsen zu einem ›Gloria‹. Merana summte mit. Er war kein großer Musikkenner. Aber er liebte Renaissancemusik. Madrigale von Monteverdi, von Heinrich Schütz. Dabei konnte er sich am besten entspannen. Und dabei konnte er auch am besten nachdenken. Und gerade als die Stimmen ins Pianissimo übergingen zu einem ›tibi virgine‹, läutete das Handy. Es war Birgit. Merana sah es auf dem Display. Er drückte die Sprechtaste.

»Du hast es vergessen!«

Das war typisch Birgit. Noch ehe er ein kurzes ›Hallo‹ unterbringen konnte, sprang sie ihn schon mit ihrem ersten Satz an. Ohne Begrüßung, ohne ›Wie geht's‹, einfach so drauflos: ›Du hast es vergessen!‹ Und bevor er noch fragen konnte, was er vergessen hatte, obwohl es ihm in diesem Moment ohnehin klar war, redete sie schon weiter. »Du hast vergessen, mich in der Mittagspause anzurufen. Du hast gesagt, du nimmst dir den halben Tag frei, fährst an den Fuschlsee und rufst mich in der Mittagspause an, um mich eventuell zu überreden, die Eso-Zicken ihr Ohm allein säuseln zu lassen, und auch an den Fuschlsee zu kommen. Und dann hast du es vergessen. Wie gedenkst du das wiedergutzumachen?«

Merana seufzte. Es war ein Spiel. Und obwohl er nicht die geringste Lust hatte, es mitzuspielen, tat er es doch, denn nicht auf das Spiel einzugehen, hätte bedeutet, die Sache unnötig in die Länge zu ziehen. Und das wollte er schon gar nicht.

Also sagte er: »Indem ich dich demnächst bei Sandro auf ein Glas Nero d'Avola einlade?« Er konnte das Zischen am anderen Ende der Verbindung deutlich hören.

»Nicht demnächst. Heute Abend! Das ist das Mindeste.«

Nun hatte Merana doch genug vom Spielen. »Birgit, ich stecke mitten in einem Fall, in einem Megafall.

Der Hackner wurde ermordet. Ich bin auf dem Weg zu einer Vernehmung. Der Minister sitzt mir im Genick. Ich weiß nicht, ob ich es schaffe, dir heute noch einen Nero d'Avola einzuschenken. Capito?«

Birgit änderte ihre Stimmlage. »Ich weiß, mein Schatz. Ich habe es vorhin in den Nachrichten gehört. Ich wollte dich nur ein bisschen aufziehen. Ich kann mir auch vorstellen, was so alles auf dich einprasselt. Vielleicht schaffst du es ja doch. Ich werde bis Mitternacht bei Sandro auf dich warten. Ich will dich ja nur sehen, das ist alles. Und ich kann auch erst nach neun kommen, denn ich habe den Eso-Zicken versprochen, mit ihnen noch auf ein Getränk zu gehen, auf einen Hanftee oder irgendein anderes nirwanataugliches Gesöff. Ciao, caro, ich liebe dich. Aber angerufen hast du mich trotzdem nicht.« Und schon hatte sie aufgelegt.

Das war Birgit. Mitten in die Szene springen, kurz herumflattern wie ein Leuchtkäfer und wieder verschwinden. Sie waren sich vor drei Jahren bei einer Demo zum ersten Mal begegnet. Es ging um die geplante Erweiterung des Flughafens. Merana hatte wegen der Urlaubszeit bei den Kollegen der Abteilung 7 ausgeholfen. Birgit hatte in der ersten Reihe der Demonstranten gestanden, am lautesten gebrüllt und eine Trommel geschlagen. Und als ihr bei einem weit ausholenden Schlag der Trommelschlägel aus der Hand geflogen war, war Merana zur Stelle gewesen, um ihn aufzuheben. Warum, wusste er bis heute nicht. Anerzogene Höflichkeit? Man hebt Leuten Dinge auf, wenn sie ihnen runterfallen. Taschentücher, Autoschlüssel,

Kondomschachteln oder Trommelschlägel. So hatte es angefangen. Und als er sie am nächsten Tag zufällig in der Stadt traf, auf dem Grünmarkt, da hatte sie ihn auf ein Paar Würstel mit Kren eingeladen. Ganz spontan. Fürs Trommelschlägelaufheben.

Sie war Lehrerin, Deutsch und Geografie, war, als Merana sie kennenlernte, frisch geschieden und hatte eine damals elfjährige Tochter. Und sie engagierte sich für die Bürgerpartei ›Unsere Stadt‹, für die sie nach den jüngsten Wahlerfolgen bald in den Gemeinderat einziehen würde. Im Sommer, wenn Schule und Politik Ferien machen, unterstützte sie manchmal ihre Freundin Hannah, die auf dem Dürrnberg Selbstfindungskurse organisierte, Heilseminare mit Energiearbeit. Was das genau bedeutete, davon hatte Merana keine Ahnung. Aber die vorwiegend weibliche Teilnehmerschaft bei diesen Seminaren pflegte Birgit gelegentlich etwas uncharmant als ›Eso-Zicken‹ zu bezeichnen. Richtig, er hatte sie in der Mittagspause nicht angerufen. Er hatte es schlicht und einfach vergessen. Hätte er es bei Franziska vergessen? Ganz schwach hatte er ihr Bild vor Augen, als er vom Norden nach Hallein reinfuhr und sich links Richtung Pernerinsel hielt.

Er hätte Franziska angerufen, wie versprochen, selbst wenn der Domplatz mit Leichen übersät gewesen wäre und ihm alle Minister dieser Welt die Sporen ansetzten. Hätte er? Er wusste es nicht. Er sah Franziskas Gesicht vor sich. Und zugleich tauchte wieder dieses Bild in ihm auf, das ihn seit 15 Jahren begleitete, wenn er an Franziska dachte. Ein kitschiges Bild. Er hatte es zum ersten Mal in seiner Pinzgauer Heimat gesehen, in einer unbedeutenden Kapelle am Waldrand. Eine Madonna war auf dem Bild zu sehen, mit blauem Kopftuch und einem ebensolchen blauen Kleid, die Haare braun, die Augen geschlossen, auf der Brust ein überproportional großes rotes Herz. Und mitten in diesem Herz steckte ein Dolch. Schlecht gezeichnet, purer Kitsch, geschmacklos.

Und dennoch. Seit Franziskas Tod kam ihm immer wieder dieses Bild in den Sinn. Er spürte es mehr, als er es sah. Vor allem spürte er den Dolch im Herzen, wenn er an Franziska dachte, wenn ihm seine Einsamkeit bewusst wurde. Daran konnten auch Hunderte Menschen rings um ihn nichts ändern.

Und er spürte den Dolch im Herzen auch jetzt, als er auf der Pernerinsel aus dem Wagen stieg, einem jungen Mann mit Pferdeschwanz und Funkgerät seinen Dienstausweis vors Gesicht hielt und erklärte, warum er hier war. Während der Mann ein paar englische Brocken ins Funkgerät sprach, schüttelte sich Merana, als müsste er ein unsichtbares Netz abwerfen. Dann war das Bild weg. Aber der Schmerz nicht.

Deborah Jadlinski war noch in der Probe.

Merana hätte wohl darauf bestehen können, dass der bei seinem Eintreffen eben begonnene dritte Akt unterbrochen würde. Aber eine händeringende, schlecht Deutsch sprechende Regieassistentin hatte ihn angefleht, doch bis zur nächsten Pause zu warten, man wäre ohnehin schon in Verzug. Sie hatte Merana in den abgedunkelten Zuschauerraum geführt, wo er sich in eine der hinteren Reihen setzte. Dieser Theaterraum hatte ein ganz besonderes Flair, so wie das gesamte Ambiente dieser ehemaligen Industrieanlage ebenfalls einzigartig war. Die Pernerinsel ist eine Flussinsel, in der Salzach gelegen, die das kleine Städtchen Hallein in zwei Teile teilt. Links die historische Altstadt, rechts die jüngeren Stadtteile. Jahrhundertelang wurde auf dem benachbarten Dürrnberg Salz abgebaut. Schon zur Zeit der Kelten, vor rund 2.500 Jahren, war, bedingt durch Salzabbau und Salzhandel, der Dürrnberg ein wirtschaftliches und kulturelles Zentrum gewesen.

Ab dem Mittelalter wurde das Salz vom Dürrnberg auf ganz spezielle Weise gewonnen. Es wurde nicht mehr wie bei den Kelten einfach das Salzgestein in Schollen aus dem Berg gebrochen und unbehandelt vertrieben. Man ging dazu über, das Salz mittels Wasser aus dem Salzgestein zu lösen und in riesigen Soleleitungen ins Tal zu befördern. In der Stadt wurde das salzhaltige Wasser in den sogenannten Pfannhäusern in großen Sudpfannen erhitzt. Das Wasser verdampfte und das reine Salz blieb übrig. Dieses Salz vom Dürrnberg bildete über Jahrhunderte die Grundlage des Reichtums der Salzburger Erzbischöfe. Ohne dieses ›Weiße Gold‹, wie man Salz seit dem Mittelalter auch nennt, wären der Reichtum und die prunkvolle Erscheinung des barocken Salzburg nicht denkbar.

Mitte des 19. Jahrhunderts entstand auf der Pernerinsel eine moderne Salinenanlage, die die alten Pfannhäuser, die mitten in der Stadt gelegen waren, ablöste. Bis zum Jahr 1989 wurde hier Salz gewonnen und verarbeitet. Danach war Schluss. 2.500 Jahre Salzbergbau waren zu Ende. In den einstigen Salinenanlagen der Pernerinsel blühte inzwischen die Kultur. Ein Bürgermeister mit Weitblick und wache Kulturinteressierte aus der Stadt Salzburg hatten die ehemalige Saline als unvergleichliche Spielstätte entdeckt. Mittlerweile waren auch die Salzburger Festspiele mit jährlichen Theaterproduktionen in die alten Hallen eingezogen, die den Besuchern gleichermaßen wie den Akteuren ein ganz anderes Flair vermittelten als übliche Theaterhäuser.

Dem Reiz dieses Ambientes konnte sich auch Merana nicht entziehen, als er in der ehemaligen Solereinigungshalle, einem Bau mit alten Mauern, großen Toren und Eisenkonstruktionen saß und dem Geschehen auf der Bühne folgte.

Im Büro hatte sich Merana noch schnell im Internet über Deborah Jadlinski schlaugemacht: geboren 1959 in Hannover, Vater Rechtsanwalt, Mutter Cellistin, mit 18 erste Rollen in Hannover, ging anschließend nach Bochum, Hamburg, Berlin. 1981 Auszeichnung als beste deutsche Nachwuchsschauspielerin. Debüt bei den Salzburger Festspielen 1999, einige internationale Kino- und Fernsehproduktionen, Mitwirkung in zwei Tatort-Folgen. Außerdem war sie, und das hatte Merana dick unterstrichen, von 1983 bis 1987 mit Hans Dieter Hackner verheiratet gewesen. Das war es, was ihm in irgendeiner Zeitung aufgefallen war.

Als Deborah Jadlinski ihm eine Stunde später gegenübersaß, hätte er sie fast nicht erkannt. Vorhin auf der Bühne, da war sie ganz anders gewesen. Größer hatte sie gewirkt. Vielleicht waren das auch die hochhackigen Schuhe gewesen, mit denen sie über den Bretterboden stolzieren und über zwei ausgebrannte Autos klettern musste. Oder es war ihre Art des Sprechens gewesen. Eindringlich, klar, mit präzisem Gestus, mit dem sie ihre verkommenen Söhne und ihren ekelhaften Liebhaber in die Schranken gewiesen hatte. Eine gigantische Leistung, eine unglaubliche Präsenz in jeder Szene. Da schien sie groß, ja übergroß. Jetzt hockte sie, halb abgeschminkt, in einem abgewetzten grünen Plastikstuhl, massierte sich Zehen und Fußballen, und fluchte leise vor sich hin.

»Ich könnte ihn umbringen, den Kerl«, zischte sie, als Merana eintrat. »Eines Tages bringe ich ihn um und zwar mit diesen verdammten Schuhen!«, presste sie zwischen den Zähnen hervor und wischte die Stöckelschuhe vom Garderobentisch. Sie sah Merana an. »Aber man sollte das in Anwesenheit eines Kriminalkommissars lieber nicht laut sagen. Schon gar nicht in der jetzigen Situation. Das wäre, wenn schon nicht dumm, dann zumindest geschmacklos.«

Merana wollte gar nicht wissen, wen sie am liebsten umbringen würde: den Regisseur, der sie zu dieser Tortur zwang, den Ausstatter, der ihr die Schuhe verpasst hatte, oder den Darsteller des unappetitlichen Liebhabers, der ihr vorhin zweimal im Gerangel auf die Zehen getreten war, und das mit Jagdstiefeln.

»Bitte setzen Sie sich«, bat sie und räumte einen Stuhl frei, indem sie zwei Ledergürtel und eine Art Schlafrock mit Pfauenfedern einfach auf den Boden fegte. Sie hatte aufgehört, ihre Füße zu bearbeiten und schaute ihn an. Sie sah müde aus, sehr müde. Auf der Bühne, im Scheinwerferlicht, bei jeder eleganten Bewegung ihres immer noch grazilen Körpers hatte sie wie eine 30-Jährige gewirkt. Jetzt, im Halbdunkel des Garderobenraumes und mit den dunklen Ringen unter den Augen, sah man ihr die fünf Lebensjahrzehnte, die sie auf dieser Welt schon verbracht hatte, durchaus an. Das ganze Gesicht schien müde zu sein, sogar die Nase wirkte erschöpft.

Aber die Augen nicht. Sie hat kluge Augen, dachte Merana, so wie Fräulein Hildegard. Fräulein Hildegard hieß eigentlich Frau Hildegard Lilienthal und war Meranas Volksschullehrerin gewesen. Seine Großmutter, die aus einer Zeit kam, in der man vor Lehrerinnen noch großen Respekt zeigte, hatte immer ›Fräulein Hildegard‹ gesagt. Er hatte sich in Fräulein Hildegard verliebt, vom ersten Tag an, als sie in die Klasse kam. Wegen ihrer kleinen Stupsnase und vor allem wegen ihrer klugen Augen.

»Es tut mir leid, dass Sie warten mussten, Herr Kommissar. Aber ich bin Ihnen unendlich dankbar, dass Sie die Probe nicht unterbrochen haben. Er ist so schon hysterisch genug, unser Regiejungstar. Ich hoffe, das Warten hat Ihre Pläne nicht ganz durchkreuzt?« Sie lächelte ihn an. Irgendwie wurde Merana warm ums Herz. Und sollte da noch ein Echo von Schmerz wegen des Dolchs gewesen sein, jetzt war es weg.

»Ich versuche, es so kurz wie möglich zu machen, Frau Jadlinski«, setzte er an. »Ich nehme an, Sie wissen, warum ich hier bin.«

Sie nickte und erzählte ihm, dass sie es am Vormittag erfahren habe, von der Pressechefin. Da war sie schon auf dem Weg nach Hallein zur Probe gewesen. »Und«, fügte sie hinzu, »um Ihren Fragen gleich zuvorzukommen. Ich habe keine Ahnung, wer es war.« Merana wollte etwas fragen, aber ihre Augen ließen ihn innehalten. »Und jetzt wollen Sie mich wohl fragen, wie ich das mache. Da sitze ich vor Ihnen in diesem komischen Hosenanzug, halb geschminkt, mit schmerzenden Füßen, habe heute schon drei Akte dieser Monsterproduktion durchgekaut und versuche, mich auf die nächsten beiden Akte einzustimmen, ohne dem Regisseur an die Gurgel zu fahren, und das alles, obwohl heute Nacht ein Mensch auf brutale Art ums Leben gekommen ist, mit dem ich nicht nur gestern noch auf der Bühne stand, sondern auch fünf Jahre verheiratet war. Wie schaffe ich das? Ich weiß es nicht. Meine Gefühle gehen nur mich etwas an, und zum Nachdenken bin ich nicht gekommen. Ich werde versuchen, Ihre Fragen zu beantworten, so gut es geht, werde brav zu Ende proben, wie sich das für einen Profi gehört, werde eine Schlaftablette nehmen, oder zwei, denn ich muss morgen dringend nach Wien, werde übermorgen zur Generalprobe hier sein, die Premiere spielen, und dann, wenn Zeit bleibt, werde ich meinen Gefühlen gestatten, sich bei mir zu melden. Und jetzt fragen Sie endlich!«

Sie hatte nicht nur kluge Augen, sondern auch einen wachen Verstand.

»Gut, Frau Jadlinski, lassen Sie uns bitte über gestern Abend reden. Wir sind erst noch dabei, uns einen kompletten Überblick zu verschaffen, aber wie wir bereits erfahren haben, dürften Sie bis gegen Ende der Feier im Bischofsbräu gewesen sein.« Er sah sie an. Sie nickte. »Wie wir auch erfahren haben, hat es eine Auseinandersetzung gegeben, und zwar zwischen Herrn Hackner und Frau Haubendorf. Können Sie mir dazu etwas sagen?«

Ihr Blick, der trotz der Müdigkeit in ihrem Gesicht wach war, wurde noch eine Spur heller. »Mit wem aus der Kollegenschaft haben Sie schon geredet?«

Merana schüttelte den Kopf. »Bisher mit keinem.«

Sie dachte nach, ein kleines Lächeln schmiegte sich um ihren Mund. »Dann war es die Kleine, die bosnische Servierhilfe. Ein sympathisches Mädel, und nicht auf den Kopf gefallen. Ist mir gleich aufgefallen. Ja, Herr Kommissar, es hat eine Auseinandersetzung gegeben, wie Sie das ausdrücken. Dieter hatte viel getrunken. War den ganzen Abend über schon laut. War einmal übertrieben aufgekratzt und leutselig, dann einfach widerlich. Und so gegen halb zwei, es waren noch 15 oder 20 Leute da, ist er aufgesprungen und wie ein Stier auf Ramina zugetorkelt. Hat irgendwas gesagt wie ›und du auch!‹ oder ›du hast mich auch hintergangen‹ und ihr tatsächlich eine runtergehauen.«

»Und was passierte daraufhin?«

»Ich weiß es nicht genau, es ging alles so schnell. Ich glaube, ich bin vom Stuhl aufgesprungen und habe gerufen: ›Dieter!‹. Er hat mich angestarrt, sich umgedreht, irgendjemanden zur Seite gestoßen und ist zur Tür hinaus. Der Brehmstett hinterher. Ramina ist dagestanden wie die berühmte Salzsäule, bleich wie ein Linnen, und dann ist sie auch raus.«

»Frau Haubendorf ist dem Hackner nach?«

Deborah Jadlinski schüttelte den Kopf. »Nein, das

nicht. Sie ist einfach davongelaufen. Ich bin ihr noch nach, bis in den Innenhof, habe noch ›Ramina‹ gerufen, versucht, sie aufzuhalten, aber sie ist gerannt und gerannt.«

»In welche Richtung?«

»Beim Lokal raus links, also in Richtung Festspielhaus.«

»Sie ist nicht nach rechts gelaufen, Richtung Dom und Kaigasse?«

Die Jadlinski schüttelte erneut den Kopf. »Nein, sicher nicht.«

»Was war dann?«

Sie zuckte mit den Schultern, zog ihre Knie an und legte den müden Kopf darauf. »Nicht mehr viel. Mir reichte es. Ich trank meinen Kaffee aus und fuhr nach Hause. Mit meinem Wagen. Ich habe ein Haus am Mattsee. Als ich zur Garage kam, ging das Gewitter los.«

Merana versuchte zu ordnen, was er eben gehört hatte. »Was könnte er gemeint haben mit ›Du hast mich auch hintergangen‹?«

Sie hob den Kopf von den Knien und begann wieder, ihre Füße zu massieren. »Das weiß ich nicht. Das müssen Sie Ramina fragen.«

»Die haben wir noch nicht erreicht.«

Deborah Jadlinski unterbrach ihre Massage. »Ich habe sie heute Morgen auf dem Handy angerufen. Aber sie hat nicht abgehoben. Hoffentlich …« Sie sprach den Satz nicht zu Ende.

»Sie kannten Herrn Hackner schon lange. Kam es öfter vor, dass er so heftig reagierte? Dass er Frau Haubendorf gegenüber sogar … äh tätlich wurde?«

Sie musste lächeln. »Drücken Sie sich nicht so geschraubt aus, Herr Kommissar. Sagen Sie ruhig, dass er ihr eine geknallt hat. Denn genau das war es. Manchmal ließ sich Dieter zu Handlungen hinreißen, die sind ekelhaft. Unverzeihlich. Aber ich weiß nicht, warum er sich selbst vergessen hat. Und im Grunde geht es mich auch nichts an. Dieter ist ein großer …« Sie hielt inne. Zum ersten Mal seit Beginn des Gesprächs schossen ihr Tränen in die Augen. Sie biss sich auf die Unterlippe und korrigierte sich. »Dieter war ein großer Schauspieler, ein Riesentalent, ein Könner, ein begnadeter Regisseur, oft ein Despot in seiner Menschenführung, vor dem alle gezittert haben. Im Grunde seines Herzens, da, wo der kleine Dieter hockte, da war er ein Kind mit großer Angst. Auf der Bühne, da konnte er im Applaus baden. Er brauchte den Applaus wie andere Heroin. Aber wenn der Vorhang gefallen war, hatte er wieder Angst. Davor, dass ihn im Grunde keiner mag. Und wenn er etwas getrunken hatte, und das tat er oft, dann kroch das Krokodil aus seiner Seele und ließ ihn nach allen Seiten beißen und treten, weil er felsenfest davon überzeugt war, dass alle ihn hintergehen und ihn in Wirklichkeit verachten. Er war ein zutiefst unglücklicher Mensch.«

Merana schluckte. Wenn er nicht gewusst hätte, dass sie von Hans Dieter Hackner sprach, hätte er gedacht, sie beschriebe ihn, Merana. Nur dass er auf keiner Bühne stand und auch nicht mehr trank. Aber das mit der Angst und dem kleinen Kind tief drinnen, das kannte er.

»Hatten Sie außer Ihren beruflichen Kontakten nach Ihrer Trennung auch noch private Berührungspunkte?«

Sie schaute ihn an, und ihre Augen wurden schmal. War ihr diese Frage unangenehm? Aber sie antwortete ganz ruhig. »Hin und wieder, nichts Großes. Ein Glas Wein in einer Bar nach einer Vorstellung. Ein kleiner Spaziergang in einer Probenpause. Er hat mich gelegentlich um Rat gefragt. Er war ein großer Künstler, aber von praktischen Dingen im Leben verstand er nicht viel. Ihn interessierten auch Geschäfte oder Geld nicht. Allenfalls, um damit um sich zu schmeißen. Ich habe mir meinen Weg selbst erkämpfen müssen. Und das ging nur, weil ich immer Augen und Ohren offen gehalten habe. Dieter nicht. Der war das große talentierte Kind, dem alles zuflog. Auch darüber haben wir oft geredet.« Plötzlich hellte sich ihr Gesicht auf und ihr Blick ging in die Ferne, weit über die Garderobe, weit über das Gemäuer dieser alten Industrieanlage hinaus. »Und er vergaß nie meinen Geburtstag … einmal hat er mir ein Geschenk gemacht, von dem ich bis heute nicht weiß, warum …« Sie hielt kurz inne. Und noch ehe Merana fragen konnte, was dieses Geschenk war, redete sie weiter. »Ein anderes Mal bekam ich eine Schreibfeder aus Muranoglas in Form eines violetten Drachens. Es waren immer ausgefallene, verrückte Dinge, die ich von ihm erhielt. Und Orchideen. Ich liebe Orchideen.«

Merana wollte etwas entgegnen, als er bemerkte, dass sie weinte. Die Tränen kullerten lautlos über ihre Wangen. Die Zähne gruben sich tief in ihre Unterlippe. Wie kleine Dolche.

»Wenn Sie sonst nichts mehr zu fragen haben, Herr Kommissar, wäre ich Ihnen dankbar, wenn Sie jetzt gehen.« Ihre Stimme war nur mehr ein Hauch.

Merana stand auf. Er hätte ihr gern die Hand auf die bebende Schulter gelegt, aber er traute sich nicht. Das wäre ihr zu intim oder zu aufdringlich vorgekommen.

Er öffnete die Garderobentür und schaute noch einmal zurück. »Wissen Sie noch, wen Herr Hackner weggestoßen hat, ehe er nach draußen stürmte?«

Aber sie hörte ihn nicht mehr. Als er sich umdrehte und die Tür von draußen schloss, begleitete ihn das Bild der zuckenden Schultern und der hilflos fließenden Tränen.

Auf der Fahrt zurück erreichte ihn ein Anruf von Carola. »Stell dir vor, Martin, die Haubendorf ist immer noch nicht aufgetaucht. Nun macht sich auch die Festspielleitung Sorgen. Sie hätte um 18 Uhr einen Pressetermin gehabt und ist nicht erschienen.«

Das Letzte, was sie bis jetzt von ihr wussten, war, dass sie da stand, *bleich wie ein Linnen,* dann aus dem Bischofsbräu stürmte und davonlief. Nach links. Irgendwie, hatte Merana das Gefühl, war sie der Schlüssel zu dem ganzen Wirrwarr. Und dieser Schlüssel war verschwunden.

»Sollen wir sie zur Fahndung ausschreiben, Martin?«

Das wäre wohl wie ein Tritt ins Hornissennest der Medien. Jedermann-Mord. Wer hat den Tod auf dem Gewissen? Gute Werke verschwunden! Polizei fahndet nach Ramina Haubendorf!

»Nein, Carola, wir haben keinen plausiblen Grund, nach ihr zu fahnden. Aber verstärke die inoffiziellen

Suchmaßnahmen. Hört euch bei den Taxiunternehmen um, fragt bei den Krankenhäusern nach.«

Fahndung? Nein. Frau Doktor Braga würde ihm das nie verzeihen.

»Geht in Ordnung, Martin. Hoffentlich machen wir keinen Fehler.«

»Ja, hoffentlich.«

MONTAG, 31. JULI, 22 UHR

Die Getreidegasse, zwischen Rathausplatz und Gstättengasse gelegen, ist eine der Hauptattraktionen der Salzburger Altstadt. Wie in einer mittelalterlichen Spielzeugstadt reiht sich hier, eng aneinandergedrückt, Haus an Haus.

Über den Geschäften prangen schmiedeeiserne Zunftzeichen.

Sommers wie winters trifft man auf ein Knäuel von Touristen vor dem Haus in der Getreidegasse 9, dem Hagenauerhaus. Hier kam 1756 Wolfgang Amadeus Mozart zur Welt. Die Kaufmannsfamilie Hagenauer war mit der Familie Mozart befreundet und gehörte zu Wolfgang Amadeus' Förderern. Die Getreidegasse ist auch Salzburgs erste Einkaufsstraße. An manchen Tagen ist sie der Länge nach kaum zu passieren. Besonders reizvoll in der Getreidegasse sind die sogenannten Durchhäuser, von denen ausgehend Passagen mit teilweise schmucken Innenhöfen einerseits zum Universitätsplatz, andererseits zur Griesgasse und zur Salzach führen. In einer dieser Passagen zum Universitätsplatz liegt in einem kleinen Innenhof mit Arkaden das ›Da Sandro‹.

Als Merana an diesem Abend im ›Da Sandro‹ ankam, war es genau 22 Uhr.

Er wusste es, ohne auf die Uhr zu schauen. Denn im Fernsehen, das im Lokal lief, hatte gerade die ›ZiB 2‹ begonnen, die Spätnachrichtensendung des ORF.

Das Bild zur ersten Schlagzeile zeigte Hans Dieter Hackner.

Es war nicht eines der Bilder, die er heute den ganzen Tag über gesehen hatte, vom Polizeifotografen geknipst: Hackner von oben, Hackner von der Seite, Hackner mit dem Dolch in der Brust, Hackner mit starren Augen. Das Fernsehen zeigte ein Bild von Hackner in Darstellerpose auf der Bühne. Das könnte Wallenstein sein, dachte Merana. Den hatte Hackner vor zwei Jahren bei den Festspielen gegeben.

Das Lokal war voll. Alle Köpfe waren zum TV-Bildschirm gedreht. So wie damals, als Italien die deutsche Mannschaft bei der WM 2006 im Halbfinale aus dem Wettbewerb geworfen hatte. Damals hatte das Lokal einem Hexenkessel geglichen. Lauter hatte es auch nicht im voll besetzten Stadion sein können. Aber heute war es still im Raum. Alles starrte auf den Bildschirm, wo ein Nachrichtenmoderator die Topstory des Tages einleitete.

Birgit erblickte Merana und winkte heftig. Er drängte sich durch die Menge zu ihrem Tisch.

»Hallo, Schatz«, begrüßte er sie, aber sie zischte nur, legte den Finger auf den Mund, küsste ihn flüchtig auf die Wange und deutete aufgeregt zum Bildschirm.

Merana war es peinlich, als auf dem TV-Schirm Bilder der heutigen Pressekonferenz aufflackerten und er sogar einmal sich selbst in Großaufnahme sah. Einige Gesichter im Lokal wandten sich ihm zu. Das war ihm noch peinlicher.

»Ich komme gleich wieder«, flüsterte er Birgit ins Ohr. Und noch ehe sie etwas erwidern konnte, war er draußen. Er hasste solche Auftritte. Die Luft auf dem kleinen Platz vor dem Lokal war angenehm lau. Die Eindrücke der letzten Stunden gingen ihm durch den Kopf. Gleich nach der Begegnung mit Deborah Jadlinski war er ins Präsidium gefahren, hatte die Nachrichten seiner Mitarbeiter durchgelesen und war mit dem Polizeipräsidenten den Stand der Ermittlungen durchgegangen.

Carola hatte einige der späten Gäste von gestern Abend aufgetrieben. Aber die bisherigen Recherchen hatten nichts Neues ergeben zu dem, was sie ohnehin schon wussten. Sie war mit ihrem Team dran und verhörte nach wie vor Schauspielerkollegen, Gäste und Personal.

›Carola, versuch rauszukriegen, wen Hackner wegstieß, nachdem er R.H. geschlagen hat‹, hatte Merana ihr als SMS-Anweisung geschickt, aber bis jetzt noch keine Antwort erhalten. Die Vernehmung der Racheengel-Kandidatin hatte wie erwartet nichts gebracht. Auch von den Schuhen keine Spur. Zehn Mann hatten die Umgebung des Domplatzes abgesucht, hinter jeden Bauzaun geschaut, jeden Papierkorb umgedreht, nichts. Auch die Befragungen hatten keine Hinweise gebracht. Kaltner blieb dran. Die Suche nach Zeugen und den Schuhen ging weiter. Braunberger hatte inzwischen Doktor Aichmüller in London erreicht. Er würde mit der nächsten Maschine zurückfliegen. Aber wann das war, das wussten die Götter und unter Umständen die Vorsitzenden der britischen Fluggewerkschaft. Denn in England streikten wieder einmal die Fluglotsen. Und das zur Urlaubszeit. Welche Spur war wohl die richtige? Vielleicht keine. Sie waren noch nicht weit gekommen. Wer hatte einen Grund dafür, dem schwer betrunkenen Salzburger Tod mitten in der Nacht auf dessen eigener Bühne einen Dolch in die Brust zu stoßen und ihm darüber hinaus die Schuhe auszuziehen? Oder hatte er die schon vorher ausgezogen? War er in seinem Rausch in grünen Socken durch die Gegend gelatscht?

›Hackner hatte Schuhe noch an, als Brehmstett ihn verließ.‹ So lautete eine Nachricht von Otmar. Er hatte den Manager ein zweites Mal angerufen, die kleine Scharte ausgewetzt, die ihm, Merana, dem Chef, passiert war.

Gut, als Brehmstett umdrehte, wie er behauptete, hatte Hackner also die Schuhe noch an. Aber dann? Und wenn Hackner die Schuhe noch anhatte, als er umgebracht wurde, warum trug er keine mehr, als man ihn fand? Was wollte der Mörder damit vertuschen?

Sein Handy klingelte. Es war der griechisch-portugiesische Sprössling mit der Eiswürfelstimme, Frau Doktor Braga.

»Guten Abend, Herr Kommissar«, sagte die Pressechefin. Sie versuchte vergeblich, ihrer müden Stimme Elan zu geben.

Hatte sicher auch keinen einfachen Tag gehabt.

»Wenn es Ihnen recht ist, steht Ihnen der Herr Intendant morgen um 9 Uhr zur Verfügung. Wenn es für Ihre Ermittlungen unabdingbar ist, nimmt er sich auch heute nach Mitternacht noch gern Zeit.«

Es war nicht unabdingbar. Merana dankte, bestätigte den Termin morgen früh und wünschte noch einen schönen Abend. Unabdingbar. Wann hatte er diesen Ausdruck zum letzten Mal gehört? Unabdingbar. Er schüttelte immer noch leicht verwundert den Kopf und beschloss, ins Lokal zurückzukehren.

Dort war inzwischen der Lärmpegel wieder angewachsen. Die Mattscheibe des kleinen Fernsehers war schwarz, aber die Bilder und Schlagzeilen tauchten jetzt wohl in den heftigen Diskussionen auf, die lautstark durch den Raum zogen.

Er sah Birgit an einem der Stehtische, zusammen mit Sandro. Auch die beiden diskutierten. Merana atmete tief durch und machte sich darauf gefasst, mit Birgit und seinem Lieblingswirt alle Mordtheorien durchkauen zu müssen, worauf er jetzt so viel Lust hatte wie auf lauwarmen Weißwein. Aber der Pinot Grigio, den ihm Sandro vorausblickend hingestellt hatte, war schön kalt. Und die beiden konferierten auch nicht über Hackner und den Mord, denn Merana hörte Worte wie ›Umbau‹, ›Sanierung‹, ›Altstadtkommission‹, ›Geschäftezerstörer‹.

»Na, seid ihr wieder bei eurem Lieblingsthema?«, fragte Merana und nahm einen kräftigen Schluck Wein.

»Certo«, brüllte Sandro, denn der Lärmpegel im Lokal war nicht geringer geworden. »Aber sie wird nie kapieren, was ist importante. Sie immer nur interessiert die Käfer in Gras und die stuccatura in Mauer, aber nie die Sorgen der kleinen fleißigen Unternehmer wie mich! Aber ick liebe sie trotzdem!« Und damit drückte er Birgit einen Kuss auf die Stirn und rauschte in Richtung Theke davon, nicht ohne vorher über die

Schulter zurückzurufen: »Und ick bringe Birgit prontissimo den besten Nero d'Avola, denn Commissario mussen bezahlen. Sandro weiß alles!«

Und weg war er.

Merana musste lachen, auch wenn er todmüde war. Er schlang die Arme um Birgit und drückte sie an sich. Eine Zeit lang standen sie so, schweigsam. Es war ein gutes Gefühl. Dann ließen sie einander los. Sandro stellte ein Glas Rotwein auf den Tisch, grinste kurz und nahm am Nebentisch eine Bestellung entgegen.

»Na, hat er dir wieder vorgehalten, dass du schuld bist an seinem wirtschaftlichen Ruin, weil er nicht ausbauen kann?«

Birgit hielt das Weinglas unter ihre Nase, atmete tief und genussvoll ein und sagte: »Natürlich hat er das. Aber er will einfach nicht kapieren, worum es geht.«

»Und worum geht es?« Merana konnte sich die boshafte Frage nicht verkneifen. Immerhin war er ihr noch eine Retourkutsche für den Anruf von heute Nachmittag schuldig.

Birgit schnaubte. »Ach Martin, nerv mich nicht. Das haben wir doch schon hundertmal durchgekaut. Und wenn nicht der Kroninger per Zufall über die Liste gestolpert wäre, wäre die ganze Sauerei jetzt auch noch legal! Das weißt du doch, verdammt noch mal.«

Ja, das wusste er. Und irgendwie war Lokalreporter Sebastian Kroninger, der Aufdecker vom Dienst, schuld, dass sie sich ab Herbst noch weniger sehen würden als bisher. Denn Mitte September würde Birgit als frischgebackene Abgeordnete in den Gemeinderat der Stadt Salzburg einziehen.

Birgit war auf keinem aussichtsreichen Listenplatz gewesen, aber ihre Bürgerpartei hatte bei der Wahl Ende Juni einen unerwartet hohen Wahlsieg eingefahren, war von umfragevorausgesagten 7 auf sensationelle 18 Prozent hochgeschnellt. Und das alles nur, weil zwei Wochen vor der Wahl durch einen Journalisten bekannt wurde, dass die regierende Stadtpartei plante, nach der Wahl das umstrittene Altstadtgesetz zu ändern und zwar zugunsten von möglichen Investoren. Und zu ungunsten der Altstadterhalter und Denkmalschützer. Eine Nachricht, die wie eine Bombe einschlug und einen plötzlichen Wetterumschwung in der politischen Atmosphäre der Stadt auslöste. Wäre diese Entdeckung nicht gewesen, hätte das bedeutet, dass wohl keine historisch wertvolle Substanz in den Altstadthäusern mehr sicher gewesen wäre. Finanzkräftige Geschäftemacher hätten umbauen können, wie es ihnen in den Geschäftsplan passte.

Merana konnte sich noch gut erinnern, wie fuchsteufelswild Birgit gewesen war, als die Sache aufflog. Sie hatte bei ihm im Büro angerufen und lautstark gefordert: ›Merana, pack dein Einsatzkommando, fahr ins Schloss Mirabell und nimm die ganze Saubande fest!‹ Auch wenn sie sich um bedrohte Käferarten bei geplanten Straßenumfahrungen und andere unterstützenswerte Wesen auf diesem Planeten zu Recht Sorgen machte, um die präzisen Vorgaben des Rechtsstaates kümmerte sie sich zuweilen wenig. Vor allem dann, wenn es um den politischen Gegner, pardon, den politischen Mitbewerber ging. Und der hatte bei der Wahl ohnehin die Rechnung präsentiert bekommen, nachdem ein Aufschrei durch die mediale Öffentlichkeit gegangen war. Nur Sandro war stocksauer gewesen. Jahrelang hatte er darum gekämpft, sein Lokal erweitern zu können. Aber nichts da. Die Altstadtkommission war dagegen gewesen. Obwohl er schon viele Jahre in Salzburg lebte, wunderte er sich manchmal noch immer, wie die Dinge hier geregelt wurden.

›Bei uns in Sizilien läuft das ganz anders!‹, pflegte er zu sagen.

Und Birgit konterte jedes Mal. ›Lass mich mit deinen Mafiamethoden in Ruhe. Unsere regierende Stadtpartei und der Filz, der sie umgibt, erinnert mich ohnehin oft genug daran.‹

›Ja, aber unsere Mafia ist besser. Die lässt sich nicht von aufgeblasenem Schreiberling dreinpfuschen und – wie sagte man – ›Geheimpapier‹ vor Nase wegschnappen. Und wenn, dann hat er zum letzten Male etwas geschnappt, du verstehen?‹

Und wer ihn nicht besser kannte, hätte ihn tatsächlich für einen Mafiaanhänger halten können, den kleinen Sizilianer Sandro Calvino, der seit zehn Jahren diese Bar in der Salzburger Innenstadt führte, wo es die beste ›pasta con le sarde‹ gab – Nudeln mit einer Soße aus Sardinen, Tomaten, Pinienkernen und Rosinen – und die wunderbarsten Weine aus ganz Italien.

»Wenn er schon befürchtet, wegen verhinderter Umbaupläne den Bach runterzusausen«, sagte Merana laut und roch an Birgits Nero d'Avola, »hält er sich zumindest an einem armen Staatsdiener der Salzburger Polizei schadlos, indem er ihn Unsummen für seinen besten Wein blechen lässt.«

»Certo«, ließ sich Sandro hinter Meranas Rücken vernehmen. »Wenn deine Liebchen mich nicht lässt einreißen Mauer, dann du darfst brennen wie Luster. Und schau, wen ich euch gebracht habe mit.«

Merana drehte sich um. Neben dem kleinen Sizilianer stand eine hochgewachsene Frau im Abendkleid, die schwarzen Haare zum Knoten zusammengezwirbelt, eine Designerbrille vor den braunen Augen und ein Dekolleté bis zum Bauchnabel.

»Hallo, ihr zwei«, grüßte Jutta Ploch.

Merana und Birgit grüßten zurück.

»Wie war die Rosenkavalier-Premiere?«, fragte Merana und erntete dafür einen erstaunten Blick von Birgit.

Jutta Ploch zog die Augenbrauen hoch. »Wie immer. Das Publikum hat getobt. Ich fand die Inszenierung altbacken und langweilig, die Sänger hervorragend, den Rest könnt ihr morgen in meiner Zeitung lesen.«

Merana wollte schon zur nächsten Frage ansetzen, aber die Kulturjournalistin hob abwehrend die Hände.

»Nein, Merana, jetzt nicht. Ich will heute nichts mehr hören von toten Schauspielern und unauffindbaren Jungstars, ich will keine Fragen beantworten, wer mit wem und warum. Ich will jetzt einfach ein Glas Rotwein trinken, mit euch Blödsinn quatschen und danach gehe ich. Und ich will auch nichts von deinen gescheiterten Umbauplänen hören, Sandro«, fügte sie hinzu, als der Sizilianer ihr ein Glas Rotwein hinstellte.

»Aber bella, wie sollte ich«, flötete Sandro und war schon weg.

»Morgen, Merana, kannst du mich zum Mittagessen einladen, um zwölf im ›Keutschach‹, dann bin ich gesprächiger.«

Sie hob ihr Glas, kostete und war offenbar zufrieden.

Birgit erzählte kurz von ihren Eso-Zicken und der heutigen Energiearbeit am zweiten Chakra. Jutta steuerte bei, dass sie sich auch einmal längst eine Auszeit nehmen sollte, um sich ihrer Seele und dem Energiefeld ihres Körpers zu widmen.

Merana starrte nur zwischen den beiden hin und her und verstand gar nichts. Schon nach einer schwachen Viertelstunde ging ihnen der Gesprächsstoff aus. Jutta Ploch trank aus, küsste beide flüchtig auf die Wangen und verschwand.

Zu mir oder zu dir, wollte Birgit gerade sagen. Aber sie sah Meranas Blick und verstand.

»Du kommst nicht mit«, meinte sie nur.

Er nickte. Sah sie aber nicht an.

»Totenwache?«

Er nickte noch einmal.

Dann versuchte er, seine Freundin an sich zu drücken, um ihr einen Kuss zu geben. Sie ließ es zu, aber ihr Körper versteifte sich. Merana konnte es spüren.

»Grüße sie von mir«, sagte Birgit leise, als Merana sich umdrehte und langsam das Lokal verließ.

Er hatte vergessen zu bezahlen, aber das würde er das nächste Mal erledigen.

Und wieder steuerte Merana den Platz an, auf dem er heute früh bei Sonnenaufgang gestanden war, um einen

Toten zu betrachten, der einen Dolch in der Brust stecken hatte. Unberührt von all dem ragte die mächtige Domfassade in den Nachthimmel. In der Ferne fuhr ein Auto durch die Fußgängerzone. Wahrscheinlich ein Taxi, das einen späten Gast nach Hause brachte. Jetzt tobten keine Kinder über den Platz wie heute Mittag, jetzt war es ein Uhr nachts und alles still. Er hatte sich wieder auf eine der Holzbänke der Zuschauertribüne gesetzt, ebenfalls wie heute Mittag, nur etwas weiter vorn, und hielt Totenwache.

›Totenwache‹, so nannte Birgit das Ritual. Er hatte keinen besonderen Namen dafür, wäre nie auf diese Bezeichnung gekommen. Aber es war kein schlechter Name für das, was er tat. Seit seinem ersten Fall handhabte er es so. Hatte sich in der ersten Nacht, nachdem sie eine Leiche gefunden hatten, an ihren Fundort begeben. Und wenn das aus Ermittlungsgründen nicht möglich war, dann wenigstens in der zweiten Nacht. An den merkwürdigsten Plätzen hatte er so schon nachts gesessen, am Salzachufer, in Fabrikhallen, in Wohnungen, auf einer Waldlichtung, einmal sogar im Schlachthof. Er wusste auch nicht, warum er das tat. Er hatte sich das nie gefragt. Als er seinen ersten Mordfall übernommen hatte, eine grässliche Sache, ein kleines Mädchen, das vergewaltigt und erwürgt, in einer Hinterhofrollsplitttonne abgelegt worden war, da war er noch in der darauffolgenden Nacht zurück an den Ort, wo man das Mädchen gefunden hatte. Er war einfach dagestanden. Hatte auf den Platz gestarrt, wo der kleine verkrümmte Körper, in dem kein Leben mehr war, kein

Atem, kein Träumen, keine Wärme, gefunden worden war. Und er hatte diese Stille auf sich wirken lassen. Etwas von dem Mädchen mochte noch da gewesen sein, er wusste es nicht. Aber er wollte einfach nur da stehen – das war wichtig.

Er erwartete nichts, hatte sich bei keinem Ort des Todes etwas erwartet.

Das tat er auch jetzt nicht, da er mitten auf dem Domplatz saß und auf die Bretterbühne starrte, wo heute Morgen Hans Dieter Hackner gelegen hatte.

›Er brauchte den Applaus wie andere Heroin‹, hatte die Jadlinski gesagt. Hatte das Publikum gestern am Ende der Premiere Beifall geklatscht? Merana wusste es nicht. Er konnte sich dumpf erinnern, dass es Gepflogenheit war, am Schluss des Jedermann nicht zu applaudieren. Egal. Hackner hatte es sicher genossen, auf dieser Bühne vor dem Publikum zu stehen, ob mit oder ohne *Ovationen*.

Aber bei seinem letzten kläglichen Auftritt, als ihm eine Hand den Dolch in die Brust rammte, da hatte wohl keiner applaudiert. Oder doch? Hatte es zu dieser so theatralischen Inszenierung einer Hinrichtung auch noch Beifall gegeben?

Merana hatte keine Ahnung. Er war einfach da und es war auch keines seiner Anliegen, etwas zu wissen oder eine Ahnung zu bekommen.

Er wünschte, seine Großmutter könnte bei ihm sein. Seine Großmutter sah oft Dinge, die andere nicht sahen. Sie könnte hier sitzen und würde etwas sehen, spüren, ahnen. Sie würde womöglich von einem Schauer ergriffen werden, wie die Wachen, wenn der Geist von Hamlets Vater auftauchte. Darüber hatte er in der Schule gelacht. Und zu Hause auch noch. Seine Großmutter hatte nicht gelacht, als er ihr das von den Wachen und dem Geist von Hamlets Vater erzählte. Sie hatte ihn nur lange angeschaut und ihm über den Kopf gestrichen. Dabei hatte sie auf etwas hinter ihm geschaut. Oder auf jemanden. In diesem Moment war ihm das Lachen vergangen.

Die Großmutter fehlte ihm, er würde sie bald wieder besuchen, in ihrem alten Haus im Pinzgau. Sie hatte wohl auch als Erste gesehen, dass sich an Franziska etwas verändert hatte. Noch lange, bevor Franziska es bemerkte, noch lange, bevor der Arzt es mit schroffer Handschrift in den Befund notierte: Morbus Hodgkin. Lymphdrüsenkrebs. Die Großmutter hatte es gesehen, das wusste Merana. Er hatte es ihr an den Augen abgelesen, dass irgendetwas nicht stimmte. Sie hatten nie darüber geredet. Auch nicht an Franziskas Grab.

Grüß sie von mir.

Merana wusste, dass Birgit damit Franziska gemeint hatte. Und sie hatte recht. Er saß an den Stätten des Todes, wo Menschen gestorben waren, die er vorher nicht gekannt hatte und die mit ihm erst durch ihren gewaltsamen Tod in Verbindung getreten waren, und hielt Totenwache.

Und bei jeder Totenwache dachte er auch immer an Franziska.

Grüß sie von mir.

Er spürte wieder den Dolch im Herzen, den Dolch der Kitschmaria aus der Kapelle am Waldrand. Und er spürte den Körper von Birgit, wie er sich jedes Mal versteifte, wenn es um Franziska ging oder er zur Totenwache aufbrach.

Überrascht hielt Merana inne. Er war nicht allein.

Da hielt noch einer Totenwache.

Fast hätte er den alten Mann übersehen, der seitlich neben dem hinteren Rand der Bretterbühne stand.

Er hatte einen merkwürdigen Hut auf dem Kopf, wie ein riesiger gelblicher Pilz. Er stieg langsam von einem Fuß auf den anderen, als tanze er.

Komischer Kauz. Als Merana leise die Tribüne herabstieg, knarrte plötzlich ein Brett. Der Alte erschrak, sah sich um, raffte seinen Umhang zusammen und schlurfte schnell davon. Ja, dachte Merana, genau. Es ist an der Zeit, heimzugehen.

Und wie zur Bestätigung erloschen am nahen Kapitelplatz die Laternen.

DIENSTAG, 1. AUGUST, 6.45 UHR

Merana sah Hans Dieter Hackner. Der hockte auf dem Bühnenboden vor dem Dom und zog sich einen langen Dolch aus der Brust. Dann ritzte er mit dem bluttriefenden Dolch etwas in den Bühnenboden.

Morbus Hodgkin.

Er lachte dabei. Hoch, schrill, grässlich. Sein Gesicht verzerrte sich, wurde zur Maske des Todes aus dem Jedermann. Merana wollte schreien, aber er bekam keinen Laut aus der Kehle. Von allen Seiten dröhnte dieses entsetzliche Lachen. Aus der Ferne mischten sich dumpfe, hohle Schreie hinein.

Mooorbuuus Hooodgkiiin.

Von allen Seiten kamen diese Schreie. Aus dem Dom, von der Festung, aus allen Häusern der Stadt und aus Meranas Innerem.

Mooorbuuus Hooodgkiiin!

Merana versuchte erneut, einen Laut aus seinem Hals zu würgen. Aber die Kehle war immer noch wie zugeschnürt. Er wollte weglaufen. Konnte sich nicht bewegen.

Angst kroch in ihm hoch, fraß sich durch sein Herz, seine Brust, seinen Hals, seine Augen. Schwarze Angst. Mit einem Mal spürte er eine Hand auf seiner Schulter.

Die Großmutter stand neben ihm. Kirchenglocken begannen zu läuten. Aber nicht so, wie er Kirchenglocken kannte. Der Klang war höher, schriller, wie zersplitterndes Glas. Ein Schrei fuhr aus Meranas Brust.

Endlich. Er konnte wieder schreien. Er schnellte hoch, riss die Augen auf, schrie.

Nach der Verwirrung breitete sich Klarheit in ihm aus. Die Kirchenglocken schwiegen. In die unvermittelte Stille hinein schrillte sein Handy. Merana war schweißgebadet, wälzte sich aus seinem Bett, griff nach dem Telefon.

Er zitterte am ganzen Körper. Es war Birgit.

»Guten Morgen.«

Merana schaffte nur ein mittelmäßiges Krächzen. Aus den Augenwinkeln schielte er zum Radiowecker. Die Leuchtschrift zeigte 6.45 Uhr.

»Bist du gestern noch lange auf dem Domplatz gesessen?«

Merana stöhnte. »Nein, nicht lange.«

»Und? Hast du ihr Grüße von mir ausgerichtet?«

Merana legte sich zurück aufs Bett. Ihm war speiübel, sein Albtraum hielt ihn noch fest im Griff. Er räusperte sich zweimal kräftig, seine Stimme wurde klarer. »Birgit, weißt du …«

»Schon gut, Martin, vergiss es. Es ist nicht so wichtig. Ich wollte dir nur guten Morgen sagen, bevor ich zu den Eso-Zicken aufbreche, und mich bei dieser Gelegenheit erkundigen, wie es dir geht.«

Wenn ich das wüsste, dachte Merana.

»Um ehrlich zu sein, beschissen«, gab er zu. »Ich habe schlecht geträumt. Mir ist im Augenblick zum Kotzen. Und ich habe einen langen Tag vor mir, von dem ich nicht weiß, ob er mich auch nur um einen Zentimeter in meinen Ermittlungen weiterbringt.«

Birgit lachte. »Das hört sich schlimmer an als meine

Eso-Zicken. Wen wirst du denn heute alles in die Mangel nehmen, damit sie dir endlich sagen, wer dem armen Hackner das Fleischmesser in den Bauch gerammt hat?«

»Es war ein Dolch, Birgit, ein nachgemachter Prunkdolch. Und es war nicht der Bauch, sondern die Brust. Und in die Mangel nehmen, darum geht es überhaupt nicht. Um neun werde ich zum Herrn Festspielintendanten höchstpersönlich vorgelassen, zu Mittag treffe ich Jutta, die mir hoffentlich hilft, ein paar Fackeln in jener Welt aufzustellen, die ich von außen so überhaupt nicht verstehe.«

»Oh, Martin, wenn du anfängst, mit Metaphern um dich zu werfen, geht es dir allmählich wieder besser.«

Er ging nicht darauf ein. Er spürte, wie seine Stimme langsam wieder fester wurde. »Und außerdem hoffe ich, dass endlich diese Haubendorf auftaucht und sich die englischen Fluglotsen mit ihren Arbeitgebern einigen, damit Herr Doktor Aichmüller sich ins Flugzeug setzen und schnurstracks nach Salzburg kommen kann.«

»Der Aichmüller? Aber nicht der Rechtsanwalt und Immobilienheini.«

»Doch, der.«

»Was hat der mit dem Fall zu tun?«

»Das ist der Halbbruder vom Hackner. Erstaunlich, dass du einmal etwas über einen Salzburger Promi nicht weißt.«

»Ich weiß, dass er zu den Sumpfratten im Dunstkreis des Bürgermeisters gehört und bekannt ist für dubiose Geschäfte, das reicht mir. Da muss ich nicht auch jeden Seitenast seines Stammbaumes kennen. Aber dem traue ich alles zu!«

Meranas Übelkeit verabschiedete sich in kleinen Schritten. »Birgit, du traust grundsätzlich alles jedem zu, der auch nur annähernd im Umkreis der Bürgermeisterpartei tätig ist.«

»Da hast du recht, sind auch alles Gauner!«

Merana zog deutlich hörbar die Luft ein. Er wollte zu einer Erwiderung ansetzen, aber sie war schneller.

»Ich weiß, ich weiß, Martin. Nicht alle sind schlecht, und schwarze Schafe gibt es überall. Aber wenn ich immer nur das Gute im Menschen sehen soll, kann ich mich gleich zu meinen Eso-Zicken auf die Bastmatte legen und Ohm singen!«

Merana lachte. Das war Birgit. Wie sie leibte und lebte. »Ich liebe dich, mein Schatz.«

»Danke, Martin, hast du schon lange nicht mehr gesagt. Aber um die gute Stimmung nicht gleich wieder zu dämpfen: Erspare dir die Lektüre der heutigen Zeitungen. Du riskierst nur ein Magengeschwür.«

»Ich werde es mir merken. Wann fängt der Kurs mit deinen Energiedamen heute an?«

»Du meinst die Eso-Zicken? Um 8. Ich muss mich beeilen. Um 13 Uhr ist Mittagspause. Rufst du mich später an? Nicht wegen des Fuschlsees, einfach so …«

»Nein, heute machen wir es umgekehrt. Heute rufst du mich an.«

»Auch gut. Ich küsse dich. Mach's gut.« Und schon hatte sie aufgelegt.

Merana blieb noch ein paar Minuten liegen. Ließ

erneut die Bilder des Traumes aufsteigen. Sie hatten nichts Bedrohliches mehr. Immerhin gab es ja die Großmutter. Und Birgit.

Bevor er zum Termin ins Festspielhaus aufbrach, fuhr Merana ins Präsidium.

Ramina Haubendorf war immer noch nicht aufgetaucht. Die Nachforschungen bei den Taxen und in den Krankenhäusern hatten nichts ergeben. Elena Braga hatte angerufen, sie machte sich Sorgen. Merana auch.

In welchem Zusammenhang stand Ramina Haubendorf mit dem Mord?

Wohin war sie gelaufen, nachdem sie aus dem Bischofsbräu geflüchtet war? Hatte sie etwas gesehen? Es nützte nichts zu spekulieren, er musste mehr wissen.

DIENSTAG, 1. AUGUST, 8.52 UHR

Um zehn Minuten vor neun Uhr kam er an der Portierloge an. Dieses Mal brauchte er seinen Dienstausweis nicht zu zücken. Der Portier winkte ihm zu wie einem alten Bekannten. Dann wandte er sich wieder der kleinen Gruppe von Leuten zu, die mit allen Händen gestikulierend auf ihn einredete. Dem Aussehen nach zwei koreanische Burschen und ein Mädchen aus Nordeuropa, eine Dänin möglicherweise.

Auf dem Weg durch die Gänge des Festspielhauses hatte er gehofft, wieder den leicht beschürzten rumänischen Chordamen zu begegnen. Aber er wurde enttäuscht. Heute traf er nur zwei Herren in Jeans und Sporthemd, mit Trompeten in den Händen. Und einige Männer in Arbeitskitteln, die eine Harfe trugen und zwei Pauken.

»Herr Doktor Vital hat gleich für Sie Zeit«, sagte die ältere Dame im Vorzimmer des Intendanten. Sie trug eine hellgrüne Bluse und einen großen Bernstein an einem Lederband um den Hals. An ihrem Handgelenk erkannte Merana ein Armband mit kleinen Silberanhängern, die in den Symbolen der Sternzeichen geformt waren. Vielleicht auch eine Eso-Zicke, fuhr es Merana durch den Kopf. Aber er konnte sich die Vorzimmerdame beim besten Willen nicht auf einer Bastmatte liegend und Ohm singend vorstellen.

Merana bewunderte gerade den alten Stich an der Wand, eine frühe Ansicht vom Schloss Mirabell, als die Tür zum Büro aufging und zwei Männer aus dem

Raum kamen. Den älteren, Doktor Jean Pierre Vital, den Intendanten der Salzburger Festspiele, kannte er. Der jüngere war hochgewachsen. Hatte rabenschwarzes Haar, dunkle wache Augen, ein sehr markantes Gesicht, das Frauen sicher attraktiv fanden.

Der junge Mann streckte ihm die Hand hin und sagte: »Guten Tag.«

Merana gefiel die dunkle, weiche Stimme. Die ganze Person wirkte freundlich, selbstbewusst, einnehmend. Der junge Mann gab der Dame am Schreibtisch die Hand, wünschte ihr einen wunderschönen Tag, machte eine galante Bemerkung zu ihrem Bernsteinanhänger, die der Dame ein Lächeln ins Gesicht zauberte, und war draußen. Für einen winzigen Augenblick war es still im Raum. Alle drei Gesichter waren zur Tür gewandt, durch die der junge Mann eben verschwunden war.

Als hätte ein Engel den Raum verlassen, dachte Merana, und eine Leere hinterlassen. »Idiot«, murmelte er zu sich selbst. »Lass dich nicht anstecken von all dem Theatralischen ringsum.«

»Bitte, Herr Kommissar, kommen Sie in mein Büro«, bat der Intendant und ließ Merana vorgehen. Das Büro war ähnlich spärlich möbliert wie das der Pressechefin.

An einer Wand hingen Plakate der Festspielproduktionen dieses Sommers: ›Rosenkavalier‹, erkannte Merana, daneben ›Don Giovanni‹, ›Jedermann‹, ›Tristan‹, das neue Botho-Strauß-Stück und ›Heinrich IV‹.

Es gab einen Spiegel mit silbernem Barockrahmen, einen Riesenasparagus in der Ecke, sechs Stühle um einen Glastisch, auf dem ein Laptop stand, und ein frischer Strauß heller Rosen in einer dunklen Vase.

An der Wand direkt gegenüber dem Lederstuhl, in dem der Intendant Platz nahm, nachdem er Merana einen Besucherstuhl angewiesen hatte, hing ein großes Bild. Es war eine Reproduktion und zeigte eine junge Frau im roten Kleid, mit blauem Umhang, die offenbar in den Himmel auffährt. Unter ihr eine Schar aufgeregter Männer, die die Hände nach oben streckten. Um sie herum und über ihr tummelten sich Engel. Die Gestalt der jungen Frau war in warmes, friedliches Licht getaucht.

Merana starrte auf das Bild.

»Kennen Sie es?«, fragte Doktor Vital, der Meranas Interesse bemerkt hatte.

Der verneinte.

»Es ist eine ›Assunta‹, eine Himmelfahrt, Marias Himmelfahrt. Das Original stammt von Tizian. Es hängt in Venedig in der Frari-Kirche. Es ist eines meiner Lieblingsbilder. Ein Freund hat mir diese wunderbare Reproduktion geschenkt. Ich habe das Bild immer bei mir, egal an welchem Theater, an welchem Opernhaus, in welcher Stadt ich gerade beschäftigt bin. Ich schaue es einfach gern an. Gefällt es Ihnen?«

Merana nickte. Ja, das war eine andere Maria als die Kitschmadonna aus der Waldkapelle. Und keine Spur von einem Dolch, der ein überproportionales Herz durchschnitt. Dieses Bild strahlte Zuversicht und Leichtigkeit aus.

»Wie stehen Ihre Ermittlungen, Herr Kommissar, und wie kann ich Ihnen helfen?«

Die Augen des Intendanten waren freundlich. Er war klein gewachsen, vielleicht 1,65 Meter groß, trug einen leichten, hellen Sommeranzug und hatte die Fingerspitzen abwartend aneinandergelegt.

»Darf ich Ihnen vorher eine Frage stellen, Herr Doktor Vital?«

Der Intendant löste die Finger voneinander und nickte. »Aber gern, fragen Sie nur.«

»Wer war der junge Mann, der vorhin aus Ihrem Büro gekommen ist?«

Doktor Vital antwortete nicht gleich. Er schaute Merana nur an. »Sie haben ihn noch nie gesehen? Auch nicht auf einem Bild?«

Merana spürte, wie ihm die Röte von den Wangen über die Backenknochen bis hin zu den Ohren kroch. Da war sie wieder, die Angst vor dieser Welt, von der er so wenig Ahnung hatte. Wo er herumtappen musste wie ein Anfänger, mit der Gefahr, sich rundum zu blamieren.

»Nein, ich glaube nicht.«

Wieder wartete der Intendant und sah Merana an. »Dann möchte auch ich Ihnen eine Frage stellen: Warum wollen Sie das wissen? Aus beruflicher Neugierde?«

Merana schüttelte langsam den Kopf. »Nein. Er hat mich irgendwie beeindruckt. Er strahlt etwas aus, das ich eventuell mit Stärke, mit Offenheit, aber auch mit Eleganz umschreiben möchte.«

Der Intendant schürzte die Lippen zu einem kleinen Lächeln. »Sie haben eine treffliche Menschenkenntnis, Herr Kommissar. Ich darf, ohne zu übertreiben, sagen, dass Sie vorhin einem Mann die Hand geschüttelt haben, dessen Stern rasant aufgehen wird. Das ist ein abgedroschenes Bild, ich weiß, trifft aber nichtsdestotrotz zu. Er wird, und in Wahrheit ist er es jetzt schon, einer der ganz Großen in der Theaterwelt werden, ein Regisseur, der uns noch alle mit außergewöhnlichen Inszenierungen überraschen wird, mit Sichtweisen auf die aktuellen und klassischen Bühnenwerke, die uns verblüffen und uns neue Erkenntnisse schenken werden.«

Der Intendant war in Fahrt gekommen. Er schwärmte förmlich.

»Hat er auch einen Namen, Herr Doktor Vital?«

Der Angesprochene hielt inne. Er lächelte, wohl auch, weil er sich dabei ertappt fühlte, wie die Begeisterung mit ihm durchgegangen war. Das passierte ihm öfter, ihm, Jean Pierre Vital, geboren in Luxemburg, Opernchef in Brüssel und Hamburg, und seit zwei Jahren künstlerischer Leiter der Salzburger Festspiele. Aber in genau dieser Fähigkeit zur Begeisterung lag seine Stärke. Es waren seine Leidenschaft, sein großes Herz, sein Mut zu Visionen, die die Künstler an ihm schätzten, genauso wie die meisten Festspielbesucher und auch eine Reihe wichtiger Journalisten.

»Ja, er hat auch einen Namen. Er heißt Sebastiano Ramirez. Er ist Katalane mit mexikanischen Wurzeln, aufgewachsen in der Schweiz. Deshalb spricht er auch so gut Deutsch. Er hat im Vorjahr unseren neuen, grandiosen Don Giovanni inszeniert, der in diesem Jahr wieder aufgenommen wurde. Und wir haben mit Herrn Ramirez noch einiges vor, was uns allen große Freude bereiten wird.«

In Meranas Schläfe begann es leicht zu pochen. Das war ein Zeichen für ihn, dass sich ein Gedanke, eine Erinnerung aufdrängte. So wie das akustische Klingelsignal beim Eintreffen einer Mail an seinem Computer.

Ramirez. Richtig. Die SMS von Carola, die er in der Nacht noch gelesen hatte: ›Mann, den Hackner zur Seite stieß: Sebastiano Ramirez, Regisseur‹.

War dieser Rempler ein Zufall gewesen, oder hatte das mehr zu bedeuten?

»Was haben Sie mit Herrn Ramirez noch alles vor, Herr Doktor Vital, können Sie mir das genauer sagen?«

Der Intendant stützte die Ellbogen auf den Glastisch und beugte sich leicht vor. »Wenn es für Ihre Untersuchung von Bedeutung ist, werden wir, so gut es geht, die entsprechenden Auskünfte geben. Andererseits bitte ich Sie, zu verstehen, dass wir nicht gern über künstlerische Projekte reden, die noch im Entstehen sind. Spekulationen in der Öffentlichkeit bringen niemandem etwas, stiften nur Unruhe. Und in der Folge meist auch Schwierigkeiten, die Projekte in unserem Sinne zügig voranzutreiben.«

Jetzt musste Merana lächeln. So charmant hatte ihm schon lange keiner mehr gesagt, er solle seine Nase nicht in Dinge stecken, die ihn nichts angehen. Aber so, wie der Fall lag, gingen ihn die Dinge etwas an.

»Herr Doktor Vital, unseren Nachforschungen zufolge war Herr Ramirez am Abend vor dem Mord ebenfalls Gast der Premierenfeier im Bischofsbräu. Und bei der unrühmlichen Auseinandersetzung am

Ende der Feier, von der Sie inzwischen sicher gehört haben, stieß Herr Hackner Herrn Ramirez zur Seite, ehe er zur Tür hinausstürmte. Und eine Stunde später war Herr Hackner tot. Also ist Herr Ramirez für meine Untersuchung von Bedeutung. Und somit auch alles, was er tut.«

Der Intendant dachte kurz nach. »Gut, Herr Kommissar. Dass Sebastiano Ramirez aussichtsreichster Kandidat für das Schauspielhaus in Zürich sein wird, ist bekannt. Wir planen mit ihm eine Kooperation, einen Schiller-Zyklus, mehr kann ich dazu nicht sagen. Ebenfalls wollen wir kooperieren, wenn er an der Metropolitan Opera in New York einen neuen Richard-Wagner-Zyklus mit dem ›Ring des Nibelungen‹ herausbringt. Aber das ist noch topsecret. Und«, er legte eine kleine Pause ein, lehnte sich zurück, »das dürfte die engste Verbindung zu diesem schrecklichen Fall sein. Herr Ramirez wird ab nächstem Jahr den Jedermann in Salzburg neu inszenieren. Aber ich bitte Sie, diese Information für sich zu behalten, bis wir sie in einer Pressekonferenz bekanntgegeben haben. Und das kann, aus Pietätsgründen, erst nach dem Begräbnis von Herrn Hackner sein.«

Merana hatte nun doch einen kleinen Notizblock hervorgezogen und sich die Fakten notiert.

»Jetzt haben wir nur über Sebastiano Ramirez gesprochen und noch gar nicht über dieses grässliche Verbrechen und das so bedauernswerte Opfer, den unvergesslichen und unersetzlichen Hans Dieter Hackner«, begann der Intendant, das Gespräch in eine neue Richtung zu lenken.

Das klingt schon wie eine Grabrede, dachte Merana, und begann, den üblichen Kanon an Routinefragen runterzubeten. Wer? Was? Wo? Wann zuletzt?

Viel kam dabei nicht raus. Jean Pierre Vital hatte zwar die Jedermann-Premiere gesehen, war aber gleich danach mit dem neuen Intendanten der Münchner Oper in die bayerische Hauptstadt gefahren, zu einem Treffen mit der Orchesterleitung.

Über persönliche Beziehungen von Hans Dieter Hackner konnte oder wollte er nicht viel sagen. Das meiste davon wisse sicher der Bruder oder war ohnehin im Internet zu lesen. Gerade als der Intendant zu einer längeren Ausführung darüber ansetzte, welchen Schwierigkeiten die Festspielleitung durch den plötzlichen Tod Hackners gegenüberstand, von der Nachbesetzung der Rolle des Todes im Jedermann bis zur Übernahme der Probenarbeit beim Shakespeare-Stück, klopfte es an der Tür, und die Vorzimmerdame trat mit einem kurzen »Entschuldigung« ein.

»Es ist wichtig, Herr Doktor Vital. Maurice Eclair ist am Telefon.« Sie reichte ihm ein Handy.

Der Intendant nickte Merana entschuldigend zu und begann zu telefonieren.

Das Gespräch war kurz. Merana verstand nicht viel, denn Vital kommunizierte mit seinem Gesprächspartner Französisch und das sehr schnell. Aber irgendetwas schien er zu bedauern, so viel bekam Merana mit.

Vital gab das Handy an die Sekretärin zurück. Die sagte noch, ehe sie rausging: »Und die Frau Präsidentin bittet Sie dringend um Rückruf.«

Vital schaute auf die Uhr und stand auf. »Mein lieber Herr Kommissar, wenn Sie keine weiteren Fragen haben …«

Merana stand ebenfalls auf. Die Audienz war offenbar beendet.

Doktor Vital begleitete ihn zur Tür, hielt aber inne. »Was machen Sie heute Abend, Herr Kommissar?«

Merana schaute ihn verwundert an.

»Das eben war der künstlerische Leiter der Festspiele von Aix-en-Provence am Telefon. Er wollte heute nach Salzburg kommen. Nun hat er mit großem Bedauern abgesagt. Und ich hätte da zwei freie Karten für die heutige Don-Giovanni-Aufführung, die würde ich Ihnen gern geben. Freikarten natürlich. Da hätten Sie gleich Gelegenheit, die fabelhafte Arbeit von Sebastiano Ramirez zu sehen. Und einiges mehr.«

Es war ein für Merana merkwürdiges Bild, das sich ihm da im Büro des Intendanten bot. Im Hintergrund die große Madonna, die sich im roten Kleid anschickte, in den Himmel aufzusteigen, davor der kleine Luxemburger im Sommeranzug, der ihm mit seinem pfiffigen Lächeln vorkam, als wolle er ihm etwas andrehen. Wie ein Hausierer. Will der mich mit seinen Opernkarten gerade einwickeln?, grübelte Merana. Wollen die hier was vertuschen und mich ablenken?

Vielleicht tat er dem Intendanten auch unrecht und der wollte nur höflich sein. Jedenfalls hob Merana die Hände, als müsste er sein Bedauern mit einer deutlichen Geste unterstreichen. »Tut mir leid, Herr Doktor Vital, vielen Dank. Aber ich stecke mitten in einer Morduntersuchung, wie Sie wissen.«

Der Intendant, der ihm kaum bis zur Schulter reichte, klopfte ihm leicht auf den Rücken. »Das ist schade. Na, ein anderes Mal. Oder Sie überlegen es sich doch noch.«

Und damit war Merana entlassen.

DIENSTAG, 1. AUGUST, 10.15 UHR

Das Bischofsbräu war schwach besucht, als Merana dort eintraf. Der große Strom an hungrigen Touristen würde sich erst in zwei Stunden über die Tische und Bänke ergießen. Am ersten Tisch links, gleich im Eingangsbereich der Laube, saßen zwei Amerikanerinnen, schwatzend und kichernd über das Display einer Digitalkamera gebeugt, deren Bilder sie offenbar durchklickten, wobei ab und zu ein besonders grelles »Look, how nice!« zu hören war.

Der Bischofsbräu-Stammtisch nutzte offenbar das immer noch warme Sommerwetter und absolvierte die vormittägliche Schnapspartie ebenfalls im Freien, an einem der hinteren Tische. Dort saßen vier ältere Herren, die einander zuprosteten.

Einer der vier nahm die Karten und begann zu mischen, während die anderen drei noch einmal lautstark die eben gespielte Partie durchgingen.

»Wenn der Karli die Laub-Ass gehalten hätte, dann wärma jetzt aus!«, schallte es aus vollem Hals von diesem Tisch.

»Ja wenn«, brüllte ein anderer, »wenn mei Oma vier Radl hätt, wäre sie ein Autobus.«

Und wieder setzte heftiges Gelächter ein.

»Ihre Kollegen sind drinnen, Herr Kommissar«, informierte der Herr Josef ihn im Vorbeigehen, während er zum hinteren Tisch rief: »Meine Herren, noch vier Spritzer?« Das Kartenspielerquartett bejahte unüberhörbar.

»Wir haben Ihnen das Fischerstüberl freigemacht, da haben Sie mehr Ruhe als heraußen.«

Merana bedankte sich und ging ins Haus.

Er hatte heute früh seinen Mitarbeitern ein paar Anweisungen per Mail zukommen lassen, und mit Carola Salmann und Otmar Braunberger um 10 Uhr zur gemeinsamen Lagebesprechung ein Treffen im Bischofsbräu vereinbart. Kaltner sollte dazustoßen, wenn möglich. Er ging weiteren Hinweisen nach, die im Lauf des Vortages noch von Anrufern gekommen waren.

»Wie geht es Hedwig?«, fragte Merana, als er sich zu Braunberger und Carola an den Tisch setzte.

»Gut. Sie hat sich wieder beruhigt.« Carola schenkte Merana ein Lächeln. »Ich möchte noch mit Frau Doktor Bitterlich reden, ob sie es für sinnvoll hält, wenn wir einen Meerschweinchennachfolger für Moritz besorgen.«

Frau Doktor Bitterlich war Hedwigs Betreuerin, die mit ihr zweimal die Woche spielerische Übungen zur Verbesserung der haptischen und kognitiven Fähigkeiten machte.

»Zwergkaninchen sollen für kleine Menschen wie Hedwig auch gut geeignet sein«, meinte Braunberger und senkte den Blick in sein Schmuddelnotizbuch.

Wieder einmal schaute ihn Carola erstaunt an. »Ja, vielleicht«, sagte sie dann.

»Hab darüber gelesen«, brummte der Abteilungsinspektor. »Und wenn Frau Doktor Bitterlich es für gut befindet, könnte ich ihr ja eines schenken. Sie hat doch bald Geburtstag.«

»Darüber würde sie sich bestimmt freuen«, antwortete Carola, sah ihn noch einen Augenblick an und begann, ihre Unterlagen zu ordnen.

»Also dann«, begann Merana, »was haben wir? Wer fängt an?«

Carola nahm das erste Blatt ihrer Unterlagen in die Hand. »Wenn es euch recht ist, beginne ich. Die schlechte Nachricht zuerst: noch immer kein Lebenszeichen von Ramina Haubendorf. Sie ist im Hotel Toscanini auf dem Mönchsberg untergebracht. Die Hotelführung hat sich keine Sorgen gemacht, dass sie gestern Nacht nicht zurückgekommen ist, das passiere bei ihr öfter. Wo sie übernachtet, wenn sie nicht ins Hotel kommt, wusste aber niemand. Frau Doktor Braga und die Festspielleitung machen sich inzwischen ernsthaft Gedanken, denn Ramina Haubendorf hat heute Abend ab 18 Uhr Probe für ›Heinrich IV‹ und zuvor um 16 Uhr einen Termin mit dem ZDF für ein Kulturjournal. Und dass sie einen Termin wie den gestrigen sausen lässt, ohne sich vorher zu melden, so etwas kommt normalerweise nicht vor.«

Was heißt schon ›normalerweise‹?, dachte Merana. ›Normalerweise‹ bekommt man auch nicht bei einer Feier nach gelungener Premiere vor versammelter Kollegenschaft vom Regisseur des Abends eine geknallt. Und eine Stunde später ist der zuschlagende Kollege auch noch tot. Aber hatte sie das überhaupt mitbekommen, nachdem sie weggelaufen war? Hatte sie gar selbst zugestochen?

Oder lag sie auch irgendwo mit einem Messer im Bauch?

Fakten, Merana, ermahnte er sich selbst, Fakten, nicht Fantasien.

Er hörte wieder Carola zu, die nach einer kleinen Pause fortfuhr. »Nun zur Premierenfeier. Mein Team hat seit gestern früh fast rund um die Uhr gearbeitet. Wir haben von den ungefähr 200 Gästen, die bei der Feier waren, bis jetzt etwas mehr als die Hälfte erreicht. Die meisten haben gar nichts mitgekriegt, viele sind auch schon vor Mitternacht gegangen. Geschätzte 90 Prozent waren wohl da, um gesehen zu werden, um bei anderen mit ihrer eigenen Wichtigkeit Eindruck zu schinden, das Büffet leerzufressen und darauf zu achten, dass sie ja immer dort waren, wo gerade die Fernseh-Society-Teams ihre Kameras hinrichteten.«

Merana musste lachen. »Aber Carola, das hört sich nicht nach Objektivität im Beurteilen der Faktenlage an. Sollte ich da einen spöttischen Unterton heraushören?«

Carola blickte auf. »Wie kommst du denn darauf? Ich wollte euch nur mitteilen, dass sich diese Feier in nichts von den Hunderten anderen Societyevents unterschieden hat, die wir hier in Salzburg haben.«

»Nur dass einer der Beteiligten ausrastete, einer darauf verschwundenen und bis jetzt nicht aufgetauchten jungen Frau eine knallte, und eine Stunde später tot war«, ergänzte Otmar Braunberger mit einer Ruhe, als lese er gerade ein Stellenangebot aus der Zeitung vor.

Merana lachte.

»Was ist?«, fragte Braunberger leicht irritiert. »So witzig war das auch wieder nicht.«

»Doch, mir hat eben deine pointierte Zusammenfassung gefallen, aber hast du schon gesehen, worunter du da eigentlich sitzt?«

Merana war es auch jetzt erst aufgefallen. Braunberger wandte den Kopf und schaute nach oben. An der Wand hing der Schädel eines großen Fisches mit breitem Maul, aus dem links und rechts Kiemen wie Barthaare hingen.

»Weißt du, dass dieser Waller dir ähnlich sieht, Otmar? Oder du ihm?« Merana hatte sich immer noch nicht gefangen.

Braunberger hatte sich wieder umgedreht. »Weißt du, dass der Waller ein Raubfisch ist, Martin, auch wenn er so gemütlich ausschaut?«

»Ja«, erwiderte Merana, »ich weiß. Ich kenne euch, dich und den Waller, Otmar. Ihr geht gern im trüben Gewässer auf Jagd. Und seid dabei sehr erfolgreich.«

Carola schnaubte ungeduldig. »Wenn die Herren Kollegen mit der Typologie der Fische fertig sind, könnte ich dann fortfahren?«

Die Herren Kollegen nickten eifrig. »Selbstverständlich, wir bitten darum.«

»Also«, setzte Carola erneut an, »etwas ergiebiger waren die Aussagen der Damen und Herren, die mit Hackner an dessen Tisch oder in seiner Nähe saßen. Aber im Großen und Ganzen bestätigen sie nur, was wir ohnehin schon wissen. Hackner war zu Beginn der Feier in bester Stimmung gewesen. Hatte Gratulationen entgegengenommen, mit jedem angestoßen, in seiner gewohnt unnachahmlichen Manier Fernsehinterviews gegeben. Kurzum, er hatte sich so verhalten, wie man das von ihm gewohnt war. Aber im Lauf des Abends ist seine Laune gekippt. Niemand dachte sich viel dabei, denn wie alle versicherten, kam das bei ihm öfter vor. Hackner habe dann auch immer mehr getrunken, war einerseits verschlossen, dann wieder angriffslustig oder übertrieben ausgelassen.«

Für einen Moment herrschte Schweigen im Raum. Dann sagte Merana: »Es könnte also durchaus etwas passiert sein bei dieser Feier, was zu seinem Stimmungsumschwung führte. Hatte keiner der Befragten eine Erklärung oder zumindest eine Vermutung? Habt ihr nachgefragt, zu wem er besonders barsch war?«

Carola schwenkte ihren Kopf ein paar Mal nach links und rechts. »Wir haben zwar nachgefragt, aber die Biersuppe ist sehr dünn, wie Otmar zu sagen pflegt. Stichhaltige Erklärungen gibt es keine, Vermutungen ein paar. Drei der Befragten meinten, der Stimmungsabsturz könnte passiert sein, als sich Dominik Strachner zu Hackner an den Tisch setzte. Der spielt den ›Guten Gesell‹ im Jedermann und hatte bei der Premiere zwei Hänger, worüber sich Hackner schon bei der Generalprobe maßlos aufgeregt hatte, weil es dem Strachner da auch schon passiert war. Zwei oder drei andere waren der Ansicht, Hackner habe sich plötzlich dem Brehmstett gegenüber ganz eigenartig verhalten. Andere wiederum gaben an, man könne das so nicht sagen, denn er habe sich einfach so benommen, wie man das halt vom Hackner kennt, wenn er besoffen ist. Eine Dame aus der Jedermann-Tischgesellschaft vermutete, Hackners Stimmungsumschwung könnte auch damit zusammenhängen, dass kurz vor Mitternacht Sebastiano Ramirez auftauchte und sich ausgerechnet zu Ramina Haubendorf an den Tisch setzte.«

Merana horchte auf. »Ramirez?«

»Ja, den hat Hackner dann später beiseite gestoßen, als er aus dem Lokal stürmte.«

Merana setzte nach. »Sagte die Tischdame wirklich ›ausgerechnet‹?«

Carola blickte in ihre Unterlagen. »Ja, das waren ihre Worte.«

»Warum betont sie so, dass Ramirez sich *ausgerechnet* zu Ramina Haubendorf gesetzt habe?«

Carola zuckte mit den Schultern. »Keine Ahnung, mehr war der Tischdame nicht zu entlocken.«

»Habt ihr mit Ramirez schon geredet?«

Kopfschütteln bei Carola Salmann. »Nein, wir haben ihn noch nicht erreicht.«

»Mach das bitte, dringend. Er war vor einer Stunde in der Stadt. Ich habe ihn im Büro des Intendanten getroffen. Möglicherweise kriegen wir raus, warum der Tischdame dieses sonderbare ›ausgerechnet‹ entwichen ist.«

Carola nickte. »Mache ich gleich, wenn wir fertig sind.«

»Hat jemand beobachtet, was in dem Moment, als Hackner durchdrehte, genau passierte?«

Erneutes Kopfschütteln bei Carola. »Das hat nun wirklich niemand so richtig mitbekommen. Zumindest von denen nicht, die wir bis jetzt befragen konnten. Da waren wohl alle schon zu betrunken oder zu abgelenkt, wie auch immer. Erst als Hackner aufsprang, auf

Ramina Haubendorf losstürzte, brüllte: ›Und du hast mich auch hintergangen‹, und ihr ins Gesicht schlug, da wurden die meisten aufmerksam. Aber es ging alles sehr schnell. Und bevor die Beteiligten die Situation so richtig erfassen konnten, war der Hackner schon draußen.«

»Wer verließ noch das Lokal?«

Carola studierte erneut ihre Notizen. »Zuerst der Brehmstett, der spurtete dem Hackner nach. Dann die Haubendorf. Und gleich darauf die Jadlinski, die kam aber nach zwei Minuten wieder zurück. Darauf lief noch Sebastiano Ramirez hinaus. Und das war es. Etwas später herrschte allgemeine Aufbruchstimmung.«

»Ist Sebastiano Ramirez noch einmal zurückgekommen?«

Carola schüttelte den Kopf. »Zumindest hat ihn keiner gesehen.«

Es entstand eine kleine Pause. Die drei Ermittler der Salzburger Kriminalpolizei saßen schweigend um einen Tisch und ließen ihre Gedanken kreisen. Ihre Gesichter waren ähnlich starr wie die der toten Fische an den Wänden. Neben dem großen Waller blickten noch zwei mittelgroße Hechte mit starren Augen in den Raum.

Merana sprach als Erster. »Ich bin sicher, es ist etwas passiert, das wir noch nicht wissen. Carola, ihr solltet versuchen, ein Zeit- und Personendiagramm zu erstellen. Wer hat an diesem Abend wann und worüber mit dem Hackner geredet? Wer ist an seinen Tisch und zu wem ist er an den Tisch gekommen? Ich weiß, das ist eine Sisyphusarbeit, aber es nützt nichts. Wir müssen versuchen, dahinterzukommen, was der Grund für seinen Stimmungseinbruch war. Und ich bin mir sicher, es war weder der Hänger des Guten Gesell noch Hackners übliche schlechte Gewohnheit, ungemütlich zu werden, wenn er betrunken war. Ich denke, was nachher passiert ist, hängt damit zusammen.«

Carola strich sich mit den Händen über den Kopf und massierte ihren Nacken. Sisyphusarbeit, das machte ihr nichts aus, das war sie gewohnt. Polizeiarbeit erforderte meist Geduld. Das Zusammentragen von unendlich vielen Puzzleteilen, von denen nur die wenigsten passten, war ihr Job. Geduld zu haben kannte sie vom Taekwondo-Training, und vor allem vom Aikido, das sie seit einem halben Jahr zusätzlich praktizierte.

»Dann hört euch jetzt an, was der große Waller zu sagen hat«, begann Otmar und öffnete übertrieben feierlich sein Notizbuch, als verlese er das Evangelium. »Die gute Nachricht zuerst. Bevor du gekommen bist, Martin, hat mich Doktor Aichmüller aus London angerufen. Der Lotsenstreik ist beendet. Trotzdem herrscht immer noch Chaos in Heathrow. Aber Aichmüller hofft, heute noch einen Flug zu bekommen.«

»Sehr gut«, Meranas Laune stieg. »Wann immer er es schafft, wir wollen sofort mit ihm reden. Am besten in seiner Wohnung.«

»Geht klar, Martin. Außerdem hat sich Brehmstett noch einmal gemeldet. Er kommt um 13 Uhr in Salzburg an. Ich habe ihn für 14 Uhr ins Präsidium bestellt. Und dann haben wir noch zwei Augenzeugen und eine Ohrenzeugin.«

»Eine Ohrenzeugin?«, fragte Carola verwundert.

»Ja. Die zwei Augenzeugen haben Hackner etwa in der Mitte der Kaigasse gesehen, er ging stadtauswärts. Allein. Brehmstett war also nicht mehr dabei. Laut Angaben der Zeugen war es zwischen halb zwei und zwei. Mehr konnten sie nicht sagen, denn die beiden hatten es selbst eilig, vor dem drohenden Gewitter nach Hause zu kommen. Die Ohrenzeugin heißt Mathilde Dantendorfer, wohnt in der Kaigasse 7b, und zwar im dritten Stock. Sie hat in der fraglichen Nacht noch ferngesehen. Einen Hans-Moser-Film, wie sie extra betonte. Sie gab an, Stimmen auf der Straße gehört zu haben. Sie meinte, es waren die Stimmen von zwei Männern, die sich heftig stritten. Verstanden hat sie kaum etwas, aber es kann sein, dass es um eine Frau ging. An mehr kann sie sich nicht erinnern.«

»Wann war das?«, fragte Merana.

»Gegen 2 Uhr.«

»Na, zumindest haben zwei Zeugen bestätigt, dass Hackner allein war. Das unterstreicht die Aussage von Brehmstett. Wo ist Hausnummer 7b?«

»Ziemlich am Anfang der Kaigasse.«

»Dann könnte die Dame, falls sie nicht fantasiert, Hackner und Brehmstett gehört haben, bevor dieser umdrehte. Und wenn die alte Frau recht hat, haben die beiden gestritten. Wir müssen Brehmstett heute damit konfrontieren. Was ist mit Aichmüllers Wohnung?«

Braunberger nickte. »Da war ich gestern Abend noch, zusammen mit der Spurensicherung. Die Putzfrau hat uns Hackners Zimmer gezeigt. Gefunden haben wir nicht viel. Keinen offensichtlichen Hinweis, der uns weiterbringt. Ein paar Rollenbücher, einige handschriftliche Notizen zu irgendeiner Inszenierung sowie einen Laptop. Der war mit einem Passwort gesichert. Aber das kriegen die von der Spurensicherung schon raus.«

Merana nickte zustimmend. Gemeinsam gingen sie noch einmal alle Details durch und versuchten, jeden einzelnen Punkt zu bewerten. Besprachen die nächsten Schritte. Gerade als Carola vorschlug, ihre Verbindungen zur Kripo in Hamburg zu nutzen, um vielleicht schneller etwas über Herwig Brehmstett und dessen Agentur rauszubekommen, läutete Meranas Handy.

Die Uhr auf seinem Handydisplay verriet ihm, dass es kurz vor zwölf war. Birgit. Jetzt schon. Aber wenn er nicht abhob, gab es wieder ein Theater. Und sie waren ohnehin schon fast durch mit ihrer Besprechung. Also drückte er auf die Rufannahmetaste. Und wieder, bevor er auch nur einen Ton sagen konnte, ging es auf der anderen Seite schon los.

»Hallo, Schatz. Heute sind die Eso-Zicken nicht zum Aushalten. Kann sein, sie haben seit gestern alle ihre Tage, was weiß ich. Jedenfalls habe ich heute die Mittagspause früher angesetzt. Grässlich. Und wie war es bei dir? Wie war es beim Intendanten?«

Merana atmete durch. »Birgit, ich bin mitten in einer Besprechung und habe wirklich wenig Zeit. Das Gespräch mit dem Intendanten war, sagen wir mal, interessant. Details erzähle ich dir ein anderes Mal. Und stell dir vor, der hat mir doch glatt für heute Abend zwei Don-Giovanni-Karten angeboten.«

Und nun erwartete sich Merana die unterstützende Stimme der Entrüstung einer Säule der Bürgerpartei, die es geradezu unfassbar fand, dass hier ein in einen Kriminalfall involvierter Leiter eines künstlerischen Unternehmens offenbar den unverhohlenen Versuch unternahm, den mit der Leitung des Falles beauftragten Beamten ganz einfach zu bestechen.

Aber Birgit sagte nur: »Super! Wann fängt es an? Du, ich werde das dunkelblaue Kleid anziehen, das wir in Verona gekauft haben.«

Merana verschlug es die Sprache. Er brachte nur ein kümmerliches »Aber …« heraus.

Und schon tönte es von der anderen Seite: »Du meinst, das passt nicht? Dann das grüne mit dem Schal. Aber da habe ich keine passende Handtasche dazu …«

Merana spürte ein leichtes Ziehen in der Magengegend. »Birgit, wir gehen nicht in die Oper. Ich habe natürlich abgelehnt. Erstens bin ich mitten in einer Morduntersuchung und habe keine Zeit für Opern, und zweitens lasse ich mich nicht bestechen!«

Es war für einen Moment still in der Leitung.

Dann erklärte Birgit: »Merana, du bist ein Esel!«

Merana schluckte. Wenn sie ihn bei seinem Nachnamen nannte, und das in diesem Tonfall, war sie kurz vor einem Wutausbruch. Auch das noch. Er nahm sich vor, nun Klarheit und angemessene Strenge in seine Stimme zu bringen, aber dazu ließ sie es nicht kommen.

»Merana, du bist der größte Idiot unter dem Sternenhimmel. Zwei Karten für Don Giovanni lehnt man nicht ab. Und wenn du schon keine Zeit hast wegen deines blöden Falles, hättest du doch wenigstens einmal an mich denken können. Dann wäre ich halt mit Daniela gegangen, ach nein, die ist ja bei ihrem Vater. Dann halt mit Hannah oder mit Bernhard!«

Mit Bernhard auf keinen Fall, dachte Merana, das wäre ja noch schöner.

Aus den Augenwinkeln sah er, dass Carola ihm Zeichen gab. Er schaute hinüber. Da saßen seine beiden wichtigsten Mitarbeiter und konnten sich das Lachen kaum verkneifen. Auch das noch. Sogar der Waller über Otmars Kopf schien zu grinsen. Das trieb ihm die Röte ins Gesicht. Seine Magenschmerzen nahm zu. Er benahm sich hier wirklich wie ein Idiot. Und Carola versuchte, ihm in einer Mischung aus Gebärdensprache und Flüstern etwas zu vermitteln: »Nimm an, Martin, sag zu!«

Er schüttelte unwillig den Kopf, tippte sich auf die Stirn und mühte sich ab, die Fassung wiederzugewinnen. Und jetzt fiel ihm auch ein, was er Birgit erwidern konnte. Na warte.

»Birgit! Hat mir die eherne Säule der demokratischen Bürgerbewegung nicht immer und immer wieder versichert, was sie von dieser hochsubventionierten Eliteveranstaltung für saureiche Schickimickipromis hält und dass man schon aus Prinzip und Überzeugung keinen Fuß über die Schwelle dieses sogenannten Kulturtempels setzen sollte? Ha?« Jetzt hatte er es ihr gegeben.

»Merana, du verstehst gar nichts! Es geht nicht um Elitetempel oder falsch eingesetzte Subventionen. Und ums Prinzip geht es schon gar nicht. Es geht um die Dallabianca! Capito?«

Merana stand da wie ein Esel vor der ausgetrockneten Pferdeschwemme und wusste nicht mehr, was er sagen sollte.

Carola flüsterte ihm halblaut zu: »Martin, sei nicht so stur, sag einfach zu! Wir machen das schon. Und über Pager bist du jederzeit erreichbar!«

Merana gab sich geschlagen. »Ich weiß ja gar nicht, ob die Karten noch zu haben sind«, knurrte er ins Telefon.

Auf der anderen Seite wurde gejubelt. »Du bist ein Schatz, Martin, du machst das schon. Ob ich doch das Grüne anziehe? Ich lasse die Eso-Zicken am Nachmittag allein im Nirwana herumschwirren, dann habe ich noch Zeit für den Friseur. Ich liebe dich. Ich rufe dich später an. Und sag Carola, sie hat etwas gut bei mir!« Und schon hatte sie aufgelegt.

Merana fühlte sich müde, einfach nur müde.

Carola kam näher und legte ihm die Hand auf die Schulter. »Jetzt freu dich doch. Der Don Giovanni soll wunderbar sein.«

Merana küsste sie auf die Stirn. »Sie sagt, du hättest was bei ihr gut.«

»Ich hab es gehört, sie war ja laut genug. Nun ruf schon an und frag, ob die Karten noch frei sind.«

DIENSTAG, 1. AUGUST, 13 UHR

Die Karten waren noch zu haben.

Der Anruf war Merana allerdings peinlich gewesen. Er kam sich vor wie ein Schuljunge, der bei der Direktion anrief, um zu fragen, ob er nun doch zum Skikurs mitfahren könne, er habe es sich anders überlegt.

Aber die Dame war am Telefon ganz freundlich gewesen, so als hätte sie mit seinem Anruf schon gerechnet. »Aber selbstverständlich, Herr Kommissar. Sie erhalten Ihre Karten an der Abendkasse. Es sind zwei Logenvorderplätze.«

Er sagte nur: »Danke für die Mühe.«

Und sie erwiderte: »Aber Herr Kommissar, das ist doch keine Mühe. Wenn hier jemand Mühe hat, dann Sie, mit der vielen Arbeit und dieser schrecklichen Sache. Es ist wunderbar, wenn wir Ihnen eine kleine Freude machen und auch eine kleine Ablenkung bieten können. Und wer weiß, vielleicht kommt Ihnen gerade im Don Giovanni eine Eingebung, die Sie einen Schritt weiterbringt.«

Die wollen mich alle einwickeln, dachte er, als er das Gespräch beendet hatte. Irgendwie sind alle eine Spur zu freundlich. Eine dicke Spur zu freundlich.

Er kam zehn Minuten zu spät. Jutta Ploch saß schon am Tisch und hatte einen Tomatensaft im Glas vor sich stehen. Sie sah auf die Uhr, als er sich setzte.

»Du bist zu spät, Merana. Das bin ich von dir nicht gewohnt.«

Die ›Keutschach Stuben‹ gehören zu den ältesten Lokalen in Salzburg. Das Restaurant ist nicht sehr groß, zieht sich aber über zwei Stockwerke. Mittags war es immer voll. Hauptsächlich kamen Salzburger hierher, Geschäftsleute, aber auch Leute, die in der Altstadt wohnten. Touristen weniger, wenn, dann Reisende mit einem DuMont-Büchlein oder einem anderen Hochglanzreiseführer in der Hand. Jutta hatte einen Tisch im oberen Stockwerk gewählt, direkt am Fenster, mit einem wunderbaren Blick auf ein architektonisches Juwel Fischer von Erlachs, die Kollegienkirche. Merana winkte der Lokalchefin zu. Die schaute ihn an. »Wie immer?«

Er nickte zustimmend.

»Tut mir leid, Jutta. Dieser Tag hat stressig begonnen, und er wird immer dichter.«

Jutta Ploch nippte am Tomatensaft. »Also nützen wir die Zeit. Was willst du wissen?«

»Alles!«

»Wenn es weiter nichts ist. Geh einfach quer über den Platz, dann durch den Hof und nimm die erste Stiege rechts. Dort sitzen die Theologen. Die sagen dir, wo Gott wohnt. Der weiß bekanntlich alles.«

Merana musste kichern. Er sah sich um. Keine Leiche in der Nähe. Also durfte er sich ruhig amüsieren.

»Wenn ich nicht schon von deinem Charme fasziniert wäre, würde ich sagen, dein wunderbarer Humor ist es, der dich unwiderstehlich macht, Jutta.«

»Merana, übernimm dich nicht, komm zur Sache.«

Merana wartete noch, denn die Chefin des Hauses brachte höchstpersönlich die Speisen: einen Radicchiosalat mit Shrimps für Jutta und ein kleines Kalbsrahmgulasch für ihn. Das aß er immer, wenn er in den ›Keutschach Stuben‹ war, das war bekannt. Dazu trank er, wenn er nicht im Dienst war, ein naturtrübes Bier. Heute also bestellte er einen Johannisbeersaft mit Leitungswasser.

Merana hätte gern gleich vom Kalbsrahmgulasch gekostet, aber er versuchte zuerst zu präzisieren, was er von der Kulturjournalistin wissen wollte. »Sag mir bitte, was du über folgende Personen weißt: Deborah Jadlinski, Ramina Haubendorf, Sebastiano Ramirez, Herwig Brehmstett und natürlich möglichst viel über den Toten, Hans Dieter Hackner.«

Jutta Ploch fragte nicht, warum er ausgerechnet über diese Leute etwas wissen wollte, sie antwortete einfach. »Gut, ich werde mich darauf beschränken, was du nicht ohnehin im Internet nachlesen kannst. Fangen wir mit Deborah Jadlinski an. Heute eine große Schauspielerin; als sie mit 18 in Hannover anfing, war sie eher ein schüchternes Wesen und auch bei ihrem zweiten Engagement in Bochum noch keine große Leuchte des Ensembles. Sie hatte aber den Mut, 1980 in Hamburg für die Rolle des Gretchens in Goethes Faust vorzusprechen. Mit 30 anderen Bewerberinnen. Hackner führte Regie, spielte selbst den Mephisto, und er gab ihr die Rolle. Zum Erstaunen der gesamten Theaterfachwelt. Er arbeitete mit ihr wie ein Besessener. Und sie war gelehrig. Sie war nicht so eine Rampensau wie Hackner. Kein Naturtalent, dem die Dinge einfach so zufielen, aber sie war fleißig und hatte das richtige Gespür, das präzise einzusetzen, was sie konnte.

Das Gretchen war der erste große Erfolg der Jadlinski. Dafür wurde sie als beste Nachwuchsdarstellerin ausgezeichnet. In Hamburg begann ihre große Karriere an der Seite von Hackner. Er hat ihr die richtigen Rollen ausgesucht. 1983 haben sie geheiratet.«

»Er war zehn Jahre älter.«

»Ja, und schon zweimal geschieden.«

Merana kostete nun doch vom Gulasch. Schmeckte köstlich. Wie immer. »Die Ehe hat fünf Jahre gehalten, soviel ich weiß. Wer hat sich von wem scheiden lassen?«

Jutta Ploch versuchte, mit der Zunge einen Radicchiostängel aus einem Spalt zwischen ihren makellosen Zähnen zu entfernen. Nach einigen Versuchen gelang es ihr. Sie nahm noch einen Schluck vom Tomatensaft, ehe sie antwortete. »Sie hat sich von ihm scheiden lassen.«

»Warum?«

»Obwohl er sich sehr mit Jadlinskis künstlerischer Entwicklung beschäftigt hat, hatte er nie mit dem aufgehört, was er immer schon ohne Rücksicht auf Verluste und mit großer Leidenschaft trieb.«

Merana konnte sich denken, worum es ging. Fragte aber trotzdem. »Und das wäre?«

Sie hatte einen amüsierten Ausdruck im Gesicht, als sie antwortete. »Sagen wir es poetisch: seinen Perlenstab in jede bereitwillige Muschel zu stecken.«

»Und das hat der Jadlinski nicht so wirklich gepasst, vermute ich.«

»Nein, das hat ihr ganz und gar nicht gepasst. Obwohl … Ich habe heute noch mit einem Kollegen telefoniert, der die beiden in Hamburg gut kannte und der mir sagte, anfangs hätte sie versucht, wegzuschauen, Verständnis aufzubringen. Aber mit der Zeit wollte sie einfach nicht mehr. Erstens begann sie, sich künstlerisch auf vollständig eigenen Füßen zu bewegen, und zweitens, auch wenn sie ihn immer zu verstehen suchte, wollte sie nicht mit einem ewig großen Kind verheiratet sein. 1987 ist sie nach Berlin gegangen.«

»Und er?«

»Für ihn war es ein Schock, sagte mein Kollege. Er hatte nie damit gerechnet, dass eine Deborah Jadlinski den großen Hans Dieter Hackner verlassen könnte.«

»Aber die beiden haben später noch miteinander zu tun gehabt.«

Sie nickte. »Ja, sogar regelmäßig. Die Jadlinski ging zwar ihre eigene Wege und wurde zu der gefeierten Schauspielerin, die sie heute ist. Aber es gab immer wieder Produktionen, an denen sie beide beteiligt waren.«

»Und privat?«

Jutta Ploch zuckte mit den Schultern. »Das weiß ich nicht. Das musst du sie selbst fragen.«

Habe ich schon, dachte Merana, aber ich bin noch nicht ganz sicher, wie ich es einordnen soll. Laut sagte er: »Gut, weiter. Ramina Haubendorf.«

»Wenn du so willst, ähnliche Geschichte, 25 Jahre später, nur ohne Heirat.«

Merana starrte sie an, die Gabel mit einem Stück Kalbfleisch in der Hand. »Wie meinst du das?«

»Ramina Haubendorf hat in Graz begonnen und vor vier Jahren in Wien vorgesprochen, wo Hackner eine junge unverbrauchte Schauspielerin für seine Inszenierung am Burgtheater suchte.«

»Auch Gretchen?«

»Nein, die Heilige Johanna.«

Jetzt konnte Merana punkten. »Schiller. Habe ich in der Schule gelesen.«

»Sehr brav, Merana, trotzdem knapp daneben. In dem Fall war es Bert Brecht.«

Wieder nichts, dachte Merana. »Und Haubendorfs Karriere hat Hackner auch gefördert?«

Jutta nickte. »Ja, hat er. Durch ihn hat sie auch die Rolle hier bei den Salzburger Festspielen bekommen.«

»Und?«, fragte Merana weiter. »Hat er seinen Perlenstab auch in der Muschel von Ramina Haubendorf versenkt, der leidenschaftliche Herr Hackner?«

Die Journalistin lächelte. »Ich weiß es nicht. Man munkelt es zumindest.«

Ein Handy läutete. Merana sah sich um. Auch die Chefin spähte durchs Lokal, wer sich hier erdreistete, trotz ausdrücklichem Verbot sein Telefon klingeln zu lassen.

»Merana, das ist dein Handy«, grinste Jutta Ploch und hätte sich beinahe verschluckt.

Merana nestelte es aus der Sakkotasche und schaute entschuldigend in die Runde. Er stand auf, ging über die Treppe und vor das Lokal. Es war Kaltner.

»Herr Kommissar, wo sind Sie? Man sagte mir im Bischofsbräu, Sie seien längst weg.«

»Ich bin in den ›Keutschach Stuben‹.«

»Verstehe«, kam die Antwort, etwas kühl. Und

Merana konnte fast Kaltners Gedanken lesen. Es wird Zeit, dass ich auf der Karriereleiter schnell nach oben komme. Dann führe ich meine Ermittlungen auch in den besten Lokalen der Stadt.

»Ich habe hier einen möglichen Zeugen, Herr Kommissar, mit dem sollten Sie vielleicht selbst reden.«

»Einen Zeugen?«

»Ja, einen von diesen Obdachlosen, einen alten Penner.«

Ein alter Mann?

»Hat er einen Hut, der ausschaut wie ein großer Pilz?«

Kaltner brauchte zwei Sekunden, bis er antwortete. »Einen Hut? Wie ein Pilz? Ich habe keinen gesehen. Wie kommen Sie darauf?«

Ja, wie kam er darauf? Hätte ja sein können.

»Egal, was sagt er?«

»Dass er was gesehen hat. Doch das sollten Sie sich lieber selbst anhören. Ich halte ihn für einen Spinner, aber man weiß ja nie.«

»Gut, bringen Sie ihn in einer Viertelstunde her, Kaltner, in die ›Keutschach Stuben‹. Ich bin hier bald fertig. Und vorher lassen Sie ihm im Bischofsbräu eine Suppe geben.«

»Eine Suppe?«

»Genau, Kaltner, und wenn er was zu trinken will, kriegt er auch das. Verstanden? Und seien Sie ja nett und höflich zu ihm.«

»Wie Sie meinen«, knurrte Kaltner noch durchs Telefon, eher er auflegte.

Merana ging zurück ins Lokal.

Jutta Ploch hatte ihren Salat inzwischen aufgegessen.

»Entschuldige, es ging um die Ermittlungen. Wo waren wir stehen geblieben? Gibt es zu Ramina Haubendorf noch etwas zu sagen?«

Die Journalistin zögerte. Dann sagte sie: »Nein, oder doch, vielleicht.«

Merana schaute sie fragend an.

»Da war etwas heuer im Jänner. Sie hat die Premiere in Graz sausen lassen. Sie war über zwei Monate weg. Man munkelte etwas von Nervenkrise. Keiner wusste, wo sie steckte. Selbst die Schweißhunde vom deutschen Boulevard konnten sie nicht ausfindig machen. Erst Anfang April tauchte sie auf und begann wieder mit der Arbeit. Eine kleine Rolle in einem Fernsehspiel. Und im Sommer eben hier die Guten Werke im Jedermann und Lady Mortimer in ›Heinrich IV‹, den, wie du weißt, Hackner inszenierte, zumindest bis zu seinem Tod.«

Ramina Haubendorf ist also schon zu Beginn des Jahres wie vom Erdboden verschluckt gewesen, dachte Merana, genau wie jetzt. Würde sie dieses Mal auch erst wieder in acht Wochen auftauchen? Gab es hier eventuell einen Zusammenhang? Er hatte so viele Fragen, und nichts passte zueinander.

Jutta Ploch sah auf ihre Uhr. »Merana, ich habe es eilig. Kannst du aus deinem Gedankenmeer wieder auftauchen?«

»Natürlich, Jutta, entschuldige. Kommen wir zu Sebastiano Ramirez. Das Wichtigste, das du weißt, wenigstens in Stichworten.«

Das Gesicht der Journalistin hellte sich auf. Das sah er nicht oft bei ihr. Vielleicht hatte sie den feschen Spanier auch schon interviewt und sich da ebenfalls gefragt, wie das mit der Couch wäre.

»Das wird der Starregisseur der nächsten Jahre, Martin, das sage ich dir. Hast du seinen ›Don Giovanni‹ gesehen? Fabelhaft. Noch dazu mit einer großartigen Dallabianca. Vital hat ihn nach Salzburg geholt. Genauso wie die Dallabianca und ein paar andere, die schon an der Startrampe zur großen Karriere stehen. Der Luxemburger hat ein gutes Gespür dafür. Das sind halt jetzt seine Leute. Unter dem vorigen Intendanten waren es andere. Das ist überall so. Jeder versucht, seine Leute groß rauszubringen. Was glaubst du, wer da alles mitnaschen will? Schallplattenfirmen, Konzertagenturen, Medienunternehmen. Sponsoren. Werbefirmen. Und mit Ramirez hat Vital ein ganz heißes Eisen im Feuer!«

Merana nickte. »Ich weiß. Er soll nächstes Jahr den Jedermann – äh.« Am liebsten hätte er sich auf die Zunge gebissen.

Jutta Ploch lächelte. »Schau einer an, Merana. Hat der Luxemburger aus der Schule geplaudert?«

Merana zuckte hilflos mit den Schultern.

»Keine Sorge, das weiß ich schon. Alles inoffiziell natürlich. Die ersten Gerüchte darüber tauchten schon Anfang des Jahres auf. Nicht der Hackner, wie vorgesehen, sondern Ramirez soll im nächsten Jahr die Neuinszenierung des Jedermann übernehmen.«

Merana starrte sie an. »Du meinst, Ramirez wäre in jedem Fall zum Zug gekommen. Auch wenn Hackner nicht umgebracht worden wäre?«

»Davon kannst du ausgehen, Merana. Ramirez soll ein sagenhaft aufregendes Regiekonzept haben. So ist der Lauf der Welt, Merana. Auch in der Kunst. Die neuen Sterne gehen auf, die alten sind schon längst am Sinken, ohne dass sie es womöglich merken.«

»Aber gab es denn mit Hackner nicht so etwas wie einen Vorvertrag wegen des Jedermann?«

»Das weiß ich nicht.« Sie stand auf und griff nach ihrer Tasche. »Frag den Brehmstett, der wird es wohl wissen.« Sie machte Anstalten zu gehen.

»Warte noch, Jutta, was weißt du über den Brehmstett?«

»Nicht viel. Ein Arschloch, wie er im Buche steht, aber ein ausgefuchster Manager. Hat beste Beziehungen und wittert überall, ob was zu holen ist. Soll sich aber vor fünf Jahren bei einer großen Sache ziemlich verspekuliert haben. Ich glaube, es ging um ein Filmprojekt. Trotzdem mischt er nach wie vor mit. Er hat wohl die richtigen Beziehungen.« Damit befand sie sich auch schon auf dem Weg nach draußen. Doch bevor sie an der Treppe nach unten war, drehte sie noch einmal um, kam die paar Schritte zurück. »Noch etwas, Herr Kommissar Merana. Etwas ist im Busch. Etwas Großes. Ich weiß es. Ich bin lange genug im Geschäft. Der Ballon soll noch in dieser Festspielsaison platzen, aber erst gegen Ende, wenn alle Premieren abgefeiert sind. Aber ich kriege es schon vorher raus. Und wenn ich es weiß, sag ich es dir eventuell. Und das wird dich mit Sicherheit mehr kosten als ein paar Meerwürmer auf einem Salat.« Sie warf ihm eine Kusshand zu und verließ das Lokal.

Was für ein Abgang, dachte Merana, theatralisch und ein bisschen übertrieben. Dafür hatte er ja jetzt schon ein Gespür bekommen. Er bezahlte und ging nach draußen auf den Platz. Da sah er zwischen zwei Ständen, an denen Käse, Obst und Gemüse verkauft wurden, Kaltner auf sich zukommen, begleitet von einem spindeldürren alten Mann, kahlköpfig, mit zerrissenem Mantel, in Sandalen. Nein, das war nicht sein Tänzer bei der Totenwache gewesen. Als die beiden bei Merana ankamen, sagte Kaltner laut: »So, jetzt erzähl das Ganze noch einmal. Aber pronto!«

Merana warf Kaltner einen knappen Blick zu, schüttelte missbilligend den Kopf und erwiderte ruhig: »Erst einmal Grüß Gott, ich bin Kommissar Merana«, und dabei streckte er dem Alten die Hand hin. Der schüttelte sie vorsichtig.

»Wie heißen Sie?«

Die Augen des Alten zuckten nach allen Seiten, als müsse er ständig die Umgebung kontrollieren. Dann krächzte er. »I bin da Ferdl.«

Merana nickte freundlich. »Gut, Ferdl, erzählen Sie bitte in Ruhe, was Sie gesehen haben.«

Nun irrten die Augen des Alten nicht mehr verschreckt über den Platz, nun starrte der Mann Merana mitten ins Gesicht. »De Weiße Frau, Herr Kommissar, es woa de Weiße Frau!«

Merana verstand nicht. »Die Weiße Frau? Welche Weiße Frau?«

Der Alte riss die Augen noch weiter auf und deutete mit der Hand nach hinten, hoch zur Burg. »De Weiße Frau von da Festung, Herr Kommissar, sie is umagonga.

Sie geht oft uma. Und wia i munter worn bin wegen dem Gewitter, da hab i sie gsehn. Bei da Salzach unten is sie gstanden und hat sie des Bluat von de Händ gwaschen. Und da hab i mei Decken zsampackt und meine Weinflasche und bin auf und davon, Herr Kommissar.«

Kaltner, der neben dem Alten stand, tippte sich mit dem Finger gegen die Stirn.

Merana erinnerte sich, dass es eine Sage gab, wonach es auf der Festung ab und zu spuke. Eine Weiße Frau gehe dort um, hieß es. Sie wandle durch die Gänge und zeige sich auch auf der Festungsmauer.

»Können Sie die Frau etwas genauer beschreiben, Ferdl?«

Als stünde die Weiße Frau in diesem Moment leibhaftig vor ihm, machte der Alte erschrocken einen Schritt zurück. »Herr Kommissar, des war de Weiße Frau, die komma net beschreibn. Und die Händ woan ganz bluatig. Wenn de Weiße Frau umageht, gschiacht allweil a Unglück, Herr Kommissar, a großes Unglück!«

Und mehr war aus dem alten Mann nicht herauszuholen. Er wiederholte nur immer wieder dasselbe.

»Und Sie sind ganz sicher, Ferdl, dass Sie diese Frau in der Nacht von Sonntag auf Montag gesehen haben?«

»Aber sicher, Herr Kommissar. So was vagißt ma net.«

Merana klopfte ihm beruhigend auf die Schulter. »Ich danke Ihnen, Ferdl. Und sagen Sie bitte dem Herrn Revierinspektor, wo wir Sie erreichen können, falls wir Sie noch einmal brauchen.«

In diesem Augenblick läutete Meranas Handy. Es

war Thomas Brunner, der Leiter der Spurensicherung.

»Hallo, Martin, ich habe etwas für dich. Einen wunderschönen Fingerabdruck. Auf der Innenseite von Hackners Gürtel. Den haben wir sichern können, alle anderen möglichen Spuren hat der Regen verwischt.«

Merana atmete durch. Es ging weiter, Millimeter für Millimeter. Wie immer.

»Sehr schön, Thomas. Schick es uns rüber. Wir kümmern uns darum. Und danke.«

»Keine Ursache, Martin. Du weißt, Unmögliches sofort, Wunder etwas später.«

Merana steckte das Handy in die Tasche. Der alte Mann war inzwischen weitergeschlurft.

»Kaltner, wo ist Ihr Wagen?«

Kaltner deutete auf den freien Platz zwischen den Marktständen und der Kirche.

»Wir fahren zurück ins Präsidium. Der Brunner hat einen Fingerabdruck an Hackners Gürtel gefunden. Ich möchte, dass Sie sich darum kümmern.«

DIENSTAG, 1. AUGUST, 14.20 UHR

Als Merana und Kaltner durch die Automatiktür des Polizeipräsidiums ins klimatisierte Gebäude kamen, trafen sie Otmar Braunberger.

»Hallo, Martin. Gute Nachrichten von Aichmüller. Er ist um halb zwei von Heathrow abgeflogen. Er erwartet uns um 17 Uhr in seiner Wohnung. Da kommst du noch locker zu deinem Don Giovanni.«

Kaltner blieb stehen und schaute verwundert von Braunberger zu Merana.

Aber der ging nicht darauf ein. Sollte der Kaltner doch denken, was er wollte. Und sollte er sich bei seinen politischen Freunden ruhig das Maul darüber zerreißen, dass der Chef der Abteilung Mord/Gewaltverbrechen mitten in den Ermittlungen zum wichtigsten Mordfall des Jahrzehnts nichts Besseres zu tun hatte, als sich abends seelenruhig eine Mozart-Oper reinzuziehen.

Braunberger hatte inzwischen weitergeredet. »Der Brehmstett ist schon da. War überpünktlich. Ich habe mit der Befragung bereits begonnen.«

»Gut«, sagte Merana. »Kaltner, Sie kümmern sich wie gesagt um den Fingerabdruck.«

Dann betrat er, gefolgt von Otmar, sein Büro. »Was sagt er, der Herr Brehmstett?«

»Nicht viel. Er zieht nach wie vor die ›Glatt wie ein Aal‹-Nummer ab. Er bleibt dabei, umgekehrt und ins Hotel zurückgeeilt zu sein. Das wird wohl so stimmen, denn wir haben die Aussage des Nachtportiers. Er hat um zehn vor zwei das Foyer betreten.«

»Hast du ihn wegen des Streites gefragt, den die alte Frau angeblich gehört hat?«

»Ja. Er meint, Hackner habe getobt, während er versucht habe, ihn zu beruhigen. Da könne es schon sein, dass auch er laut geworden sei. Frauennamen seien dabei sicher auch gefallen, da der Hackner sich ja über jeden aufgeregt habe, wenn er einmal in Fahrt war.«

»Mehr hat er dazu nicht gesagt?«

»Nein, mehr nicht.«

»Gut. Eröffnen wir die zweite Runde.«

Der Mann, der auf einem der Rohrstühle im Besprechungsraum saß, hätte alles Mögliche sein können, Metzger, Bauarbeiter, Kranfahrer. Rausschmeißer.

Einen Kulturmanager, einen Künstleragenten hatte Merana sich jedenfalls anders vorgestellt. Nicht so stiernackig, nicht mit so struppigen, kurz geschnittenen grauen Haaren, nicht so bullig. Auf der leicht schief gewachsenen Nase hatte er eine Brille wie aus dem Versandhauskatalog.

Merana stellte sich vor, schüttelte Brehmstett die leicht feuchte rechte Hand und setzte sich. »Danke, Herr Brehmstett, dass Sie sich Zeit genommen haben für dieses Gespräch.«

Brehmstett nickte und setzte ein Lächeln auf, das um eine Spur zu schmierig ausfiel.

»Selbstverständlich, Herr Kommissar. Man ist doch behilflich, wo man kann. Auch wenn ich hoffe, dass es nicht allzu lange dauert, denn zurzeit habe ich wirklich besonders viele und für die Zukunft meiner Agentur enorm wichtige Termine.«

»Wir werden uns bemühen, Sie nicht länger aufzuhalten als nötig. Herr Brehmstett, eine Frage beschäftigt uns immer noch. Vielleicht können Sie uns diesbezüglich weiterhelfen, wo Sie ja inzwischen viel Zeit gehabt haben, darüber nachzudenken.«

Merana war der wachsame Blick seines Gegenübers nicht entgangen.

»Was meinen Sie genau, Herr Kommissar?«

Merana ließ sich Zeit. Der wachsame Blick blieb. Der Mann war auf der Hut.

»Wir können uns immer noch nicht erklären, aus welchem Grund wohl Herr Hackner bei der Premierenfeier so wütend und ausfallend geworden ist.«

Brehmstett öffnete den Mund und wollte zu einer Antwort ansetzen, aber Merana hob die Hand und fuhr fort. »Wir wissen, dass Herr Hackner sich öfter nicht, sagen wir einmal, allzu zivilisiert benommen hat, wenn er betrunken war. Das war für die meisten der an diesem Abend Beteiligten also nichts Überraschendes, aber dennoch: Wir glauben, es muss einen bestimmten Grund gegeben haben, einen bestimmten Anlass für Herrn Hackners Stimmungsumschwung.«

Brehmstett fuhr sich mit dem linken Zeigefinger über die geschürzte Unterlippe und machte ganz den Eindruck, als denke er intensiv nach. Der Kerl mag zwar ein brauchbarer Künstleragent sein, aber als Schauspieler reicht es maximal als Zweitbesetzung für die Provinzbühne, dachte Merana.

Brehmstett versuchte so etwas wie ein Lächeln, was ihm aber nicht gut gelang, als er antwortete: »Also wenn ich so nachdenke, dann könnten Sie recht haben. Hans

Dieter hatte sich maßlos geärgert, dass der Strachner zweimal einen Hänger hatte. So etwas konnte den guten Hans Dieter auf den Kirchturm treiben.«

Merana wartete ein wenig. »Sonst nichts?«

Brehmstett schaute dem Kommissar mit dem treuherzigsten Ausdruck, den er zustande brachte, in die Augen. »Sonst nichts, Herr Kommissar. Aber ich denke, das ist schon einmal ein guter Grund, nicht wahr?«

»Und warum hat er Ihrer Meinung nach später Frau Haubendorf geschlagen?«

»Das weiß ich nicht, Herr Kommissar, das müssten Sie die Gute schon selbst fragen.«

Merana wechselte das Thema. »Ist es wahr, Herr Brehmstett, dass Herr Hackner im nächsten Jahr nicht mehr den Jedermann inszenieren sollte, wie ursprünglich vorgesehen?«

Brehmstett hob nur leicht den Kopf. Falls ihn die Frage überrascht hatte, zeigte er es nicht. »Wer sagt das, Herr Kommissar?«

»Das tut nichts zur Sache, Herr Brehmstett. Ich frage Sie, ob das stimmt. Und wenn ja, ob Sie davon wussten, wovon ich ausgehe, nachdem Sie ja Hackners Agent waren.«

Nun zeigten diese wachsamen Augen, dass sie auch aufblitzen konnten. »Ich war in erster Linie sein Freund, Herr Kommissar, und was unser berufliches Verhältnis anbelangt, würde ich das Wort ›Berater‹ vorziehen. Also, mir ist nichts darüber bekannt, dass Hans Dieter nicht den Jedermann im nächsten Jahr inszeniert hätte. Warum auch!«

»Gab es denn einen Vorvertrag?«

Jetzt dominierte wieder die Wachsamkeit im Blick des Managers. »Nein, zumindest keinen schriftlichen.«

Merana schaute ihn fragend an. »Warum nicht?«

»In solchen Dingen war der Gute sehr eigen, Herr Kommissar. Ihm genügte ein Handschlag. Wenn der große Hans Dieter Hackner etwas ausmachte, dann galt das wohl auch für alle anderen so. Unterschreiben konnte man später immer noch.«

Ich würde das nicht ›eigen‹ nennen, dachte Merana, eher naiv. Oder nein, überheblich, mit maßloser Selbstüberschätzung.

In diesem Moment wurde die Tür zum Besprechungszimmer aufgerissen, und Carola stürmte herein. Etwas Wichtiges war geschehen, davon ging Merana aus.

Er stand auf, gab Brehmstett die Hand, sagte kurz: »Otmar, mach bitte fertig«, und folgte Carola auf den Gang. Er hatte die sonst so gelassene aikidoerprobte Carola schon lange nicht mehr derart aufgeregt erlebt.

»Die Haubendorf ist zurück«, sprudelte sie heraus.

Das war allerdings eine aufregende Nachricht.

»Die Braga hat angerufen. Die Haubendorf ist ins Hotel zurückgekommen, allein, ziemlich verwirrt. Die Braga ist schon auf dem Weg dorthin, hat vorsorglich gleich auch einen Arzt hingeschickt.«

Merana tat etwas, was er schon lange nicht mehr innerhalb des Polizeigebäudes gemacht hatte. Er lief los. »Komm, Carola, du begleitest mich.«

Die durchtrainierte Carola hielt locker mit dem davonstürmenden Merana mit. Die neue Mitarbeiterin vom Archiv konnte gerade noch mit einem raschen Sidestepp sich selbst und vor allem ihr Tablett in Sicherheit bringen, auf dem sich zwei Cappuccino und zwei dazugehörige Stück Sachertorte mit Schlagsahne türmten.

»Ach ja«, sagte Carola, als sie mit dem Dienstwagen in die Innenstadt rasten, »ich habe vorhin die Kollegen von der Hamburger Kripo auf den Brehmstett und seine Agentur angesetzt. Was sie mir bisher sagen konnten, ist, dass der Brehmstett in letzter Zeit ein oder zwei große Projekte in den Sand gesetzt hatte, eines davon ein Filmprojekt, und dass er knapp am Konkurs vorbeigeschlittert ist. Aber im Augenblick dürfte er an etwas Großem dran sein, denn eine Bank soll ihm einen Riesenkredit zugesagt haben.«

Merana versuchte, die Fahrtgeschwindigkeit dem trägen Innenstadtverkehr anzupassen und scherte auf die Bus- und Taxispur aus. Blaulicht wäre ihm doch übertrieben vorgekommen, aber er wollte so schnell wie möglich auf den Mönchsberg kommen, bevor die junge Schauspielerin wieder spurlos verschwand.

Was Carola eben gesagt hatte, deckte sich weitgehend mit dem, was Jutta ihm heute Mittag erzählt hatte. Aber trotzdem, warum hätte Brehmstett Hackner umbringen sollen? Der war doch sicher sein bestes Pferd im Stall gewesen.

Kühe, die einem was einbringen, schlachtet man nicht, würde seine Großmutter sagen.

DIENSTAG, 1. AUGUST, 15.30 UHR

Sie parkten das Polizeiauto auf dem Anton-Neumayr-Platz, mitten in der Innenstadt, und nahmen den Mönchsbergaufzug. Das ging schneller, als mit dem Auto um den Berg herum hochzufahren. An der Warteschlange der Touristen waren sie vorbeigelaufen, hatten am Eingang ihre Dienstausweise vorgezeigt und waren mit der nächsten Kabine nach oben gefahren, zusammen mit einer Gruppe von Spaniern, die offenbar ins Museum der Moderne auf dem Mönchsberg wollten. Zumindest hielten sie MDM-Ausstellungsprospekte in der Hand.

Im Auto hatte Merana Carola noch rasch erzählt, was er von Jutta Ploch über Ramina Haubendorf erfahren hatte. Normalerweise wäre Merana oben noch etwas verweilt, hätte den Ausblick über die Dächer der Stadt genossen, aber jetzt hetzten er und Carola im Laufschritt die paar 100 Meter zum Hotel ›Toscanini‹. Im Foyer kam ihnen Elena Braga entgegen. Vorgestern im beigen Kostüm, heute im dunklen Hosenanzug, dachte Merana. Trotz der sichtbaren Aufregung versuchte sie, gefasst zu wirken und konzentriert.

Sie begnügte sich mit einem knappen »Hallo« und fügte schnell hinzu: »Sie ist oben, in ihrer Suite. Sie wirkt sehr durcheinander. Der Arzt ist bei ihr.«

Sie stiegen zu dritt die Treppe hoch.

»Hat sie etwas gesagt?«, fragte Merana.

»Nein, nur dass sie um 18 Uhr zur Probe müsse. Das war ihr nicht auszureden. Den ZDF-Termin für

16 Uhr habe ich abgesagt. Das habe ich ihr mitgeteilt, aber sie hat mir gar nicht richtig zugehört.«

Die Zimmer und Suiten trugen hier keine Nummern, sondern die Namen von Komponisten. »Brahms-Suite«, las Merana, als sie durch den Gang im dritten Stock gingen, »Beethoven-Suite, Schumann-Suite.«

Elena Braga öffnete die Tür zur Mahler-Suite und ließ den beiden Polizisten den Vortritt. Sie betraten das Vestibül. Eine Tür öffnete sich, ein Mann trat heraus.

»Guten Tag, Doktor Krachowil«, stellte er sich vor.

»Wie geht es ihr?«, fragte Elena Braga.

»Nicht besonders«, bedauerte der Arzt. »Sie ist sehr durcheinander. Ich glaube, sie hat einen schweren Schock erlitten. Ich wollte ihr etwas zur Beruhigung geben, aber sie weigert sich vehement. Vielleicht können Sie sie dazu bewegen. Wenn es Ihnen recht ist, warte ich noch ein paar Minuten. Ich halte es für dringend nötig, dass sie unter medizinischer Beobachtung bleibt. Noch besser wäre es, sie ins Krankenhaus zu bringen.«

Elena Braga ließ einen tiefen Seufzer hören. »Ja, bitte, warten Sie noch hier.«

Dann klopfte sie leise an die Schlafzimmertür, wartete keine Antwort ab, sondern öffnete langsam die Tür. »Hallo, Ramina, ich bin es, Elena. Hier sind zwei Herrschaften von der Salzburger Polizei, die gern mit Ihnen reden möchten.«

Sie ging voraus ins Zimmer, Merana und Carola folgten. Das Zimmer war hell, die Vorhänge standen offen. Ein herrlicher Blick auf das darunterliegende Salzburg bot sich dem, der Muße hatte, das Panorama zu genießen.

Man konnte durchs Fenster sogar einen Teil der Salzach sehen, die in der Sonne blitzte und auf der sich ein Schiff, die Amadeus, langsam Richtung Anlegesteg beim neu erbauten Makartsteg bewegte. Aber Merana interessierte sich mehr für die junge Frau, die auf dem Bett vor dem Fenster lag. Kleiner schmaler Kopf, das Gesicht immer noch bleich, lange schwarze Haare, die den Seidenglanz, der ihm auf den Künstlerbildern aufgefallen war, längst verloren hatten. Sonst war von Ramina Haubendorf nicht viel auszumachen. Sie hatte sich die rosa geblümte Tagesdecke bis ans Kinn gezogen.

»Ich bin müde«, teilte die junge Frau mit. »Lassen Sie mich bitte in Ruhe.« Sie hielt die Augen geschlossen.

Elena Braga sah Merana an, gleich darauf Carola.

Die geschlossenen Augenlider von Ramina Haubendorf zuckten leicht.

Für ein, zwei Minuten war es still in dem Raum. Keiner sagte etwas.

Dann machte Carola zwei Schritte nach vorn, stellte sich direkt neben das Bett und erklärte ganz ruhig: »Ramina, ich bin Carola Salmann. Neben mir steht mein Kollege Martin Merana. Wir sind in einer schwierigen Situation. Es sind so viele Dinge geschehen, die wir uns nur schwer erklären können. Wir brauchen Hilfe. Könnten Sie uns dabei unterstützen, die Dinge besser zu verstehen?«

Die junge Frau erwiderte nichts. Sie versuchte nur, ruhig zu atmen. Das wird nichts, dachte Merana, die muss in die Klinik. Da müssen Spezialisten her.

Doch plötzlich fragte Ramina Haubendorf, die Augen immer noch geschlossen: »Welche Dinge?«

Merana wollte etwas erwidern, aber Carola hielt ihn mit einer Handbewegung zurück. »Dürfen wir uns zu Ihnen setzen, Ramina?«

Wieder zeigte die junge Frau zuerst keine Reaktion. Dann öffnete sie langsam die Augen. Merana war überrascht. Was für wunderschöne Augen sie hatte, viel schöner als auf allen Fotos, die er gesehen hatte. Auch wenn sie jetzt von einer tiefen Traurigkeit erfüllt waren und leicht glänzten.

Ramina Haubendorf schaute lange auf Carola, noch länger auf Merana.

Schließlich nickte sie schwach. Behutsam schob Merana zwei Hocker aus der kleinen Sitzgruppe im Hintergrund des Zimmers ans Bett. Carola und er setzten sich nebeneinander. Elena Braga hatte inzwischen leise die Tür geöffnet und war hinausgegangen.

»Sie waren lange nicht hier in Ihrem Hotel, Ramina«, begann Carola vorsichtig. »Es würde uns schon helfen, wenn Sie uns sagen könnten, wo Sie waren.«

Stille. Die Frau starrte nur vor sich hin. Dann öffnete sie ein wenig die Lippen und flüsterte: »Unterwegs.«

Carola blieb immer noch ganz ruhig, so als rede sie mit einem verstörten Kind. »Wo waren Sie unterwegs?«

Ramina Haubendorf hob den Kopf ein wenig an. Ihre Stimme klang, als käme sie von weit her. »Ich weiß es nicht. Ich weiß es nicht!« Ihre leicht aufgerissenen Augenlider begannen zu flackern. »Lassen Sie mich jetzt bitte ausruhen. Ich muss um 18 Uhr in die Probe. Hans Dieter hasst es, wenn man unpünktlich ist.« Sie ließ erschöpft den Kopf aufs Kissen zurücksinken.

Nun schaltete sich Merana ein. Er stellte ruhig klar: »Herr Hackner kann die Probe nicht leiten, Frau Haubendorf. Herr Hackner ist tot.«

Sie drehte ihm langsam den Kopf zu. Wie in Zeitlupe, die Augen weit offen. Ihr Blick sah auf etwas, das nicht in diesem Zimmer war. So als versuche sie, sich an etwas zu erinnern, das weit zurücklag. »Ach ja«, sagte sie leise, »Hans Dieter ist tot.« Dann verstärkte sich das Feuchte in ihren Augen, und zwei Tränen kullerten langsam auf ihre Wangen.

»Bevor Herr Hackner gestorben ist«, sprach Merana weiter, »da waren Sie alle miteinander bei der Jedermann-Premierenfeier. Erinnern Sie sich? Und gegen Ende der Feier, da ist etwas passiert. Da hat Herr Hackner Sie angegriffen. Können Sie uns dazu etwas sagen?«

Aber Ramina Haubendorf schien ihm gar nicht zuzuhören. Sie lag da mit offenem Mund, über ihre Wangen rannen ungebremst die Tränen, sie drehte leicht den Kopf von einer Seite zur anderen und stammelte unaufhörlich, während ihre Lippen hilflos zuckten: »Er war so gemein, er war so gemein!«

Carola schaute zu Merana und nickte kurz. »Herr Hackner hat Sie geschlagen«, stellte er fest und seine Stimme wurde eine Spur lauter, »und dann sind Sie weggelaufen, erinnern Sie sich? Wo sind Sie hingelaufen, Frau Haubendorf? Was ist dann passiert?«

»Ich weiß es nicht.« Die Worte waren nun schwer verständlich, weil ihre Stimme immer wieder wegbrach. »Lassen Sie mich bitte in Ruhe, ich muss schlafen, ich habe Probe, es geht mir nicht gut, es geht mir gar nicht gut.«

Carola legte ihre Hände auf die Bettdecke, versuchte, Ramina Haubendorf zu beruhigen.

Merana sah, wie die junge Frau litt. Ein verwundetes Reh, mit einem tiefen Schmerz. Und unvermittelt spürte er die Dolchspitze der Kitschmadonna in seinem eigenen Herzen. Aber eine Frage wollte er noch stellen. Möglicherweise brachte sie sie ein Stück weiter. »Ja, Frau Haubendorf, es geht Ihnen nicht gut. Sie waren zwei Tage verschwunden, und keiner weiß, wo Sie waren. Erinnern Sie sich an den Jänner? Da ging es Ihnen auch nicht gut. Da waren Sie ebenfalls verschwunden, zwei Monate lang. Was ist damals passiert, Frau Haubendorf?«

Keiner hätte dem Mädchen wohl die Energie zugetraut, mit der sie plötzlich ihren Oberkörper hochschnellen ließ. Sie stieß die sich vorbeugende Carola zurück und brüllte, das Gesicht in unendlichem Schmerz verzerrt: »Lassen Sie mich in Ruhe! Das geht Sie nichts an! Das geht Sie überhaupt nichts an! Verschwinden Sie!«

Die Tür wurde aufgerissen. Ein besorgter Doktor Kratochwil stürmte ins Zimmer, gefolgt von einer nicht minder bekümmerten Elena Braga. »Aber Herr Kommissar, so geht das nicht. Um Himmels willen!«

Merana ließ erschöpft die Schultern sinken. Nein, so ging das wirklich nicht. Leise ließ er sich vernehmen. »Bitte kümmern Sie sich um die junge Frau, Herr Doktor.«

Und an Elena Braga gewandt meinte er: »Geben Sie uns bitte Bescheid, wenn es ihr wieder besser geht, ob sie im Hotel bleiben kann oder in die Klinik muss.«

Dann blieb er zusammen mit Carola noch in der offenen Tür stehen.

Beide schauten auf das große Bett, wo ein kleiner älterer Herr im braunen Sakko und eine groß gewachsene Frau in einem bordeauxfarbenen Hosenanzug sich über ein hilflos zuckendes Bündel beugten, das in eine rosa geblümte Tagesdecke eingerollt war.

Ein Bündel, das vor Kurzem noch als die Guten Werke auf der Bühne vor dem Salzburger Dom gestanden hatte, um Jedermann auf seinem letzten Weg zu begleiten, an dessen Ende der Tod wartete.

Sie hatten beide kein Wort gesprochen, weder beim Fußmarsch vom Hotel zum Aufzug noch während der Fahrt nach unten. Sie liefen auch nicht gleich zu ihrem Wagen, sondern setzten sich schweigend an einen kleinen Caféhaustisch und bestellten zwei Espresso. Der Kaffee im winzigen Tässchen war beinahe schon kalt, als Carola endlich das Schweigen unterbrach und meinte: »Was denkst du, Martin?«

Merana nahm den kleinen Espressolöffel und drehte ihn in der Hand. »Ich denke, sie wird uns jetzt nicht helfen können. Sie wird uns nichts sagen. Noch nicht. Aber ich glaube, sie könnte der Schlüssel zu dem Ganzen sein. Wir müssen einfach noch mehr wissen.«

Carola nickte. »Hast du eine Erklärung, warum sie so ausgerastet ist, als du sie nach ihrem Untertauchen im Jänner gefragt hast?«

Merana sah ihr ins Gesicht. »Hast du eine?«

»Ich weiß nicht. Sie muss sehr verletzt worden sein, dass sie gar so heftig reagierte. Das könnte mit Hackner zusammenhängen. Und wenn dem so ist, ist es wichtig. Denn dann könnte es auch mit dessen Tod zu tun haben.« Sie schüttelte energisch den Kopf. »Ach was, könnte, wäre, hätte. Wir tasten uns blind durch einen Konjunktivdschungel, Martin. Wir brauchen endlich für den einen oder anderen Punkt eine klare Antwort.«

Merana legte den Löffel zurück auf die Untertasse und holte sein Handy aus der Tasche. Er wählte die Nummer von Elena Braga.

»Hallo, Frau Braga. Wie geht es ihr?«, fragte er, als die Pressechefin sich gemeldet hatte.

»Besser«, kam als Antwort. »Sie hat sich schnell wieder beruhigt. Ich habe eine Krankenschwester herbestellt. Doktor Kratochwil hat ihr ein starkes Schlafmittel verabreicht. Falls sich ihr Zustand stabilisiert, braucht sie nicht in die Klinik.«

Merana nickte und gab Carola ein Zeichen mit dem nach oben gestreckten Daumen.

Ins Telefon sagte er: »Frau Doktor Braga. Können Sie sich noch erinnern, was Ramina Haubendorf bei der Premierenfeier anhatte?«

Die Antwort kam schnell. »Ja, das kann ich. Ein weißes Kleid.«

Merana entfuhr ein leises »Aha.« Laut ließ er sich vernehmen: »Sind Sie sicher, dass es ausgerechnet ein weißes Kleid war?«

»Da bin ich ganz sicher. Sie sah darin nämlich besonders hübsch aus. Und ich habe sie noch gefragt, wo sie es gekauft hat.«

Merana dachte kurz nach. »Was trug sie, als sie heute ins Hotel zurückkam?«

»Eine ausgewaschene Jeans und ein T-Shirt. Und das Merkwürdige dabei ist, die Empfangschefin erzählte mir vorhin, sie hätte Ramina noch nie in dieser Aufmachung gesehen. Und beides sei ihr zu groß gewesen.«

»Das ist allerdings eigenartig.«

»Ja. Und noch etwas ist seltsam, Herr Kommissar. Während wir oben bei Ramina waren, kam ein junger Mann ins Hotel, der wollte zu ihr.«

»Was für ein junger Mann?«

»Das wusste die Empfangschefin nicht. Ein eher schüchterner Typ. Als die ihm jedenfalls mitteilte, das ginge jetzt nicht, die Polizei sei bei Frau Haubendorf, wirkte er noch nervöser und wollte gleich wieder gehen. Die Empfangschefin fragte ihn, was er denn von Frau Haubendorf wolle, und er stotterte nur etwas von einem Autogramm und verschwand.«

Merana bedankte sich und beendete das Gespräch. Dann erklärte er Carola, was er eben erfahren hatte.

»Warum wolltest du wissen, was Ramina bei der Premierenfeier trug, Martin?«

Merana lächelte. »Kennst du die Sage von der Weißen Frau auf der Festung?«

Carola schüttelte den Kopf. »Nein, kenne ich nicht.«

»Ich auch nicht. Aber ein alter Mann hat mir heute etwas darüber erzählt. Und das ist mir vorhin wieder eingefallen.« Dabei beließ er es.

Carola schaute ihn verwundert an, fragte aber nicht weiter nach. Sie kannte ihn gut genug. Wenn er nicht darüber reden wollte, dann wollte er eben nicht.

DIENSTAG, 1. AUGUST, 17 UHR

Die Wohnung machte einen gediegenen Eindruck, wie aus dem Luxuskatalog von ›Schöner Wohnen‹: schwere dunkle Möbel, teure Teppiche, Glastische, Kristallluster.

Im Salon, wo sie mit Rechtsanwalt Aichmüller saßen, hingen zwei Bilder an der Wand. Das größere war ein Aquarell und zeigte einen Blick über die Dächer der Salzburger Altstadt, das kleinere war ein Stillleben, ein Ölgemälde, Obstkorb mit Weinflasche und Sonnenblumen. Auf dem teuren Esstisch aus Nussholz am Fenster stand eine Karaffe mit Wasser, mit bunten Steinen auf dem Boden des Kruges, die von mehreren Gläsern umringt war. Der Rechtsanwalt hatte sie höflich gefragt, ob er ihnen etwas anbieten könne, sie hatten ebenso höflich abgelehnt und waren gleich zur Sache gekommen. Das Gespräch führte Merana, Braunberger warf nur hin und wieder eine Frage ein. Dafür notierte er fleißig in seinem Notizbuch. Allzu viel Neues gab es bis jetzt allerdings nicht festzuhalten. Sie hatten ihn kurz informiert, was mit seinem Bruder passiert war, das meiste kannte er ohnehin schon aus den Medien.

Und dann erzählte Aichmüller, wie er den Abend erlebt hatte. Ja, er sei auch auf der Premierenfeier gewesen, aber schon gegen 23 Uhr nach Hause gegangen, weil er ja am nächsten Morgen mit der 6-Uhr-Maschine nach London musste, geschäftlich. Er sei um halb fünf aufgestanden, wäre bereits um Viertel nach fünf am Flughafen gewesen, habe sich zusammen mit dem Taxilenker, der über Funk erfahren hatte, dass da ›irgendetwas am Domplatz‹ passiert sei, gefragt, was wohl da wieder los war. Aber er hätte sich natürlich nie im Leben vorstellen können, dass es dabei um Hans Dieter ging.

»Haben Sie Ihren Bruder in der Nacht heimkommen hören, Herr Doktor Aichmüller?«, fragte Merana.

»Nein, habe ich nicht. Ich dachte, er sei gar nicht da gewesen. Das Bett in seinem Zimmer war unberührt, als ich in der Früh nachschaute. Ich dachte mir auch gar nichts dabei.«

»Warum nicht?« Diese Frage kam von Otmar Braunberger.

Der Rechtsanwalt legte die Hände auf beide Knie und sagte: »Wissen Sie, mein Bruder hat zwar hier sein Zimmer, wenn er in Salzburg ist. Aber er verbringt die Nächte oft woanders. Er ist … Er war immer ein großer Freund der Frauen …«

Er wirkte angespannt, als er das sagte. Seine Schultern hielt er verkrampft. Die Ringe unter den Augen waren tief und dunkel. Obwohl er für einen Endfünfziger eine passable Erscheinung war mit seinem grauen, kurz geschnittenen Haar, dem gebräunten Gesicht und der stattlichen Figur, wirkte er ausgebrannt, so als hätte er seit Tagen nicht geschlafen.

»Sie sind, pardon, Sie waren Halbbrüder?«, fragte Merana.

Aichmüller nickte. »Ja, wir haben dieselbe Mutter, verschiedene Väter. Ich bin zwei Jahre jünger. Als Hans Dieter 14 war, hat sich meine Mutter von meinem Vater getrennt und ist mit Hans Dieter nach Hamburg übergesiedelt. Ich blieb in Salzburg bei meinem Vater.«

Warum stellt er diese Situation so merkwürdig dar, grübelte Merana. Warum sagte er ›als Hans Dieter 14 war‹, warum nicht umgekehrt ›als ich 12 war‹? Was ist der Grund, warum er die Geschichte nicht aus der eigenen Perspektive erzählt?

»Wie war das Verhältnis zu Ihrem Bruder?«

»Gut. Für mich war er immer der große Bruder, zu dem man aufschauen konnte.« Aichmüllers Augen wurden allmählich ein wenig feucht, seine Stimme schwankte. »Er war schon als Kind ein großer Charmeur und ein begnadeter Selbstdarsteller. Wenn er wollte, konnte er alle um den Finger wickeln, von den Bekannten angefangen bis hin zu den Lehrern. Mich auch. Er fing in der Volksschule an, kleine Theaterstücke aufzuführen. Er war damals schon ein großer Künstler.«

Seine Stimme brach. Er musste sich räuspern, stand auf und holte sich ein Glas Wasser. Trank ein paar Schlucke. »Entschuldigen Sie.«

»Und Sie, Herr Doktor Aichmüller, sind Sie auch künstlerisch begabt?«

Aichmüller nahm wieder Platz. »Leider nein, ich bin mehr nach meinem Vater geraten. Paragrafen und Zahlen. Eine trockene Materie.«

»Aber darin nicht minder erfolgreich als Ihr Bruder auf seinem Gebiet«, warf Braunberger ein.

Aichmüller hob theatralisch die Hände. »Aber nein, aber nein. Kein Vergleich. Ich kann zwar nicht klagen, man schlägt sich so durch. Aber mein Bruder, der war schon klasse.«

»Worin bestehen im Wesentlichen Ihre Geschäfte?«

»Ich bin Wirtschaftsanwalt, im Immobilienbereich und im internationalen Investmentgeschäft tätig. Wie gesagt, eine eher trockene Angelegenheit. Alles nicht so aufregend wie auf der Bühne zu stehen oder, wie in Ihrem Fall, Polizeiarbeit zu leisten.«

Merana sah Braunberger an. Der nickte und fragte ruhig: »Haben Sie Ihren Bruder auch in irgendeiner Weise geschäftlich vertreten?«

Aichmüller schüttelte den Kopf. »Nein. Wenn er einen Anwalt brauchte, hat er einen Kollegen in Berlin konsultiert.«

»Warum nicht Sie?«

Nun stützte er wieder die Hände auf die Knie. »Wissen Sie, als meine Mutter mit Hans Dieter nach Hamburg ging, da hatten wir nur wenig Kontakt. Ich blieb bei meinem Vater in Salzburg, war so gut wie nie in Hamburg. Vielleicht einmal zu Weihnachten. Anfangs hatte uns Hans Dieter ab und zu hier in Salzburg besucht. Aber später nicht mehr. Er war ja dann als Schauspieler und Regisseur viel unterwegs. Erst in den letzten Jahren, als er regelmäßig im Sommer in Salzburg war, hat sich der Kontakt wieder verfestigt. Da sind wir uns wieder nähergekommen. Im Grunde genommen war mein Bruder ein sehr traditioneller Mensch.«

»Gibt es noch andere Geschwister?«

Aichmüller schüttelte den Kopf. »Leider nein. Auch unsere Eltern sind schon lange tot.«

»Wer erbt?« Das war wieder Otmar Braunberger.

Aichmüller zuckte mit den Schultern. »Wahrscheinlich ich. Kinder hatte Hans Dieter ja keine, soweit mir bekannt ist. Obwohl er mit zahlreichen Frauen kürzer oder länger liiert war. Und unsere Eltern sind, wie gesagt, bereits verstorben.«

»War Ihr Bruder vermögend?« Diese Frage kam von Merana.

Nun kroch so etwas wie ein zaghaftes Lächeln in Aichmüllers müdes Gesicht. »Ich weiß, Herr Kommissar, dass Sie nach allen Seiten ermitteln müssen. Ich bin als Jurist auch vom Fach. Und ich überlasse es gern Ihrer Fantasie, ob es sich dafür, was mein Bruder hinterlässt, gelohnt hätte, ihn umzubringen. Und ich weiß nicht einmal, ob ich überhaupt erbe. Aber viel wird da nicht sein. Eine Wohnung in Berlin, ein halb abbezahltes Häuschen in Umbrien, soviel ich weiß, und ein paar 10.000 Euro auf dem Bankkonto. Ich kann mich auch irren, glaube es aber nicht. Mein Bruder war ein großer Lebemann, verstehen Sie. Er war großzügig, einer, der gern Feste feierte, andere aushielt. Der im Alltag wie auf der Bühne großspurig auf den Tisch hieb. Das war sein Leben.«

Klingt da ein bisschen Neid durch?, fragte sich Merana und schaute auf den erschöpften Anwalt.

Aichmüller ließ den Kopf sinken, aber nur für ein paar Augenblicke. Als er bemerkte, wie er dasaß, eingesunken, mit hängenden Schultern, richtete er sich schnell wieder auf, versuchte, kerzengerade zu sitzen.

»Haben Sie Adresse und Telefonnummer des Berliner Anwalts? Wir möchten ihn gern kontaktieren.«

Aichmüller nickte. »Suche ich Ihnen gleich raus.«

»Wie wäre Ihr Bruder in die Wohnung gekommen?«, fragte Merana.

Aichmüller schaute ihn erstaunt an. »Mit seinem Schlüssel natürlich.«

»Wir haben keinen bei ihm gefunden!«

»Er müsste ihn aber bei sich getragen haben. Kann es sein, dass ihn der Täter hat? Sie ermitteln doch in Richtung Raubmord?«

Merana bestätigte diese Annahme. »Ja, wir ermitteln auch in diese Richtung. Ihr Bruder war sehr aufgebracht, als er die Feier gegen halb zwei verließ. Es gab auch einen unerfreulichen Zwischenfall mit einer Kollegin. Haben Sie eine Erklärung für seine Aufregung?«

Aichmüller saß für kurze Zeit still da, als horche er in sich hinein. Dann sagte er: »Nein, ich habe keine Ahnung. Als ich gegen elf ging, hatte er gerade eine aufgekratzt-leutselige Phase und zwei Tischdamen im Arm. Da dachte ich mir schon, dass es spät werden und er wahrscheinlich den Rest der Nacht in einem anderen Bett verbringen würde als in seinem eigenen. Aber sonst weiß ich nichts. Es heißt zwar de mortibus nihil nisi bene, aber Sie werden bestimmt auch schon von anderer Seite gehört haben, dass mein Bruder, wenn er trank, manchmal unausstehlich werden konnte.«

Merana nickte, ja, das hatten sie gehört, und nicht zu knapp. Irgendwie schien allen das übermäßige Saufen die einfachste Erklärung für Hackners Ausraster zu sein. Vielleicht war es das auch.

»Wir wissen aber, dass Ihr Bruder in Richtung Wohnung unterwegs war. Herr Brehmstett hat ihn bis Anfang Kaigasse begleitet, und dann haben ihn noch zwei Zeugen in der Kaigasse gesehen. Sind Sie sicher, dass er nicht hier angekommen ist? Es sind ja nur ein paar 100 Meter!«

Aichmüller hob hilflos die Arme. »Ich weiß es beim besten Willen nicht, Herr Kommissar. Ich habe ihn jedenfalls nicht gehört. Und sein Bett war unbenützt.«

»Was könnte ihn bewogen haben, knapp vor der Wohnung umzudrehen und ausgerechnet den Domplatz aufzusuchen, noch dazu, wo es jeden Moment gewittern konnte?«

Wieder machte Aichmüller eine unbeholfene Geste mit den Armen. »Ich weiß es nicht. Fragen Sie einen Sandsturm, warum er plötzlich die Richtung ändert.«

Für einen Mann der Paragrafen und Zahlen war das ein nahezu poetischer Vergleich. Und Hans Dieter Hackner war sicher manchmal wie ein Sandsturm gewesen. Mehr noch, ein Tornado. Merana und Braunberger erhoben sich.

Aichmüller gab ihnen noch die Adresse von Hackners Anwalt, teilte ihnen mit, wann und wo sie ihn in den nächsten Tagen erreichen könnten und fragte zum Schluss: »Ich habe von London aus schon mit der Festspieldirektion Kontakt aufgenommen. Es geht um das Begräbnis. Wir würden meinen Bruder gern am Donnerstag um zehn Uhr in Mülln beisetzen. Im ganz kleinen Kreis. Glauben Sie, das würde gehen? Oder könnte die Staatsanwaltschaft etwas dagegen haben?«

Merana schüttelte den Kopf. Die Staatsanwaltschaft hatte nichts dagegen. Die Untersuchungen waren so weit abgeschlossen, die Leiche zur Bestattung freigegeben. Aber Merana hatte noch eine Frage.

»Was sind das für Geschäfte, deretwegen Sie vorgestern früh nach London mussten?«

Aichmüller stierte den Kommissar lange an, als hätte er die Frage nicht verstanden. Mit einem Blick, der auf etwas zielte, das sich weit weg befand, über die Begrenzungen dieses Zimmers hinaus. Genauso wie vor zwei Stunden die junge Schauspielerin.

Der Kerl ist wirklich fix und fertig, dachte Merana und wollte gerade die Frage wiederholen.

Da öffnete Aichmüller langsam den Mund wie ein Fisch. Wie ein uralter Waller. »Ich habe mich mit ein paar Geschäftspartnern aus Südostasien getroffen. Mögliche Kooperationen. Immobilien.«

Mehr sagte er nicht.

»Und, wird was draus?«, fragte Merana nach.

Aber Aichmüller starrte schon wieder ins Leere. Merana und Braunberger peilten die Tür an.

Aichmüller stand immer noch reglos da, als sie gingen. Den Kopf leicht gesenkt.

Jetzt holt ihn doch der große schwarze Trauervogel ein, dachte Merana.

DIENSTAG, 1. AUGUST, 21 UHR

Merana starrte auf die Bühne. Er war völlig fasziniert. Er hätte nie gedacht, dass ihn das dortige Geschehen so in den Bann ziehen würde. Schon gar nicht, als er erst kurz vor Beginn der Vorstellung mit Birgit ins Festspielhaus gehetzt kam. Zuvor war er noch im Präsidium gewesen, hatte dem Chef eine hastige Zusammenfassung der Ermittlungen gegeben. War im Anschluss mit dem Taxi zu Sandro gefahren, wo Birgit schon mit seinem dunklen Anzug samt frischem Hemd und Krawatte wartete. Umziehen, sich die Krawatte binden lassen, mit feuchtem Papier von Sandros Küchenrolle rasch über die Schuhe wischen, dazwischen nicht vergessen zu erwähnen, wie toll Birgit im grünen Kleid aussah und dass die kleine Tasche mit der Goldborte natürlich perfekt dazu passe, dann hinüber ins Große Festspielhaus, und das alles in einer knappen Viertelstunde. Das dürfte ein kleiner Rekord gewesen sein. Auf den letzten Metern hatte es auch noch zu regnen begonnen. Der Himmel war schwarz wie Teer.

Und vielleicht war es gut gewesen, nicht früher da gewesen zu sein. So hatten sie nicht den Aufmarsch der Eitelkeiten miterleben müssen, das affektierte Posieren, Rundumgrinsen und Leute ausrichten, mit dem Champagnerglas in der Hand. Als sie eingetroffen waren und die samtbezogene Tür der Loge sie verschluckt hatte, war schon der Applaus aufgebrandet und der Dirigent hatte den Orchestergraben betreten. Und nun war

Merana schon über zwei Stunden hier und hatte alles rings um sich vergessen. Hatte weder bemerkt, dass ihm Birgit immer wieder das Opernglas reichen wollte noch dass die Frau in dem blassrosafarbenen Kleid hinter ihm in einem fort hüstelte. Er hatte sogar den unerfreulichen Zwischenfall in der Pause vergessen. Er war mit seiner ganzen Aufmerksamkeit bei dem, was er hier sah. Auf der Bühne stand eine Frau, die entsetzlich litt. Eine Frau, der man übel mitgespielt hatte, die getäuscht, betrogen, verspottet worden war. Eine Frau, die mit dem Zwiespalt in ihrer Seele kämpfte. Donna Elvira, die erniedrigte, verlassene Geliebte, die nicht wusste, welchem Gefühl sie nachgeben sollte, dem der Rache oder dem des Mitleids.

Misera Elvira! Che contrasto d'affetti, in sen ti nasce!

Merana hätte gar nicht die deutsche Übersetzung auf dem lang gezogenen Display am oberen Bühnenrand gebraucht, immerhin war seine Urgroßmutter Italienerin gewesen. Und die hatte mit ihm von Kind auf immer wieder Italienisch geredet und ihm landestypische Lieder vorgesungen.

Und so wie die großartige Maria Dallabianca da unten auf der Bühne diesen gequälten Seufzer der Donna Elvira hauchte, fühlte man mit, auch wenn man kein Italienisch verstand.

Wunderbar, wie Mozart die Melodie anschwellen ließ, mit dem höchsten Akzent beim Wort ›constrasto‹, bei der Verwirrung, beim inneren Kampf, um dann die

Phrase absinken zu lassen bis zum Wort ›nasce‹, sodass nur mehr die stille Verzweiflung zu erahnen war.

Misera Elvira! Che contrasto d'affetti, in sen ti nasce!

Bedauernswerte Elvira! Welch Streit der Gefühle schwillt dir in der Brust!

Ja, sie litt, diese Frau. Und Mozarts Musik unterstrich diese Verzweiflung, trug sie in die Ohren und Herzen derer, die zuhörten.

Mi tradì, quell'alma ingrata, infelice, o Dio, mi fa!

Er hat mich verraten, der Undankbare, und er macht mich unglücklich!

Im Mittelpunkt des ganzen Geschehens stand ein Mann, Don Giovanni.

Um ihn drehte sich alles. Don Giovanni, der Frauenheld und große Verführer, der sich um nichts scherte. Er war über alle Maßen von sich selbst eingenommen, überheblich, maßlos. Brauchte Menschen, um sie manipulieren zu können. War in Wahrheit aber zu keinem echten Gefühl fähig. Rastlos. Ein Macher.

Einer, den alle verachteten, weil er mit ihnen sein Spiel trieb, und von dem sie gleichzeitig fasziniert waren, weil sie selbst ohne ihn nichts waren, weil sie gebunden waren an ihre Abhängigkeit von ihm.

Wie beim Hackner, haargenau wie beim Hackner.

Dieser Gedanke war ihm oft gekommen in den letzten zwei Stunden.

›Und wer weiß, vielleicht kommt Ihnen gerade im Don Giovanni eine Eingebung, die Sie einen Schritt weiterbringt‹, hatte die Intendantensekretärin am Telefon gesagt. Lag bei diesem Konflikt, den er gerade auf der Bühne erlebte, ein möglicher Schlüssel zur Lösung?

Mi tradì, quell'alma ingrata, infelice, o Dio, mi fa.

Und doch war diese Frau immer noch fähig zur Liebe.

Ma tradita e abbandonata …

Verraten und verlassen. Das war sie. Und dennoch fühlte sie mit ihm. Liebte ihn, nach wie vor.

… provo ancor per lui pietà.

Gleichzeitig schimmerte durch diese Qual die Erinnerung an die einstige Lust, die sie mit ihm empfunden hatte, wunderbar zu spüren im schmeichelnden Spiel der Flöten, in der gleichzeitig quälenden wie lustvollen Koloratur beim Wort *pietà*.

Qual, die der Augenblick bereitet, und Lust, die in der Erinnerung lebendig wird, vereint in einem einzigen Aufschrei.

Und plötzlich änderte sich der Charakter der Musik, kippte dieses Gefühl.

Quando sento il mio tormento, di vendetta il cor favella!

Wenn ich meine Qual spüre, schreit mein Herz nach Rache!

Wie lange kann diese Frau die Demütigungen noch ertragen?, fragte sich Merana. Die Zurücksetzung, das Abkanzeln. Wann würde sie endlich zurückschlagen und dem Widerling einen Stoß versetzen? War diese Frau wirklich fähig zur Rache? Konnte sie auf der Bühne ihrem Peiniger einen Dolch in die Brust rammen?

Merana wusste, dass es nicht so passierte, wie er es sich ausgemalt hatte. Er kannte sich zwar mit Opern wenig aus. Aber die Don-Giovanni-Geschichte kannte er noch aus der Schulzeit. Am Schluss würde der steinerne Gast kommen und den Wüstling ins Höllenfeuer treiben. Und alle, die während der gesamten Geschichte immer nur von Rache und Vergeltung redeten und nie handelten, kamen wieder einmal zu spät. Und diese Frau, Donna Elvira, ging ins Kloster. Nein, die würde es wohl nie schaffen, sich tatsächlich zu rächen.

Merana spann seinen Gedanken weiter. Gab es in Hackners Umgebung jemanden, der so verletzt worden war, dass er sich rächen musste? Reichte eine Ohrfeige vor versammelter Kollegenschar, um dem Verhassten später einen Dolch in den Körper zu stoßen?

Kein Zweifel, Ramina Haubendorf wirkte ebenso verstört wie Donna Elvira. Hatte sie ihre Qual und ihre Verletzung auch so einfach hingenommen – oder hatte sie anders reagiert? In welcher Form anders? Hatte sie sich gerächt? Wurde sie zur Mörderin?

Er musste gleich morgen versuchen, noch einmal mit Ramina Haubendorf zu reden. Es fiel Merana nicht immer leicht, sich in die Gefühlswelt von Frauen hineinzuversetzen. Dass bei der Frau auf der Bühne das Hinnehmen des eigenen Leides stärker war als der Wille zur Vergeltung, das spürte er schon. Sie war tief verletzt. Und der starre, ins Leere gerichtete Blick, den die Dallabianca der gedemütigten Donna Elvira verlieh, erinnerte Merana auch an Birgit, als sie nach der Pause wieder die Treppe hochgestiegen waren zu ihrer Loge und Tränen in ihren Augen glitzerten.

Als Merana Birgit kennengelernt hatte, war er überzeugt gewesen, dass diese starke Frau sich nicht so leicht wehtun ließ. Birgit doch nicht. Eine Frau, die in Diskussionen jedes auch noch so stichhaltige Argument der Gegenseite mit einer geschliffenen Reprise parierte und die, erst einmal in Fahrt gekommen, nichts so leicht stoppen konnte. Ein von Emotionen und messerscharfer Logik gleichermaßen angetriebener Panzer.

Und doch war sie manchmal leicht verletzbar. So wie vorhin, in der Pause, im Foyer. Als der Typ im Smoking auf sie zugeschossen kam, sich vor Birgit aufgebaut und sie angegiftet hatte: »Dass Sie es überhaupt wagen, hierherzukommen! Was haben Sie hier verloren, in den heiligen Hallen unseres Festspielhauses?«

Er hatte in der Tat ›heilige Hallen unseres Festspielhauses‹ gesagt und dabei mit den Händen gefuchtelt, als würde er hier auch noch eine imposante Sinfonie dirigieren. Birgit und Merana waren nur verdutzt dagestanden. Hatten nicht gewusst, wie ihnen geschah.

Der Smoking-Typ hatte kurz nach Luft geschnappt und mit hochrotem Kopf weitergebrüllt: »Verschonen Sie wenigstens die Salzburger Festspiele von Ihrer Anwesenheit. Oder wollen Sie und Ihresgleichen unsere Festspiele auch noch ruinieren, so wie Sie anfangen, die ganze Stadt zugrunde zu richten mit Ihren politischen Machenschaften? Eine Schande ist das. Sie gehören hier nicht her. Sie nicht!«

Dann hatte er sich auf dem Absatz umgedreht und war mit hochrotem Kopf davongestelzt. Birgit stand da, sie war unfähig, auch nur ein Wort zu sagen. Eine Sekunde verstrich. Zwei Sekunden. Nach drei Sekunden atmete sie hörbar ein und wollte dem Kerl nach. Aber Merana hielt sie zurück.

»Lass es lieber, das bringt doch nichts.«

In diesem Augenblick läutete auch schon zum zweiten Mal die Glocke, die das Ende der Pause ankündigte. In Birgits Augen war die Wut über den Vorfall zu lesen. »Was erlaubt der Kerl sich! Wenn hier einer die Stadt ruiniert, sind das er und seinesgleichen.«

Merana nahm sie sanft am Arm und dirigierte sie in Richtung Treppe.

Einmal in Fahrt gekommen, war Birgit nicht mehr zu bremsen. »Das war der Walkner, dieser Bauspekulant. Der gehört auch zur Mafiabande des Bürgermeisters, so wie dein sauberer Herr Aichmüller, mit dem du dich heute abgegeben hast.«

Merana drückte ihr nur leicht gegen den Ellenbogen.

Es hatte wenig Sinn, ihr in diesem Augenblick zu erklären, dass es nicht ›sein sauberer Herr Aichmüller‹ war, den sie da meinte, sondern der Bruder eines Mordopfers, mit dem er sich deshalb getroffen hatte, weil er Informationen zum Fall brauchte. Kurz bevor sie die Loge erreichten, blieb Birgit abrupt stehen und stapfte leicht mit dem Schuh auf.

»Und ich lasse mir von niemandem sagen, wohin ich gehen soll und wohin nicht. Von niemandem.« In ihren Augen waren Tränen. »Denn mir liegt diese Stadt auch am Herzen. Und die Menschen, die hier leben. Und sogar die Festspiele. Ich mache meine Sache gut, ja, gut!«

Merana hatte sie zu sich gezogen und ihr einen Kuss auf die Wange gegeben. So wie manchmal, wenn sie von einer Auseinandersetzung mit ihrer Schwester, der Frau Universitätsdozentin, zurückkam und ebenfalls ein tränenschweres ›Ich mache meine Sache gut‹ zwischen den Zähnen rausquetschte. Was die Frau Universitätsdozentin natürlich nicht so sah. So wie es auch Birgits Vater niemals gesehen hatte, der immer wollte, dass seine zweite Tochter ebenfalls Karriere machte als Rechtsanwältin oder Ärztin, aber nicht als kleine Lehrerin. Und schon gar nicht als politische Demonstrantin mit einer Trommel. Noch dazu auf der falschen Seite.

»Ich könnte ihn umbringen!«, zischte Birgit und wischte sich die Tränen ab.

Merana wollte nicht nachfragen, wen sie genau meinte. Er sorgte sich um seine Begleitung, wie sie da so stand, sich von ihm löste und mit einem zornigen

Ruck die Logentür aufriss. Und später machte er sich Sorgen um Donna Elvira, auch wenn er wusste, dass der nicht zu helfen war, außer man schrieb das Libretto um. Und vor allem ging ihm Ramina Haubendorf nicht aus dem Kopf.

Bleich wie Linnen sei sie gewesen, hatte die Jadlinski gesagt, nachdem Hackner ihr den Schlag verpasst hatte. Bleich wie Linnen war sie auch, als sie dagelegen hatte, im Hotelzimmer auf dem Mönchsberg, die Tagesdecke bis unters Kinn gezogen.

Genauso bleich wie Donna Elvira, die da unten auf der Bühne stand, im grellen Scheinwerferlicht. Und gerade als die Dallabianca in dieser Arie ihr letztes ›pietà‹ gesungen hatte und die Streicher noch einmal ihre aufgewühlten Emotionen nachklingen ließen, spürte Merana das Vibrieren in der Sakkotasche. Er zog langsam das Handy hervor. Birgit schüttelte leicht genervt den Kopf. Merana schaute auf das Display, eine SMS von Carola. ›Einbruch bei Jadlinski. Haus Mattsee. Wir sind schon unterwegs.‹

Merana beugte sich zu Birgit hinüber, küsste sie auf die Wange. »Ich muss weg.« Birgit verdrehte nur die Augen, drückte ihn aber doch kurz an sich. »Ruf mich später an«, flüsterte sie.

Als Merana die Treppe hinuntereilte, hörte er, wie sich drinnen Don Giovannis Diener Leporello eben bei seinem Herrn beklagte, weil er für ihn Prügel hatte einstecken müssen. Merana wählte Carolas Nummer. Sie meldete sich sofort.

»Hallo, Martin, wir werden in einer Viertelstunde bei der Jadlinski sein.«

»Ich komme auch hin. Weißt du, was passiert ist?«

»Nein, ich weiß nur, dass eingebrochen wurde. Ein Streifenwagen für dich ist schon auf dem Weg zum Festspielhaus. Der Fahrer weiß Bescheid.«

DIENSTAG, 1. AUGUST, 23 UHR

Es war das erste Mal, dass Merana im Abendanzug und mit Krawatte an einen Tatort kam. Aber niemand schien sich daran zu stoßen, keiner stellte Fragen.

Das Haus der Jadlinski war nicht sehr groß. Es war aus hellem Holz gefertigt. Auf der Veranda standen ein paar Blumentöpfe. Daneben thronte ein Jaguar aus Stein, als bewache er die Stufen, die zum Garten und zum See führten. Der kleine Garten war von Büschen und Bäumen eingezäunt, somit vor neugierigen Blicken von den Nachbargrundstücken geschützt. Das nächstgelegene Haus war etwa 300 Meter entfernt, hatte Merana bei der Ankunft festgestellt. Unter einem Flugdach stand ein kleiner dunkelblauer Fiat mit deutschem Kennzeichen, wohl der Wagen von Deborah Jadlinski. Vor dem Eingang zum Garten parkten drei Autos auf der Wiese, Carolas Dienstwagen, das Auto der Spurensicherung und der Streifenwagen der Polizeidienststelle Mattsee. Merana hatte den Wagen, der ihn hergebracht hatte, gleich wieder zurückgeschickt. Nun saß er auf der Veranda. Die Holzstühle waren leicht feucht, aber es hatte inzwischen zu regnen aufgehört. Die Leute von der Spurensicherung waren immer noch im Haus, während Merana dem steinernen Jaguar den Kopf tätschelte und sich von Carola und Deborah Jadlinski erzählen ließ, was passiert war. Frau Jadlinski war den ganzen Tag über in Wien gewesen und gegen 21.45 Uhr nach Hause gekommen. Sie hatte, als sie oben an der Kapelle in die kleine Straße einbog, die zu ihrem Anwesen führte, von Weitem ein Auto gesehen, das sich auffällig schnell entfernte, sich aber nichts dabei gedacht.

Als sie zum Haus kam, bemerkte sie, dass die Verandatür aufgebrochen war.

»Ich bin sofort zurück, habe mich in mein Auto gesetzt und die Polizei angerufen, per Notruf«, sagte die Jadlinski und versuchte ein schwaches Lächeln. »Und dann wartete ich auf das Eintreffen Ihrer Kollegen.«

»Wir sind nur durch einen Zufall hier«, erklärte Carola ihrem Chef. »Der Anruf lief über unsere Zentrale. Ein aufmerksamer Kollege hat den Namen Jadlinski gehört, sofort geschaltet, was ohnehin sonst selten vorkommt, und mich verständigt. Vielleicht hat es aber auch gar nichts mit unserem Fall zu tun. Einbrüche kommen in dieser Gegend oft vor. Das Haus hat keine Alarmanlage.«

»Was fehlt?«, fragte Merana und schaute zur Jadlinski.

Die zuckte mit den Schultern. »Das ist ja das Merkwürdige, nichts. Ich habe zwar nicht viel im Haus, aber es gibt immerhin das Silberbesteck in der Anrichte, ein paar Ringe im Schlafzimmer und auf dem Tisch im Wohnzimmer lagen 200 Euro für die Putzfrau. Aber es ist alles da. Es fehlt nichts.«

Merana dachte kurz nach. Womöglich war der Einbrecher auch gestört worden. Aber selbst der dümmste Ganove steckt offen herumliegendes Geld schnell ein, bevor er türmt.

»Was könnte der Einbrecher sonst noch gesucht

haben? Haben Sie wertvolle Bilder im Haus? Dokumente? Elektronische Geräte, eine Digitalkamera?«

Mit einem Schlag fuhr die Jadlinski in die Höhe. So abrupt und heftig, dass der Steinjaguar leicht wackelte. »Moment«, sagte sie, drehte sich um und hätte fast den bärtigen Mann im Overall umgerannt, der eben durch die offene Verandatür trat.

Dieser wich geschickt aus und rief der hineinstürmenden Schauspielerin nach: »Äh, Sie können wieder ins Haus, wollte ich sagen. Aber Sie sind ja ohnehin schon drin.« Damit wandte er sich Merana und Carola zu.

»Profi war das keiner. Die Verandatür wurde mit einem Beil aufgebrochen, das laut Frau Jadlinski aus ihrem unversperrten Holzschuppen hinterm Haus stammt. Im Haus gibt es so gut wie keine brauchbaren Spuren. Es sind zwar einige Schubladen aufgerissen worden und die wurden auch durchwühlt, aber wir haben keine Fingerabdrücke gefunden. Immerhin dürfte er Handschuhe getragen haben. Die Haare und Fasern, die wir gesichert haben, müssen wir noch analysieren. Möglicherweise ist da etwas dabei. Aber wie ich gehört habe, wurde auch nichts gestohlen.«

»Doch«, widersprach die Jadlinski, die wieder auf die Veranda gekommen war.

Alle schauten sie erwartungsvoll an. Was für ein Auftritt, dachte Merana. Schon wieder theatralisch. Aus dem Haus tritt die düstere Botin und verkündet …

Ja, was? Jadlinski verkündete jedoch zunächst gar nichts, sondern setzte sich wieder an den Tisch, schüttelte ungläubig den Kopf und dachte nach.

»Was fehlt, Frau Jadlinski?«, fragte Carola.

Die Schauspielerin schüttelte nur weiter den Kopf, als hätte sie die Frage nicht gehört, schaute dann aber doch in die Runde und sagte: »Mein Notebook fehlt. Ich habe es erst seit zwei Monaten. Deshalb dachte ich zuerst auch gar nicht daran. Es liegt normalerweise hinten im Schlafzimmer auf dem kleinen Schreibtisch. Es ist weg. Ich habe überall nachgeschaut. Definitiv weg.«

Der bärtige Beamte im Overall nickte. »Na, da haben wir ja doch noch etwas für die Liste. Können Sie uns Marke, Modell und Farbe nennen?«

Merana winkte mit der Hand ab. »Jetzt nicht, Herr Kollege. Sie können das später aufnehmen.«

Und zur Jadlinski: »Was ist auf dem Notebook? Welche Dokumente haben Sie da gespeichert?«

Wieder schüttelte die Jadlinski verwundert den Kopf. »Das ist es eben, was mich so verwundert. Da ist nichts. Da sind ein paar Texte gespeichert, Gedichte, die ich für die eine oder andere Lesung brauche. Und mein Tagebuch.«

»Tagebuch?«, kam es gleichzeitig von Carola und Merana.

Die Schauspielerin lächelte. »Aber das ist nichts, was es sich lohnt zu stehlen. Es ist auch gar kein richtiges Tagebuch. Als ich mir dieses Ding vor zwei Monaten zulegte, fing ich an, so alle zwei bis drei Tage ein paar Gedanken niederzuschreiben. Nichts Besonderes. Was mir halt so durch den Kopf ging an dem Tag oder was ich beobachtet hatte.«

Merana grübelte: Hatte sie etwas gesehen, was nicht

für ihre Augen bestimmt war? »Gibt es Ausdrucke von diesen Tagebuchaufzeichnungen?«, fragte er schließlich.

Die Jadlinski schüttelte den Kopf. »Nein, wozu auch, für wen? Das sind nur Gedanken und Beobachtungen für mich. Kann sein, ich lösche das auch alles wieder. Es ist nichts Wichtiges.«

Egal, ob wichtig oder nicht. Der Bärtige im Overall brauchte in jedem Fall sämtliche Angaben zum Notebook für seinen Bericht. Das wollte er sofort klären und das äußerte er auch.

»Keine Ahnung.« Die Schauspielerin zuckte mit den Schultern. »Vielleicht finde ich noch die Rechnung oder die Gebrauchsanweisung. Ich werde gleich nachschauen.«

Sie stand auf und lief ins Haus. Der Beamte im Overall folgte ihr.

Carola und Merana saßen schweigend da. Es war still und dunkel. Merana streichelte immer noch den glatten Steinkopf des Jaguars. Carola starrte auf den dunklen See hinaus. In der Ferne quakten ein paar Frösche. Merana und seine Stellvertreterin hingen ihren Gedanken nach und wussten, dass sie dasselbe dachten. Dieser merkwürdige Einbruch hatte eventuell doch etwas mit ihrem Fall zu tun.

Wenn es dem Einbrecher nur um Wertgegenstände gegangen wäre, hätte er garantiert auch die Ringe mitgenommen. Und in jedem Fall das Geld.

»Wer wusste von dem Notebook?«, fragte Merana, als die Jadlinski wieder aus dem Haus kam. Sie hatte die Gerätebeschreibung gefunden und dem Beamten übergeben.

»Ich weiß nicht. Kann mich nicht erinnern, das irgendjemandem groß erzählt zu haben. Meine Agentin in Berlin weiß es natürlich. Die war so lieb, mir das Ding zu besorgen. Aber sonst … Ich habe das nicht für so wichtig erachtet, dass ich jetzt auch so ein Ding habe.« Sie nahm wieder Platz. »Ich kann mir beim besten Willen nicht vorstellen, wen das Gerät interessieren könnte. Außer er wollte es haben, um es auf irgendeinem Schwarzmarkt zu verkaufen.«

Und doch, dachte Merana, macht sich jemand die Mühe und wartet, bis die Bewohnerin des Hauses für einige Zeit weg ist, kommt her, holt sich ein Beil aus der Holzhütte, bricht die Verandatür auf, durchstöbert Schubladen, weil er etwas Bestimmtes sucht, kein Geld, keine Ringe, und nimmt schließlich einzig und allein das mit, was ihm mitnehmenswert erscheint: das Notebook. Das heißt, er war möglicherweise hinter Informationen her, Notizen, Aufzeichnungen, Dokumenten.

»Wer wusste, dass Sie heute in Wien waren und erst am späten Abend zurückkommen würden?«

Wieder zuckte die Schauspielerin mit den schmalen Schultern. »Keine Ahnung. Einige Leute haben das sicher mitbekommen. Die Disposition der Festspiele, einige Kollegen. Ich glaube, ich erwähnte es sogar bei der Premierenfeier.« Sie hielt inne. »Sie glauben, Herr Kommissar, das alles«, sie machte eine müde Handbewegung in die Runde, die das Haus, den See, die Veranda, sogar den Jaguar mit einschloss, »hat unter

Umständen mit dem Fall zu tun. Mit dem schrecklichen Mord an Hans Dieter?«

Nun war Merana dran mit Schulterzucken. »Ich weiß es nicht. Jedenfalls wäre es gut, wenn Sie sich erinnerten, was Sie so alles in Ihren Tagebuchnotizen niedergeschrieben haben. Und Sie sind wirklich sicher, dass es keine Ausdrucke davon gibt? Und sonst nichts auf dem Notebook war als ein paar Gedichte?«

Sie schaute ihn lange an. Dachte nach. Schließlich meinte sie: »Ich würde Ihnen ja gern helfen, Herr Kommissar. Aber ich sage es noch einmal: Sonst war nichts auf dem Notebook.«

Plötzlich drang ein schriller Aufschrei zu ihnen herüber. Der hohe markerschütternde Ton überschlug sich. Carola zuckte zusammen. Es war der gequälte Schrei einer Kreatur in Todesangst. Gespenstisch.

»Das ist ein Wasservogel«, erklärte die Jadlinski, »da geht wohl ein Marder um oder ein Fuchs. Das haben wir hier öfter.«

Carola stand auf und nickte der Jadlinski zu. »In jedem Fall ein Killer«, sagte sie und ging in Richtung Auto davon. Jetzt war auch Carolas Gesicht für wenige Sekunden bleich wie Linnen gewesen, dachte Merana. Er stand ebenfalls auf. »Kommen Sie hier zurecht, Frau Jadlinski? Möchten Sie lieber in der Stadt übernachten, in einem Hotel?«

Die Schauspielerin schüttelte energisch den Kopf. »Nein, ich bleibe hier. Kein Problem.«

Merana reichte ihr die Hand und ging. Er setzte sich zu Carola ins Auto.

Sie schwiegen, als sie in Richtung Stadt fuhren.

Merana rief Birgit an und erzählte ihr kurz, was passiert war. Sie war schon bei Sandro. Nein, er müsse nicht mehr vorbeikommen. Es gehe ihr gut. Sie sei schon beim letzten Glas und würde in spätestens einer Viertelstunde nach Hause gehen. Wenn er heute bei ihr schlafen wolle, wäre das fein, wenn nicht, sei es auch kein Problem. Sie könne sich vorstellen, dass ihm viel durch den Kopf ging. »Ich liebe dich, Martin«, versicherte sie zum Abschied und legte auf.

Die beiden Kollegen fuhren weiterhin schweigend durch die Nacht. Als die ersten Lichter der Stadt auftauchten, fragte Carola: »Wie war der Don Giovanni?«

»Großartig«, sagte Merana, »einfach wunderbar. Die Inszenierung, die Stimmen, die Musik und vor allem die Dallabianca. So wie sie gesungen hat, das hat …«, er suchte nach dem richtigen Wort, »… das hat mich sehr berührt.« Er hatte das passende Wort gefunden. »Es war großartig und sehr aufschlussreich.«

Carola schaute ihn von der Seite her an. Was meinte er mit aufschlussreich?

Aber Merana fügte dem Gesagten nichts mehr hinzu. Als sie die Stadt erreichten, fragte sie: »Soll ich dich bei Birgit absetzen oder willst du zu dir nach Hause?«

»Lass mich einfach irgendwo aussteigen. Ich möchte noch ein paar Schritte gehen.«

Sie nickte, erwiderte aber nichts.

Ich muss nachdenken, bestätigte Merana innerlich seine Entscheidung. Über einen Mann mit einem Dolch in der Brust. Über den Tod, dem die Schuhe fehlen. Über einen Jungen, der stotternd nach einem Autogrammtermin fragt. Über einen Manager, der auf jede Frage eine Antwort weiß. Über einen Zwölfjährigen, der von Mutter und Bruder verlassen wird. Über einen Einbruch und ein verschwundenes Notebook. Und über Frauen, die manchmal so weiß sind wie Linnen.

MITTWOCH, 2. AUGUST, 9 UHR

Als Merana am nächsten Tag ins Büro kam, fühlte er sich frischer als in den Tagen zuvor. Er hatte zwar auch nur vier Stunden geschlafen, aber diese gut.

Dieses Mal war kein Tod durch Meranas Träume gegeistert, der die zwei bedrohlichen Worte ›Morbus Hodgkin‹ in den Bühnenboden ritzte. In dieser Nacht hatte Merana traumlos geschlafen, tief und fest, an den eingerollten Rücken von Birgit gepresst, die ihn im Halbschlaf umarmt und geküsst hatte, als er gegen zwei Uhr zu ihr ins Bett gekrochen war.

Kurz vor sieben war er schon an seinem Walfischschreibtisch gesessen und hatte die Notizen und aktuellen Untersuchungsergebnisse durchgesehen, die per Mail bei ihm angelangt waren. Für neun Uhr hatte er die erste Besprechung im Team angesetzt, mit Carola, Kaltner und Braunberger.

Auch die drei wirkten ausgeschlafen, als sie im Besprechungsraum vor ihren Unterlagen saßen. Carola und Kaltner mit einer Tasse Kaffee in Griffweite. Braunberger trank wie immer seinen geliebten Rooibostee. Sie gingen noch einmal alles durch, verglichen und ergänzten sämtliche bisherigen Aussagen und Ergebnisse.

»Was hat sich zum gestrigen Einbruch noch ergeben?«, fragte Merana.

Braunberger antwortete als Erster. »Nicht viel. Zwei Nachbarn glauben sich zu erinnern, dass sie gegen halb zehn ein Auto gehört haben. Ein Spaziergänger bemerkte, wie gegen zehn ein Auto mit großer Geschwindigkeit auf dem Michaelsweg in Richtung Salzburg davongerast ist.«

»Könnte es dasselbe Auto gewesen sein?«

»Keine Ahnung.«

»Welches Auto? Haben wir Angaben zur Marke? Größe?«

»Nichts Brauchbares. Es war sehr dunkel gestern Abend, wegen des Regens. Mittelgroß vielleicht, hat der Spaziergänger gesagt.«

Merana stöhnte. Mittelgroß klang toll im Bericht, der in zwei Stunden auf dem Tisch des Chefs landen sollte. Er legte nach. »Was ist mit den Haaren und Fasern aus dem Haus der Jadlinski?«

Dieses Mal antwortete Carola.

»Derzeit noch nichts. Wie immer viel Arbeit. Die Schauspielerin hatte oft Gäste in ihrem Haus am See. Das dauert, bis man Material zum Vergleichen bekommt.«

Merana schaute Kaltner an. »Und wie sieht es mit dem Fingerabdruck auf der Innenseite von Hackners Gürtel aus?«

Kaltner schüttelte den Kopf. Auch hier nichts Neues. Der Abdruck ist nicht in den internationalen Polizeidatenbanken erfasst. Von Brehmstett jedenfalls stammte er nicht, das hatten sie überprüft.

Schade, dachte Merana, das hätte gut gepasst. Und aufs Motiv wären wir schon noch gekommen.

»Wissen wir mehr von Brehmstett? Von dessen Agentur und sonstigen Geschäften?«

Carola erläuterte, sie sei noch nicht dazu gekommen, diese Recherchen anzustellen. Das wäre ihr heutiges Tagespensum, wenn sie jemanden auf inoffiziellem Wege in Hamburg erreiche.

»Gut, Carola, mach das«, bat Merana. Und Otmar möge sich, wenn er es schaffe, den geschäftlichen und sozialen Hintergrund von Aichmüller anschauen.

»Wir wollen weiterhin nach allen Seiten ermitteln, bis sich bei einer der eingeschlagenen Richtungen hoffentlich etwas herauskristallisiert, worauf wir uns konzentrieren können. Das heißt, wir vernachlässigen auch weiterhin die Richtung Raubmord nicht. Das erledigen Sie, Kaltner. Und genauso wichtig ist die Kollegenschaft von Hackner. Was ist mit dem Guten Gesell, der bei der Premiere zwei Hänger hatte, Carola?«

Carola nahm ihre Unterlagen zu Hilfe. »Dominik Strachner. Der ist seit Montag bei Dreharbeiten für eine Bergdoktor-Folge in Tirol. Der kommt erst heute wieder nach Salzburg. Willst du selbst mit ihm reden?«

Merana schüttelte den Kopf. »Nein, Carola, mach du das.«

Merana versprach sich ohnehin nicht viel von diesem Gespräch. Er glaubte nicht, dass Hackner ausgerastet war, weil der Strachner seinen Text nicht mehr wusste. Es musste einen anderen Grund dafür geben, dass er seine Fassung verloren hatte. Und dieser Grund hatte vermutlich auch damit zu tun, dass der Tod jetzt drüben in der Gerichtsmedizin lag. Ach nein. Lag er ja nicht mehr. Man hatte ihn schon abgeholt. Morgen war das Begräbnis.

»Ich gehe morgen um 10 Uhr zu Hackners Beerdigung«, informierte Merana seine Kollegen und blickte in die Runde. »Wer möchte mich begleiten?«

Und noch ehe Kaltner die Hand heben konnte, weil er kein gesellschaftliches Event ausließ, egal ob champagnerfeuchte Galerieeröffnung oder Promibegräbnis, sagte Merana: »Ist gut, Otmar, dann gehst du mit.«

Der schaute erstaunt von seinen Notizen auf und brummte: »Mach ich.«

»Noch etwas«, meinte Merana. »Im Moment erscheint mir das bei unseren vielen Bereichen, in denen wir ermitteln, das Wichtigste. Bohrt noch einmal bei den Premierenfeiergästen nach, bei den Adabeis und beim Personal genauso wie bei den Schauspielern. Irgendjemand muss doch mehr darüber wissen, warum Hackner an dem Abend ganz plötzlich so schlecht drauf war und infolge dessen ausgerastet ist.«

Er wandte sich Carola zu. »Hast du die Tischdame noch einmal erreicht?«

Carola nickte. »Du meinst die Dame, die sagte, dass Ramirez sich ausgerechnet zu Ramina Haubendorf setzte?«

»Ja«, bestätigte Merana und sah sie erwartungsvoll an.

»Also eine klare Antwort kriegst du von diesen Schauspielern sowieso nie, Martin. Es ist immer alles ›man sagt‹ oder ›man weiß doch‹ oder ›man hat doch gehört‹. Aber wer hinter diesem geheimnisvollen man steckt oder was genau man gehört hat, das lässt sich nie ganz genau eruieren. Ich versuche einmal zusammenzufassen, was ›man so denkt‹, warum sich Ramirez ausgerechnet zu Ramina Haubendorf setzt. Man denkt oder hat ja schon gehört, dass die gute Ramina dem Ramirez schöne Augen mache, wo man sie ja schon öfter zusammen gesehen habe, und man wisse ja schließlich auch, dass die liebe Ramina vor noch gar nicht allzu langer Zeit schön brav die Beine breitgemacht habe, damit ihr großer Gönner Hackner, dem sie ja so viel zu verdanken habe …«

»… seinen Perlenstab in ihre Muschel stecken konnte«, vervollständigte Merana ganz unvermittelt den Satz. Die anderen drei sahen ihn groß an.

»So hat es die Tischdame zwar nicht formuliert, aber es kommt auf dasselbe hinaus«, bestätigte Carola, immer noch leicht verwundert über Meranas Ausdrucksweise.

»Was soll das Gesülze?«, meldete sich Kaltner, »sie hat sich von dem alten Sack so lange ficken lassen, bis er ihr die tollsten Rollen verschaffte und sie groß rauskam. Und jetzt lässt sie sich vom Nächsten bearbeiten, der ihr nützlich ist, noch weiter nach oben zu kommen und dort auch zu bleiben.« An seinem breiten Grinsen konnte man ablesen, dass ein solches Szenario gerade vor seinem geistigen Auge ablief.

Carola drehte angewidert das Gesicht zur Seite.

»Nun hab dich nicht so, Carola. So ist das nun mal, ob dir das passt oder nicht. Ich pflege die Dinge einfach beim Namen zu nennen.« Nun war Kaltner so richtig in Fahrt. »Perlenstab in die Muschel stecken. So ein Quatsch. Er hat sie schlicht und einfach …«

»Danke, Kaltner, es reicht.« Merana war laut geworden. »Wir wissen, was Sie meinen. Wenn es so ist, dass

Hans Dieter Hackner und Ramina Haubendorf mehr verband als Kollegenschaft und künstlerische Förderung, wenn sie also ein sexuelles Verhältnis hatten, und wenn Frau Haubendorf, wie man andeutet, sich nun anders orientieren wollte, ob künstlerisch oder sexuell, sei einmal dahingestellt, dann bekommt das ›ausgerechnet‹ im Satz der Tischdame mehr Sinn. Die Dame meinte wohl, das habe Hackner ja wütend machen müssen, dass sich der neue Regiestar ›ausgerechnet‹ zu der Frau setzt, die er bisher offenbar für sich beanspruchte. Das könnte uns in diesem ganzen Durcheinander zu einem neuen Knäuel führen, das wir zu entwirren haben.«

Kaltner wollte etwas erwidern, überlegte es sich aber anders.

»Die Einzige, die uns da weiterhelfen kann, ist wohl nur Ramina Haubendorf selbst«, meinte Carola.

Merana nickte. »Wir werden sie zu ihrer Beziehung zu Hackner befragen müssen.«

MITTWOCH, 2. AUGUST, 11.50 UHR

Die Gelegenheit dazu sollte Merana noch am selben Abend erhalten.

Gegen Mittag erreichte ihn ein Anruf von Elena Braga. Ramina Haubendorf gehe es besser, wenngleich sie sich noch ausruhen müsse. Aber von ärztlicher Seite sei nichts dagegen einzuwenden, wenn der Herr Kommissar und seine Kollegin am Abend zu einem kurzen Gespräch vorbeikommen wollten. Merana sagte für 19 Uhr zu, plante aber, allein zu kommen. Carola hatte schon zwei lange Abende hinter sich. Es wäre besser, wenn sie heute einmal früher heimkäme. Hedwig brauchte schließlich ihre Mutter. Den Nachmittag verbrachte Merana damit, die laufenden Ermittlungen zu koordinieren, sowie die spärlich per Mail hereinkommenden Fakten zu bewerten und einzuordnen. Dominik Strachner war nach Salzburg zurückgekehrt. Er gab zu, bei der Premiere bedauerlicherweise zwei Hänger gehabt zu haben. Es blieb ihm auch nichts anderes übrig, schließlich gab es über 2.000 Ohrenzeugen für seine Patzer.

Er bestritt aber vehement, dass der Hans Dieter deswegen bei der Premierenfeier so wütend gewesen war. Sie hätten sogar mehrmals miteinander angestoßen. Von dem Vorfall mit Ramina habe er gehört, aber da sei er schon weg gewesen. Und dann kam das Übliche: Wenn der Hans Dieter betrunken war, konnte es schon vorkommen, dass …

Merana hämmerte mit dem Zeigefinger auf die Computermaus und schloss wütend die Mail mit der Vernehmungsabschrift. Ich kann es schon nicht mehr hören, sagte er laut. Aber er äußerte diese Worte auch ein wenig zu seinem eigenen Schutz. Er wollte sie nicht andauernd hören, denn sie erinnerten ihn zu sehr an seine eigene Geschichte.

Er kannte dieses Gefühl, das wohl auch in Hans Dieter Hackner aufgestiegen war. Wenn er, Merana, zu viel getrunken hatte, schlich auch ab und zu dieser nagende Zweifel in seinen betäubten Schädel und sein wehes Herz. Und dann stand eine zentrale Frage riesengroß da, wie die steinerne Wand der Domfassade: Mag mich überhaupt jemand? Besonders arg war beides nach Franziskas Tod gewesen. Das Betrunkensein und der Zweifel. Aber Merana wollte sich jetzt nicht mit diesen düsteren Gedanken befassen.

Gegen 15 Uhr hatte er mit dem Polizeipräsidenten ausführlich die weitere Vorgehensweise und die diskreten, wenn möglichst aber effektiven Sicherheitsmaßnahmen für das morgige Begräbnis besprochen. Darüber hinaus ging es darum, wie sie weiter vorgehen sollten, wenn sie bis zum Ende der Woche immer noch keine brauchbare Spur hätten.

»Dann werde ich wohl doch die Wiener ins Boot lassen müssen. Der Sekretär des Ministers ruft mich ohnehin im Dreistundenrhythmus an und fragt nach Ergebnissen.«

Merana kniff die Lippen zusammen und knurrte. Aber er wusste, es hatte keinen Sinn, sich gegen eine Beteiligung der hauptstädtischen Kollegen zu wehren. »Meinetwegen«, brummte er. »Wenn wir bis Freitagabend keinen Schritt weiter sind, sollen am Montag die Obergescheiten von der Spezialabteilung aus Wien antanzen.«

Der Polizeipräsident konnte sich ein Kopfschütteln samt leichtem Kichern nicht verkneifen. »Nein, Merana, wenn wir bis Freitagabend keinen Erfolg haben, warten die nicht bis Montag. Dann werden die schon am Samstag antanzen. In aller Früh. Darauf kannst du dich verlassen.«

Merana verdrehte die Augen und stieß die Luft aus wie ein gereiztes Walross.

MITTWOCH, 2. AUGUST, 17.08 UHR

Kurz nach 5 Uhr am Nachmittag kam Carola in sein Büro. »Ich gehe jetzt, Martin. Wenn du Hilfe brauchst bei der Haubendorf, ruf einfach an.«

Merana nickte nur. »Ich komme schon klar. Aber trotzdem danke fürs Angebot. Gibt es etwas Neues bei Brehmstett und dessen Agentur?«

Carola legte den Kopf ein klein wenig schief. »Es ist noch nicht wasserdicht, Martin. Aber die Kollegen in Hamburg haben rausgefunden, dass es der Agentur nicht gar so rosig geht. Warum, weiß ich noch nicht. Vor fünf Jahren soll er kurz vor der Pleite gestanden haben. Aber seit einem halben Jahr geht es wieder aufwärts. Irgendjemand muss ihm einen Geldhahn aufgedreht haben. Vielleicht eine Bank. Vielleicht auch wer anderer. Ich bleibe dran, das kriegen wir schon noch raus.«

Merana stand auf. »Gute Arbeit, Carola. Bin ich froh, dass wir dich zum Eurocoplehrgang geschickt haben. Deine Verbindung zu den Ermittlern in halb Europa ist wirklich Gold wert. Wer recherchiert denn in Hamburg für dich? Der Karategroßmeister oder der andere, der Schachfan?«

»Der Schachfan«, informierte Carola und drehte sich schnell um.

Aber Merana hatte dennoch mitbekommen, dass sie rot geworden war.

»Ich muss jetzt wirklich gehen«, verkündete sie. »Hedwig wartet.«

Sie schaute ihn nicht mehr an, als sie die Tür öffnete. War da etwas gewesen bei diesem Lehrgang zwischen Carola und dem brettspielbegeisterten Hamburger Kollegen?

Man munkelte so in den Dienststellen der Polizeidirektion. Merana konnte sich gar nicht erinnern, wann es ihm zu Ohren gekommen war. Irgendjemand lässt eine Bemerkung fallen. Ein anderer schnappt sie auf, gibt ein bisschen etwas dazu, setzt seinerseits bei nächster Gelegenheit mit bedeutungsvollem Blick einen Satz in die Runde und schon beginnen Gerüchte zu kursieren. Das gab es offenbar nicht nur in Schauspielerkreisen, sondern auch bei der Polizei. Das gab es wahrscheinlich überall, wo mehrere Menschen zusammenkamen. Jedenfalls war Carola vorhin rot geworden. Er hatte es deutlich gesehen. Egal. Er hatte jetzt andere Sorgen.

MITTWOCH, 2. AUGUST, 19 UHR

Die Empfangschefin des ›Toscanini‹ begleitete ihn kurz nach 19 Uhr hinauf in die Mahler-Suite. Merana war erstaunt, als er Ramina Haubendorf nicht im Bett liegend vorfand. Sie saß auf einem mit Blumenranken verzierten beigefarbenen Fauteuil einer kleinen Biedermeier-Sitzgruppe neben dem Fenster. Ihre Beine waren hochgezogen, ihr jugendlicher Körper in einen Bademantel gehüllt. Das schwarze Haar schimmerte feucht, offenbar war es frisch gewaschen. Und es glänzte auch wieder matt seidig, so wie es Merana von den Fotos her kannte.

Ramina Haubendorf flüsterte ein kaum hörbares »Guten Abend« und deutete auf einen der freien Hocker. Merana setzte sich. Blass ist sie immer noch, dachte er, aber zumindest nicht mehr bleich wie Linnen. Das machte auch der Hauch von Rouge auf den Wangen der Schauspielerin. Merana schluckte, räusperte sich und versuchte, seiner Stimme einen angenehmen und freundlichen Ton zu geben. »Wie geht es Ihnen?«

Ramina zuckte nur ganz leicht mit dem Kopf, als würde sie angesichts der an sie gerichteten Worte erschrecken, und sagte leise: »Danke, es geht schon.«

Sie sah ihn dabei nicht an.

Zunächst fragte Merana sie, ob sie sich noch an das Gespräch vom Vortag erinnern könne. Sie schüttelte den Kopf. »So gut wie gar nicht. Ich weiß nur, dass da auch noch eine Frau dabei war. Wo ist die?«

»Das war eine Kollegin aus meinem Team«, erklärte

Merana, »die kann jetzt nicht dabei sein. Sie muss heute Abend zu Hause sein, sie hat ein behindertes Kind, um das sie sich kümmern sollte.«

Ihre Reaktion kam spontan. »Ein behindertes Kind?« Sie nickte mit dem Kopf, langsam, nachdenklich. Zweimal, dreimal. Dann sagte sie nach einer langen Pause: »Das ist sicher auch nicht leicht.«

Merana ging nicht drauf ein, sondern fragte weiter. »Ist Ihnen die Premierenfeier im Bischofsbräu noch im Gedächtnis? Und der Vorfall mit Herrn Hackner?«

Dieses Mal hatte sie sich besser in der Gewalt. Sie brach nicht zusammen wie am Tag vorher. Sie stammelte nicht ›er war so gemein‹, sie krallte nur die Finger stärker in den Kragenrand des Bademantels und sagte: »Ja.«

Der Klang ihrer Stimme ließ darauf schließen, dass sie immer noch sehr angespannt war.

Merana beugte sich leicht nach vorn. »Haben Sie eine Erklärung dafür, was passiert ist? Warum ist Herr Hackner unvermittelt so wütend geworden, dass er Sie sogar geohrfeigt hat?«

Ramina begann leicht zu zittern. An ihren schmalen Knöcheln trat das Weiße unter der Haut hervor, ihre Finger schienen tief in den Stoff des Bademantels zu versinken. Sie schüttelte heftig den Kopf. »Ich weiß es nicht.« Auch ihre Stimme zitterte wieder. »Ich weiß es nicht. Es ist … es ist alles so weit weg.« Ihre Augen glänzten feucht. Sie drehte den Kopf abrupt weg.

Merana ließ nicht locker. »Könnte es irgendwie damit zusammenhängen, dass sich Herr Ramirez neben Sie an den Tisch gesetzt hat?«

Sie riss den Kopf herum. Ihre Augen hatten sich

komplett mit Tränen gefüllt. Die Lippen bebten, als sie endlich antwortete, kaum hörbar: »Ja, vielleicht. Ich weiß es einfach nicht.« Die ersten Tränen kullerten ihr über die Wangen.

Ich habe nicht mehr viel Zeit, dachte Merana, sie wird mir doch gleich wieder wegbrechen. Er musste versuchen, wenigstens auf ein paar Fragen so etwas wie eine Antwort zu bekommen. So ruhig wie nur möglich sagte er deshalb: »Frau Haubendorf, entschuldigen Sie bitte, wenn ich Ihnen eine Frage stelle, deren Antwort mich im Normalfall nicht das Geringste angeht. Aber wir haben hier leider keinen Normalfall, sondern eine grässliche Situation. Einen Mord. Eine für alle Beteiligten unerklärliche Lage. Und meine Aufgabe ist es, alles, was mit Herrn Hackner und seinem auffälligen Verhalten unmittelbar vor seinem Tod zusammenhängen könnte, abzufragen. Verstehen Sie?«

Sie nickte kaum wahrnehmbar. Aber sie nickte, sie hatte ihn verstanden. Ihre Augen waren nach wie vor geschlossen, die Tränen liefen wie kleine Sturzbäche über ihr Gesicht.

»Frau Haubendorf. Stimmt es, wie man mir erzählt hat, dass Sie und Herr Hackner mehr als nur ein kollegiales Verhältnis hatten? Dass Sie ein …« Merana begann zu stottern.

Herrgott noch einmal, fluchte er innerlich. Warum fällt es mir so schwer, zu sagen: Haben Sie mit Hackner geschlafen? Waren Sie dabei, ihn zu betrügen? Hat er Ihnen deswegen eine geknallt?

Was war denn schon dabei, die Dinge einfach beim Namen zu nennen?

Aber er brachte die Worte nicht über seine Lippen und stotterte laut weiter: »Dass Sie eine Beziehung hatten und dass Sie sich nun mehr für Herrn Ramirez interessierten …?«

Er bemerkte, wie sie dagegen kämpfte. Doch sie konnte nicht verhindern, dass nun ihr ganzer Körper zu zittern begann. Langsam bewegte sich ihr Kopf hin und her.

Mit einem Mal flüsterte sie: »Nein. Nicht ich für ihn. Er interessiert sich für mich. Aber nicht, weil er mit mir schlafen will. Er hat mir eine Rolle angeboten.«

»Eine Rolle?«, fragte Merana erstaunt.

Sie öffnete die Augen. Nickte. »Ja. Sebastiano wird nächstes Jahr den Jedermann komplett neu machen. Aber das ist noch nicht offiziell. Und er hat mir eine Rolle angeboten.«

»Sie sollen weiterhin die Guten Werke spielen?«, fragte Merana.

Sie schüttelte den Kopf. »Nein, nicht mehr.«

Merana riss die Augen auf. »Die Buhlschaft?«

Was war das? Tatsächlich, er schien sich nicht verhört zu haben. Sie hatte kurz gekichert, fast gegluckst.

Und zum ersten Mal kroch ein Lächeln auf das tränenüberströmte Gesicht der Ramina Haubendorf. »Aber Herr Kommissar«, sie kicherte noch einmal. »Schaue ich aus wie eine Buhlschaft?« Sie schaute an sich hinab, lenkte seinen Blick auf die Stelle, wo der Bademantel ihre schmalen Brüste verdeckte. Sie schüttelte energisch den Kopf. »Nein, er hat mir nicht die Buhlschaft angeboten, sondern den Tod!«

Merana klappte den Mund auf. Hielt ihn offen. »Den Tod?«

Sie nickte. »Ja, er will den Tod mit einer Frau besetzen. Mit mir.«

Den Tod, rekapitulierte Merana in Sekundenschnelle. Hackners Paraderolle. Besetzt mit einer Frau. Ausgerechnet mit der Frau, die er, Hackner, groß gemacht hatte.

»Wusste Hackner darüber Bescheid? Hat er gewusst, dass er nicht mehr inszenieren wird? Ja, dass er nicht einmal mehr den Tod spielen wird? Dass Sie seine bedeutendste Rolle bekommen sollten? War er deswegen so zornig?«

Sie schaute ihn lange an. Dachte nach. »Ich weiß es nicht. Ich weiß es einfach nicht.«

Das kann jetzt stimmen oder auch nicht, dachte Merana. Und laut ließ er sich vernehmen: »Nach dem Vorfall sind Sie weggelaufen und waren bis gestern spurlos verschwunden. Wo haben Sie sich aufgehalten, Frau Haubendorf?«

Wieder sah sie ihn lange an. Die Tränen hatten aufgehört zu fließen. Aber ihr Blick war müde. Sehr müde. »Ich weiß es nicht. Ich kann mich nicht daran erinnern.«

Lügt sie mich an?, grübelte Merana. Aber wir werden schon noch Zeugen auftreiben, die sie gesehen haben. Ganz sicher. Das braucht nur Zeit. Allerdings haben wir nicht mehr viel Zeit. Ab Samstag übernehmen die Wiener. Und Glacéhandschuhe gehören sicher nicht zu deren Grundausrüstung.

»Sie hatten bei der Premierenfeier ein weißes Kleid an, Frau Haubendorf. Zurückgekommen sind Sie in Jeans und T-Shirt. Wo ist Ihr Kleid?«

Sie schüttelte nur weiter den Kopf, glich in dieser Bewegung einer Spielzeugmarionette, an deren Fäden ununterbrochen gezogen wurde.

»Ich weiß es nicht. Ich kann mich nicht erinnern, wo es ist. Außerdem bin ich jetzt sehr müde. Können wir bitte aufhören?«

Sie will nicht mehr kooperieren, dachte Merana.

»Sie waren auch Anfang des Jahres verschwunden, für zwei Monate. Warum?«

Jetzt wird sie mich gleich wieder anbrüllen, machte sich Merana auf das Kommende gefasst. ›Das geht Sie nichts an! Lassen Sie mich in Ruhe!‹ Aber sonderbarerweise gab es keinen Ausbruch. Ramina hielt zwar die Augen geschlossen, aber sie wirkte erstaunlich gefasst, als sie sagte: »Es ging mir nicht gut. Nervenzusammenbruch. Zu viel Arbeit. Ich war in einer Klinik in der Schweiz.« Dann öffnete sie die Augen. »Können Sie das bitte für sich behalten?«

Merana nickte.

»Und jetzt lassen Sie mich bitte allein. Ich muss mich hinlegen. Ich bin wirklich sehr müde.« Sie wälzte sich langsam aus dem Fauteuil, die linke Hand immer noch im Bademantel verkrallt.

Anstatt aber auf das Bett zuzusteuern, wie Merana erwartet hatte, ging sie voraus zur Tür. Ja, sie will mich endlich loshaben, dachte Merana, und folgte ihr.

»Wenn es mir wieder besser geht, und mir doch noch etwas einfällt, melde ich mich, Herr Kommissar«, versprach sie und öffnete mit der rechten Hand die Tür, die auf den Gang führte.

»Danke«, sagte Merana. Doch bevor er ganz draußen war, drehte er sich noch einmal um. Jetzt verhalte ich mich schon so wie Kollege Columbo im Fernsehen, grinste Merana innerlich. Na, dann kann ich doch gleich wie der berühmte Kollege mit einer Floskel beginnen …

»Eine Frage noch, Frau Haubendorf …«

Sie schaute ihn an. Und neben der Müdigkeit verfing sich nun auch ein unwirscher Ausdruck in ihrem Gesicht. »Ja?«

»Von wem sind die Sachen, die Sie anhatten, als Sie gestern ins Hotel zurückkamen? Die Jeans und das T-Shirt. Und beides war Ihnen zu groß, wie man mir mitteilte.«

Ein bisschen war sie wohl selbst von dem Anflug des Lächelns überrascht, das sich in ihre Züge stahl. Nur ganz kurz. Dann machte das Lächeln wieder der auch nur gespielt mürrischen Miene Platz. »Die gehören mir. Ich trage ab und zu gern Sachen, die mir zu groß sind. Das ist einfach bequem.«

»Verstehe«, entgegnete Merana. »Und Sie haben überall in der Stadt vorsorglich Kleiderdepots angelegt, falls Ihnen einmal ein Kleid abhanden kommt und Sie etwas anderes zum Anziehen brauchen. Auch wenn Sie sich im Augenblick nicht mehr daran erinnern können?«

Wieder diese Andeutung von Lächeln. »Wahrscheinlich, Herr Kommissar. Wird wohl so sein.« Und schon machte sie die Tür zu.

»Guten Abend«, verabschiedete sich Merana schnell und betont laut, sodass sie es noch hören musste.

Die Tür wurde wieder geöffnet. Nur einen Spalt.

Und da lag kein Lächeln mehr auf ihrem Gesicht. Da war wieder die Müdigkeit. Und noch etwas. Verzweiflung? Angst?

»Guten Abend, Herr Kommissar«, sagte sie, ein bisschen verschämt, wie eine wohlerzogene Tochter, der ein Lapsus unterlaufen war. »Und grüßen Sie Ihre Kollegin von mir.« Damit ging die Tür wieder zu. Jetzt wohl endgültig.

Merana blieb noch gut zwei Minuten vor der Mahler-Suite stehen. Dann drehte er sich um und stieg langsam die Treppe hinab.

DONNERSTAG, 3. AUGUST, 10 UHR

Die Pfarrkirche in Mülln, einem der ältesten Vororte Salzburgs und inzwischen längst Bestandteil der Stadt, war nicht einmal zu einem Drittel gefüllt. Merana war überrascht. Er hatte erwartet, dass das kleine Gotteshaus aus allen barocken Nähten platzen und sich in den engen Kirchenbänken Hunderte von Trauergästen drängen würden, Politiker, Künstler, Schickimickis, Adabeis, Fans. Er hatte damit gerechnet, dass sich Dutzende Fotografen und Kamerateams darum prügeln würden, wer den besten Schuss auf den Sarg bekam, der vor dem Altar aufgebahrt war. Aber nichts von all dem war eingetroffen. Im ganz kleinen Kreis, hatte Doktor Aichmüller gesagt, und es offensichtlich geschafft, Wort zu halten. Merana hatte 47 Trauergäste gezählt, Otmar Braunberger und ihn selbst eingeschlossen. 50, wenn er auch noch den Pfarrer und die beiden Ministrantinnen in die Rechnung einbezog. Gut die Hälfte der Anwesenden kannte er. Das Festspieldirektorium war geschlossen gekommen und stand in der zweiten Reihe, gleich daneben der Bürgermeister, flankiert von zwei Stadtpolitikern und einigen Geschäftsleuten.

In der ersten Reihe hatte sich Brehmstett, der Manager, in Pose gesetzt, neben einem zwar gefasst wirkenden, aber dennoch mitgenommenen Doktor Aichmüller.

Die kleine Gruppe der Schauspieler aus dem Jedermann-Ensemble hielt sich etwas abseits. Die Jadlinski war da, und zu Meranas großer Verwunderung auch

Ramina Haubendorf. Die junge Schauspielerin musste ab und zu von ihrer Kollegin und von Elena Braga gestützt werden. Die Jadlinski trug einen dunkelblauen Hosenanzug, hielt eine weiße Rose in den Händen. Ramina Haubendorf hatte ein schwarzes hochgeschlossenes Kleid an, das den Kontrast zu ihrem bleichen Gesicht noch verstärkte.

Auch Sebastiano Ramirez war da, der zukünftige Regiestar, der im nächsten Jahr einen neuen Tod auf die Salzburger Jedermann-Bühne schicken würde. Einen weiblichen Tod, the show must go on.

Merana blickte auf den Sarg und versuchte sich vorzustellen, wie der große Hans Dieter Hackner, der gefeierte Darsteller des Todes, da drin jetzt wohl aussah.

Fast war er enttäuscht, dass sich hier beim Begräbnis so gar nichts ereignete. Nichts Spektakuläres. Auch nicht am Grab. Es gab keine großartigen Reden. Der Bürgermeister sagte fünf Sätze. Der Pfarrer ein paar mehr. Aichmüller schwieg. Dann sprach ein Schauspieler, den Merana nicht kannte, einen kurzen Text.

O, der schwarze Engel, der leise aus dem Innern des Baums trat, da wir sanfte Gespielen am Abend waren…

Es war ein rätselhafter Text, sehr poetisch, mit vielen Bildern, aber auch nichts, was besonders auffällig war.

Das Extravaganteste an diesem Morgen waren vielleicht noch die fünf jungen Männer gewesen, die während der Andacht in der Kirche etwas gesungen hatten. Fünf Stimmen, die sich zu Ehren der heimgekehrten Schauspielgröße ineinander verschlangen. Sie sangen etwas, das Merana berührte und aus dem Requiem stammte, der Missa pro defunctis von Orlando di Lasso, wie Merana später erfuhr. Selbst Otmar Braunberger, der sonst mehr auf Dixieland und Operetten stand, hatte andächtig zugehört. Als der Sarg im frisch ausgehobenen Aichmüller'schen Familiengrab versenkt wurde, flogen sieben Rosen hinterher, wie Merana mitzählte, darunter eine weiße. Das war es dann. Kein Paukenschlag. Kein Wolkenbruch. Keine überraschende dramatische Wendung.

Als er und Braunberger zusammen mit den anderen Trauergästen den Friedhof verließen, bemerkte Merana, dass doch eine große Menge an Schaulustigen zugegen war. Manche hielten Blumen in den Händen, andere waren mit Digitalkameras oder Handys bewaffnet, um noch schnell einen Schnappschuss zu machen. Auch einige Fernsehteams sah Merana. Aber alle mussten sich hinter den Absperrungen aufhalten, hinter den rotweiß gestrichenen Gittern, überwacht von Securityleuten in gelben Jacken und von Beamten der Salzburger Polizei. Wie Merana feststellte, war auch Revierinspektor Kurt Gerber unter ihnen, der bedauernswerte Taubenjäger vom Tatort am Domplatz.

Der Höflichkeit halber hatte Doktor Aichmüller auch Merana und Braunberger zu einem kleinen Funeral-Lunch nach dem Begräbnis eingeladen. Zur ›Totensuppe‹ hätte Meranas Großmutter gesagt, aber in diesen schicken Kreisen hieß das eben ›Funeral-Lunch‹. Aichmüller hatte sicher nicht damit gerechnet, dass Merana zusagen würde. Aber er tat es. Der Lunch sollte beim Gemsenwirt eingenommen werden, einem traditionellen Gasthaus gleich in der Nähe der Müllner Kirche, Richtung Krankenhaus.

Die schmale Straße führte von der Kirche ziemlich steil bergab. Ein paar Schritte weiter unten gingen Ramina Haubendorf und Deborah Jadlinski, die Jüngere mit leicht unsicheren Schritten, sie hatte sich bei der Älteren eingehakt. Brehmstett schloss zu den beiden Frauen auf, neigte den Kopf zur Seite. Offenbar sagte er etwas zu Ramina. Die ließ den Arm der Jadlinski los und schien auf seine Bemerkung zu antworten.

›Sie haben es tatsächlich geschafft, das Begräbnis in kleinem Kreis zu halten‹, wollte Merana gerade zu Doktor Aichmüller sagen, der neben ihm ging. Aber Merana schaffte nur den ersten Teil des Satzes. Denn in diesem Augenblick ereigneten sich nahezu gleichzeitig ein paar merkwürdige Dinge. Obwohl das folgende Geschehen in rasantem Tempo ablief, keine halbe Minute dauerte, erinnerte sich Merana später immer daran, als sei es in Zeitlupe passiert.

Aus einem kleinen Käsegeschäft, das von den Absperrungen nur halb erfasst war, damit die Kunden aus und ein gehen konnten, trat ein Mann auf die Straße, leicht schwankend, der zwei große gelbe Plastiksäcke in den Händen hielt. Es war ein alter Mann, mit zerrissenem Mantel, ein Obdachloser. Er torkelte zur Straßenmitte. Die Dreiergruppe, bestehend aus Brehmstett, Haubendorf und Jadlinski, versuchte dem Mann auszuweichen. Ramina Haubendorf kam dabei ins Stolpern und drohte hinzufallen. In diesem Moment schaute der Obdachlose auf.

Und Merana, mitten in seinem Satz, erstarrte. Der alte Mann hatte einen Hut auf dem Kopf. Einen Hut, den der Kommissariatsleiter schon einmal gesehen hatte und der wie ein unförmiger gelber Pilz aussah. Gleichzeitig war Revierinspektor Gerber, keine zwei Meter entfernt, mit der Reaktionsschnelligkeit des durchtrainierten Basketballcenterstürmers des PSV Maxglan nach vorn geprescht, um die strauchelnde Ramina Haubendorf aufzufangen. Auch Merana und Aichmüller hatten instinktiv den Schritt beschleunigt und die Hände ausgestreckt, als könnten sie so der stürzenden Ramina Halt geben.

Der Alte hatte die Augen weit aufgerissen, ließ erschrocken die Plastiksäcke fallen, genau in der Sekunde, als Revierinspektor Gerber »Weg da!« brüllte. Aber der Penner stand nur da, unfähig sich zu rühren, die Augen voller Angst, als würde er ein Gespenst sehen.

»Aus dem Weg!«, bellte der uniformierte Basketballrecke in Polizeidiensten, schaffte es gerade noch, Ramina Haubendorf mit seiner vorschnellenden rechten Hand davor zu bewahren, mit dem Kopf aufzuschlagen, während er mit der Linken dem Alten einen leichten Stoß versetzte. Der alte Mann starrte nun auf den Polizisten und Merana sah immer noch die blanke Angst in seinen Augen. Diese Augen flackerten voll Panik, dann drehte er sich um und rannte, wie von der sprichwörtlichen Tarantel gestochen, davon, abwärts.

»Gerber, halten Sie den Mann auf«, rief Merana dem Revierinspektor zu.

Gerber startete los. Merana hinterher. Er fragte sich

später oft, was passiert wäre, hätte er Gerber nicht hinter dem Alten herhetzen lassen. Der hörte den Polizisten hinter sich »Bleib stehen!« brüllen, beschleunigte, was seine müden Füße hergaben, hatte das Ende der schmalen Straße erreicht, sah nicht nach links und nicht nach rechts, sondern hetzte einfach weiter.

»Nein!«, schrie Merana, der ebenfalls hinterhergelaufen war, als er den dunkelgrünen Kleinbus in der Querstraße sah, der den Alten voll erwischte und ihn durch die Luft wirbelte wie einen morschen Baumstamm. Der Penner wurde gegen eine Hausmauer geschleudert und aufs Pflaster geworfen. Gerber konnte gerade noch stoppen, um nicht selbst gegen den Bus zu prallen. Eine Frau schrie. Dann ein Mann. Absperrgitter wurden umgerissen. Merana hörte Schritte, Gebrüll, ein wildes Durcheinander.

»Gerber, halten Sie die Leute zurück!«, rief Merana. Er drehte sich zu einer Gruppe von Securityleuten und Polizisten um. »Absperren! Sofort!«

Zwei Fotografen und eine Kamerafrau überholten ihn. Merana hörte das schnell klickende Surren der Kameras. Noch im Laufen hatten die Fotografen die Geräte hochgerissen. Der Lieferwagen, der völlig verkrümmt auf der Straße hingestreckte Alte, der Fahrer, der zitternd aus dem Vehikel kletterte, alles musste auf die Speicherchips gebannt werden.

»Zurück!«, tobte Merana. »Holen Sie die Wahnsinnigen zurück!«, rief er einem Beamten zu. Und einem anderen, der schon das Funkgerät gezogen hatte: »Krankenwagen, und zwar schnell! Und unser Einsatzteam. Spurensicherung.«

Inzwischen war auch Otmar Braunberger am Unfallort angelangt, zusammen mit Brehmstett und Aichmüller. Braunberger riss einen der Fotografen zurück, drängte die Kamerafrau zur Seite und kniete neben dem scheinbar leblosen Körper nieder. Merana drehte sich einmal schnell im Kreis und versuchte sich einen Überblick zu verschaffen. Die Polizisten und Securityleute hatten die Sache halbwegs im Griff, schoben die Leute zurück. Glücklicherweise kümmerten sich zwei Beamtinnen um den Fahrer, der weiß wie die Wand an seinen Kleinbus lehnte, irgendetwas stammelte und immer wieder hilflos auf den Alten auf der Straße deutete.

Ein wenig abseits standen die beiden Schauspielerinnen. Ramina Haubendorf hatte ihr Gesicht in der Schulter von Deborah Jadlinski vergraben. Ihr Körper zuckte.

»Wo bleibt der Krankenwagen?«, brüllte Merana.

»Schon unterwegs«, erwiderte der Beamte mit dem Funkgerät. Das Krankenhaus war glücklicherweise keine 500 Meter entfernt.

»Aber das gibt es doch nicht!«, rief plötzlich eine schrille Stimme. Merana drehte sich um. Es war Brehmstett. Er zeigte entgeistert auf die Füße des Obdachlosen. »Das gibt es doch nicht. Schauen Sie!« Meranas Blick folgte dem ausgestreckten Zeigefinger. Und da sah er es ebenfalls.

»Die Schuhe«, stammelte Brehmstett, »das sind die Schuhe von Hans Dieter.« Er drehte sich schnell um und wiederholte seine Worte in die Runde, als müsste sie wirklich jeder hören. »Dieser Mann hat die Schuhe von Hans Dieter an.«

»Was?« Das war die Jadlinski. Sie schob Ramina sanft zur Seite und kam näher.

Auch einige der anderen näherten sich dem reglosen Körper des Alten.

Merana hob abwehrend die Hände und hielt alle zurück, die herandrängen wollten.

Dann wandte er sich um und schaute auf den Alten hinunter. Otmar Braunberger, der neben dem Verunglückten hockte, blickte zu Merana auf. Schüttelte langsam den Kopf und richtete sich auf. Merana hörte das Martinshorn des Rettungswagens. Jede Hilfe würde zu spät kommen. Nun waren sie also doch aufgetaucht, die Schuhe des toten Hans Dieter Hackner. Sie steckten an den Füßen eines alten Mannes, der unweit der Müllner Kirche auf dem Pflaster lag, in einer sich unaufhaltsam vergrößernden Blutlache, eines Obdachlosen, den Merana nicht kannte, aber den er Montagnacht neben der Jedermannbühne hatte tanzen sehen, als er seine einsame Totenwache hielt. Jetzt hatte Merana seinen Paukenschlag. Seine überraschende dramatische Wendung. Und sie übertraf alles, was er sich jemals hätte vorstellen können.

»Aber das ist ja der Kapuziner-Schorsch«, rief jemand neben ihm mit heller Stimme. »Den kenne ich.«

Merana drehte sich zur Seite. Es war eine der beiden Beamtinnen, die vorhin beim Fahrer gestanden waren. Nun hat der Tote also auch einen Namen, dachte er bei sich.

Kapuziner-Schorsch. Bekleidet mit den Schuhen eines anderen Toten. Der dunkle Bote, der echte, war zurückgekehrt.

DONNERSTAG, 3. AUGUST, 12 UHR

Die Ereignisse überschlugen sich. Wie beim Domino Day, schoss es Merana durch den Kopf. Es genügt, dass ein Stein kippt, und schon schwappt die Welle in rasendem Tempo auf alle anderen Steine über. Noch vor der Spurensicherung waren die ersten Fernsehreporter am Tatort gewesen und mit gezückten Kameras aus den Satellitenwagen gesprungen. Sie hatten den nächstbesten Gaffern am Tatort ein Mikrofon unter die Nase gehalten, nachdem sie bei Merana und dessen Mitarbeitern keinen Erfolg verbuchen konnten. Und Minuten später schwappten die Meldungen von Fernsehkanal zu Fernsehkanal, von Liveradio zu Liveradio, von Onlineseite zu Onlineseite:

Der Tod schlug zu nach der Totenmesse! Ist ein Obdachloser Hackners Mörder?
Ein Penner und das Geheimnis der Schuhe!

Zuerst hat sich alles hingezogen, dachte Merana, drei Tage mühsames Auf-der-Stelle-Treten. Und plötzlich war alles so schnell gegangen.

Die Geschehnisse dieser wenigen Sekunden, die Merana wie eine Ewigkeit vorkamen, liefen noch einmal in seinem Inneren ab wie auf einer Leinwand, als er auf dem Weg zurück ins Präsidium war: Ramina Haubendorf, die strauchelte. Der Alte, der aus dem

Käsegeschäft kam. Gerber, der versuchte, Ramina aufzufangen, genauso wie Brehmstett, Merana selbst und Aichmüller. Das Erschrecken des Alten, die Panik in seinen Augen. Sein Losrennen. Gerber, der hinterherhetzte. Der Zusammenprall mit dem Lieferwagen. Und dann, als sei die Zeit angehalten, die Stille des Todes.

Sie schien Merana am längsten gedauert zu haben. Aber genau in diese Stille des Todes war der erste Dominostein gefallen und hatte alles ins Rollen gebracht.

»Könnte es der Penner sein?«, war Polizeipräsident Kerners erste Frage, als Merana im Präsidium eintraf.

Merana zuckte mit den Schultern. »Ich weiß es nicht.« Er fühlte sich müde.

»Was ist das für eine Sache mit den Schuhen, von der die Reporter im Fernsehen faseln? Sind das tatsächlich Hackners Latschen?«

»Das klären wir derzeit ab. Sie sind schon im Labor. Aber wir gehen davon aus. Zeugen, die Hackner gut gekannt haben, sind sich sehr sicher.«

Der Polizeipräsident trommelte mit den Fingern auf der Schreibtischplatte. »Gut. Pressekonferenz in einer Stunde. Willst du dabei sein?«

Merana schüttelte den Kopf.

»Wie du meinst, Merana. Dann bring mich auf den aktuellen Stand der Dinge.«

Merana berichtete seinem Vorgesetzten in allen Details vom Geschehen bei der Müllner Kirche.

Die Welle an Fragen, die das Auftauchen des Obdachlosen in der Öffentlichkeit ausgelöst hatte, raste weiter, hatte längst auch die Spezialabteilungen der Polizei erfasst.

»Ich will alles über diesen Kapuziner-Schorsch wissen«, forderte Merana sein Team auf, das wenige Minuten später eintraf. »Kaltner, hören Sie sich um. Und nehmen Sie die Streifenbeamtin vom Tatort mit. Die kennt ihn.«

Kaltner war schon halb draußen, als Merana ihm noch eine laute Anweisung nachschickte: »Und Kaltner! Seien Sie ja höflich zu diesen Menschen!« Merana hatte seine Gründe für diesen harschen Befehl. Er kannte die Obdachlosenszene, die bedauernswerten Typen in ihren durchlöcherten Lumpen, am Bahnhof, an den Salzachufern, in den Parks, in Tiefgarageneingängen, mit der Weinflasche in Griffweite. Das war das andere Salzburg, jene Szenerie, an der Touristen mit starrem Blick vorbeischauten. Einheimische auch. Wie wohl in jeder Stadt. Und Merana erinnerte sich auch an manche unschöne Szene. Polizeibeamte, die brutal zufassten, manchmal ihren Frust abluden an diesen Außenseitern, an den Schwächsten der Gesellschaft. Selbst Gerber hatte an der Müllner Kirche sich dem Alten gegenüber nicht gerade rücksichtsvoll verhalten, auch wenn das eine kritische Situation war.

Die meisten Obdachlosen waren harmlos. Nicht so wie die Schläger, die Wochenende für Wochenende den Rudolfskai unsicher machten, sich mit Gästen vor den Innenstadtlokalen prügelten, mit Baseballschlägern in den Kneipen wüteten.

Auch das war Salzburg, wenngleich es in den Hochglanzprospekten und Jubelfernsehberichten nicht vorkam. Kaltner würde die Obdachlosen dennoch in der ihm eigenen, hochnäsigen Art behandeln. Der konnte gar nicht anders. Das war Merana klar. Aber möglicherweise war er durch die deutliche Mahnung seines Chefs doch eine Spur zurückhaltender als sonst.

Und eines musste man Kaltner lassen. Er war ein guter Ermittler und würde schnell zu einem Ergebnis kommen.

Merana wandte sich an Braunberger. »Otmar, ich möchte, dass du noch einmal alle Zeugenaussagen zum Fall Hackner durchgehst. Womöglich war da eine Bemerkung über einen Obdachlosen, die wir übersehen haben. Und schick ein paar Kollegen in die Innenstadt. Sie sollen noch einmal die Bewohner rund um den Tatort abklopfen, ob jemand in der Tatnacht einen Penner gesehen hat.«

Otmar klappte sein Notizbuch zu, nickte und machte sich postwendend auf den Weg.

Carola bat Merana: »Geh bitte rüber zur Spurensicherung. Vielleicht können die einen der beiden Schuhe entbehren. Die DNA-Analyse wird ohnehin dauern. Nimm den Schuh noch einmal zu Aichmüller mit, und versuch auch, die Putzfrau aufzutreiben. Ich will wissen, ob das tatsächlich Hackners Schuhe sind.«

Carola stand auf. »Wird erledigt. Und ich werde mich auch schlaumachen, ob das Spezialanfertigungen sind oder Allerweltsschuhe, die man überall kriegt. Dann könnte das Ganze möglicherweise doch der berühmte Zufall sein.«

Merana nickte. »Gute Idee, mach das. Möglicherweise hast du recht.« Allerdings glaubte er nicht daran. Wie auch immer, die Steine fielen, die Welle rollte, hatte sich geteilt, in die verschiedenen Richtungen der Ermittlung. Sie war nicht mehr aufzuhalten.

Und am Schluss würden sie Antworten haben. Hoffentlich.

Der große Seminarraum des Polizeipräsidiums glich einem Hornissenstock. In verschiedensten Sprachen und Intensitäten prasselten die Fragen der Journalisten auf den Polizeipräsidenten ein. Der hielt sich tapfer. Nein, zum gegenwärtigen Stand der Ermittlungen könne man noch nicht sagen, ob der tote Obdachlose etwas mit dem Fall Hackner zu tun habe. Es gäbe noch keine gesicherten Erkenntnisse, warum der Obdachlose zur Zeit des Begräbnisses in der Nähe der Kirche gewesen sei. Selbstverständlich habe der Obdachlose auch einen Namen, er heiße Georg Metzger. Ja, der Spitzname von Herrn Metzger sei ›Kapuziner-Schorsch‹, was offenbar davon herrühre, dass er sich gern auf dem Kapuzinerberg aufgehalten habe. Nein, es gebe bis dato noch keine Zeugen, die Herrn Metzger zur Tatzeit oder in den Tagen davor am Domplatz gesehen haben. Aber die Ermittlungen diesbezüglich seien noch im Gange. Ja, er rechne mit einer raschen Aufklärung und der Presseoffizier der Polizeidienststelle werde selbstverständlich die Damen und Herren Journalisten sofort davon in Kenntnis setzen, wenn weitere Ermittlungsdetails bekannt seien. Nein, er bitte um Verständnis, I beg your pardon, merci de votre compréhension, spero nella vostra comprensione, aber er könne nun wirklich keine Fragen mehr beantworten und danke für das Interesse. Thank you. Grazie.

Merana, der die Pressekonferenz über die polizeieigene Interkom mitverfolgt hatte, musste schmunzeln. Da machten sich die Ferienaufenthalte des Herrn Hofrat in der Provence und an der Amalfiküste offenbar doch bezahlt. Genau eine Stunde nach Ende der Pressekonferenz gab es erste Hinweise. Otmar, Carola und Kaltner waren fast zeitgleich im Präsidium eingetroffen, als hätten sie sich abgesprochen. Und jeder brachte ein paar Puzzleteile mit. Es gab doch Zeugen. Nicht für die Tatnacht, aber Zeugen, die den Kapuziner-Schorsch immer wieder einmal in der Innenstadt gesehen hatten. Auch in der Nähe des Domplatzes. Das passte zu dem, was Kaltner herausgefunden hatte. Der Tatverdächtige habe zwar den Kapuzinerberg geliebt, aber gerade im Sommer sei er oft in der Innenstadt gewesen. Habe hier auch des Öfteren übernachtet, wenn ihn nicht gerade eine Polizeistreife verscheucht hatte. Und Kaltner hatte auch Zeugen gefunden, die sich daran erinnerten, dass der Tatverdächtige plötzlich neue Schuhe getragen hätte – seit Montag, also dem Tag nach der Mordnacht.

Carola hatte Doktor Aichmüller und die Putzfrau getroffen. Ja, die beiden seien absolut davon überzeugt, dass der Schuh Hackner gehört hatte. Sie brachte auch ein Ergebnis der Spurensicherung mit: An Kapuziner-Schorschs Mantel habe sich fremdes Blut gefunden, informierte sie die Kollegen. Dabei handelte es sich um dieselbe Blutgruppe wie die Hackners. Ob es auch definitiv Hackners Blut war, würde erst die genaue Analyse zeigen.

Als Merana die Ergebnisse zusammenfassen wollte, kam ein weiteres Puzzleteil hinzu. Per Telefon. Aus dem Labor. Man habe den Fingerabdruck an der Innenseite von Hackners Gürtel identifiziert. Er sei vom Obdachlosen.

»Zweifelsfrei?«

Ja, zweifelsfrei.

»Das war es dann wohl«, meinte der Polizeipräsident und klopfte Merana auf die Schulter »Ich informiere den Minister und danach die Presse. Gratuliere, Kollegen, schnelle und saubere Arbeit.«

Die Wellen waren zusammengelaufen. Alles klar. Aus.

Der Polizeipräsident war schon dabei zu gehen, ließ sich aber von Meranas Blick zurückhalten. »Was ist los, Martin? Warum schaust du so finster? Wir haben ihn. Selbst wenn das fremde Blut auf dem Mantel nicht von Hackner stammen sollte, sondern von einem anderen Obdachlosen oder von sonst wem. Wir haben den Fingerabdruck. Er war am Tatort. Und er hatte die Schuhe. Was willst du noch …?«

»Das blöde Gefühl aus dem Magen kriegen«, ächzte Merana, stand auf und verließ den Raum.

Zwei Stunden später war es offiziell. Der Staatsanwalt gab die Anweisung, die Ermittlungen sofort einzustellen und nur mehr Recherchen in Richtung Tathergang und Tatmotiv seitens des Täters Georg Metzger anzustellen.

»So wie es aussieht, Martin, hat der Kapuziner-Schorsch wohl im Bretterverschlag unter der Jedermannbühne geschlafen«, informierte Otmar, als Merana mit ihm und Carola in der Kantine saß. »Das hat er nicht zum ersten Mal gemacht, wie ich inzwischen gehört habe. Erinnere dich an die Bierdosen. Wahrscheinlich finden wir daran auch noch seine DNA.«

Merana nickte.

Braunberger redete weiter. »Und Hackner in seinem Rausch, mit seinem Herumbrüllen, hat ihn wahrscheinlich aufgeweckt. Vielleicht hatte der arme Schorsch nur Angst, dass ihm hier einer seinen Schlafplatz streitig macht, eventuell fühlte er sich bedroht. Es gab offenbar Streit. Oder der völlig besoffene Hackner hat auch mit seinem Dolch herumgefuchtelt? Und dann ist es passiert.«

Merana stierte vor sich hin, über seinen längst kalt gewordenen Espresso macchiato hinweg. »Ja, so sieht es aus«, meinte er schließlich. Und seine Stimme klang belegt.

»Und dann hat er ihm wohl die Schuhe ausgezogen«, fügte Carola hinzu. »Die schönen Schuhe, die der Tote ja nicht mehr brauchte. Die Schuhe sind dem Schorsch wohl erst nachher aufgefallen. Ich glaube nicht, dass er ihn deswegen umgebracht hat.«

Merana nahm nun doch einen Schluck vom kalten Espresso und verzog angewidert das Gesicht. »Nein, ich glaube auch nicht, dass er ihn deswegen beseitigt hat. Er ist nicht der Täter. Sicher, alles hat zusammengepasst. Perfekt sogar. Alle sind erleichtert. Vom Staatsanwalt über den Minister bis zu den Festspielleuten, die wohl froh sind, dass keiner mehr stört. Sicher, der Schlussstein ist gefallen, aber ich bin nicht überzeugt.«

Merana fiel während des Redens ein Gesicht auf, das ihn offenbar vom anderen Ende der Kantine schon eine Zeit lang angeschaut hatte. Es gehörte der jungen Streifenbeamtin vom Unfallort. Sie wirkte unschlüssig, was sie tun sollte.

Merana blickte sie an. Sie stand nun doch auf und kam unsicher auf den Tisch zu, an dem Merana, Braunberger und Carola saßen. Merana nickte freundlich. »Können wir etwas für Sie tun, Frau Kollegin?«

Die junge Frau drehte verlegen ihre Uniformkappe in den Händen.

Sie musste etwa so groß sein wie Carola, schlank, aber nicht ganz so durchtrainiert wie Meranas Stellvertreterin. Die braunen Haare waren zu einem Pferdeschwanz gebunden.

»Entschuldigen Sie, Herr Kommissar«, begann sie langsam, »ich habe gehört, der Schorsch, also der Georg Metzger, soll der Täter sein. Er soll den Herrn Hackner umgebracht haben.«

»Wie ist Ihr Name, Kollegin?«

»Lichtenegger, Andrea Lichtenegger, Herr Kommissar.«

Merana wies mit der Hand auf einen freien Stuhl. Aber die junge Beamtin schüttelte nur ihren Kopf, sodass der braune Pferdeschwanz durch die Luft flog, und blieb stehen.

»Ja, Frau Kollegin«, sagte Merana, »es sieht ganz danach aus. Alle Anzeichen sprechen dafür.«

Andrea Lichtenegger presste die Lippen zusammen, nickte langsam mit dem Kopf und erwiderte dann:»Ja, die Kollegen haben davon erzählt …«

Sie blieb unschlüssig stehen, drehte wieder an der Kappe.

»Möchten Sie sich nicht doch setzen und uns erzählen, was Sie offenbar beschäftigt?«, fragte Carola.

Die junge Frau riss erstaunt die Augen auf. »Aber ich bin nur eine Streifenbeamtin, und auch erst seit zwei Jahren im Dienst. Und Sie sind von der Mordkommission.«

Otmar Braunberger stand auf. »Und darf eine Streifenbeamtin mit zwei Jahren Diensterfahrung sich nicht eine eigene Meinung bilden zu einem Fall, der sie offenbar sehr bewegt?« Er rückte ihr den leeren Stuhl zurecht. »Bitte, Frau Kollegin.«

Andrea Lichtenegger nahm rasch Platz, legte die Kappe auf den Tisch und stemmte ihre Hände auf die Oberschenkel, wie um sich selbst besseren Halt zu geben. »Entschuldigen Sie bitte meine Unverfrorenheit. Und es spricht wohl auch alles für Schorschs Schuld, wie Sie selbst sagten. Aber ich glaube nicht, dass er es war.«

Merana blickte ihr in die Augen. Schwarz, stellte er fest, mit zarten grauen Linien. Wie der Onyx, den er auf seinem Nachtkästchen liegen hatte, weil Birgit meinte, die Schwingungen des Steines fördere seinen Schlaf. Und sie erinnerte ihn an jemanden. An wen nur?

»Und wie, Frau Kollegin, kommen Sie zu dieser Ansicht?«

Andrea Lichtenegger zuckte hilflos mit den Schultern. »Es ist mehr so eine Art Gefühl«, meinte sie leise, und bedauerte, überhaupt etwas gesagt zu haben. Dass man im Polizeidienst mit Gefühlen nicht weiterkam, hatte man ihr schon zu Beginn ihrer Ausbildung beigebracht.

»Dann lassen Sie dieses Gefühl doch einmal sprechen«, ermunterte Carola die junge Frau und lächelte sie an. Die Streifenbeamtin schaute auf Merana.

»Ich kenne den Schorsch, seit ich mit dem Streifendienst angefangen habe. Er ist harmlos. Manchmal verwirrt und unwirsch, wenn er sich nicht zurechtfindet. Er hat auch schon mal da und dort etwas mitgehen lassen, wenn es ihm gefiel. Kleinigkeiten. Mit Mein und Dein hatte er manchmal seine Schwierigkeiten. Aber glauben Sie mir, Herr Kommissar, der hätte keiner Fliege etwas zuleide getan. Das haben auch alle anderen Obdachlosen gesagt, als wir sie heute Nachmittag befragten.«

»Davon hat uns der Kollege Kaltner aber nichts gesagt«, warf Merana ein.

Die junge Frau zuckte mit den Schultern und schaute verlegen auf ihre Hände. Dazu wollte sie offenbar nichts sagen.

»Und haben Sie auch eine Erklärung, Frau Kollegin, warum der Schorsch heute in heller Panik davongerannt ist?«

»Ich weiß es nicht genau, ich war ja nicht dabei. Ich stand weiter unten an der Absperrung. Möglicherweise war es wegen dem Gerber. Der hatte doch eine Uniform an. Der Schorsch hatte Angst vor Uniformen.

Und er hatte auch seine guten Gründe. Ich will nichts gegen die Kollegen sagen, bitte nicht falsch verstehen, aber manche greifen schon oft härter zu als notwendig. Ich meine, das ist halt meine Ansicht.« Sie sah unsicher in die Runde. Aber keiner am Tisch schien auch nur einen Gedanken daran zu verschwenden, ob sie hier versuchte, Kollegen anzuschwärzen oder nicht.

»Und vor Ihnen hatte er keine Angst?«, fragte Carola. »Sie tragen doch auch Uniform.«

Zum ersten Mal seit Beginn ihres Gesprächs lächelte die junge Frau. »Nein, uns Mädchen mochte er, der Schorsch. Trotz Uniform. Wir taten ihm auch nichts. Hin und wieder hatte er ja tatsächlich seine lichten Momente. Ganz plötzlich konnte er hellwach sein. Da sind wir dann manchmal auf dem Kapuzinerberg gesessen und haben miteinander gesungen.«

»Gesungen?«, fragte Merana erstaunt.

»Ja, Herr Kommissar, Volkslieder. Der Schorsch kannte viele aus seiner Kindheit.«

»Sie auch?«

Die Beamtin wurde leicht verlegen. »Ja, ich kenn auch einige. Ich komme vom Land, aus dem Pongau.«

Ich auch, dachte Merana. Ich komme auch vom Land. Aus dem Pinzgau. Und ich kenne auch noch ein paar Volkslieder aus meiner Kindheit. Aber ich habe sie schon lange nicht mehr gesungen. Und er stellte sich vor, wie die Streifenbeamtin Andrea Lichtenegger in Uniform auf dem Kapuzinerberg saß und mit dem Obdachlosen Georg Metzger ›Von der hohen Alm‹ sang. Und nun war er tot. Ich muss so bald wie möglich die Großmutter besuchen, dachte Merana, mit der könnte ich auch wieder einmal die alten Lieder singen.

Dann sagte er: »Danke, Frau Kollegin.«

Die junge Frau stand auf, nahm ihre Kappe und nickte in die Runde.

»Und Andrea«, fügte Merana noch hinzu. »Wenn wir Ihre Einschätzung in diesem Fall noch einmal brauchen, dürfen wir wieder mit Ihnen rechnen, hoffe ich.«

Ein schwaches Leuchten zog in die onyxfarbenen Augen. »Aber selbstverständlich, Herr Kommissar, gern«, versicherte sie und drehte sich schnell um. Der hat das ernst gemeint, dachte sie erstaunt. Da war keine Spur von Spott in seiner Stimme. Die von der Mordkommission sind gar nicht so abgehoben, wie die anderen immer tun. Die haben mich ernst genommen. Überraschend stiegen ihr Tränen in die Augen. So ein Blödsinn, dachte sie, jetzt fange ich doch glatt zu heulen an, und weiß nicht einmal, warum. Vielleicht wegen dem Schorsch. Wird wohl wegen dem Schorsch sein. Den habe ich wirklich gemocht. Sie verließ schnell die Kantine und wischte sich beim Hinausgehen über die Augen.

Eine Weile sprach keiner ein Wort. Dann bat Merana: »Otmar, frag einmal in dem Käsegeschäft nach, wie lange der Schorsch im Laden war.«

Otmar schlug sein Notizbuch auf. »Habe ich schon vorher gemacht, Martin. Er war an die drei Stunden dort. Die Besitzerin ist eine nette Frau, die kannte den Schorsch. Ab und zu gab sie ihm ein Stück Käse und ließ ihn im Geschäft in einer Ecke sitzen. Da hockte er manchmal auch einen halben Tag. Und die meisten Stammkunden mochten ihn auch und steckten ihm ab und zu einen Euro zu.«

Wieder begannen die Gedanken in Meranas Kopf zu kreisen. Wieder lief der Film ab. Der Schorsch im Käsegeschäft. In der Ecke. Wie er an einem Stück Käse kaut.

Wenn der Schorsch schon drei Stunden vorher im Geschäft war, hatte er von den Absperrungen und den Polizisten nichts mitbekommen, denn die rot-weißen Bänder wurden erst später gespannt. Hätte er es bemerkt, hätte sich der Schorsch wohl nicht näher getraut.

Da sitzt er also in seiner Ecke, nimmt womöglich gar nicht wahr, was im Geschäft und draußen vor dem Geschäft alles geschieht. Und irgendwann fasst etwas in diesem verwirrten Kopf den Entschluss, aufzubrechen, und das Geschäft zu verlassen. Er macht die Tür auf, torkelt hinaus. Da sind Menschen, viele Menschen. Drei Leute versuchen, ihm auszuweichen. Eine davon, eine junge Frau, gerät dabei ins Stolpern. Ein Polizist in Uniform stürzt herbei. Und mit einem Mal erschrickt der Alte. Gerät in Panik und rennt davon.

Diese Bilder werde ich wohl mein Lebtag nicht mehr aus meinem Kopf kriegen, dachte Merana. Und wieder fragte er sich, ob der alte Mann noch am Leben wäre, wenn er Gerber nicht hinterhergeschickt hätte. Vielleicht hätte er dann vor der Querstraße abgebremst. Merana starrte vor sich hin und wusste, dass er auf diese Frage nie eine Antwort kriegen könnte.

»Er war ja unbestreitbar zu Tode erschrocken«,

sprach Otmar in die Stille. »Ich habe es auch gesehen, obwohl ich ein paar Schritte hinter euch war. Glaubt ihr, was die junge Kollegin vorhin sagte? Dass ihn Gerbers Uniform so erschreckte?«

Carola zuckte nur mit den Schultern. Sie schwieg.

Die Uniform oder etwas anderes, grübelte Merana. Wie hatte Andrea Lichtenegger sich ausgedrückt: ›Hin und wieder hatte er ja tatsächlich seine lichten Momente. Ganz plötzlich konnte er hellwach sein.‹ Möglicherweise hatte er jemanden erkannt. Jemanden, der in der Nacht auch am Tatort gewesen war.

Merana stand auf. »An die Arbeit«, befahl er knapp, fast ein wenig barsch. »Wir haben viel zu tun.«

»Und wir ermitteln natürlich nicht in alle Richtungen, denn das wäre ja gegen die Anweisungen des Herrn Staatsanwaltes«, sagte Carola, als sie das Tablett mit den leeren Tassen auf die Ablage fürs schmutzige Geschirr stellte.

»Selbstverständlich nicht«, setzte Otmar hinzu. »Wo denken Sie hin, Frau Kollegin. Und wir ermitteln schon gar nicht in irgendeine Richtung, die mit erlauchten Festspielkünstlern zu tun hat. Wie kommen Sie nur auf eine derart aberwitzige Idee?« Er schüttelte mit gespielter Entrüstung sein Haupt mit der Stoppelfrisur.

»Aber ich habe doch gar nichts von erlauchten Festspielkünstlern gesagt, Herr Oberstaatsanwalt«, konterte Carola und versuchte, sich ihr aufsteigendes Lachen zu verbeißen.

»Aber gedacht, Frau Kollegin, gedacht. Einem Oberstaatsanwalt entgeht nichts. Merken Sie sich das!«, entgegnete Otmar, und wer ihn nicht kannte, der hätte die

Entrüstung und den erhobenen Zeigefinger fast für echt halten können.

Merana schmunzelte angesichts dieser Darbietung. Ich wusste gar nicht, welch überzeugende Charakterdarsteller ich in meiner Truppe habe. Vielleicht sollte ich einmal mit dem Betriebsrat reden, ob man nicht innerhalb des Polizeikaders eine Amateurtheatergruppe zusammenstellen könnte. Ich hätte schon zwei aussichtsreiche Kandidaten dafür.

DONNERSTAG, 3. AUGUST, 19.30 UHR

Der Rest des Tages war ruhig verlaufen. Merana hatte Kaltner auf die weiteren Obdachlosenrecherchen angesetzt. Erstens konnte er damit den Staatsanwalt zufriedenstellen, und zweitens hielt er ihn damit etwas abseits vom eigentlichen Spielfeld. Wer weiß, was dem aufgestylten Schnösel alles einfiel, wenn er merkte, dass die Kollegen sich nicht an die Aufträge des Staatsanwaltes hielten, sondern auf eigene Faust weiterermittelten. Bestimmt war Herr Oberstaatsanwalt Doktor Johann Eugen Trettner schon das eine oder andere Mal Gast im Hause Kaltner gewesen. Oder bei Kaltners Schwiegereltern, der hochwohlangesehnen Familie Haffner.

Gegen 19 Uhr hatte Merana den PC ausgeschaltet und war nach Hause gefahren. Birgit traf sich mit ihren Seminarteilnehmerinnen in einem Gasthaus in der Nähe von Hallein. ›Sie gehen mir zwar manchmal ganz schön auf den Geist, meine Eso-Zicken, aber irgendwie sind da auch ein paar ganz nette Mädels dabei‹, hatte sie noch am Telefon gesagt. ›Ich rufe dich nicht mehr an, sollte es später als zwölf werden.‹

Merana schaute im Kühlschrank nach. Trostlos war das: eine halbe Flasche Weißwein, eine angebrauchte Packung Sojasprossen, ein Rest von Butter, zwei Eier. Er nahm die Sojasprossen und die Butter heraus und roch daran. Schien beides noch in Ordnung zu sein.

»Na dann«, brummte er, fuhr den Computer im Wohnzimmer hoch, öffnete seine Musikdateien und klickte auf ›Madrigale‹ und gleich danach auf Carlo Gesualdo, und schon zog ein Geflecht aus himmlischen Stimmen durch die Wohnung.

›T'amo mia vita, la mia cara vita.‹

Merana ging zurück in die Küche, stellte Wasser auf, wartete, bis es kochte, schüttete langsam eineinhalb Tassen Couscous ins Wasser und begann umzurühren. Dann gab er das Stück Butter, eine Prise Zitronengras und etwas Salz dazu. Er ließ in einer kleinen Pfanne Olivenöl heiß werden und schwenkte die gewaschenen Sojasprossen darin.

Nach sieben Minuten war beides fertig. Er schüttete den Couscous auf einen Teller, gab die Sprossen darüber, trug den Teller und die halb volle Flasche Weißwein ins Wohnzimmer und ließ es sich schmecken. Nach einer Weile stoppte er Gesualdos Madrigale und schaltete den Fernseher an. Die Berichte vom Mordfall Hackner liefen auf allen Kanälen. Merana zappte durch die Programme. Einige Sender zeigten auch Bilder vom noch lebenden Kapuziner-Schorsch. Wie sie an die gekommen waren, war Merana schleierhaft. Manchmal kam in ihm leichter Ekel hoch, wenn er über gewisse Praktiken der Sensationshaie nachdachte. Aber eines musste man ihnen lassen. Sie verstanden etwas von ihrem Job. Zwei Sender hatten es auch geschafft, sich von einigen Obdachlosen die Lieblingsplätze des Verblichenen zeigen zu lassen. Eben war einer im Bild, den Merana zu kennen glaubte. War das nicht der, der im Winter immer in der Nähe des Eisstadions herumlungerte und die Besucher der Eishockeymatches um Kleingeld anbettelte? Jetzt stand er jedenfalls auf dem Kapuzinerberg und deutete in der Gegend herum. »Do is er imma gsessen, da Schorschi. Und do hot a owigschaut in die Schtod.« Die Kamera schwenkte hinunter in die Stadt. Das gesamte Interview war mit Inserttexten versehen, damit die Zuschauer von Traunstein bis Schleswig-Holstein verstehen konnten, was der Salzburger Penner da hoch über der Mozartstadt in Bezug auf die lokalen Vorlieben des Verstorbenen zum Besten gab.

Merana musste lächeln. Er hoffte, dass die Sender den Obdachlosen wenigstens ein ordentliches Trinkgeld gegeben hatten.

Dann schaltete er den Fernseher aus und die Madrigalmusik wieder ein. Er goss sich den Rest des Weißweins ins Glas, ging ins Bad, ließ Wasser ein und lag Minuten später entspannt in der Wanne. Die Badezimmertür hatte er offen gelassen. ›Felicissimo sonno‹, hallte es durch die Wohnung, und der Gesang vom glücklichsten Traum erreichte auch das müde Ohr eines erschöpften Kriminalkommissars. Seine Uhr verriet ihm, dass es kurz nach halb neun war.

Er war gespannt, ob Birgit noch anrufen würde. Merana nahm einen Schluck Weißwein, setzte das Glas auf den breiten Wannenrand und lauschte dem Gesang.

Als er das nächste Mal auf die Uhr schaute, war es kurz nach elf. Das Wasser war kalt und der Weißwein warm. ›Felicissimo sonno‹ strömte immer noch durch die Wohnung. Merana musste unwillkürlich die Repeatfunktion angeklickt haben. Er stieg aus der Wanne, brauste sich noch einmal heiß ab, griff zum Badetuch und ließ das Wasser aus. Dann schüttete er den Weißwein in den Ausguss des Waschbeckens, putzte sich die Zähne, stellte den Wecker auf halb sieben und ging ins Bett.

FREITAG, 4. AUGUST, 8 UHR

Als er am nächsten Morgen ausgeschlafen ins Büro kam, waren Otmar und Carola schon da.

Auf seinem Schreibtisch lagen die Ergebnisse der Analysen. Das Blut auf dem Mantel von Kapuziner-Schorsch stammte von Hackner. Und sollte noch irgendjemand Zweifel daran gehabt haben, dass die Schuhe an den Füßen des toten Obdachlosen tatsächlich Hackner gehört hatten, der konnte die Beweisführung der DNS-Analyse nachlesen.

Am Vormittag schaute der Polizeipräsident in Meranas Büro. »Alles klar?«

Merana nickte.

Der Herr Hofrat blieb in der Tür stehen. »Habe mit dem Minister im Sacher ein spätes Frühstück eingenommen, bevor er eben wieder nach Wien abgereist ist. Er ist sehr zufrieden, wie wir den Fall gelöst haben.«

Merana brummte etwas, das vielleicht nur der Schreibtisch verstanden hätte, wäre er ein Walfisch gewesen und nicht nur ein Ungetüm aus Holz.

»Das gibt Belobigungen in den Personalakten deiner Truppe«, lobte der Präsident.

Merana brummte wieder, dieses Mal etwas deutlicher: »Eine Zulage wäre ihnen lieber. Oder zwei Tage Sonderurlaub.«

Der Präsident lachte. Und es klang, als probierten zwei Schildkröten einen Stepptanz in einer leeren Regentonne. »Der war gut, Merana! Mit dem solltest du versuchen, dich für die Witzeolympiade zu qualifizieren.« Damit rauschte er wieder ab.

Kurz vor Mittag stellte die Zentrale ein Gespräch durch. »Festspielintendanz«, flüsterte die Stimme der Vermittlungsdame fast ehrfürchtig.

Es war aber nicht die Vorzimmerdame mit den Silberanhängern am Apparat, sondern die Pressechefin persönlich.

»Frau Doktor Braga, es ist schön, Sie zu hören«, begrüßte Merana sie. Und er meinte es ehrlich, er freute sich über ihren Anruf.

Auch sie schien sich zu freuen, wurde dann aber bald ernst. Sie bedauerte den Tod des, wie man den Medien entnehmen könne, offenbar geistesverwirrten Obdachlosen. »Was für ein schreckliches Ende«, sagte sie. Andererseits sei sie natürlich froh, dass der Mörder endlich gefasst und der Fall abgeschlossen sei. Das wäre doch so, oder? Hört, hört, dachte Merana. Da will jemand sehr charmant auf den Busch klopfen.

»So gut wie«, wich Merana einer konkreten Angabe aus, »aber es gibt noch einige ungeklärte Routinefragen.«

»Routinefragen?«, klang es aus dem Hörer. Die Stimmlage hatte sich geändert. Gar nicht mehr freundlich.

Nur für den abschließenden Bericht, und es eile auch nicht, betonte Merana gelassen. Und keinesfalls habe er vor, weiterhin Sand ins Räderwerk des so äußerst sensiblen Betriebes zu schütten, ja nicht einmal zu tröpfeln.

Jetzt ertönte ihr dunkles Lachen aus dem Telefon, und er stellte sich vor, wie der griechisch-portugiesische Urgroßvater aus ihren grauen Augen blitzte. »Das beruhigt mich sehr, Herr Kommissar. Und ich soll auch noch allerbeste Grüße des Herrn Intendanten ausrichten. Er würde sich gern einmal mit Ihnen darüber unterhalten, wie Ihnen der Don Giovanni gefallen hat. Auch aus der Sicht des Kriminalisten, wie er hinzufügte. Und er würde sich freuen, wenn Sie am Sonntag zum Jedermann kämen, er hätte zwei Karten für Sie.«

»Ist wieder jemand ausgefallen?«, fragte Merana vorsichtig.

»Nein, die Festspielleitung hält gerade beim Jedermann immer ein paar wenige Karten in Reserve, die wir erst am Tag der Aufführung oder knapp davor hergeben. Man weiß ja nie, ob sich nicht überraschend hoher Besuch ansagt.«

Dieses Mal wollte Merana nicht zögern. Erstens hätte er das nicht überlebt, wenn Birgit je davon erfuhr, und zweitens hatte der für ihn immer noch nicht ganz abgeschlossene Fall so viel mit den Beteiligten am Jedermann zu tun. Da wollte er sich gern eine Aufführung anschauen. Er bedankte sich also für die Großzügigkeit.

»Ich hinterlege Ihnen die Karten an der Abendkasse, Herr Kommissar«, versprach Elena Braga und fügte hinzu: »Vielleicht habe ich ja morgen das Vergnügen, Sie bei der Aufführung zu sehen, wenn mich nicht ein plötzlicher Termin daran hindert.« Sie beendete das Telefonat und legte auf.

Für den Nachmittag hatte der Kommissar ein Gespräch mit Otmar und Carola festgelegt. Ursprünglich hatte er auch Kaltner dazu holen wollen, sich dann aber anders entschieden. Wenn man es streng nach den Worten des Polizeipräsidenten nahm, dann war der Fall ja offiziell abgeschlossen. Er wollte dem seiner Meinung nach allzu karrieresüchtigen Gruppeninspektor nicht die Gelegenheit geben, eventuell hinter seinem Rücken jemandem zu stecken, der Leiter der Fachabteilung Mord/Gewaltverbrechen halte sich nicht an die Anordnung seiner Vorgesetzten. War es ein Fehler? Aber er hatte es nun einmal so entschieden.

»Ich bin an Brehmstett und dessen Agentur dran, aber es zieht sich«, informierte Otmar seine Kollegen.

Merana erwiderte nur: »Gut. Und bei dir, Carola?«

»Ich bin dabei, noch einmal alle Aussagen durchzusehen. Möglicherweise ergibt sich etwas, das wir übersehen haben. Und zwischendurch versuche ich, meine Kontakte anzuleiern. Vielleicht wissen die Kollegen etwas über das Künstlerensemble der Jedermannproduktion, das wir nicht wissen.«

Merana nickte energisch. »Wunderbar, ihr beiden. Weiter so. Falls ich später noch dazu komme, helfe ich dir bei den Protokollen, Carola. Es wäre ja nicht das erste Mal, dass wir im Verlauf der Ermittlungen unverhofft auf eine Spur stoßen, die schon lange da war, versteckt in den Aussagen, aber wir haben sie nicht gesehen.«

Carola Salmann und Otmar Braunberger standen auf und machten sich wieder an die Arbeit.

Gegen 16 Uhr läutete das Telefon. Es war Birgit.

»Ich habe eine gute und eine schlechte Nachricht für

dich«, kündigte sie an. Manchmal liebte Merana diese Spiele, aber nicht jetzt. Er hatte zu tun.

»Was gibt es?«, fragte er nur, seine Stimme klang ein wenig barsch.

»Okay, okay«, zischte sie am anderen Ende der Leitung. »Dann halt in aller Kürze. Ich habe heute Abend keine Zeit. Reinhard hat plötzlich eine Sitzung einberufen. Keine Ahnung, warum. Er tat ziemlich geheimnisvoll. Aber es scheint sehr wichtig und dringend zu sein.«

Reinhard Decker war der Vorsitzende der Bürgerpartei.

Merana brummte: »War das jetzt die gute oder die schlechte Nachricht?«

»Du bist ein Widerling, Merana. Das war die gute. Du hast für ein paar Stunden Ruhe vor mir. Die schlechte wäre gewesen, ich koche uns heute Abend Hühnerfilet auf toskanische Art, wir lassen uns ein schönes heißes Bad ein und machen Unanständiges für große Buben und große Mädchen.«

Merana wollte gerade zu einer Antwort ansetzen, da fiel sie ihm wieder ins Wort.

»Sag nichts, Merana.« Ihre Stimme klang leicht beleidigt. »Ich überlege mir ohnehin, ob ich diesem Gedanken überhaupt noch einmal nähertreten sollte. Nur, damit du es weißt.« Sie wartete.

Merana ebenfalls. Also spielten sie doch ein Spiel. Dieses Spiel kannte Merana besser.

Nach zwei Minuten fragte sie: »Merana, bist du noch dran?«

»Ja.«

»Und?«

Merana ließ sich Zeit. »Ach, ich überlege gerade, ob ich dem Gedanken nähertreten sollte, dir auch eine Nachricht zu offenbaren …«

»Eine gute oder eine schlechte?«

Merana schwieg für einige Augenblicke. Ließ sie zappeln. »Eine gute, denke ich.«

Die Antwort kam blitzschnell. »Raus damit!«

Merana musste lachen. »Sagen wir es so. Es ergäbe sich wieder eine Gelegenheit, am Sonntag dein grünes Kleid auszuführen oder das dunkelblaue aus Verona.«

»Oper? Großes Konzert?« Ihre Stimme war mit einem Schlag weich geworden.

»Nein … Jedermann.«

Birgit ließ ein leichtes Jauchzen vernehmen. »Auch nicht schlecht. Aber das wird kein Fall für mein dunkelblaues Kleid. Das ist mehr etwas für meinen beigen Hosenanzug.«

Er hörte sie lachen. Sie konnte sich manchmal freuen wie ein kleines Kind. Ihre Begeisterungsfähigkeit liebte er sehr an ihr.

»Merana, ich entbinde dich der Verpflichtung, mit mir noch länger dieses Gespräch zu führen und ich verzeihe dir die Unfreundlichkeit zu Beginn desselben. Bis später. Ich liebe dich, du Monster. Ciao.« Und schon hatte sie aufgelegt.

Gegen 17 Uhr streckte Carola kurz Kopf und Oberkörper durch die halb geöffnete Bürotür. »Hallo, Martin, ich muss weg. Die Betreuerin hat angerufen, Hedwig braucht mich. Ich habe mir alle Aussagen auf einen USB-Stick kopiert und gehe sie zu Hause weiter durch.«

Merana stand auf. »Gib sie mir, das kann ich auch machen.«

Aber Carola war schon draußen auf dem Gang. »Lass nur, ich erledige das schon. Schönen Abend.«

Merana blieb für einen Augenblick stehen. Wie schaffte sie das nur. Der harte Job, das behinderte Kind, die Familie. Und Friedrich, ihr Ehemann, war auch nicht immer die tolle Hilfe, wie Merana aus Carolas Erzählungen wusste. Der Kommissar nahm wieder Platz und erledigte noch Bürokram bis 19 Uhr. Dann ließ er es sein.

Auf dem Weg nach Hause hielt er bei einem Supermarkt und kaufte ein paar Sachen ein, um die Trostlosigkeit seines Kühlschranks ein wenig zu beleben. Merana lebte im Stadtteil Aigen, eine der besten Wohngegenden in der an reizvollen Wohngegenden ja nicht gerade armen Stadt Salzburg. Er hatte sich vor fünf Jahren hier bei einer verwitweten Zahnärztin eingemietet und bewohnte den oberen Stock eines schönen alten Hauses. Zurzeit war die Witwe in Frankreich, bei ihrer Tochter und den Enkelkindern. Merana parkte den Wagen in der Einfahrt, sperrte auf, stieg zu seiner Wohnung hoch, stellte die mitgebrachten Lebensmittel in den Kühlschrank und in den kleinen Abstellraum. Wenig später schnappte er sich die Laufschuhe und zog sich um.

FREITAG, 4. AUGUST, 20 UHR

Nach dem Laufen duschte er, machte sich Penne mit Gamberetti, trank dazu zwei Gläser Ribolla Gialla, einen friaulischen Weißwein, den er natürlich über Sandro bezog, und hätte sich fast dabei ertappt, für einen Moment lang rundum zufrieden zu sein. Doch dieses Gefühl hielt nicht lange. Merana stand auf und drehte seine Kreise auf dem Wohnzimmerparkett. Das machte er immer, wenn er nachdachte. Das Laufen tat ihm zwar gut, aber den Kopf hatte er dennoch nicht freibekommen. Ständig hatte er das Bild vom Kapuziner-Schorsch vor sich, mal blutüberströmt, mal bleich und wächsern wie in der Gerichtsmedizin.

»Hast du oder hast du nicht?«, fragte er das Bild. Doch es gab keine Antwort. »Hast du in einem Anfall von Panik dem sturzbesoffenen und wahrscheinlich immer noch aggressiven Starschauspieler den Dolch in die Brust gerammt oder war es jemand anders?«

Eine gute halbe Stunde pflügte Merana über den Parkettboden. Sein Hirn arbeitete auf Hochtouren. Mit einem Mal hielt er inne. Ein Bild war in seinem Kopf aufgetaucht. Er wusste nicht, warum. Aber es war da. Ein Bild aus seiner Jugendzeit. Er zögerte einen Augenblick. Dann marschierte er schnurstracks ins Schlafzimmer und stand vor dem großen Kleiderkasten. Er bückte sich und zog vorsichtig eine der großen Wäscheladen auf. Zwei Tischtücher lagen darin, mehrere Handtücher, die er selten benutzte, und ein mittelgroßes, schon etwas abgewetztes Etui.

Behutsam trug er es ins Wohnzimmer und setzte sich auf die Couch, das Etui auf den Knien. Er öffnete es langsam. Darin lagen die Teile einer Klarinette. Vorsichtig nahm Merana erst das Oberstück heraus, dann das Unterstück. Wie lange hatte er seine Klarinette schon nicht mehr in der Hand gehabt? Zehn, zwölf Jahre? Merana nahm auch Trichter, Birne und Mundstück aus dem Etui. Er fügte die Teile zusammen und setzte ein altes Rohrblatt ein, das ebenfalls im Kästchen lag. Als er elf geworden war, hatte ihm die Großmutter das Instrument zu seinem Geburtstag geschenkt. Danach hatte er drei Jahre eifrig in der Musikschule gelernt und war mit 14 in die Blasmusik aufgenommen worden. Er konnte sich noch an sein erstes Weihnachtskonzert erinnern. Die Großmutter in der ersten Reihe, stolz wie eine Auerhenne, die auf ihre Jungen schaut. Dem ersten Weihnachtskonzert war noch ein zweites gefolgt. Dann hatte er aufgehört. Mit 16 interessierten ihn andere Dinge: sein erstes Moped und seine erste feste Freundin. Seine Versuche, im Maturajahr als Saxofonist in einer Band mitzuspielen, waren kläglich gescheitert. Aber jetzt erinnerte sich der Kommissar daran, dass ihm das Klarinettespielen früher oft in schwierigen Situationen geholfen hatte. Wenn er Streit mit der Mutter hatte. Wenn er sich über manche Rücksichtslosigkeit seiner Freunde grämte. Wenn er auf die Fragen, die er ans Leben stellte, keine Antwort wusste. Merana setzte die Klarinette vorsichtig an. Er kam sich vor wie ein Skispringer ohne Training auf dem Absprungbalken. Er holte Luft und blies hinein. Es klang kläglich. Weitaus schlimmer sogar, als er erwartet hatte. Der Skispringer war gleich nach dem Schanzentisch abgestürzt.

Vor zwölf Jahren, als er in die Polizeidirektion Salzburg versetzt worden war, hatte er einen allerletzten Versuch gestartet. Kollegen hatten ihn überredet, im Polizeiorchester mitzuspielen. Er hatte sich redlich Mühe gegeben. Aber nach vier Monaten war Schluss gewesen. Er hatte die Klarinette eingepackt und nie wieder angerührt. Obwohl, das stimmte nicht. Vor neun Jahren hatte er sie nochmals ausgepackt. Zum 70.Geburtstag der Großmutter hatte er ein Ständchen gespielt. Sie hatte es sich gewünscht.

Merana stand auf. Irgendwo müsste er doch seine alten Noten noch haben. Er suchte im Schlafzimmerkasten und im Schreibtisch. Fand sie schließlich in einer dünnen Mappe im Bücherregal. Er legte die schwarz beschrifteten Blätter auf den Wohnzimmertisch. Also noch einmal, zweiter Versuch. Der Skispringer saß wieder auf dem Absprungbalken. Merana atmete tief, versuchte, nicht zu denken, sondern seinen Körper das machen zu lassen, was er wollte. Er ließ die Luft aus den Lungen heraus und in die Klarinette hinein fließen. Aus dem Klarinettentrichter kam ein Ton.

Gar nicht so schlecht. Dieses Mal kam der Skispringer zumindest bis zum Vorbau. Merana stand auf und probierte es im Stehen. Er spielte langsam, eine halbe Stunde, immer wieder dieselben paar Töne, das Ständchen für die Großmutter. Im Anschluss an seinen musikalischen Exkurs setzte er sich nieder, etwas erschöpft, aber zufrieden. Ein Schanzenrekord war es keiner geworden, aber auch keine Disqualifikation.

Er gönnte sich eine halbe Stunde Pause, dachte über Weihnachtskonzerte, Mopeds und die Großmutter nach. Dann legte er zu einem dritten Versuch an. So verbrachte er den Abend bis gegen Mitternacht mit Klarinettespielen. Gut, dass die Witwe in Frankreich ist, dachte er, als er das Blasinstrument wegpackte. Dann zog er sich im Schlafzimmer aus und legte sich ins Bett. Er wollte schlafen und an etwas anderes denken als an seinen Fall. Er gab sich sogar alle Mühe, sich an die Texte aller alten Volkslieder zu erinnern, die ihm gerade einfielen. Es half nichts. Die Zeit verging. Und er fand keinen Schlaf. Die Weckeruhr auf dem Nachttisch zeigte bereits halb zwei. Sollte er noch einmal die Klarinette auspacken? Oder sich Gesualdos Madrigale reinziehen? Nein. Er musste etwas anderes tun.

Er stand auf, zog sich an, holte die Jacke aus dem Vorzimmerkasten, nahm die Autoschlüssel und verließ das Haus. 20 Minuten später stand er in Mülln an der Stelle, wo die schmale abschüssige Straße in die etwas breitere Müllner Hauptstraße mündete, genau dort, wo gestern Vormittag der Unfall passiert war.

Merana starrte lange auf das Pflaster. Man konnte noch die Blutflecken erkennen, an der Stelle, wo der Kleinbus den Kapuziner-Schorsch mitgerissen hatte. Merana setzte sich auf einen der kleinen Poller, die eine Kette hielten, die um einen winzigen Parkplatz gespannt war, kaum breiter als eine Luftmatratze. Ab und zu fuhr ein Auto vorbei, einmal auch ein Radfahrer. Und wieder stiegen in ihm die Bilder hoch, die ihn seitdem nicht mehr losließen. Der alte Mann, der aus dem Käsegeschäft kommt. Die strauchelnde junge Schauspielerin. Der herbeistürmende Gerber. Die Panik im Gesicht des Alten, starr vor Schreck. Die gelben Plastiksäcke, die zu Boden stürzen. Die Flucht, abwärts. Gerber und er selbst hinterher. Der Kleinbus. Das schreckliche Geräusch, als der zerbrechliche Körper vom Metall erfasst und mit voller Wucht weggeschleudert wurde. Das Blut auf der Straße. Der zerknüllte pilzförmige Hut.

Merana blickte auf. Schräg gegenüber, circa 30 Meter entfernt, stand eine Gestalt im tiefen Schatten eines Hauseingangs. Ein weiteres Auto fuhr in Richtung Innenstadt vorbei. Merana ging auf den Schatten zu.

»Guten Abend, Andrea.«

Die Gestalt bewegte sich. »Guten Abend, Herr Kommissar. Ich habe Sie im Dunkeln gar nicht erkannt.« Andrea Lichtenegger trat ins schale Licht der schwachen Laterne über dem Hauseingang. Sie trug Jeans und eine dunkle leichte Jacke. Das Haar war offen, kein Pferdeschwanz bändigte es. Eine Zeit lang sahen sie einander an, ohne ein Wort zu sprechen. Und wieder hatte er das Gefühl, sie erinnere ihn an jemanden. Dann, wie auf ein geheimes Kommando, drehten sie sich beide in Richtung Unfallstelle.

»Sie sind hinter eines meiner Geheimnisse gekommen, Andrea«, sagte Merana leise.

Die junge Frau neben ihm rührte sich nicht. Sie wandte sich ihm zu und erwiderte mit einem scheuen Lächeln: »Aber Herr Kommissar, in der gesamten Salzburger Polizei wissen doch fast alle, dass der Kommissar Merana ab und zu nächtens ausgeht, um Totenwache zu halten.«

Merana fühlte sich wie ein kleiner Junge, der ertappt worden war, wie er heimlich aus dem Fenster stieg. Wie hatte er nur annehmen können, dass niemand von seinem persönlichen Ritual wusste? Und wenn es einer wusste, wussten es bald alle.

»Und Sie, Andrea, halten Sie auch Totenwache?«

Die Polizeibeamtin bewegte leicht den Kopf. »Nein. Ich war gestern auch schon da. Ich kriege einfach die Bilder nicht aus dem Kopf.«

»Ja, die Bilder«, sagte Merana, drehte sich zu ihr und legte ihr, ohne viel nachzudenken, beide Hände an die Wangen. Ihre Haut fühlte sich kalt an, seine Hände nicht viel wärmer. Wie alt mochte sie sein? 22, 23? Er spürte, wie sie unter seiner Berührung leicht zitterte. Er nahm die Hände runter.

»Gestern Nacht habe ich vom Schorsch geträumt. Wir saßen auf dem Kapuzinerberg und haben gemeinsam gesungen. Plötzlich war meine Stimme weg. Und der Schorsch hat allein weitergesungen. Bis ihm das Blut aus den Augen rann und aus dem Mund. Schwarzes Blut.« Sie kämpfte gegen die Tränen.

Merana erwiderte nichts, suchte in seiner Jacke nach einem Taschentuch.

Sie schüttelte nur energisch den Kopf. »Geht schon, danke.«

Merana nahm die Hand aus der Jackentasche. »Sie erwähnten gestern, Andrea, der Schorsch tat sich oft ein bisschen schwer mit Mein und Dein. Können Sie sich vorstellen, dass er dem toten Hackner einfach so die Schuhe ausgezogen hat?«

Sie dachte ein paar Sekunden nach. »Wenn ich ehrlich bin, dann kann ich es mir nur schwer vorstellen.« Sie schaute Merana lange an. »Vielleicht hatte der Hackner die Schuhe schon vorher ausgezogen, und der Schorsch hat sie nur genommen, als er schon tot war.«

Nicht schlecht für eine Anfängerin, dachte Merana. Er würde gleich am Montag Doktor Eckschlager, den Rechtsmediziner, anrufen. Eventuell war ihm an Hackners Leiche noch etwas aufgefallen, was in diese Richtung deuten konnte.

»Wissen Sie, Herr Kommissar«, sagte die junge Beamtin und kämpfte wieder mit den Tränen. »Wenn er sonst schon nicht viel Schönes hatte in seinem Leben, so sollte er jetzt wenigstens nicht im Ruf stehen, ein Mörder zu sein, wenn er keiner war.«

Merana kniff die Lippen zusammen und stimmte ihr mit einem Kopfnicken zu.

»Aber vielleicht ist es für ihn dort, wo er jetzt gerade ist, auch nicht mehr so wichtig.« Sie schaute ihn noch ganz kurz an, dann drehte sie sich wortlos um und ging davon. Merana schaute ihr nach, bis ihre dunkle Gestalt mit den Schatten der Nacht verschmolzen war. Aber für mich ist es wichtig, dachte Merana. Und offenbar auch für die Streifenbeamtin Andrea Lichtenegger, im Dienst der Salzburger Polizei.

Er ging zurück zu seinem Wagen und fuhr heim. Morgen war Samstag, da konnte er ausschlafen.

SAMSTAG, 5. AUGUST, 07.45 UHR

Der nächste Morgen begann mit einem Schreck. Merana fuhr aus dem Schlaf und schnellte hoch. Etwas schrillte. Er sah auf die Uhr. Die Digitalanzeige des Weckers zeigte 7.46 Uhr. Hatte er verschlafen? Heute war doch Samstag. Erst allmählich sickerte es in sein Bewusstsein: Was ihn da so unsanft aus dem Schlaf gerissen hatte, war sein Handy. Merana tastete danach und schaute auf das Display. ›Chef‹ war da zu lesen.

Merana drückte die Annahmetaste. »Hallo … guten Morgen.«

Keine Begrüßung war auf der anderen Seite zu vernehmen, nur eine kurze, fast gebellte Frage: »Wo bist du?«

Merana setzte sich ganz auf. »Im Bett, ich bin hundemüde. Heute ist Samstag.«

»Ich will dich in 20 Minuten im Büro sehen.« Und noch ehe Merana fragen konnte, was los sei, hatte der Polizeipräsident die Verbindung schon wieder beendet.

Merana kniff sich ins Ohr. Nein, es war kein Traum. Er war tatsächlich munter.

Und wenn der Chef sich so kurz angebunden und herrisch aufführte, musste etwas schiefgelaufen sein.

Fünf Minuten später saß er unrasiert in seinem Wagen. Er hatte sich gerade noch Zeit genommen, die Zähne zu putzen und sich mit beiden Händen eiskaltes Wasser ins Gesicht zu schaufeln. Er schaffte es in 18 Minuten zur Polizeidirektion. Als er den Gang in Richtung Chefbüro entlangeilte, kam ihm Carola entgegen. Er sah sie verwundert an.

»Was machst du hier?«

Sie drehte nur die Augen zur Decke, schüttelte den Kopf und sagte: »Da hinein.« Merana folgte ihr ins Besprechungszimmer. Die Tische waren wie ein großes U aufgestellt. In der Mitte des U stand der Polizeipräsident. In einigem Abstand dazu saßen Braunberger und Kaltner. Letzter hatte die Lippen aufeinander gepresst und starrte auf irgendeinen Punkt an der gegenüberliegenden Wand. Was ist da nur passiert, dachte Merana: Eine Vollversammlung meiner engsten Mitarbeiter am Samstagmorgen, das war etwas unerhört Neues.

Carola setzte sich auf einen Stuhl schräg gegenüber von Otmar. Merana nahm ebenfalls Platz. Die kleinen hungrigen Schlangenhände waren heute nicht zu sehen, denn der Chef hatte die Arme vor dem Körper verschränkt.

»Es ist etwas faul im Staate Dänemark«, kläffte er, und seine Stimme bebte. »Aber noch lange nicht so faul wie in meiner Abteilung Mord und Gewaltverbrechen!«

Wenn er bloß mit seinen albernen Dichtersprüchen aufhören würde, dachte Merana. Aber immer, wenn der Chef wütend war und die Zeit seiner Meinung nach reif für eine Standpauke, griff er gern großspurig in die Zitatenkiste.

Vielleicht, um seinen Ausführungen mehr Gewicht zu geben.

Der Polizeipräsident drehte sich zu Carola um. »Frau Gruppeninspektor Doktor Carola Salmann, könnten Sie bitte die Güte haben, mir zu erklären, was um alles in der Welt Sie dazu bewogen hat, bei den Schweizer Kollegen Amtshilfe anzufordern, ohne dass ich etwas davon weiß?«

Carola wollte antworten, aber Merana war schneller. »Frau Gruppeninspektor Salmann hat bei jedem ihrer Schritte in meinem Auftrag gehandelt, Herr Präsident.« Seine Stimme hatte sich unweigerlich ebenfalls erhoben.

Wieder wollte Carola das Wort ergreifen, aber der Polizeipräsident hieß sie mit einer herrischen Bewegung, zu schweigen. »Und was war das für ein Auftrag, Herr Kommissariatsleiter? Erhebe, Wahrheit, dich aus dunklen Schlünden.«

Wenn er noch einmal ein Zitat verwendet, dachte Merana, springe ich ihm an die Gurgel. Pension hin, Pension her.

»War das der Auftrag, entgegen meinen Anweisungen im Mordfall Hackner doch noch weiter zu ermitteln?«

Nun stand auch Merana auf. Wenn schon Duell, dann wenigstens auf Augenhöhe. Er verschränkte ebenfalls die Arme. Was er jetzt sagte, war schlichtweg nichts anderes, als zuzugeben, gegen die Dienstordnung verstoßen zu haben. Aber er äußerte es trotzdem. »Genau so ist es, Herr Präsident, diesen Auftrag habe ich gegeben.«

Der Polizeichef streckte seinen massigen Körper um einige weitere Zentimeter in die Höhe. »Ist Ihnen klar, was Sie da sagen, Herr Kommissariatsleiter …?«

»Ja«, erwiderte Merana, und richtete sich ebenfalls nach oben aus. »Denn ich habe da so ein bestimmtes Gefühl …«

»Natürlich!«, brüllte der Chef. »Der Herr Kommissar Merana und seine berühmten Gefühle. Genauso wie der Herr Vorgänger im Amte! Wir sind bei der Polizei, Herr Merana, und nicht in der Next-Uri-Geller-Show.« Er starrte Merana wütend an. »Nicht nur, dass du gegen meine Anordnungen und die des Staatsanwaltes verstoßen hast, Merana. Du und deine Truppe, ihr zwingt mich auch dazu, bei etwaigen Rückfragen vonseiten der Staatsanwaltschaft oder des Ministeriums zugeben zu müssen, über nichts informiert zu sein, und da stehe ich da wie der größte Esel auf Gottes Erdboden. Offensichtlich habe ich meine Abteilung nicht unter Kontrolle. Ich verlange, dass meine Anordnungen befolgt werden, und zwar auf Strich und Gamma. Verstanden?« Seine Stimme hatte sich gegen Ende des Satzes überschlagen.

»Jota«, ließ jemand im Raum verlauten. Es war Braunberger. »Es heißt Strich und Jota.«

Der Blick, mit dem der Polizeichef ihn maß, erinnerte an den eines Drachen, der sich gerade überlegte, ob er seinem Gegenüber zuerst den Kopf abreißen oder ihn gleich mit einem Feuerstrahl niedersengen sollte. Abteilungsinspektor Otmar Braunberger hielt diesem Blick stand. Dann machte der Polizeipräsident eine Vierteldrehung wie ein Tangotänzer mit Hexenschuss und stürmte aus dem Zimmer. Die Tür knallte er zu.

»21, 22, 23«, begann Merana zu zählen. Bei 27 wurde die Tür erneut aufgerissen.

Gott sei dank, dachte Merana, alles zwischen fünf und zehn Sekunden ist ein gutes Zeichen. Nicht zu früh und nicht zu spät. Der Tornado hatte an Stärke verloren.

Der Polizeichef stand in der Tür, die Arme wieder verschränkt. »Und wenn ihr schon hinter meinem Rücken auf eigene Faust Ermittlungen durchführt, so stellt euch gefälligst an wie Profis, damit man euch nicht draufkommt, ihr Anfänger!«

Carola, Braunberger und Merana sagten wie aus einem Munde: »Jawohl, Chef.« Nur Kaltner schwieg.

»Und ich will von nichts wissen, aber schon von rein gar nichts, was meiner Karriere schaden könnte«, fügte der Chef hinzu und um seine Augen schlich ein schelmisches Lächeln. »Ich will nur das wissen, was mich auf meinem unvergleichlichen Karriereweg bis in die lichtesten Höhen voranbringt. Kapiert? Aber dann will ich alles wissen, bis auf Strich ...«, er maß Braunberger mit einem festen Blick, »und Jota.« Die drei nickten. Im Handumdrehen war der Chef wieder draußen, und Merana blies die Luft aus seinen Nasenflügeln.

»Könnte mir gefälligst jemand erklären, was das war ...?«, fragte er leicht verstimmt in die Runde.

»Entschuldige, Martin.« Carola schüttelte grimmig den Kopf. »Ich habe Mist gebaut.«

Merana sah sie erwartungsvoll an, war gespannt auf ihre Ausführungen.

»Mir kam gestern Abend, als ich die Aussagen zum fünften Mal durchackerte, plötzlich eine Idee. Ich wollte überprüfen, was Ramina Haubendorf zwei Monate in einer Schweizer Klinik gemacht hatte. Und da es schon schwierig genug war, herauszubekommen, in welche Klinik sie sich zurückgezogen hatte, geschweige denn zu eruieren, was sie dort gemacht hatte, versuchte ich, meine inoffiziellen Kontakte zu ein paar Schweizer Kollegen zu nutzen. Dabei muss etwas schiefgelaufen sein. Irgendjemand hat meine Anfragen in offizielle Kanäle umgeleitet und der Chef offenbar Wind davon bekommen.«

Merana wischte jede weitere Erklärung mit einer Handbewegung weg. »Ist dabei wenigstens etwas rausgekommen?«

Carola nickte. »Die Schweizer Kollegen waren wirklich fix. Die Haubendorf hat uns nicht die Wahrheit gesagt, zumindest nicht die ganze. Sie war in einer Klinik in der Nähe von Lausanne, aber nicht wegen eines Nervenzusammenbruchs aufgrund von zu viel Arbeit. Sie war im vierten Monat schwanger gewesen. Und hatte bei einem Treppensturz das Kind verloren. Das war die Ursache für den Nervenzusammenbruch.«

Merana ließ hörbar die Luft zwischen den Zähnen entweichen, was ein leises Zischen im Raum verursachte. »Wir werden noch einmal mit ihr reden müssen«, meinte er.

»Das wird schwer genug sein«, antwortete Carola. »Jetzt umso mehr.«

»Ich weiß, aber wir werden schon einen Weg finden. In jedem Fall: gute Arbeit, Carola.«

Wenn ihr dieses Missgeschick mit dem Chef nicht passiert wäre, hätte sie jetzt vielleicht gelächelt, aber so runzelte sie nur leicht verärgert über sich selbst die Stirn.

»Was ist bei dir, Otmar?«

»Nicht so spektakulär wie bei Carola, aber immerhin etwas, womit wir dem sauberen Herrn Brehmstett noch einmal ein wenig auf die gewienerten Lackschuhe steigen können. Wir haben endlich Hackners Anwalt bei einer Tagung in San Francisco erreicht, und über Carolas Hamburger Connection wissen wir mehr über Hackners Testament, das bei einem Notar in der Hansestadt hinterlegt ist. Ich bekam heute früh auf dem Weg ins Präsidium einen Anruf aus Hamburg. Und stellt euch vor: Hans Dieter Hackner war an Brehmstetts Agentur Cosmos beteiligt. Er besaß 49 Prozent. Vor fünf Jahren, als er die Anteile erworben hatte, waren es sogar 51 Prozent.« Otmar schaute Merana an. »Ich denke, da wird uns der Herr ›Berater‹ noch einiges erklären müssen, Martin.«

»Der Ansicht bin ich auch, Otmar.«

Gut, dachte Merana. Wieder ein paar Puzzleteile mehr. Womöglich sind da längst heimlich im Hintergrund ein paar neue Startsteine gefallen und die Woge ist unterwegs zu uns. Wir sehen noch nicht genau, wie die Bahn verläuft. Aber es ist etwas in Bewegung.

»Sehr gute Arbeit, lasst uns am Montag alldem genauer nachgehen.«

»Warum nicht gleich?«, fragte Otmar.

Merana blickte ihn an. »Weil heute Samstag ist. Ihr habt das Wochenende frei. Und dem Chef kann ich ja wohl schwer erklären, warum ihr so ohne Weiteres Überstunden machen sollt.«

»Ich könnte trotzdem bis 11 Uhr bleiben, und danach von zu Hause aus recherchieren«, bot Carola an. »Wenn Hedwig in ihrem kleinen Liegestuhl auf der Terrasse liegt, hätte ich dazwischen immer wieder Zeit.«

»Und ich bleibe hier«, sagte Otmar mit einer Bestimmtheit, die gar kein anderes Argument aufkommen ließ. »Wer weiß, was bis Montag alles passiert. Und der Chef wird uns schon nicht in die Quere kommen. Der ist sicher längst auf dem Weg zu seinem Segelboot am Attersee. Schon allein deshalb, damit er ja nicht mitbekommt, was wir so treiben.«

Merana taxierte die beiden. Er kannte diesen Ausdruck in den Gesichtern seiner beiden engsten Mitarbeiter. Er hielt es für möglich, dass auch sie in großer Entfernung lautlos Dominosteine fallen hörten und wissen wollten, in welche Richtung sich die Welle ausbreitete.

»Also gut«, stimmte er zu. Die drei setzten sich in Bewegung. Kaltner saß immer noch regungslos auf seinem Platz. Er hatte bisher kein einziges Wort gesprochen. Merana fühlte sich beim Anblick des Gruppeninspektors nicht wohl in seiner Haut.

Der Mann sah ihn an. In seinem Blick war etwas, das Merana schwer identifizieren konnte. Wut? Angst? Verachtung? Vielleicht von allem ein wenig.

»Ich weiß, dass Sie mich nicht ausstehen können«, sagte Kaltner langsam und gepresst, und man sah ihm die Anstrengung an, sich selbst im Zaum zu halten. »Das macht nichts. Damit kann ich leben. Das beruht auf Gegenseitigkeit.«

Merana bemerkte, dass Otmar einen Schritt auf Kaltner zumachen wollte, und hob die Hand. »Reden Sie weiter, Kaltner.«

Kaltner begann leicht zu zittern, als er weitersprach. »Ich weiß, dass Sie diesem«, er deutete mit dem Kinn verächtlich in Richtung Braunberger, »diesem Auslaufmodell und dieser überqualifizierten Supermama mehr vertrauen als mir.« Kaltner reckte seinen Kopf kurz zu Carola und dann wieder zurück zu Merana. »Aber ich finde es eine bodenlose Frechheit, wie Sie mich hier behandeln!«

Was auch immer jetzt noch kommt, dachte Merana, Mut hat er.

Kaltner stierte ihn an. Seine Augen waren leicht blutunterlaufen. Das Zittern seiner Hände, die er auf die Tischplatte gepresst hielt, wurde stärker. »Ich werde meinen Weg machen, Herr Kommissar Merana, dazu brauche ich Sie nicht. Und wenn mir mein Umgang in Kreisen, für die Sie nur die überhebliche Verachtung eines Außenstehenden haben, dazu nützlich ist, soll es mir recht sein. Aber solange ich hier unter Ihrer Leitung arbeite, habe ich immer gedacht, sind wir ein Team. Und das respektiere ich. Aber unter Teamarbeit habe ich mir etwas anderes vorgestellt. Sie haben mich weggeschickt wie den billigsten Lehrbuben, um irgendwo da draußen ein paar Papierfuzerl aufzuheben, die sowieso keiner braucht. Nur damit ich weitab vom Schuss bin und nicht mitbekomme, dass hier in Wirklichkeit in eine ganz andere Richtung ermittelt wird. Sie haben mich vom Spielfeld geschickt, weil Sie Angst haben, ich könnte Ihnen und den Teamkollegen in den

Rücken fallen.« Kaltner stand auf. Er konnte sich nur mehr mit Mühe beherrschen, seine Stimme zitterte vor bitterer Verachtung. »Sie haben nicht einmal versucht, es darauf ankommen zu lassen, wie ich mich verhalte. Sie haben es einfach angenommen. Sie haben nicht einmal versucht, mir den Funken eines Vertrauens entgegenzubringen. Der große Kommissar Merana, einfach jämmerlich.«

Wenn er jetzt noch vor mir auf den Boden spuckt, dachte Merana, ist der Auftritt perfekt. Aber Kaltner spuckte nicht auf den Boden. Er ruckte hastig den Kopf zur Seite und stürzte aus dem Zimmer. Otmar wollte ihm nacheilen. »Lass nur, Otmar«, hielt Merana ihn mit belegter Stimme zurück. »Er hat recht.«

Otmar zerknirschte irgendeinen Fluch zwischen seinen Zähnen. »Hat er nicht. Was nimmt sich dieser impertinente Schnösel da heraus!«

Merana schaute zu Carola. Die blickte ihn lange an. Dann sagte sie: »Ja, er hat recht. Vielleicht sollte die überqualifizierte Supermama mit ihm reden.«

Merana schüttelte den Kopf. »Nein, das muss ich schon selbst machen.« Plötzlich spürte er, wie leichte Übelkeit in ihm aufstieg. Kam das davon, weil er keine Zeit gehabt hatte, zu frühstücken? Nein, es war etwas anderes. Was Kaltner vorhin gesagt hatte, setzte ihm zu.

Hatte Gebhart Kaltner, dieser aalglatte Karrieretyp, tatsächlich Gefühle, die man verletzen konnte? Merana kam sich schlagartig schäbig vor. Das Gefühl, das ihm da langsam aus der Magengrube heraufkroch und bis in den Kopf stieg, fühlte sich an wie Scham. Er verließ das Zimmer, ging den Gang entlang, bog links ab und stand vor dem Büro, das sich Kaltner mit einem Kollegen von der Abteilung für Betrug teilte. Merana klopfte an. Nichts tat sich. Merana klopfte erneut, öffnete die Tür und trat anschließend ein. Kaltner saß in seinem Bürosessel, mit dem Rücken zur Tür, und starrte offenbar aus dem Fenster.

Merana räusperte sich. »Sie haben mit allem, was Sie gesagt haben, recht, Herr Kaltner. Vielleicht ist sogar bei der von Ihnen an mir festgestellten Verachtung für jene Kreise, in denen Sie sich gern aufhalten, eine kleine Spur von Neid dabei. Ich weiß es nicht. Kann sein. Jedenfalls möchte ich mich bei Ihnen für mein Verhalten in den letzten Tagen entschuldigen.« Merana wartete auf eine Reaktion.

Kaltner rührte sich nicht.

»Ich möchte in einer Viertelstunde ein Teammeeting einberufen und halte es für gut, wenn wir uns gegenseitig über alles informieren, damit wir alle auf dem gleichen Ermittlungsstand sind. Falls Sie Ihren freien Samstag nicht schon anders verplant haben und glauben, Sie könnten eventuell auch inoffiziell arbeiten, wäre es schön, wenn Sie dabei sind.«

Merana schaute auf Kaltners Hinterkopf. Kaltner starrte immer noch aus dem Fenster. Eine Zeit lang geschah nichts. Dann nickte er einmal, kurz und energisch. Merana wartete noch ein paar Sekunden. Aber von Kaltner kam keine weitere Regung. Also drehte der Kommissariatsleiter sich um und verließ das Zimmer.

Ihm war immer noch übel. Ein Kaffee und ein Croissant würden bestimmt helfen. Man kann nicht sagen, dass der Start in den heutigen Tag zu den großen Triumphen in meinem Leben gehört, dachte Merana und stapfte in Richtung Kantine, die auch am Wochenende besetzt war.

SAMSTAG, 5. AUGUST, 16 UHR

Die Teambesprechung am Vormittag war gut verlaufen. Merana hatte Kaltner sogar ein-, zweimal in die Augen geblickt, und der hatte den Blick erwidert. Am Schluss hatte Merana das Gefühl einer leichten Entspannung gehabt.

Sie hatten die Aufgaben verteilt. Otmar sollte an der Brehmstettsache dranbleiben und nach wie vor intensiv nach Zeugen suchen, die zu den Vorgängen in der Mordnacht etwas beitragen konnten. Carola sollte mehr über Ramina Haubendorf herausfinden, Kaltner sie dabei unterstützen.

»Sie haben doch gute Kontakte zur Festspielpräsidentin, Kaltner«, sagte Merana und versuchte einen sachlichen Ton anzuschlagen. »Eventuell könnten Sie einmal vorsichtig in diese Richtung ermitteln, ob jemand von der Festspielleitung oder vom Besetzungsbüro etwas über den Klinikaufenthalt von Ramina Haubendorf weiß.« Merana schaute Kaltner an. Es war ganz still im Raum.

Kaltner wartete ab, dachte nach. Unversehens huschte so etwas wie ein Lächeln über sein braun gebranntes Gesicht. »Und dann möchten Sie mir sicher noch sagen, dass ich ja äußerst behutsam vorgehen möge und den Eindruck vermitteln soll, das seien keine offiziellen Ermittlungen, sondern lediglich Fragen zu unbedeutenden Details für den Abschlussbericht.« Kaltner schaute ihm in die Augen.

Merana nickte. »Genauso ist es. Ich hätte es nicht besser auf den Punkt bringen können.«

Am Nachmittag wurden Merana drei Nachrichten zugetragen.

Und bei allen dreien hatte er das Gefühl, sie hätten damit zu tun, dass irgendwo im Hintergrund die Dominosteine fielen. Und wenn er mehr darüber wusste und die Inhalte genauer zuordnen konnte, zeigten sie ihm möglicherweise bald an, in welche Richtung die fallenden Steine unterwegs waren.

Nachricht eins und zwei kamen von Braunberger. Der tauchte kurz vor vier Uhr in Meranas Büro auf, das berühmte Notizbuch in der Hand. »Ich habe da etwas. Ein Zeuge hat sich eben gemeldet, ein Bauingenieur aus Salzburg. Er ist noch in Spanien im Urlaub, hat unseren Aufruf in den heimischen Zeitungen erst jetzt mitbekommen. Er sagt, er hätte in der Mordnacht eine junge Frau in der Salzburger Innenstadt gesehen, als er am Rudolfskai entlanggefahren ist. Sie wäre ihm fast ins Auto gerannt, trug ein helles Kleid und hätte einen verwirrten Eindruck gemacht. Er habe sie nur im Vorübergehen gesehen, dann sei sie in einer Gasse verschwunden. Aber er hatte den Eindruck, ihre Hände seien blutig gewesen.«

»Blutig?«

»Ja, zumindest hatte sie dunkle Flecken daran. Es sei alles sehr schnell gegangen. Das Ganze passierte so gegen 3 Uhr morgens. Er habe noch überlegt, die Polizei zu verständigen, es aber doch unterlassen. Auch wollte er schnell heim, weil er am selben Morgen in den Urlaub fahren wollte.«

»Wann kommt er zurück?«

»Morgen gegen Mittag.«

»In der Zwischenzeit kannst du ihm ein Foto von Ramina Haubendorf zukommen lassen.«

»Habe ich schon gemacht. Ich habe es ihm auf sein Handy geschickt. Er hat mich zurückgerufen und gemeint, das könnte sie gewesen sein.«

Merana war erstaunt. Nicht so sehr über die Zeugenaussage. Aber da stand sein bester Spürhund, der mit seinem abgegriffenen Notizbuch aussah, als käme er aus dem vorvorigen Jahrhundert und der erzählte etwas von Foto aufs Handy schicken. Merana selbst hatte keine Ahnung, wie das funktionierte. Er war froh, wenn er mit seinem Gerät halbwegs telefonieren konnte.

»Danke, Otmar, der Zeuge soll gleich morgen zu dir kommen, sobald er in Salzburg ist. Und zeig ihm noch andere Aufnahmen von Ramina Haubendorf. Vielleicht kann er dann mit größerer Sicherheit sagen, ob sie es war.«

»Mache ich. Und ich werde auch gleich Carola und Kollege Kaltner informieren.« Otmar machte keine Anstalten, zu gehen.

»Noch etwas, Otmar?«

»Ja. Ich weiß zwar nicht, ob es etwas bringt, aber ich dachte mir, wir sollten etwas über den jungen Mann in Erfahrung bringen, von dem ihr mir erzählt habt. Und wir haben tatsächlich zwei Zeugen gefunden, die ihn auf dem Weg zum Hotel Toscanini gesehen haben. Ein Zeuge erinnerte sich, dass der junge Mann ein auffälliges T-Shirt getragen habe. Mit so einer Art Fantasy-

Figur drauf. Ich bleibe in jedem Fall dran, Martin. Den werden wir schon ausfindig machen.« Und damit verließ der Spürhund das Büro seines Vorgesetzten.

Ein weiteres Gespräch mit Ramina war unumgänglich für den Kommissar. Zuerst die Sache mit der Schwangerschaft und dem Treppensturz, und jetzt auch noch ein Zeuge, der sie höchstwahrscheinlich in der Mordnacht erkannt hatte, möglicherweise mit Blut an den Händen. Das passte zu den Aussagen des obdachlosen Ferdl, der ja behauptete, die Weiße Frau gesehen zu haben, wie sie sich in der Salzach das Blut von den Händen wusch. Er musste einfach morgen versuchen, Ramina Haubendorf zu erreichen. Am besten noch vor der Jedermann-Aufführung. Er hatte das Gefühl, dass auch der junge Mann, der am Dienstag im Hotel aufgetaucht war, weit mehr war als ein Autogrammjäger. Und wenn Otmar Braunberger sagte, er würde ihn finden, dann war das auch so. Davon war Merana überzeugt.

Die dritte Nachricht kam übers Telefon, von Jutta Ploch. »Merana, weißt du, was ein ausgedehntes Abendessen mit sechs Gängen bei den Obauers kostet?«, war das Erste, das sie sagte.

Merana antwortete, er wüsste es. Er kenne das Vierhaubenlokal in Werfen, rund 40 Kilometer südlich von Salzburg, und er könne sich das ganz sicher nicht leisten. Zumindest nicht oft. Einmal im Jahr zu einem besonderen Anlass.

»Ich habe einen besonderen Anlass für dich, Merana.«

»Lass hören.«

»Nicht jetzt, Merana, und schon gar nicht am Telefon. Wenn mein Wissen dir bei welchen Ermittlungen auch immer weiterhilft, dann bezahlst du nächste Woche bei den Obauers die komplette Rechnung. Wenn nicht, hast du wenigstens das charmante Vergnügen meiner Anwesenheit. Und ich beteilige mich in diesem Fall eventuell sogar an den Getränken. Va bene?«

Merana stellte sich vor, wie ihr der Schalk aus den Augen blitzte bei diesem Vorschlag. Er wusste, mit dieser Frau zu verhandeln hatte wenig Sinn. Er startete dennoch einen Versuch. »Bevor ich zusage, hebe wenigstens einen Zipfel vom Schleier über deinem Geheimnis.«

Zunächst war es still am anderen Ende der Leitung. Die Journalistin lenkte ein: »Okay, so viel. Ich hatte dir ja schon erzählt, dass meinem Gefühl nach etwas im Busch ist. Übermorgen, also am Montag, wird etwas publik, das dich vom Hocker hauen wird, mein Lieber. Der Kulturchef des ORF hat es mir heute schon erzählt. Er war mir noch einen Gefallen schuldig.«

Merana überlegte, wer ihm noch einen Gefallen schuldig sein könnte. Ihm fiel niemand ein. »Also gut, Jutta, abgemacht. Wann und wo?«

»Um neun bei Sandro.« Und damit legte sie auf.

Merana überlegte und rief Birgit an. Immerhin musste er ihr sagen, dass wohl auch heute nichts werden würde aus den schmutzigen Spielen für große Buben und große Mädels. Sie nahm es gelassener auf, als er gedacht hätte.

»Gut. Wenn du dich mit Jutta um neun triffst, verabreden wir uns schon auf halb acht bei Sandro. Ich möchte auch hin und wieder etwas von dir haben.«

SAMSTAG, 5. AUGUST, 19.30 UHR

Als Merana das ›Da Sandro‹ betrat, war Birgit bereits da. Das Lokal war erst halb gefüllt, aber Merana sah, dass auf allen Tischen ›Reserviert‹-Schildchen standen. Birgit saß an ihrem Lieblingstisch in der Ecke. Er küsste sie auf den Mund, drückte sie fest an sich und nahm Platz. Schon hatte er ein Glas Pinot Grigio vor sich stehen und einen grinsenden Sizilianer neben sich.

»Ciao, bello. Du siehst müde aus.«

Merana stand noch einmal auf und ließ sich von Sandro kurz umarmen. »Ich muss noch die Rechnung vom letzten Mal bezahlen, Sandro.«

Der sizilianische Wirt schüttelte den Kopf. »Hat la bellissima ragazza schon gemacht«, flötete er, deutete mit einer eleganten Handbewegung, die eines italienischen Conte würdig gewesen wäre, in Richtung Birgit und verschwand wieder in der Menge.

»Na ja«, bestätigte Birgit mit einem Lächeln, »wenn ich schon durch deine neuen Beziehungen zur Führungsetage der Salzburger Festspiele zu kostenfreiem hochkulturellen Genuss komme, kann ich mich auch einmal ein wenig erkenntlich zeigen.«

Merana sah sie an. Nahm sie ihn auf den Arm? Was waren das für neue Töne im Wortschatz einer Trommlerin? Egal. Er wollte keinen weiteren Gedanken mehr daran verschwenden.

»Ich mache dir einen Vorschlag, Schatz«, begann Birgit.

Schatz?, dachte Merana. Wann hatte sie mich das

letzte Mal so bezeichnet? Meistens sagte sie kurz und bündig Merana, ab und zu Martin. Und bei den schmutzigen Spielen für Buben und Mädchen sagte sie noch ganz andere Dinge. Aber Schatz war da nicht dabei.

»Dann schlage vor, Liebling«, erwiderte Merana.

»Wir bestellen uns einen Teller Antipasti misti für zwei und anschließend einen Branzino. Sandro hat mir erzählt, die hätte er heute ganz frisch bekommen. Und dann reden wir darüber, ob wir nicht, bevor die Herbstsaison im Gemeinderat beginnt, noch ein paar Tage gemeinsam Urlaub machen können.«

»Manchmal sind deine Ideen einfach Oscarpreisverdächtig. Das machen wir«, freute sich Merana, küsste sie, prostete ihr zu und gab Sandro ein Zeichen, um die Bestellung aufzugeben.

Sie hatten die Antipasti misti genossen und waren gerade mitten in einer intensiven Diskussion, ob eine Woche Umbrien oder doch ein Städteausflug nach Barcelona der ideale Urlaub wäre, als Sandro einen noch leicht dampfenden Branzino auf den Tisch stellte, garniert mit Rucola und Minze.

»Buon appetito«, gurrte der kleine Sizilianer. »Dieser Fisch ist einfach meraviglioso!« Damit verschwand er wieder. Birgit nahm Löffel und Gabel zur Hand, um den Fisch zu filetieren, als ihr Handy summte.

»Verdammt, nicht jetzt«, knurrte sie, schob das Besteck in die Linke, kramte mit der Rechten in ihrer kleinen Handtasche, brachte das Telefon zum Vorschein und schaute aufs Display. »Auch das noch«, und in Richtung Merana sagte sie, wobei sie die Augen verdrehte: »Der liebe Ex.« Sie überlegte einen Augenblick, dann drückte sie doch die Annahmetaste. »Ja?« Ihr Tonfall war distanziert. Sie hörte kurz zu, nach wenigen Sekunden veränderte sich ihr Gesichtsausdruck schlagartig. Merana nahm zunehmendes Entsetzen in ihren Gesichtszügen wahr.

»Was?«, rief Birgit hektisch und ihre Stimme wurde laut. »Wie geht es ihr? Wo ist sie?« Sie legte Gabel und Löffel mit einer fahrigen Bewegung auf den Tisch.

Merana versuchte, ihren Blick zu erhaschen. Aber sie war völlig auf das Gespräch konzentriert.

»Bist du wahnsinnig geworden?«, brüllte sie ins Telefon. Einige Gäste drehten ihre Köpfe in Birgits Richtung, die nun ganz aufgeregt loslegte. »Wie kann man nur so unverantwortlich sein! Ich komme hin, auf der Stelle.« Und damit klappte sie das Handy zu.

Merana schaute sie erstaunt an. »Was ist passiert?«

Birgit war noch immer in Fahrt, aber in ihrer Stimme klang auch Besorgnis mit. »Dieser Wahnsinnige hat Daniela heute in irgendeinen Klettergarten geschleppt, und sie ist dabei abgestürzt.«

»Abgestürzt?« Nun war auch Merana laut geworden. »Ist sie verletzt?«

Birgit packte das Mobiltelefon in ihre Tasche. »Sie hat irgendetwas an der Schulter. Starke Verrenkung oder so. Und eine Gehirnerschütterung. Sie ist im Krankenhaus in Innsbruck.« Sie stand auf. »Ich muss sofort hin.«

»Ich komme mit«, entschied Merana und erhob sich ebenfalls.

»Nein«, bestimmte Birgit, »du bleibst hier und führst dein Gespräch mit Jutta. Ich komme schon allein zurecht.«

»Aber es ist halb neun am Samstagabend. Urlaubszeit. Du brauchst bei dem starken Reiseverkehr bis Innsbruck drei Stunden. Und du bist ganz aufgeregt.«

Sie küsste ihn auf die Wange. »Deine Besorgnis ist wirklich rührend, Martin. Aber ich bin kein kleines Kind mehr. Ich schaffe das schon. Und ich rufe dich gleich an, wenn ich in der Klinik bin.« Sie drückte ihn sanft, aber bestimmt wieder auf seinen Stuhl und verließ eilig das Lokal.

»Was ist passiert?«, fragte Sandro, der herbeigeeilt war.

Merana erklärte es ihm.

»Und der Fisch?«

Merana zuckte mit den Schultern. »Ich weiß nicht. Entschuldige, Sandro. Mir ist der Appetit vergangen.«

»Madonna mia!«, klang es aus dem Mund des kleinen Sizilianers. Dann schnappte er die Teller mit dem noch immer leicht dampfenden Branzino und trug sie zurück in die Küche.

Als Jutta Ploch eine halbe Stunde später ins Lokal kam, war Merana in Gedanken immer noch bei Birgit, deren Exmann Eberhard und deren gemeinsamer Tochter Daniela. Soviel Merana wusste, kam Daniela mit ihrem Vater, der in Tirol lebte, ganz gut aus. Und er glaubte auch nicht, dass er sie in den Klettergarten ›schleppen‹ hatte müssen. So wie er Daniela einschätzte, war es vielleicht sogar ihre Idee gewesen. Und Merana war klar, dass Daniela die gluckenhafte Besorgtheit ihrer Mutter manchmal gehörig auf den Geist ging. Aber bei welcher 14-Jährigen war das nicht so?

»Sorgen, Merana?«, fragte Jutta, als sie sich setzte. Merana erzählte ihr von Birgits überraschendem Aufbruch und was der Grund dafür war.

»Oje«, bemerkte Jutta, nachdem sie Sandro ein Zeichen gegeben hatte, ihr ein Glas Wein zu bringen. »Ich möchte nicht in der Haut des armen Eberhard stecken, wenn Birgit in der Klinik ankommt. Kann sein, sie müssen ihn hernach gleich dortbehalten.«

Merana musste lachen. »Ja, das kann gut möglich sein. Wenn sie mal in Fahrt ist, weiß man nie, was dabei rauskommt.« Im Geiste sah er einen Trommelschlägel in hohem Bogen durch die Luft fliegen.

Sandro brachte Jutta den Wein, einen friaulischen Merlot, und war auch schon wieder weg. Denn das Lokal war inzwischen gerammelt voll. Und der quirlige Sizilianer hatte alle Hände voll zu tun. Merana wartete, bis Jutta von ihrem Wein gekostet hatte, dann sagte er erwartungsvoll: »Nun, was hast du mir Spannendes zu erzählen?«

Die Journalistin beugte sich vor, sah verschwörerisch nach rechts und links und erwiderte mit leicht gedämpfter Stimme: »Es ist wirklich noch topsecret, Merana.«

Der Kommissar nickte. Jutta griff mit ihrer linken Hand an den Stiel des Weinglases und dreht es spielerisch, als sammele sie ihre Gedanken.

»Am Montag«, begann sie, »um Punkt 11 Uhr werden die Festspiele eine offizielle Pressekonferenz geben. Sie werden dabei ein neues Projekt vorstellen. Ein Projekt, das internationales Ausmaß hat, und alles bisher Dagewesene in den Schatten stellen wird.« Nun nahm sie die Hand vom Weinglas, stützte die Ellbogen auf den Tisch auf, legte ihr Kinn auf die verschränkten Finger und sah Merana direkt in die Augen.

»Hat das Kind auch einen Namen?«, fragte Merana.

»Ja, hat es. Es heißt das ›Carmen-Projekt‹.«

Carmen? Merana war kein großer Opernkenner. Aber von Carmen hatte selbst er schon einmal gehört. Das war die Geschichte von der feurigen Zigeunerin, die am Schluss von ihrem gekränkten Liebhaber erstochen wird. Und den Torero-Marsch aus dieser Oper sang man sogar in den Fußballstadien.

Als hätte die Journalistin seine Gedanken gelesen, sagte sie: »Carmen kennen wirklich alle. Selbst Menschen, die noch nie einen Fuß über die Schwelle eines Theaters gesetzt haben, wissen, wer Carmen ist.«

Merana erinnerte sich, vor Jahren im Fernsehen eine Carmen-Aufführung gesehen zu haben. Herbert von Karajan hatte dirigiert und Agnes Baltsa hatte die Titelrolle gesungen. Er war beeindruckt gewesen, das hatte er noch deutlich im Gedächtnis.

»Und was soll das Besondere an dieser Festspiel-Carmen sein?«

Jutta lächelte. »Dass sie nicht nur die Festspiel-Carmen ist, sondern ein ganzes Projekt. Für ein großes Projekt brauchst du große Ideen und große Namen. Fangen wir mit den Namen an: Die Titelrolle wird die Dallabianca singen, Boris Ragulin singt den Don José.«

Merana verstand. »Das neue Traumpaar der Oper.«

Jutta nickte. »Du sagst es. Dirigieren wird Oskar Bergenthal und inszenieren wird niemand anderer als der neue aufstrebende Regiestar: Sebastiano Ramirez.«

›Wir haben mit Herrn Ramirez noch einiges vor, was uns allen große Freude machen wird.‹ Merana fielen die Worte des Intendanten wieder ein.

»Ramirez wird auch die Regie bei der Verfilmung übernehmen. Denn die Projekterfinder wollen nicht nur einfach eine Oper hier in Salzburg über die Bühne gehen lassen. Die wollen an allen möglichen Fronten große Geschütze auffahren. Es wird ein Carmen-Musical geben, Uraufführung nächstes Jahr im Herbst in London, mit einem Tourneeplan rund um den Globus. Auch in der Musicalfassung wird die Dallabianca die Titelrolle singen, zumindest die Uraufführung und die ersten zehn Vorstellungen. Aus der berühmten Habanera wollen die Produzenten einen internationalen Schmuse-Popsong machen, ebenfalls gesungen von der Dallabianca, mit dem London Symphony Orchestra, und U2 bastelt an einer Rockversion des Toreromarsches, in der auch Boris Ragulin zu hören sein wird. Die Doppel-CD wird schon im Frühjahr erscheinen, zur Ankurblung des weltweiten Interesses am gesamten Projekt. Dazu das übliche Merchandising-Geschäft: Carmen-T-Shirts, Carmen-Handys, Carmen-Klingeltöne, Carmen-Badeanzüge, Carmen-Designerkleider. Renault wird im nächsten Herbst mit einem rassigen Stadtflitzer auf den Markt kommen, in Schwarzrot, Modellname natürlich ›Carmen‹.

Der Disneykonzern ist auch mit im Boot. Geplant ist eine kinder- und familiengerechte Carmen-Adaption als Animationsfilm, ohne Stierkampf und Carmen-Tod, aber ganz sicher mit einer herzigen Carmen-Puppe, die sich weltweit millionenfach verkaufen lässt. Das Ganze ist bis ins Kleinste exakt koordiniert. Die Dallabianca ist zwar gebürtige Italienerin, aber in Amerika aufgewachsen. Das wird den Einstieg in den US-Markt noch leichter machen. Boris Ragulin ist Russe. Der bedient Osteuropa. Du siehst, Merana, das ist das Besondere an dieser Festspiel-Carmen. Das wird ein ganz großes internationales Geschäft.«

Merana hatte mit wachsendem Erstaunen zugehört. Er hatte immer nur gedacht, im Drogenhandel oder in der elektronischen Industrie gäbe es internationale Verflechtungen. Aber dass das auch mit einer ganz einfachen Oper möglich wäre, hätte er sich nie vorstellen können.

»Und hinter alledem stecken die Salzburger Festspiele?«

Jutta nickte, nahm einen schnellen Schluck vom Merlot und bestätigte: »Ja, und der Mann, der diese Idee hatte und der bei jeder verkauften Eintrittskarte, bei allen Film- und Musicalrechten, bei jeder Carmen-Puppe mitverdienen wird …«

»Wer ist dieser Mann?« Er griff zu seinem Glas, um den Rest des Weißweins zu trinken.

Jutta lehnte sich zurück. »Du kennst ihn. Der Mann ist Herwig Brehmstett.«

Merana hätte sich fast verschluckt. »Der Manager?« Entgeistert hielt der Kommissar in der Bewegung inne, das halb leere Glas in der Hand.

Die Journalistin nickte. »Ich hatte dir doch gesagt: Auch wenn er einen Widerling par excellence darstellt, ist Brehmstett ein ausgefuchster Manager. Er wittert, wo es was zu holen gibt. Ich möchte wissen, wie er es geschafft hat, die Dallabianca, den Ragulin und Sebastiano Ramirez ins Boot zu holen. Das muss ihm erst einmal einer nachmachen. An dieser lukrativen Geschäftsidee konnten die Festspiele natürlich nicht vorübergehen. Noch dazu, wo es Brehmstett gelungen ist, ein paar potente internationale Finanziers mit an Bord zu holen, ohne die es nicht gehen würde.«

›Zur Zeit habe ich wirklich besonders viele und für die Zukunft meiner Agentur enorm wichtige Termine.‹ Hatte Brehmstett nicht etwas in der Art gesagt? Merana ließ die Hand mit dem Glas sinken, lehnte sich zurück und dachte nach.

Jutta beobachtete ihn genau. Sie sah, wie es hinter Meranas Stirn arbeitete. »Merana«, sagte sie nach einiger Zeit des Schweigens, »gehst du im Geiste gerade das Gespräch mit deiner Bank durch, wie du am besten einen Kredit aufnimmst, damit du dir meine Belohnung bei den Obauers leisten kannst?«

Er verneinte grinsend.

»Also ist es etwas anderes.« Sie beugte sich vor und musterte ihn genau. »Kann es sein, dass du auch etwas weißt? Vielleicht sogar etwas, das ich nicht weiß?«

Merana lächelte erneut. »Kann sein.«

»Raus damit. Und versuch ja nicht, zu verhandeln wegen der Essenseinladung.«

»Das würde ich nie wagen. Gegen dich würde ich sowieso nur den Kürzeren ziehen.« Dann beugte er sich vor. »Jutta, wusstest du, dass der Hackner an Cosmos beteiligt war?«

Sie war erstaunt. »Der Hackner und der Brehmstett waren auch Geschäftspartner? Die Agentur gehörte beiden?«

Merana nickte. »Ja, zu etwa gleichen Teilen.«

Jutta Ploch dachte nach. »Ich erinnere mich«, sagte sie dann. »Als es dem Brehmstett vor fünf Jahren geschäftlich fast an den Kragen ging, wegen diesem in den Sand gesetzten Filmprojekt, da wurde gemunkelt, er hätte Anteile an der Agentur verkauft. Aber es war nie klar, an wen.«

Merana sah Jutta in die Augen. »Jutta, könntest du dir irgendeinen Grund vorstellen, warum der Brehmstett den Hackner hätte umbringen sollen?«

Wieder zog die Journalistin die Augenbrauen in die Höhe. »Wie kommst du zu dieser Frage, Merana? Du hast doch schon einen Mörder. Einen bedauernswerten verwirrten Mann, der leider auch tot ist. Ist es nicht so?«

Merana ging nicht auf die Frage ein. »Kannst du dir vorstellen, er hätte ihn wegen dieser Sache, wegen dieses Carmen-Projekts umbringen können, um mehr zu verdienen? Das würde wohl kaum etwas bringen. Er würde Hackners Agenturanteile bestimmt nicht bekommen. Die kriegt doch aller Voraussicht nach der Bruder. Also warum sollte er ihn umbringen? Warum sollte er zudem eine seiner besten Kühe im Stall schlachten, an der er als Agent immer noch viel verdiente?«

Jutta gab Sandro ein Zeichen, er möge zwei weitere Gläser Wein bringen. Die Journalistin ergriff erneut das

Wort. »Also wenn du mich fragst: Ich glaube nicht, dass der Hackner etwas vom Carmen-Projekt wusste.«

»Warum?«

»Erstens: Geschäftliches hat den Hackner noch nie interessiert. Ich glaube, er hat auch wenig davon verstanden.«

Das ist wohl richtig, dachte Merana. Er erinnerte sich an die Worte von Deborah Jadlinski. ›Von praktischen Dingen im Leben verstand er nicht viel. Ihn interessierten auch Geschäfte nicht oder Geld.‹

»Und zweitens«, redete Jutta Ploch weiter. »Wenn er davon gewusst hätte, hätte er sich garantiert quergestellt.«

»Warum?«

»Denk doch nach, Merana. Bei all dem, was ich dir eben erzählt habe, ist da auch nur einmal der Name Hackner aufgetaucht? Und das hat nichts damit zu tun, dass er tot ist. Der Name wäre genauso wenig gefallen, wenn er noch am Leben wäre. Wenn Hackner davon erfahren hätte, hätte er garantiert darauf bestanden, dass er Regie bei diesem Carmen-Projekt führt, bei der Oper, beim Film, beim Musical. Aber das würden die Festspiele nicht zulassen, und schon gar nicht die internationalen Finanziers. Die wollen Ramirez, den kommenden Mann, den Star mit Zukunft. Und nicht das Auslaufmodell Hackner.«

Sandro stellte die zwei georderten Gläser Wein auf den Tisch.

»Aber hätte sich der Hackner denn wirklich querstellen können? Er hatte nur 49 Prozent Anteile. Kann man sich mit 49 Prozent querstellen?«

Jutta zuckte mit den Schultern. »Das weiß ich nicht. Ich kenne die Abmachung zwischen den beiden nicht. Das musst du schon Brehmstett fragen. Aber eines weiß ich mit Sicherheit, so wie ich den Hackner kannte: Der hätte sich quergestellt! Garantiert! Auch ohne irgendwelche Anteile. Das hätte er sich nicht gefallen lassen. Dass da sein persönlicher Agent plötzlich einen Big Deal aushandelt und er wäre nicht dabei.«

Merana dachte nach. Hätte er das tatsächlich getan? Aber vielleicht hatte er es doch gewusst, und es hatte ihn nicht interessiert?

Merana blickte auf die Uhr und grübelte weiter. Es war kurz nach 22 Uhr. Und es war Samstagabend. Aber der Kommissariatsleiter wusste, dass er seinen besten Fährtenleser zu jeder Tages- und Nachtzeit anrufen konnte. Also auch jetzt.

Otmar Braunberger war auch sofort am Telefon. Merana fragte ihn, ob er schon etwas von Brehmstett gehört hätte.

Braunberger verneinte. »Der ist wie vom Erdboden verschluckt. Das Handy ist ausgeschaltet und in seinem Hamburger Büro geht der Anrufbeantworter ran. Aber den treibe ich schon auf.«

Davon war Merana überzeugt. »Wenn du ihn erreichst, Otmar, und damit konfrontierst, dass er uns nichts von Hackners Anteilen an seiner Agentur gesagt hat, dann frag ihn doch gleich auch, wann er die 2 Prozent zurückgekauft hat. Denn der Hackner hatte ja ursprünglich 51 und laut Testament jetzt nur mehr 49 Prozent.«

»Mach ich, Martin.«

Merana beendete das Gespräch und dachte nach, wie er das Gehörte einordnen sollte.

Er blieb noch eine halbe Stunde bei Jutta sitzen, dann brachen beide auf.

Bevor sie sich auf dem kleinen Platz vor dem Lokal verabschiedeten, fragte Merana noch: »Warum hat dir der Kulturchef des ORF das alles erzählt?«

»Ich habe dir doch gesagt, er war mir noch einen Gefallen schuldig. Und außerdem war er sauer, weil die Festspiele das Projekt nicht mit dem ORF machen wollten, sondern mit einem japanischen Fernsehsender.« Sie küsste ihn zum Abschied auf die Wange und ging.

Auf der Heimfahrt rief ihn Birgit an. Daniela gehe es ganz gut. Die Schulterverletzung sei nicht so schlimm, in drei Wochen würde sie kaum mehr etwas davon spüren. Aber sie habe eine Gehirnerschütterung und man wollte sie noch zwei bis drei Tage zur Beobachtung im Krankenhaus lassen.

»Ich bleibe in Innsbruck, Martin, solange Daniela im Krankenhaus ist.«

»Dann komme ich morgen.«

»Nein, Martin, das ist nicht nötig. Schau, dass du dich einen Tag lang halbwegs erholen kannst. Es war eine schwere Woche für dich. Sollte Daniela länger bleiben müssen, kannst du immer noch kommen.«

»Und der Jedermann morgen?«

»Du wirst schon jemanden finden, der dich begleitet.«

»In Ordnung. Sag Daniela einen schönen Gruß und gib ihr einen Kuss von mir.«

»Mache ich. Gute Nacht, Martin.«

»Gute Nacht.«

SONNTAG, 6. AUGUST, 08.30 UHR

Als Merana erwachte, war es halb neun. Dieses Mal hatte ihn kein Handyschrillen aus dem Schlaf gerissen. Er ging unter die Dusche und frühstückte im Anschluss ausgiebig. Er nahm sich sogar Zeit, Speck und Eier in der Pfanne zu braten, was er für gewöhnlich nie tat. Nach dem Frühstück rief er Birgit an. Sie klang frisch und ausgeruht. Ja, Daniela gehe es gut. Alles in Ordnung.

»Hast du schon jemanden für den Jedermann gefunden?«

Nein, hatte er nicht, aber darum würde er sich gleich kümmern. Nach dem Gespräch mit Birgit wählte Merana Carolas Nummer. Als sie sich meldete, fragte er, ob sie Lust hätte, ihn zur Jedermannaufführung auf dem Domplatz zu begleiten.

»Danke, Martin, sonst sehr gern, aber ich muss ab Mittag für Heidemarie den Dienst übernehmen. Sie hat mich gerade angerufen. Ihre Mutter wurde ins Krankenhaus eingeliefert. Du weißt, dass Heidemarie immer für mich einspringt, wenn ich wegen Hedwig nicht kann. Jetzt braucht sie einmal meine Hilfe, und da will ich auch dazu stehen.« Abteilungsinspektorin Heidemarie Tschenner gehörte zur Fachabteilung Betrug und hätte heute Journaldienst, den sich die Beamten aus allen Fachabteilungen nach einem bestimmten Schema aufteilten.

Daraufhin versuchte Merana es bei Otmar. Aber auch dort holte er sich eine Absage.

»Danke, Martin, mir reichen die Toten bei der

Arbeit, da muss ich nicht auch noch auf der Bühne welche sterben sehen. Außerdem bin ich nach wie vor hinter Brehmstett her. Und ich will unbedingt den jungen Mann aus dem Hotel auftreiben. Du wirst schon jemanden finden.«

Merana dachte nach. Wen sollte er fragen? Jemanden aus seinem Freundeskreis? Einen anderen Kollegen? Plötzlich kam ihm eine Idee. Er rief in der Zentrale an und ließ sich die Nummer von Andrea Lichtenegger geben. Er erreichte die junge Frau offenbar im Badezimmer, denn im Hintergrund hörte er Wasserrauschen.

»Ja, hallo.«

»Guten Morgen, Andrea, hier ist Martin Merana.«

Einen Augenblick war es still. Dann hörte er sie überrascht sagen: »Herr Kommissar? Einen Moment, ich drehe nur schnell den Badewannenhahn zu.«

Ein Klicken an seinem Ohr verriet ihm, dass sie das Handy zur Seite legte. Das Rauschen im Hintergrund hörte auf. Sie war schnell zurück. »Entschuldigung, ich war ein bisschen überrascht von Ihrem Anruf. Was kann ich für Sie tun?«

»Möglicherweise kann ich etwas für Sie tun«, meinte Merana. »Oder andersherum. Vielleicht können doch Sie für mich etwas tun, ich meine …« Er kam etwas aus dem Konzept. »Ich mache es kurz. Ich habe zwei Karten für den Jedermann heute Abend. Meine …« Er wusste nie, wie er Birgit halbwegs treffend bezeichnen sollte. Lebensabschnittspartnerin? Erstens fand er das Wort grässlich und zweitens stimmte es für ihre Beziehung sowieso nicht. Lebensgefährtin? Klang ihm zu hochtrabend.

»Also, die Dame, die ursprünglich mit mir zu der Aufführung gehen wollte, ist verhindert, und da dachte ich, eventuell möchten Sie ...?«

»Ich?« In ihrer Stimme klang Überraschung, aber auch ein wenig Unsicherheit mit.

Möglicherweise war das doch keine so gute Idee, dachte Merana.

Doch sie sagte schnell: »Aber ja, warum nicht? Ich meine, gern.«

»Gut, Andrea. Die Vorstellung beginnt um 18 Uhr. Ich schlage vor, wir treffen uns um halb sechs vor der Residenz. Einverstanden?«

»Ja, ich werde da sein, und danke.«

Sie wartete. Er wusste nicht, was er noch sagen sollte, und beendete die Verbindung, nachdem er sich verabschiedet hatte. Irgendwie komme ich mir vor wie ein alter Depp, der ein Schulmädchen anbaggert. War da was dran? Wollte er sie anbaggern? Eine 22-Jährige?

»Quatsch«, sagte Merana laut und stand auf. Aber er konnte sich vorstellen, was das für ein Gerede gab, wenn irgendwie durchsickerte, dass der Kommissariatsleiter der Fachabteilung ›Mord/Gewaltverbrechen‹ die hübsche Kollegin von der Streife zum Jedermann eingeladen hatte.

»Na und?«, sagte Merana laut zu sich selbst. »Ist doch egal.«

Und genau dasselbe formulierte ein paar Kilometer entfernt im Badezimmer ihrer kleinen Garçonnière im vierten Stock auch die Streifenbeamtin Andrea Lichtenegger. »Ist doch egal, was die Kollegen sagen werden.« Dann drehte sie das Wasser wieder an und stieg nackt, wie sie es die ganze Zeit über am Telefon gewesen war, wieder in die Badewanne.

Nach dem Gespräch mit Andrea Lichtenegger nahm sich Merana einen großen Block, setzte sich im Wohnzimmer auf die Couch und schrieb in die Mitte des Papiers den Namen HACKNER. Er notierte ringsum alle Namen, die ihm im Laufe dieses Falls bisher untergekommen waren, von Aichmüllers Putzfrau und dem obdachlosen Ferdl bis hin zum Festspielintendanten und den Jedermann-Schauspielern. Zu jedem Namen vermerkte er zwei, drei wichtige Stichworte und schrieb auch auf, in welcher Beziehung sie zu Hackner und den anderen Personen auf dem Block standen. Dann begann er Verbindungslinien zwischen den Namen zu ziehen.

Bei jeder einzelnen Linie dachte er intensiv darüber nach, was diese Verbindung bedeutete. Damit war er den ganzen Vormittag über beschäftigt. Eben zog er eine weitere Linie zwischen dem Festspielintendanten Doktor Vital und Herwig Brehmstett und schrieb darüber ›Carmen‹, als sein Handy sich meldete. Die Nummer kannte er nicht. Er drückte trotzdem die Annahmetaste.

»Hallo?«

»Hallo, Herr Kommissar.«

Es war Kaltner. Der hatte ihn noch nie auf dem Handy angerufen.

»Ich war gestern bei einer Vernissage, Herr Kommissar. Viel Prominenz. Politik, Festspielleitung, Wirtschaft. Ein paar der üblichen Adabeis.«

»Und?«

»Ich habe versucht, Ihren Auftrag umzusetzen, mich ein bisschen umzuhören, da und dort eine Frage unterzubringen, und mir ist tatsächlich etwas zu Ohren gekommen, das zwar nichts heißen muss, aber Sie doch interessieren könnte.«

»Vom Direktorium? Von der Leiterin des Besetzungsbüros?«

»Nein, diese Herrschaften würden nie etwas sagen. Absolute Diskretion ist in der Führungsetage ein ungeschriebenes Gesetz. Da könnte selbst ich mit meinem hinlänglich als umwerfend bekannten Charme nichts ausrichten.«

Merana hörte Kaltner beim letzten Satz lachen. Nanu, dachte er, Selbstironie habe ich bei meinem jungen Kollegen noch nie feststellen können.

»Nein, Herr Kommissar, da war nichts zu machen. Aber es gibt eine kleine Assistentin im Besetzungsbüro, so eine Rothaarige mit ziemlich üppigen, ich meine, sie ist gut gebaut. War schon einigermaßen beschwipst. Hat groß getan, wen sie alles kennt, wer von den Sängern und Schauspielstars sie schon ins Bett bringen wollte und wem es tatsächlich gelungen ist, sie auf die Matte zu legen. Und dabei sind wir, nach einigen weiteren Gläsern Moët & Chandon, auch auf den Hackner zu reden gekommen.«

»Und, war sie mit dem in der Kiste?«

»Das habe ich sie auch gefragt. Wie gesagt, sie war schon ziemlich betrunken, aber sie lallte irgendwann etwas sehr Merkwürdiges daher: Nein, sagte sie, denn wenn ich von dem schwanger geworden wäre, hätte er mich vielleicht auch die Treppe runtergestoßen. Ich fragte nach, wie sie das meinte. Aber sie konnte sich schon beim nächsten Satz nicht mehr an den vorigen erinnern. Und sonst war nichts weiter aus ihr rauszubekommen.«

Merana stellte sich für eine Sekunde vor, wie Gruppeninspektor Gebhart Kaltner im schicken Sommeranzug zwischen sündteuren Skulpturen mit einer betrunkenen rothaarigen Assistentin auf irgendeinem futuristischen Sitzmöbel lungerte, ihr andauernd Champagner einschenkte und sie dazu ermunterte, doch von ihrer reichen Erfahrung und ihren Erlebnissen mit den Stars zu erzählen. Ein nicht sehr erfreuliches Bild, aber es hatte immerhin zu einem Ergebnis geführt.

»Danke, Kaltner.«

Beide sprachen noch jeder eine halbherzige Höflichkeitsfloskel in den Telefonhörer und das Gespräch war beendet. Konnte etwas dran sein an dem Gelalle einer betrunkenen kleinen Mitarbeiterin? Oder hatte sie nur eines der vielen bösartigen Gerüchte aufgeschnappt, die dort herumschwirrten, wie anderswo auch, und es einfach weitergetratscht? Es gab wohl nur eine Person, die darauf eine Antwort geben konnte. Merana sah auf die Uhr. Es war kurz vor 12. Um 18 Uhr begann der Jedermann. So gegen 16 Uhr würde sie wahrscheinlich in die Maske müssen. Vielleicht hatte er Glück. Er musste es probieren.

SONNTAG, 6. AUGUST, 12.45 UHR

Als Merana eine Dreiviertelstunde später das Foyer des ›Toscanini‹ auf dem Mönchsberg betrat, sah er am Empfang einen jungen Mann in grauem Anzug, den er bei den ersten beiden Besuchen noch nicht gesehen hatte.

»Guten Tag. Was kann ich für Sie tun?«, fragte der junge Mann, und seine Stimme war geschmeidig, wie man sich das von einem Hotelportier der gehobenen Klasse erwarten durfte.

Merana zeigte seinen Ausweis. »Ich möchte gern zu Frau Haubendorf. Ist sie in ihrem Zimmer?«

Der junge Mann nickte eifrig. »Ja. Soll ich Sie anmelden?«

»Nicht nötig«, lächelte Merana und ging zur Treppe. »Ich finde mich schon zurecht.« Oben angekommen klopfte er vorsichtig an die Tür der Mahler-Suite. Ein schwaches »Ja, komm rein« ertönte von drinnen. Komm rein? Erwartete sie jemanden? Merana öffnete die Tür und trat ein. Das Vestibül war leer, aber die Tür zum Schlafzimmer stand offen. Ramina Haubendorf lag auf dem gemachten Bett. Sie war angezogen, trug eine helle Hose und eine dunkle, bestickte Bluse mit weiten Ärmeln.

»Herr Kommissar?« Sie richtete sich erschrocken auf. Ihn hatte sie offenbar nicht erwartet.

»Entschuldigen Sie.« Sie war verwirrt, setzte sich ganz auf, schwang die Beine auf die linke Bettseite, tastete mit den nackten Füßen nach den kleinen silberfarbenen

Slippern, die neben dem Bett standen. »Ich habe heute Abend Vorstellung. Ich habe mich ein wenig hingelegt. Was wollen Sie von mir? Ich muss mich ausruhen.«

Merana stand mitten im Zimmer und schaute auf die junge Frau hinunter, die mittlerweile auf dem Bettrand saß und die Füße in die Slipper steckte. Ihr Gesicht war immer noch blass, die türkisfarbenen Augen wirkten matt.

»Ich halte Sie gar nicht lange auf, Frau Haubendorf. Darf ich mich setzen?«

Sie deutete vage auf einen der Hocker in der Sitzgruppe.

Merana nahm Platz. »Wie geht es Ihnen?«

Sie begann, mit den Fingern der linken Hand über den rechten Handrücken zu schaben. »Danke, ganz gut.« Sie schaute ihn angespannt an. Ihre matten Augen glitten unruhig durchs Zimmer, als suche sie etwas. »Aber deswegen haben Sie sich wohl nicht herbemüht. Bitte kommen Sie zum Punkt, Herr Kommissar. Ich will mich wieder hinlegen.«

Na gut, dachte Merana. Dann halt ohne sanfte Einleitung. Dann eben auf die härtere Tour. »Frau Haubendorf. Sie haben mir beim letzten Mal etwas verschwiegen. Sie sagten, Sie seien zu Beginn des Jahres in einer Schweizer Klinik gewesen.«

Ihre Augen richteten sich schlagartig auf ihn. Merana sah das Aufflackern von Angst.

»Ja, das stimmt auch. Das habe ich Ihnen gesagt.«

»Aber Sie haben mir nicht gesagt«, Meranas Stimme nahm an Schärfe zu, »warum Sie den Nervenzusammenbruch hatten.«

Jetzt war blanke Panik in ihren Augen zu erkennen.

»Sie hatten den Nervenzusammenbruch, weil Sie eine Treppe hinuntergestürzt waren, und infolge des Sturzes einen Abortus hatten. Sie waren im vierten Monat schwanger!«

Sie bearbeitete ihre rechte Hand wie wild und stammelte: »Hören Sie auf, das geht Sie nichts an!« Dann riss sie beide Hände nach oben und presste sie gegen ihre Ohren. »Das geht Sie nichts an! Ich will das nicht hören.« Sie wimmerte.

Merana trat auf sie zu und riss ihr die Hände von den Ohren. »Waren Sie von Hans Dieter Hackner schwanger? Hat er sie die Treppe hinabgestoßen?«

»Hören Sie auf!«

Merana hatte gar nicht mehr mit einem solchen Energieausbruch gerechnet.

»Hören Sie endlich auf!«

Merana wollte gerade zur nächsten Frage ansetzen, als er an der Schulter herumgerissen wurde. Er sah in das entsetzte, wutverzerrte Gesicht eines jungen Mannes, in der nächsten Sekunde bekam er einen heftigen Stoß an die Brust und flog gegen den Tisch der Sitzgarnitur.

»Was wollen Sie hier? Wer sind Sie?«, stieß der Angreifer hervor und trat drohend auf Merana zu.

Der hob rasch die Hand und sagte: »Polizei.«

Der junge Mann hielt inne. »Polizei. Führen Sie so Ihre Verhöre? Mit Handgreiflichkeiten?«

Ramina Haubendorf hockte immer noch wimmernd auf ihrem Bett.

Merana stand auf. »Ich habe ihr nur die Hände von den Ohren genommen, damit sie meine Fragen hört. Und wer sind Sie?«

Der junge Mann setzte sich neben Ramina aufs Bett und legte ihr die Arme um die Schultern. Sie drehte sich zu ihm hin, drückte das Gesicht gegen seine Brust und weinte stumm. Ihr ganzer Körper zuckte.

»Ich heiße Alex Danovski. Ich bin ein Freund von Ramina.«

Merana betrachtete ihn. Er war mittelgroß, so um die 1,75 Meter, schätzte Merana, und hatte dunkelblondes, gewelltes Haar.

»Aus Salzburg?«, fragte Merana.

Danovski schaute ihn böse an. »Ich bin Student an der hiesigen Uni. Im Sommer jobbe ich als Billeteur bei den Festspielen. So habe ich Ramina kennengelernt. Ich bin nichts als ein Freund. Und jetzt wäre es wohl besser, wenn Sie wieder gehen.«

Merana ließ sich wieder auf dem Hocker nieder. »Ich habe aber noch ein paar Fragen an Frau Haubendorf.«

Der junge Mann schickte ihm einen wilden Blick zu. Glücklicherweise sind seine Hände mit der weinenden Frau beschäftigt, dachte Merana. Sonst würde er mir wohl an die Gurgel fahren.

»Sehen Sie denn nicht, in welchem Zustand sie sich befindet? Was Sie mit Ihren Fragen angerichtet haben? Was wollen Sie überhaupt von ihr? Der Mordfall ist doch schon abgeschlossen, wie ich in der Zeitung gelesen habe.«

»Für mich ist er noch nicht abgeschlossen. Er wird

es erst dann sein, wenn ich auf einige meiner Fragen Antworten bekommen habe.«

»Ramina kann es nicht gewesen sein. Sie war zum Tatzeitpunkt bei mir!«

»Bei Ihnen?«

»Ja, sie ist in der Nacht nach dem schrecklichen Vorfall sofort zu mir gekommen.«

»Sie weiß, wo Sie wohnen?«

»Ja, ich habe sie einmal eingeladen und für sie gekocht.«

»Woher wissen Sie, dass sie sofort nach dem Vorfall während der Premierenfeier zu Ihnen gekommen ist und nicht vorher woanders war?«

»Sie war um halb zwei da.«

»Was hatte sie an?«

Danovski hörte auf, Ramina zu streicheln und sah Merana an. In seinem Blick stand Wachsamkeit. »Warum? Was soll das alles?«

»Was hatte sie an? Beantworten Sie einfach diese Frage.«

»Ein weißes Kleid.«

»Haben Sie eine Ahnung, wo es ist? Hier im Hotel angekommen ist Frau Haubendorf nämlich in Jeans und T-Shirt. Und die waren ihr viel zu groß. Ihre Sachen?«

»Ja. Sie war gestürzt. Das Kleid war schmutzig und zerrissen. Ich habe es weggeworfen.«

»Wohin?«

»Weiß ich nicht mehr. In die Mülltonne wahrscheinlich.«

»Als wir Frau Haubendorf befragten, wo sie war,

sagte sie nicht, dass sie bei Ihnen war. Sie meinte, sie könne sich an nichts erinnern.«

»Das war wohl auch so. Sie war sehr verwirrt. Es genügt doch, wenn ich mich an alles erinnern kann. Sie war bei mir. Und das werde ich auch jederzeit bezeugen. Und jetzt gehen Sie, bitte.«

»Wir haben einen Zeugen, der Frau Haubendorf in der Mordnacht gegen 3 Uhr in der Salzburger Innenstadt gesehen hat.«

Das wachsame Flackern in den Augen des Studenten verstärkte sich. Er war auf der Hut. Es war offensichtlich, dass er versuchte, seiner Stimme einen festen Klang zu geben. »Das muss ein Irrtum sein. Wie ich Ihnen schon mitgeteilt habe, sie war ab halb zwei bei mir. Es ging ihr nicht gut. Sie ist bis Dienstag geblieben.«

Merana taxierte ihn. »Ich zweifle an Ihrer Aussage, ich denke, Sie lügen.«

Danovskis Blick wurde trotzig. »Beweisen Sie mir das Gegenteil.«

»Das werde ich, wenn es notwendig ist. Verlassen Sie sich darauf.«

»Dann können Sie jetzt ja gehen. Sehen Sie denn nicht, dass Sie schon genug angerichtet haben?« Mit diesen Worten legte er die noch immer stumm weinende Schauspielerin behutsam aufs Bett.

»Ich brauche Ihre Daten«, bat Merana. Widerwillig nannte ihm der junge Mann Adresse und Handynummer. Dann drehte er sich wieder zu Ramina Haubendorf und strich ihr behutsam übers Haar. Erst jetzt bemerkte Merana, dass der Student ein schwarzes T-Shirt trug. Mit einem großen roten Drachen auf dem Rücken.

Merana achtete nicht auf die prächtig im Mittagssonnenlicht vibrierenden Dächer der Stadt tief unter ihm, als er zum Mönchsbergaufzug ging. Er war zu sehr mit dem Gedankenkarussell beschäftigt, das in seinem Kopf unaufhaltsam rotierte.

SONNTAG, 6. AUGUST, 13.30 UHR

Als Merana am Fuß des Mönchsberg aus dem Aufzug stieg, läutete das Handy.

Es war Otmar und er war, was bei ihm selten vorkam, aufgeregt. »Ich habe endlich Brehmstett aufgetrieben. Er ist am Flughafen, will nach London. Sein Flug geht in exakt 33 Minuten. Ich mache mich auf den Weg.«

Merana schaute auf die Uhr. Das war zu schaffen. »Okay, Otmar, ich komme auch hin. Wir treffen uns dort.«

Dann rief Merana die Polizeiwachstube ›Rathaus‹ an. Zwei Minuten später saß er in einer Funkstreife, die mit Blaulicht und Folgetonhorn in Richtung Flughafen raste.

Als Merana am Flughafen aus der Streife sprang, sah er, wie Otmar gerade durch die sich öffnende Glastür in die Abfertigungshalle stürmte. Merana setzte sich in Bewegung. Sein Lauftraining machte sich bezahlt, immerhin holte er Otmar sofort ein. Sie brausten mit gezückten Dienstausweisen durch die Kontrolle und erreichten Brehmstett, als er gerade in den Transportbus steigen wollte, der die Passagiere die 500 Meter bis zur Maschine bringen sollte.

»Herr Brehmstett, halt. Bitte warten Sie. Wir brauchen Sie für einen Moment!«

Der Manager drehte sich verwundert um. »Herr Kommissar, Ihr Interesse für meine Person schmeichelt mir. Aber ich muss leider dringend nach London. Sie sehen, das Flugzeug ist startbereit.«

»Wir halten Sie nicht lange auf, Herr Brehmstett. Nur eine Frage. Mein Kollege Braunberger wird das sofort regeln. Die Maschine wird auf Sie warten.«

Brehmstett schaute ihn mit lauerndem Blick an. »Hat das nicht bis später Zeit? Ich bin morgen Vormittag zurück.«

»Nein«, sagte Merana bestimmt und nahm Brehmstett am Arm. »Das hat nicht bis morgen Zeit.«

Braunberger kam zurück. Er hatte mit einer Dame vom Flughafenpersonal geredet, die daraufhin eine Anweisung in ihr Funkgerät sprach. Der Transportbus war inzwischen abgefahren.

»Die Frage ist wirklich ganz einfach. Und wir hoffen, Sie haben auch eine einfache Antwort. Dann geht es sehr schnell. Also, Herr Brehmstett. Warum haben Sie uns nicht erzählt, dass Hans Dieter Hackner an Ihrer Firma beteiligt war?«

Nur für einen ganz kurzen Augenblick schien Brehmstett aus der Fassung zu geraten. Aber er hatte sich sofort wieder unter Kontrolle und antwortete mit gespieltem Erstaunen: »Aber das war doch nie Thema unseres Gespräches, Herr Kommissar. Hätten Sie mich nach Firmenbeteiligungen gefragt, hätte ich es Ihnen erzählt. Als ich vor fünf Jahren wegen eines nicht so ganz optimal verlaufenen Projektes geschäftlich in Schwierigkeiten kam, hat mir Hans Dieter finanziell aus der Patsche geholfen. Er war, das sagte ich Ihnen ja schon, ein feiner Kerl. Und mehr ist dazu nicht anzufügen. Kann ich jetzt zu meinem Flugzeug?«

»Einen Moment noch. Wir wissen von Ihrem großen Coup, vom Carmen-Projekt.«

Jetzt war Brehmstett wirklich überrascht. Ein paar Sekunden schwieg er, dann entgegnete er: »Respekt, Herr Kommissar. Ich hoffe, die Polizei kann bis morgen Mittag schweigen.«

»Sie kann, wenn es sein muss«, antwortete Merana. »Was mich in diesem Zusammenhang aber interessiert, Herr Brehmstett: Hat Hans Dieter Hackner vom Carmen-Projekt gewusst?«

Ein zweites Mal ließ sich Brehmstett offenbar nicht aus der Fassung bringen. Die Antwort kam schnell. »Aber natürlich, Herr Kommissar. Er war in die Planung eingeweiht.«

»Und wenn ich Ihnen das nicht glaube? Wenn ich Ihnen sage, er hätte sich einem Projekt, an dem er künstlerisch nicht beteiligt wurde, in den Weg gestellt? Wenn ich Ihnen sage, er hat nichts davon gewusst, aber doch irgendwie davon erfahren, und ist deshalb so wütend geworden?«

Der stämmige grauhaarige Mann schüttelte leicht amüsiert den Kopf. »Sie vergessen eines, Herr Kommissar. Der gute Dieter hatte nicht mir eine geknallt, sondern der lieben Ramina.«

»Und wenn ich Ihnen mitteile, das eine hat womöglich mit dem anderen nichts zu tun? Wenn ich Ihnen also noch einmal versichere, er hat am Abend davon erfahren, war wütend auf Sie und hätte Ihnen in jedem Fall Schwierigkeiten gemacht? Und Sie hatten also ein starkes Motiv und auch eine gute Gelegenheit, ihn umzubringen.

Was sagen Sie dann?«

Jede Amüsiertheit war aus dem Gesicht von Brehmstett verschwunden. Und seine Stimme war eiskalt, als er langsam sagte: »Dann versichere ich Ihnen: Sie sind völlig auf dem Holzweg. Das stimmt alles nicht. Und das Gegenteil müssen Sie mir erst beweisen.«

Das war schon der Zweite an diesem Tag, der so konterte.

»Das war es wohl, Herr Kommissar«, grinste Brehmstett und wollte auf die Dame vom Flughafenpersonal zugehen.

»Moment noch!« Otmar Braunberger legte seine Pranke hart auf die Schulter des Managers. Der sah zuerst erstaunt den Abteilungsinspektor an und dann dessen Hand auf seiner Schulter.

»Ich denke, ich sollte doch noch vor dem Abflug mit meinem Anwalt telefonieren.«

Braunberger nahm die Hand runter. »Tun Sie, was Sie für richtig halten. Aber zuerst noch eine letzte Frage. Haben Sie versucht, die Anteile von Hackner wieder zurückzukaufen?«

»Nein«, erwiderte Brehmstett barsch. »Wenn Sie mir nicht glauben, überprüfen Sie es. Er hatte 51 Prozent, ich 49.«

»Warum hatte er die knappe Mehrheit und nicht Sie?«

»Die Aufteilung war damals fair. Hans Dieter hatte mir ziemlich viel Geld gegeben. Genau genommen hätte er sogar noch mehr dafür bekommen. Aber das wollte er nicht, 51 Prozent genügten ihm. Und jetzt entschuldigen Sie mich.«

»Was machen Sie in London, Herr Brehmstett, wenn ich diese Frage noch anfügen darf?«

»Wenn Sie schon von meinem Projekt wissen, können Sie sich vorstellen, dass ich derzeit einige wichtige finanzielle Vereinbarungen unter Dach und Fach bringen muss. Aus Vorverträgen Nägel mit Köpfen machen. Und die wichtigsten Finanziers, Herr Kommissar, die trifft man in London. Wünsche einen schönen Sonntag, die Herren.« Und damit kehrte er ihnen endgültig den Rücken zu und lief auf die Dame vom Flughafenpersonal zu, die ihn mit einem Buggy zur Maschine brachte.

»Ich glaub dem Kerl kein Wort«, schimpfte Braunberger.

»Ich auch nicht«, bestätigte Merana. »Aber er hat recht. Es ist nur eine Theorie, und sie steht auf sehr schwachen Beinen. Wir haben keine Beweise.«

Merana sah auf die Uhr. Kurz nach zwei. Er musste nach Hause, sich umziehen.

»Ach übrigens, Otmar. Du kannst die Suche nach dem jungen Mann einstellen. Ich habe ihn gefunden. Besser gesagt, er hat mich gefunden und zur Begrüßung gegen eine Hotelzimmersitzgruppe geknallt.«

Braunberger sah seinen Chef verwundert an.

»Ich erzähle es dir auf der Rückfahrt.«

SONNTAG, 6. AUGUST, 15 UHR

Daheim angekommen telefonierte er erneut mit Birgit. »Wie geht es Daniela?«

»Gut. Sie darf am Dienstag das Krankenhaus verlassen.«

»Bleibt sie noch bei ihrem Vater?«

»Nein. Sie braucht Mamas Fürsorglichkeit. Ich nehme sie mit.«

Merana hatte nicht nachgefragt, ob das auch die Tochter so sah oder ob das der Mama ganz allein eingefallen war, hatte noch Grüße und Küsse durchs Telefon geschickt und anschließend aufgelegt. Er hatte sich ohnehin schwer auf das Gespräch konzentrieren können, denn in seinem Gehirn arbeitete es. Verrannte er sich hier in etwas? War die Lösung ganz simpel und längst offensichtlich? Hatte doch der bedauernswerte Kapuziner-Schorsch in seiner Verwirrtheit und in seiner Panik zugestochen? Aber das Zustechen mit dem Dolch passte einfach nicht zur Verhaltensweise eines aus dem Schlaf gerissenen Obdachlosen. Der hätte dem Hackner vielleicht einen Stoß versetzt, höchstens. Oder war Hackner seinerseits noch mehr erschrocken als der Alte? Und hatte er den Obdachlosen mit dem Dolch bedroht, weil er nicht wusste, wie ihm geschah? Merana konnte sich das alles nur schwer vorstellen. Es passte einfach nicht zusammen. Und erst der Anblick des toten Hackner, dieses merkwürdige Arrangement mit den gefalteten Händen! Aufgesetzt. Theatralisch. Das war ihm von Anfang an aufgestoßen.

Merana holte sich den Block mit den Namen und den Linien. Langsam fuhr er die Gerade nach, die die Namen HACKNER und HAUBENDORF verband. War etwas dran an der Geschichte mit dem Treppensturz? War Ramina von Hackner schwanger gewesen? Hatte tatsächlich Hackner Ramina die Treppe runtergestoßen? Bei einem Streit, einer Auseinandersetzung? Dann betrachtete Merana die Linie, die er zwischen Ramina Haubendorf und dem Zeugen, dem Bauingenieur, gezogen hatte.

Merana war sich sicher, dass der Zeuge Ramina gesehen hatte.

Und da war ja auch noch dieser Ferdl, der Obdachlose, der gesehen hatte, wie die gespenstische Weiße Frau sich in der Salzach das Blut von den Händen gewaschen hatte. Das konnte kein Zufall sein.

Merana setzte einen neuen Namen auf den Block: Alex Danovski. Er war überzeugt, dass der junge Mann gelogen hatte. Sollte er auf eine Gegenüberstellung zwischen der Haubendorf und den beiden Zeugen bestehen, dem Bauingenieur und dem obdachlosen Ferdl? Diesem Vorhaben würde der Polizeipräsident nie zustimmen, geschweige denn der Staatsanwalt. Merana stand wieder mitten in seinem Wohnzimmer und lief im Kreis. Er sah auf die Uhr. Es war kurz vor vier.

Das Handy läutete. Es war Otmar Braunberger. »Der Zeuge war hier, eben aus Spanien zurückgekommen. Macht einen zuverlässigen Eindruck. Ich zeigte ihm einige Fotos von der Haubendorf. Auch Bühnenfotos, wo sie ein Kleid trägt. Er ist sich ziemlich sicher, dass sie es war. Aber eben nur ›ziemlich‹, hundertprozentig beschwören könne er es nicht.«

»Danke, Otmar.« ›Ziemlich sicher hörte sich doch gut an. Was hat die Haubendorf gemacht zwischen dem Zeitpunkt, als sie aus dem Bischofsbräu rannte und ihrer Ankunft bei Alex Danovski? Und das war sicher später als halb zwei gewesen. Der Bauingenieur hatte sie um circa drei Uhr gesehen.

Merana begann wieder, seine Kreise zu ziehen. In seinem Kopf hämmerte es wie in einem Bergwerk. Ununterbrochen. Er marschierte und marschierte. Und kam dennoch nicht weiter.

Er hielt abrupt inne, eilte ins Schlafzimmer und holte die Klarinette. Er setzte sich hin und nahm das Spiel wieder auf. Das entspannte vielleicht. Es ging tatsächlich besser als das letzte Mal. Aber nicht lange. Er konnte sich nicht auf die Noten konzentrieren. Als er sich mehrfach hintereinander an derselben Stelle verspielte, legte er die Klarinette weg.

Es war Zeit, sich noch einmal zu duschen und dann umzuziehen. Und wieder schrillte das Handy. Merana drückte die Annahmetaste und hörte eine aufgeregte Elena Braga.

»Herr Kommissar. Ramina Haubendorf ist schon wieder verschwunden. Sie müsste längst in der Maske sein. Im Hotel sagte man mir, Sie wären zu Mittag dort gewesen. Haben Sie eine Ahnung, wo sie sein könnte?«

Verdammt, dachte Merana. Was hat das nun wieder zu bedeuten?

»Ich mache mir große Sorgen um sie, Herr Kommissar.«

»Ich auch, Frau Doktor Braga. Sie war heute Mittag nicht in allerbester Verfassung, wozu wohl auch mein Besuch und meine Fragen beigetragen haben.«

»Haben Sie sie erschreckt? Hatte sie wieder einen Zusammenbruch? Haben Sie den Arzt gerufen?«

Es blieb keine Zeit, das jetzt alles zu erklären. Er versuchte, sie zu beruhigen. »Ich werde einen Teil meiner Leute darauf ansetzen. Wir werden sie schon finden. Falls sie doch noch auftaucht, geben Sie mir bitte sofort Bescheid.«

Sie stimmte zu. Zuerst wählte Merana die Telefonnummer, die Alex Danovski ihm gegeben hatte. Nach zweimaligem Läuten meldete sich eine Stimme: »Danovski.«

»Hier ist Kommissar Merana, Polizei Salzburg, wir haben einander heute Mittag getroffen. Ist Ramina Haubendorf bei Ihnen?«

»Nein, warum?«

»Eben hatte ich einen Anruf der Pressechefin der Salzburger Festspiele. Frau Haubendorf ist verschwunden. Sie ist bis jetzt nicht in ihrer Jedermann-Garderobe aufgetaucht. Ist sie wirklich nicht bei Ihnen? Wir haben keine Zeit für Spielchen.«

Die Stimme am anderen Ende wurde lauter. »Nein, sie ist nicht hier.« Sorge schwang in der Stimme mit und Zorn. »Da sehen Sie, was Sie angerichtet haben mit Ihrer Art. Sie war völlig verstört wegen Ihres Besuchs. Aber als ich gegen halb drei gegangen bin, hat sie ganz ruhig geschlafen.«

»Haben Sie eine Ahnung, wo sie sein könnte?«

»Nein, habe ich nicht. Aber ich werde sie suchen.«

»Tun Sie das, junger Mann. Und wenn Sie sie gefunden haben, melden Sie sich bei mir oder bei Frau Chefinspektorin Carola Salmann.« Er gab ihm Carolas Nummer.

Dann rief er seine Mitarbeiterin an. Glücklicherweise hatte sie durch das Einspringen für die Kollegin heute offiziell Dienst. Das erleichterte die Sache. Er erklärte ihr, worum es ging und erzählte ihr auch von Alex Danovski.

»Machst du dir Sorgen, Martin?«

»Ja. Und auch Vorwürfe. Möglicherweise hätte ich heute nicht hingehen sollen. Es hat ohnehin nicht viel gebracht.«

»Wir sind zwar schwach besetzt, aber ich werde schauen, was wir tun können. Wir fangen im Hotel und rund ums Hotel an. Irgendjemand wird sie ja wohl gesehen haben, als sie das Gebäude verließ. Sie kann sich nicht in Luft aufgelöst haben.«

Als ihm das kalte Duschwasser auf die Haut prasselte, sah er immer wieder das völlig aufgelöste Gesicht der weinenden Ramina vor sich, und wie sie sich verzweifelt die Hände an die Ohren presste. Er versuchte, das Bild wegzuschieben, denn er wollte sich in seinen Gedanken auf Brehmstett konzentrieren. Während er sich mit dem neuen Duschgel einseifte, das Birgit ihm zum Geburtstag geschenkt hatte, ging er in Gedanken das Gespräch mit Brehmstett am Flughafen noch einmal durch.

Er tat dies ein zweites Mal, als er in den hellen Sommeranzug schlüpfte, den er sich im vergangenen

Jahr in Verona gekauft hatte. Und als er im Wagen saß und in Richtung Innenstadt fuhr, grübelte er weiter und schwitzte, obwohl er doch gerade geduscht hatte. Aber das Duschgel hatte einen angenehmen Duft, das würde dem Schweißgeruch keine Chance geben. Birgit schenkte ihm oft Kosmetikartikel, mit Düften, die sie an ihm besonders mochte. Sie beschenkte ihn generell gern. Und sie liebte es, ihn zu überraschen. Er konnte sich an kaum ein Geschenk erinnern, mit dem er im Vorhinein gerechnet hatte. Zu seinem letzten Geburtstag hatte sie ihm eine Art Unterstützungsbeteiligung am Tiergarten Hellbrunn geschenkt. Er war jetzt Fünftelpate eines Kapuzineräffchens. Und zu seinem 40. Geburtstag … Merana hielt inne. Geburtstag? Wie von ganz weit her hatte er plötzlich in seinem Kopf einen Lichtstrahl aufblitzen sehen. Als ob jemand einen Scheinwerfer eingeschaltet hätte. Und im Aufflackern des Scheinwerferlichtes hatte er für einen Moment die immer noch lautlos fallenden Dominosteine gesehen und die Andeutung einer Ahnung bekommen, wohin sie die Woge trieb.

Geburtstag!

Er sah auf die Uhr. Kurz vor halb sechs. Andrea Lichtenegger würde wahrscheinlich schon auf ihn warten. Um sechs Uhr begann der Jedermann.

Und er wusste, dass Deborah Jadlinski heute nicht beim Jedermann im Einsatz war, sondern um 18 Uhr zusammen mit anderen Schauspielern eine dramatische Lesung im Landestheater hatte, eine ›Rilke-Nacht‹. Er konnte es noch schaffen. Er drückte aufs Gaspedal. Unwillkürlich sah er zum Himmel auf. Das Wetter war noch schön. Aber über den Untersberg schoben sich erste bedrohliche Wolken. War für heute Abend nicht ein Gewitter angesagt?

Der Bühnenportier im Landestheater wollte ihn zuerst nicht vorbeilassen, ergab sich aber doch der Autorität des Dienstausweises.

»Wo ist Frau Jadlinskis Garderobe?«

»Zweiter Stock links. Solistengarderobe. Der Name steht an der Tür.«

Merana schaute auf die Uhr. 14 Minuten vor 18 Uhr. Er hetzte die Treppe hoch. Erster Stock. Zweiter Stock. Links. Erste Tür ›Hr. Kammerhofer‹. Zweite Tür ›Hr. Klass‹. Dritte Tür ›Fr. Jadlinski‹. Merana hob die Hand, um anzuklopfen, als die Tür mit Schwung geöffnet wurde.

Deobrah Jadlinski erschrak, als sie ihren unangemeldeten Besucher erblickte. »Herr Kommissar?« Dann fasste sie sich. »Falls Sie wegen eines Autogramms kommen, bitte in der großen Pause. Ich muss auf die Bühne.«

»Ich weiß«, erwiderte Merana etwas atemlos. »Ich will kein Autogramm, ich will eine Antwort.«

»Herr Kommissar, mein Auftritt …«

»Es geht ganz schnell. Aber die Zeit drängt. Das Geschenk, das Ihnen Herr Hackner zum Geburtstag machte, von dem Sie bis heute nicht wissen, warum. Was war das?«

Sie sah ihn mit großen Augen an. »Und deswegen hetzen Sie hier die Treppen hoch und halten mich von meinem Auftritt ab?«

»Frau Jadlinski, kann es sein, dass Ihnen Herr Hackner damals zwei Prozent Anteile an der Agentur Cosmos schenkte?«

Verblüffung machte sich in ihrem Gesicht breit. »Herr Kommissar, Sie erstaunen mich. Wenn wir einmal länger Zeit haben, müssen Sie mir erzählen, wie Sie daraufgekommen sind. Ja, es war so. Dieter wollte es so. Er hat mir nie erklärt, warum. Es geschah wohl aus einer Laune heraus.« Sie wurde unruhig. »Ich muss jetzt wirklich.«

Merana sah auf die Uhr. Neun Minuten vor 18 Uhr.

»Sie haben zwei Prozent, Hackner hatte 49 Prozent. Und Brehmstett hatte ebenfalls nur 49 Prozent.«

»Ich weiß. Dieter hat es mir erzählt.« Sie drängte sich geschickt an ihm vorbei. »Bedaure, Herr Kommissar. Ich muss jetzt wirklich auf die Bühne.«

Sie eilte zur Treppe. Merana ihr nach. »Wie kann Brehmstett allein entscheiden, wenn er nur 49 Prozent hat?«

Sie waren gleich im Parterre.

»Keine Ahnung. Gar nicht. Entweder er kauft Aichmüller Dieters 49 Prozent ab, die der wahrscheinlich erbt, oder Brehmstett versucht, mir meine zwei Prozent abzuluchsen.«

Sie waren am Ende der Treppe angelangt. Der Inspizient winkte schon ganz aufgeregt.

»Weiß Brehmstett, dass Hackner nur mehr 49 Prozent hatte und Sie zwei?«

»Ich denke nicht. Vielleicht hat er eine Ahnung. Aber mehr nicht. Wünschen Sie mir toi, toi, toi, das gehört sich, Herr Kommissar.«

Aber er kam gar nicht mehr dazu, ihr irgendetwas zu wünschen, denn sie eilte schon in Richtung Bühne, was dem Inspizienten einen entspannteren Ausdruck ins Gesicht zauberte. Und wenn Brehmstett es geahnt hatte, was bedeutete das?

Merana sah auf die Uhr. Noch sechs Minuten. Jetzt würde sich zeigen, wie sehr ihm sein Lauftraining tatsächlich nützte.

»Rufen Sie bitte die Funkstreife an, die sollen meinen Wagen aus dem Halteverbot bringen«, rief er und warf dem Portier im Vorbeilaufen die Autoschlüssel zu.

Ohne Wagen war er im Sonntagabendverkehr sicher schneller. Merana überquerte die Straße und steuerte auf den Makartsteg zu, der die Salzach überspannte und auf die andere Seite des Flusses führte. Im Laufen zog er das Handy heraus, wählte Otmars Nummer. Der meldete sich auch gleich.

»Otmar, überprüf doch bitte, ob sich Brehmstett am Dienstag irgendwo einen Mietwagen ausgeliehen hat. Und wenn ja, überprüf auch die Kilometeranzahl.«

Braunberger schaltete schnell. »Du meinst, er könnte ins Haus der Jadlinski eingebrochen sein?«

»Ja, das meine ich.«

»Warum?«

»Hackner hat ihr etwas von seinen Agenturanteilen geschenkt. Sie hat die fehlenden zwei Prozent.«

»Verstehe. Ich melde mich, sobald ich was weiß.«

Merana sah auf die Uhr. Noch vier Minuten bis zum Beginn des Jedermann. Nach dem Makartsteg hielt er sich an der Salzach links, wich geschickt einer Radfahrerin aus und wählte im Laufen die nächste Nummer. Andrea Lichtenegger meldete sich sofort.

»Andrea, ich wurde leider aufgehalten, aber ich bin gleich da. Holen Sie bitte die Karten an der Abendkasse, sie sind auf meinen Namen reserviert. Wenn man sie Ihnen nicht gibt, zeigen Sie den Dienstausweis. Oder ziehen Sie die Pistole.«

Sie lachte am anderen Ende der Leitung. »Die habe ich leider nicht mit. Es wird hoffentlich auch so gehen. Ich warte am Haupteingang.«

»Danke.« Noch knapp drei Minuten. Er würde sein Tempo erhöhen müssen.

Er schaffte es gerade noch, ehe die Fanfaren einsetzten, die den Beginn der Vorstellung ankündigten. Andrea Lichtenegger erwartete ihn wie angekündigt am Tribünenhaupteingang. Sie trug eine dunkle Hose und einen eleganten hellen Blazer.

Und Merana empfing einen Hauch von Pfirsich, als er sie bei der Hand nahm, um mit ihr zu ihren Plätzen in der dritten Reihe zu eilen.

Jetzt habet allesamt Achtung Leut, ließ sich der Spielansager vernehmen, als sie sich niedersetzten. *Und hört was wir vorstellen heut!*

Der Spielansager schien ebenfalls außer Atem zu sein. Vielleicht war er auch gelaufen. Aber sicher nicht so weit wie Merana.

Und er schwitzte ebenfalls. Womöglich aber auch nur wegen der großen schweren Narrenkappe mit

Schellen in Form von kleinen Totenköpfen, die er auf dem Kopf trug.

»Also dann«, sagte Merana zu sich selbst, »das Spiel kann beginnen.«

Er lächelte Andrea zu, sie lächelte zurück. Sie trug das Haar offen und sah in ihrem eleganten Outfit entschieden besser aus als in der Dienstuniform. Plötzlich bemerkte Merana, dass er immer noch ihre Hand hielt. Verlegen ließ er sie los und legte seine Hände auf die Oberschenkel. Er schielte vorsichtig zu der jungen Frau an seiner Seite. Aber die hatte offenbar nur Augen für das Geschehen auf der Bühne, so angestrengt starrte sie nach vorn.

Das müßt ihr zu Gemüt euch führen und aus dem Inhalt die Lehr ausspüren.

Der Einleitung des Spielansagers war zu Ende, er zog seine Narrenkappe, ließ die Totenkopfschellen klirren und lief davon.

Dann erscholl die Stimme des Herrn aus unsichtbaren Lautsprechern.

Fürwahr mag länger das nit tragen …

Merana entspannte sich allmählich. Er lehnte sich zurück und ließ seinen Blick schweifen. Die Abendsonne war verschwunden. Die ersten Ausläufer einer Wolkenfront hatten sich vor die Sonne geschoben. Dennoch war das Bild, das sich den Zuschauern des Jedermann an diesem Abend bot, unvergleichlich. Die prächtige Domfassade direkt vor ihnen, mit den zwei Türmen links und rechts; wie große gähnende Mundlöcher die drei dunklen Eingänge, die ins unsichtbare Innere der Kathedrale führten. Die Eingänge wurden flankiert von vier riesigen steinernen Figuren auf Sockeln. Das alles fügte sich mit der Bühne im Vordergrund zu einem Ensemble, das wie geschaffen schien für das Spiel, das zu sehen war. Dazu gab es, an die Türme anschließend, links und rechts hohe Rundbögen, durch die und über die hinweg man die Stadt wahrnahm, jederzeit das Treiben spürte, die Wirklichkeit des Lebens ringsum. Und auf der rechten Seite, in stattlicher Höhe und dennoch zum Greifen nahe, thronte die Festung, die das Ensemble überschaute, als wache sie über das Geschehen.

Noch schallte die Stimme des unsichtbaren Herrn über den Platz.

Darum will ich in rechter Eil Gerichtstag halten über sie und Jedermann richten nach seinem Teil.
Wo bist du, Tod, mein starker Bot? Tritt vor mich hin.

Merana merkte, wie ein Ruck durchs Publikum ging. Auch wenn alle wussten, dass die Gestalt, die sich jetzt gleich zeigen würde, aus Fleisch und Blut war, dass ein Mensch hinter der Maske steckte, so herrschte doch eine gespannte Atmosphäre. Auch Merana spürte so etwas wie ein Kribbeln. Und da kam er.

Aus der Tiefe des Doms, aus dem riesigen schwarzen Schlund in der Mitte, betrat er die Bühne. Zuerst war nur der Kopf auszumachen, der bleiche Schädel mit dem schwarzen, zerrissenen Barett. Langsam und majestätisch stieg der Tod die Stufen empor. Seine Gestalt schob sich mit jedem Schritt höher. Sein schwarzer Umhang bewegte sich leicht im auffrischenden Wind. Er schritt in die Mitte der Bühne und stand still.

Ein dunkler Bote, der auf seine Anweisung harrte.

Allmächtiger Gott, hier sieh mich stehn, nach deinem Befehl werd ich botengehn.

Die Stimme klang hohl. Und ein wenig zu hoch. Merana spürte eine leichte Enttäuschung. Die Erscheinung war tatsächlich beeindruckend. Aber der Mann dahinter wohl nicht. Natürlich hatte er nicht erwartet, dass Hans Dieter Hackner vielleicht aus dem Totenreich zurückgekehrt war, um noch einmal in seiner Paraderolle aufzutreten.

Aber dieser Hackner-Ersatz klang eher dürftig.

Der sein Herz hat auf irdisch Gut geworfen, Den
will ich mit einem Streich treffen,
Daß seine Augen brechen.

Doch den Zuschauern rings um Merana schien es zu gefallen. Sie lauschten mit angehaltenem Atem den Worten der Schreckensgestalt. Merana erspähte auf der rechten Seite, außerhalb der Zuschauerabsperrung, Elena Braga. Sie stand neben dem Intendanten. Beide hatten sich von der Bühne abgewandt und diskutierten aufgeregt. Die Pressechefin schaute dabei zufällig in Meranas Richtung und entdeckte ihn. Merana taxierte sie mit einem fragenden Blick. Aber die Pressechefin schüttelte nur verzweifelt den Kopf. Das bedeutete wohl: noch immer keine Spur von Ramina. Merana untersuchte das Display seines Handys. Nichts. Keine Nachricht von Carola. Keine von Braunberger. Andrea Lichtenegger hatte seine Unruhe bemerkt und blickte ihn aufmerksam an.

Merana beugte sich zu ihr hinüber und flüsterte ihr ins Ohr. »Nichts. Genießen Sie die Aufführung.« Und wieder atmete er einen Hauch von Pfirsich ein, als seine Nase in die Nähe ihrer Wange kam.

Er sah sie von der Seite her an. Sie schaute kurz zu ihm hin, mit leichter Unruhe und verlegenem Lächeln. Dann drehte sie den Kopf schnell wieder in Richtung Bühne.

Plötzlich wusste Merana, an wen sie ihn erinnerte. An Franziska. Dabei sah sie seiner verstorbenen Frau gar nicht ähnlich. Er wartete darauf, dass er im nächsten Augenblick den Dolch der Kitschmadonna in seinem Herzen spüren würde. So, wie das immer war, wenn er an Franziska dachte. Doch zu seiner Verwunderung spürte er keinen Dolch. Nur etwas Warmes. Das irritierte ihn. Er schüttelte den Kopf und versuchte, sich wieder auf das Schauspiel zu konzentrieren. Inzwischen war schon längst jene Figur aufgetreten, um die sich alles drehte, der reiche Jedermann. Eben lief von links, rufend und winkend, der Gute Gesell auf die Bühne, als von fern ein erstes leises Donnergrollen zu hören war.

Einige der Besucher beobachteten besorgt den

Himmel. Die Wolken waren dichter geworden. Auch Andrea blickte kurz nach oben und im Anschluss zu Merana.

»Es wird schon halten«, flüsterte der Kommissar.

»Und wenn nicht?«, flüsterte sie zurück.

Merana zuckte mit den Schultern. »Ich weiß es nicht genau. Ich glaube, in diesem Fall müssen wir ins Große Festspielhaus übersiedeln.«

»Hoffentlich hält es, hier ist es viel schöner«, meinte die junge Frau leise und ließ ihren Blick über die Zuschauer und die gesamte Umgebung gleiten.

Allmählich schaffte es Merana, sich halbwegs auf das zu konzentrieren, was auf der riesigen Bühne vor sich ging.

Die Szenen mit dem Armen Nachbarn, mit dem Schuldknecht, dessen Weib und Kindern waren berührend. Sie alle klagten über die Hartherzigkeit des Mannes, den nichts weiter interessierte als sein Reichtum.

Des Satans Fangnetz in der Welt
Hat keinen andern Nam als Geld,

schleuderte der Schuldknecht dem reichen Jedermann entgegen, ehe der ihm mit einem Loblied auf die wundertätige Allmacht des Geldes konterte.

Dadurch ist unsere ganze Welt
In ein höher Ansehen gestellt.
Und jeder Mensch in seinem Bereich
Schier einer kleinen Gottheit gleich.

Merana war auch berührt vom Auftritt der Mutter Jedermanns, die den Sohn ermahnte, doch daran zu denken, wie schnell alles vergehen könne.

Es war nicht die Sprache, die ihn ergriff, im Gegenteil, die kantigen Knittelverse kamen ihm oft sonderbar vor, spröde, aufgesetzt, pathetisch. Es war die gebrechliche kleine Gestalt, die ihn gefangen nahm, die alte Frau, die da unten stand, mit ihrem Stock und ihrem schwarzen Tuch. Die schon den Anschein erweckte, als wäre sie gar nicht mehr von dieser Welt. Und dann steigerte sich das Spektakel. Opulent und farbenprächtig, lautstark und perfekt inszeniert ergoss sich die Schar der Feiernden aus allen Richtungen über die Bühne. Ein grandioser Auftritt der Buhlschaft umringt von lärmenden Gästen und aufgekratzten Spielleuten. Die Darsteller da unten auf der Bühne legten sich wirklich mächtig ins Zeug, als es darum ging, jegliche Form von Ausgelassenheit zu demonstrieren, mit beiden Händen in prallvolle Schüsseln und prallvolle Dekolletés zu greifen. Und mitten ins fröhliche Treiben der erste schaurige Ruf:

»Jeeeeedermaaaann!«, dumpf und hohl, lang gezogen und schaurig, irgendwo aus der Ferne, von den Zinnen der Festung oder aus der Glockenstube einer Kirche.

Und obwohl es die meisten der Besucher erwartet hatten, denn man kannte ja das Spiel, zog wieder dieses leichte Schaudern durch die Reihen der Zuschauer, das auch schon beim Auftritt des Todes zu spüren gewesen war. Selbst Merana bemerkte ein sanftes Sträuben seiner Nackenhaare. Dieser Ruf kam von ganz weit her, nicht von dieser Welt.

Und auch wenn es keiner zugeben wollte, dachte

wohl so mancher daran, dass auch ihn einst ein ähnlicher Ruf ereilen werde.

Und plötzlich stand er wieder da. Mitten in der feiernden Menge, der dunkle Bote, aufgetaucht wie aus dem Nichts.

Ei Jedermann! ist so fröhlich dein Mut?
Hast deinen Schöpfer ganz vergessen?

Andrea hatte sich aufgerichtet und unwillkürlich die Hände auf die Lehne der Sitzbank vor ihr gelegt. Merana schaute sie kurz von der Seite an.

22 Jahre jung. Lichtjahre von dem entfernt, was gerade dem Herrn Jedermann dort unten passierte. Und bei ihm selbst? 43 Jahre war auch nicht gerade an der Schwelle zum Greisentum. Aber man wusste ja nie, wann er sich ankündigte, der Bote.

Auch kenn ich dich nit, was bist du für ein Bot?,

fragte Jedermann da unten auf der Bühne trotzig. Und der dunkle Bote holte mit der Hand aus zur berühmten, 100.000 Mal abgelichteten und in sämtlichen Werbebroschüren über Salzburg millionenfach abgedruckten Szene, indem er mit mächtiger Bewegung von hinten die Faust auf Jedermanns Brust klatschen ließ und rief:

Ich bin der Tod!
Ich scheu keinen Mann.
Tret jeglichen an und verschone keinen.

Und der Jedermann da unten auf der Bühne brach zusammen, riss das Tischtuch mit und die Weinkaraffen, die Obstschüsseln und Gläser, und krachte auf den Boden.

Ein heller Aufschrei gellte durch die Schar der Gäste und alle wirbelten durcheinander, flohen unter den Tisch oder suchten in heller Panik das Weite. Und als hätte jemand im Himmel das Regiebuch vor sich liegen, explodierte in diesem Augenblick ein scharfer Donner über der Stadt, und ein greller Blitz zuckte über das Mauerwerk der Festung und warf Lichterfetzen auf die Domfassade.

Was für ein Theater, dachte Merana. Seit ich an diesem Fall dran bin, seit ich am Montag in aller Herrgottsfrüh selbst da unten gestanden bin auf der Bühne neben Hackners Leiche, ist alles theatralisch. Wie es wohl war, als Hackner in der Nacht von Sonntag auf Montag da unten lag und ihm der echte Bote erschienen war, der ungeschminkte? Wie es wohl war in dem Moment, als ihm irgendjemand eine 16,4 Zentimeter lange Klinge in die Brust rammte? Hatte es da auch Zuschauer gegeben? War da auch jemand geflohen? Tollpatschig wie der Dicke Vetter? Hysterisch wie die beiden Tischdamen? Mit gellendem Schrei wie die Buhlschaft? Und der Himmel? Hatte der sich in jener Nacht auch dramaturgisch zum richtigen Zeitpunkt bemerkbar gemacht, indem er sein Donnergrollen brüllend gegen die steinernen Fassaden schleuderte? Hatte der schwarze Nachthimmel den grässlichen Moment mit einem Donnerschlag verstärkt, als der Stahl ins Herz einfuhr und der dunkle Bote mächtig mit der Hand zuschlug?

Merana würde es wohl nie erfahren. Nie, wenn es ihm nicht gelang, Hackners Mörder zu finden. Oder seine Mörderin. Und wenn es doch der verwirrte Schorsch gewesen war, würde er es erst recht nicht erfahren. Denn den hatte der dunkle Bote längst verstummen lassen.

Auf der Bühne hatten inzwischen die lieben Verwandten und Freunde ihre besten Charaktereigenschaften aus ihren feigen Herzen hervorgeholt und mit großen Gesten und Wortspielen betont, dass es ihnen sicher nicht in den Sinn käme, den reichen Gastgeber auf dessen letztem Weg zu begleiten, und sie einzig und allein daran interessiert waren, die eigene Haut zu retten.

Und gerade als der Dicke und der Dünne Vetter das Weite suchten und die Knechte eine riesengroße Truhe auf die Bühne schleppten, spürte Merana den ersten Regentropfen auf der Haut.

Einige Zuschauer wurden unruhig. Immer öfter wanderten die Blicke von der Bühne weg in Richtung Himmel, der sich jetzt pechschwarz zeigte.

Aber dem ersten Tropfen, den Merana gespürt hatte, folgte zunächst kein zweiter.

Unten auf der Bühne hatte Jedermann gerade verlangt, dass wenigstens sein Geld mit ihm die Reise ins Jenseits antreten müsse, als der Deckel der Truhe aufsprang und eine riesige Gestalt, in Gold und Silber gekleidet, in die Höhe fuhr, vier Meter über den Bühnenboden.

Wer bist denn du?, fragte Jedermann verdattert und musste erkennen, dass dies sein Geld war, sein Schatz, sein Mammon. Und dass auch der sich weigerte, ihm zu gehorchen.

Willst aufrebellen, du Verflucht! du Ding!
Hab dich gehabt zu meim Befehl, versuchte Jedermann klarzustellen, was Sache ist.
Und ich regiert in deiner Seel!, konterte die riesige Gestalt des Mammon und rückte den wahren Sachverhalt in den Mittelpunkt. Da spürte Merana den nächsten Regentropfen auf seiner Haut, und gleich darauf mehrere. Die ersten Zuschauer schnellten in die Höhe. Und kaum war der Mammon zurück in die Kiste gefahren, und hatte den Deckel über sich zugeknallt, barst der Himmel.

»Und was ist jetzt?«, fragte Andrea, die aufgesprungen war und sich ihre Handtasche über den Kopf hielt, was nicht viel nützte.

»Jetzt ist Schluss«, sagte ein älterer Herr in der Reihe vor ihr.

»Was? Gehen wir nicht hinüberzusiedeln in die Festspielhaus?«, krähte eine rothaarige Frau mit amerikanischem Akzent neben Andrea.

»Nein«, erklärte der ältere Herr, »wenn es vor der Mammonszene regnet und es wird abgebrochen, dann wird übergesiedelt. Nach der Mammonszene nicht mehr.« Und wie zur Bestätigung entlud sich ein weiterer Donnerschlag über ihnen. Die Leute versuchten, sich vor dem nun sintflutartig niederprasselnden Regen zu schützen. Es herrschte dichtes Gedränge, ein Stoßen und Schieben. Merana hatte sein Sakko ausgezogen und es der jungen Kollegin gereicht, damit sie sich vor dem Regen schützen konnte. Alles drängte zu den Ausgängen. Ein paar Italienerinnen schienen das Ganze zu genießen, sie kreischten und jubelten aus vollen Kehlen. Andere wieder schimpften laut.

»Typisch Salzburg!«, polterte ein dicker Mann mit bayerischem Akzent. »Überall Kohle machen, wo es nur geht. Ich habe eine Karte für die gesamte Vorstellung gekauft. Und nicht eine, wo man nach Hause gehen muss, wenn der komische Bazi da aus der Kisten fährt, und es zu regnen anfängt.«

Eine alte Dame in einer Strickjacke stimmte ihm bei. »Wissen Sie, wie lange ich schon versucht habe, eine Jedermannkarte zu bekommen? Sieben Jahre! Sieben Jahre! Und dann habe ich endlich eine gekriegt. Eine sauteure. Und obwohl ich es mir kaum leisten kann, habe ich sie genommen. Und jetzt das!«

Merana und Andrea hatten sich gemeinsam unter Meranas Sakko geflüchtet und den Ausgang erreicht.

»Ich kann die Leute verstehen«, rief Andrea laut, um den Donner zu übertönen, während ihr das Wasser übers Gesicht rann.

»Ich auch«, pflichtete ihr Merana bei.

»Das weiß man doch«, machte sich eine aufgetakelte Dame wichtig und wollte den Bayern belehren. »Da muss man sich halt vorher erkundigen und auch das Kleingedruckte lesen.«

Aber der Bayer beachtete sie nicht, sondern benutzte die korpulente Frau an seiner Seite als eine Art Rammbock.

»Da wartet man jahrelang auf die große Chance«, sagte Andrea und versuchte Merana auf die Horde grölender Schweden aufmerksam zu machen, die ihnen gerade entgegenkam, »dann ist die Chance endlich da, man investiert einen Haufen Geld wie die alte Dame und zack, ein plötzlicher Wetterumschwung …« Weiter kam sie nicht, denn die Schweden mengten sich in die flüchtenden Besucher, grölten, fluchten und gaben sich die größte Mühe, ihre halb ausgetrunkenen Bierdosen vor den rempelnden Leuten und zugleich vor den Wassermassen von oben zu retten.

»Da muss man halt das Kleingedruckte lesen, da steht ja alles genau drin«, belehrte die Aufgetakelte immer noch ihre Umgebung.

Merana blieb ruckartig stehen. Ein dicker Schwede rannte voll in ihn hinein. »Oh bloody bastard«, grölte der Nordmann.

Andrea packte den Schweden bei der Jacke und schob ihn zur Seite.

Was war das?, dachte Merana. Irgendetwas in seinem Inneren hatte unversehens aufgehorcht. Und wieder hatte er das Gefühl, die Woge der Dominosteine käme näher und er würde so etwas wie eine Richtung erkennen. Ein vernebelter schemenhafter Gedankenfetzen stieg in ihm auf. Als Merana sich darauf konzentrieren wollte, spürte er das Handy in seiner Hosentasche vibrieren.

»Mist!« Er dirigierte Andrea und sich selbst unter den ersten rettenden Dombogen.

Es war Braunberger.

»Volltreffer!«, hörte er seinen Fährtenleser am anderen Ende der Verbindung sagen. »Brehmstett hat sich am Dienstag einen Mietwagen genommen und ihn

Mittwoch früh zurückgebracht. Die Kilometeranzahl stimmt ziemlich genau mit der Entfernung Salzburg–Mattsee und zurück überein.«

»Sehr gut, Otmar. Ich dachte es mir! Er wird zwar alles abstreiten, aber wir werden ihn schon in die Zange nehmen. Wenn wir Farbe, Typus und Kennzeichen vom Mietwagen haben, finden wir vielleicht sogar noch Zeugen, die ihn am Dienstag irgendwo in der Nähe von Mattsee gesehen haben. Check bitte, wann Brehmstett morgen aus London zurückkommt. Wir werden ihn gleich am Flughafen abfangen. Und ruf bitte den Chef an, erkläre ihm die Lage und sag ihm, wir sind wieder im Spiel. Wir sollten wieder offiziell ermitteln.«

»Das wird ihm nicht gefallen.«

»Dann sag ihm einen schönen Gruß von mir. Es könnte sein, wir stoßen auf etwas, das ihn auf seinem unvergleichlichen Karriereweg den lichtesten Höhen näher bringt.«

Braunberger lachte dröhnend durchs Telefon und das erinnerte Merana irgendwie an die Jedermannschreie von vorhin.

»Ist gut. Ich werde es ihm ausrichten.«

Merana steckte das Handy ein. Er sah Andrea an. Sie war patschnass. Die Bluse, die sie unter ihrem Blazer trug, klebte ihr auf der Haut. Gern hätte Merana seinen Gedanken erlaubt, unter ihre Bluse zu wandern, aber jetzt hatte er anderes im Kopf.

»Andrea«, sagte er und beugte sich zu ihrem Ohr, denn der prasselnde Regen und der rollende Donner waren höllisch laut. »Ich muss noch einer dringenden

Sache nachgehen. Lassen Sie uns über den Residenzplatz laufen. Wir nehmen ein Taxi, ich setze Sie unterwegs ab.«

Sie nickte. Gemeinsam schoben sie drei Festspielgäste und einige Schweden, die sich ebenfalls unter die Dombögen geflüchtet hatten, etwas unsanft zur Seite und rannten los, quer über den Residenzplatz. Aber sie kamen nicht weit. Sie prallten förmlich zurück, als sie eine Gestalt vor sich stehen sahen. Mitten auf dem Platz. Im strömenden Regen.

Es war Ramina Haubendorf. Das Wasser rann an ihr herunter wie Sturzbäche. Über die Haare. Über das Gesicht. Bleich wie Linnen, schoss es Merana durch den Kopf. Das Wasser rann über den Mund, der zuckte und stammelte, über Arme, Unterarme und Hände, wo es sich mit Blut vermischte.

»Frau Haubendorf?«, rief Merana. »Was ist passiert?«

Er fasste sie behutsam am rechten Arm. Unterarme und Hände waren zerschnitten. Aus mehreren Wunden floss Blut. Andrea zog ihren Blazer aus und legte ihn der Schauspielerin um die bebenden Schultern.

In diesem Augenblick kam ein Streifenwagen quer über den Platz geschossen und hielt bei ihnen an. Carola und ein Beamter in Uniform sprangen aus dem Wagen.

»Frau Haubendorf«, drängte Merana nochmals. »Was ist passiert?«

Andrea war inzwischen zum Streifenwagen gelaufen und kam mit dem Verbandskasten zurück.

Die Schauspielerin hob die blutenden Hände, starrte

darauf und stammelte: »Das Blut und die Hände – gefaltet ... überall Blut ...« Sie begann zu schluchzen. »Ich habe ihn so sehr ... und er hat mir so ...« Der Rest ging in einem Weinkrampf unter.

»Ich weiß«, sagte Merana, so sanft er konnte. »Sie haben ihn geliebt, ich weiß. Und er hat Ihnen so weh getan.«

Wie zur Bestätigung drang ein tiefer gequälter Aufschrei aus ihrem bebenden Körper. Andrea und der Streifenbeamte hatten zwischenzeitlich den Verbandskasten geöffnet und versuchten, vorsichtig nach den blutenden Armen zu greifen.

»Wir haben einen Anruf bekommen«, sagte Carola schnell zu Merana. »Eine Frau mit blutenden Händen laufe durch die Innenstadt und lasse sich von niemandem aufhalten.«

»Bringt sie schnell ins Krankenhaus«, überschrie Merana das Brüllen des Donners.

Ein zweiter Streifenwagen kam herangerast, hielt neben dem ersten. Das Seitenfenster wurde heruntergekurbelt. Der Fahrer in Uniform rief laut: »Carola, wir haben einen Überfall auf dem Unigelände im Nonntal. Wir brauchen dich!«

»Auch das noch«, schrie Meranas Stellvertreterin. Auch sie war inzwischen völlig durchnässt. »Ich muss weg!« Sie wollte zum Wagen.

»Nein«, flehte die Schauspielerin. »Nein! Nicht gehen!« Sie packte Carola am Arm. Klammerte sich an sie, zog sie an sich, wurde von der nächsten Welle des Weinkrampfes durchgeschüttelt. Carola schaute hilflos zu Merana. Dann zu Andrea Lichtenegger.

»Ich fahre mit ins Krankenhaus«, beruhigte Andrea die zitternde Haubendorf, löste sanft, aber bestimmt die klammernden Hände der Schauspielerin von Carolas Arm, legte ihr den Arm um die Schulter und dirigierte sie langsam zum ersten Streifenwagen, indem sie leise und beruhigend auf sie einsprach. Merana nickte und gab dem Fahrer des Wagens ein Zeichen. Der setzte sich ans Steuer und startete.

»Glaubst du, sie war es?«, fragte Carola und sah Merana mit sorgenvoller Miene an.

»Ich weiß es nicht«, antwortete er. »Meine Überlegungen gehen in eine andere Richtung. Aber wer weiß schon, wie die Steine fallen, wenn man sie nicht sieht? Ich muss noch einen Besuch machen. Eventuell weiß ich dann mehr.« Carola schaute ihn überrascht an. Was meinte er mit den Steinen? Aber sie hatte keine Zeit mehr zu fragen, denn die Kollegen drängten.

»Carola, mach schon.«

Sie stieg schnell in den zweiten Streifenwagen, setzte sich auf die Rückbank. Der Wagen wendete auf dem überfluteten Pflaster und fuhr mit Blaulicht davon. Der andere Wagen hatte auch schon zurückgestoßen und fuhr ebenfalls weg. Ohne Blaulicht. Andrea Lichtenegger hatte sich zu Ramina in den Fond gesetzt und Merana durchs Rückfenster noch ein aufmunterndes Zeichen gegeben.

Merana sah ihnen nach, bis beide Wagen verschwunden waren.

Er stand da, mitten auf dem Residenzplatz, an der dunklen Flanke des Domes, im herabprasselnden

Regen, der immer noch nicht nachließ. Er sah auf die Uhr. Es war kurz vor 20 Uhr.

»Aber zuerst muss ich mir trockene Kleider besorgen.« Er hastete über den Residenzplatz in Richtung Glockenspiel. Und hatte Glück. Neben dem Heimatwerk stand ein freies Taxi. Der Fahrer war ein dunkelhäutiger junger Mann, ein Student aus Algerien, wie Merana erfuhr, als ihn das Taxi auf kürzestem Weg nach Hause brachte. Er ließ den Fahrer warten, sprintete hoch in seine Wohnung, kam drei Minuten später in trockenen Kleidern wieder zurück und wies seinen Chauffeur an: »Bringen Sie mich bitte zum Landestheater.«

Der gab Gas und erzählte Merana von seiner Familie in Batna, der fünftgrößten Stadt Algeriens, wo seine Eltern ein kleines Restaurant betrieben. Und dass seine Mutter das beste ›Hut Bil Karfas‹ in der ganzen Stadt machte. Das war ein Fisch-Sellerie-Eintopf, erfuhr Merana, und dass es bei der Zubereitung auf die richtige Mischung aus Safran und Kreuzkümmel ankomme. Sollte Merana einmal nach Algerien kommen, wüsste er zumindest, wo er gut essen könne. Das war beruhigend. Aber gerade jetzt hatte er ganz andere Sorgen.

SONNTAG, 6. AUGUST, 20.45 UHR

Als Merana beim Landestheater aus dem Taxi stieg, sah er, dass sein Auto immer noch im Halteverbot stand.

»Ich habe angerufen, aber Ihre Kollegen haben Ihren Wagen noch nicht abgeholt«, informierte der Portier, als Merana an ihm vorbeiging.

Merana hob nur die Hand und eilte in Richtung Hinterbühne. Er kannte sich aus. Er hatte vor drei Jahren hier ermittelt, als man einen toten Bühnenarbeiter zwischen den Kulissen gefunden hatte. Der Fall war schnell aufgeklärt. Mord aus Eifersucht.

Als er im Halbdunkel vorsichtig über zwei herumliegende Scheinwerfer stieg, hörte er aus der Ferne die Stimme der Jadlinski und die eines Mannes.

Eine junge Frau in schwarzer Hose und schwarzem Top, die ein Funkgerät in der Hand und einen Knopf im Ohr hatte, hielt ihn auf. Offenbar die Inspizientin dieses Abends. Er zeigte seinen Dienstausweis und sagte leise: »Ich muss dringend Frau Jadlinski sprechen. Wann ist Pause?«

Die Frau sah auf die Uhr an ihrem Handgelenk. »In etwa zehn Minuten. Frau Jadlinski und Herr Klass lesen noch drei Briefe, danach ist große Pause. Dauert etwa eine Dreiviertelstunde.«

Merana blieb neben der jungen Frau stehen. Von dieser Position aus konnte er zwar die Personen, die sich offenbar ziemlich nahe an der Bühnenrampe befanden, nicht sehen, aber er konnte die Stimmen hören. Soviel er verstand, ging es um einen Italienaufenthalt

Rilkes. Zwei- oder dreimal hörte er das Wort Duino. Er wusste, dass das ein Ort in der Nähe von Triest war. Und wenn er sich richtig erinnerte, hatte Rilke irgendwelche Elegien geschrieben, die mit Duino zu tun hatten. Dann war es kurz still. Gleich darauf setzte Applaus ein. Nicht gerade frenetisch, aber doch kräftig.

Merana hörte Schritte. Er sah Deborah Jadlinski auf sich zukommen, gefolgt von zwei Männern. Die Schauspielerin blieb bei ihm stehen, ließ die beiden Männer vorbeigehen und sagte mit leicht amüsiertem Blick: »Herr Kommissar, ich wusste gar nicht, dass Sie Rilke-Fan sind. Hätten Sie was gesagt, ich hätte Ihnen eine Karte besorgt.«

»Ich bin in erster Linie Jadlinski-Fan«, antwortete Merana und deutete eine leichte Verbeugung an. »Denn diese faszinierende Frau hat einen wachen Verstand, stets ihre Fühler nach allen Seiten ausgestreckt, zudem ein großes Herz und weiß viel.«

Sie sah ihm direkt in die Augen. »Ich würde mich über dieses charmante Kompliment freuen, wüsste ich nicht, dass Sie bei der Mordkommission sind.«

Sie wandte sich an die junge Frau mit dem Funkgerät. »Sybille, würden Sie wohl so freundlich sein, die Texte in meine Garderobe zu legen.« Sie reichte der jungen Frau ihre Mappe, die sie in der Hand gehalten hatte.

»Regnet es noch?«, fragte sie Merana. Der verneinte. »Dann begleiten Sie mich doch bei einem kleinen Spaziergang. Ich brauche frische Luft.«

Sie verließen das Theater über einen Seitenausgang und kamen direkt an den Eingang des Mirabellgartens.

Menschen, zum Teil in eleganter Garderobe, offenbar die Besucher der ›Rilkenacht‹, flanierten dort zwischen Touristen und Einheimischen.

Ab und zu schaute jemand zu Merana und Jadlinski herüber, erkannte die Schauspielerin und machte andere darauf aufmerksam.

»Also, Herr Kommissar, was möchten Sie von der Frau noch alles wissen, der Sie so galant wachen Verstand und großes Herz zutrauen?«

Merana ging zunächst nicht direkt auf ihre Frage ein, sondern sagte: »Wir haben herausgefunden, dass Herwig Brehmstett sich am Dienstag einen Mietwagen genommen hat, den er am Mittwoch wieder zurückbrachte. Die gefahrenen Kilometer entsprechen etwa der Strecke Salzburg – Mattsee – Salzburg.«

Die Jadlinski blieb stehen. Falls sie überrascht war, zeigte sie es nicht. »Sie meinen, es besteht die Chance, dass ich mein Notebook wiederkriege?«

»Ja, die Chance besteht durchaus. Aber zunächst müssen wir nachweisen, dass er tatsächlich in Ihr Haus eingebrochen ist.«

Sie setzte sich wieder in Bewegung. »Und das wird schwierig, wollen Sie mir sagen. In jedem Fall hat sich der gute Herwig Brehmstett, wenn er es war, umsonst bemüht. Denn ich habe keine Aufzeichnungen über meine zwei Prozent Beteiligung auf dem Notebook gespeichert. Die liegen in einem Bankschließfach, so wie andere wichtige Unterlagen auch.«

Sie blieb stehen und betrachtete fasziniert das vor ihnen liegende Ensemble aus Blumenbeeten, Springbrunnen, Schloss und Park, in dem eben die ersten

Laternen aufleuchteten. »Ist diese Anlage nicht wunderbar?«, fragte sie leise. »Ich liebe den Mirabellgarten. Manchmal, wenn ich im Landestheater Probe habe, mache ich mich heimlich davon und mische mich hier unter die Touristen. Besonders angetan haben es mir die kauzigen Zwergenstatuen da hinten.«

Er sah sie an und verstand sie. Auch Merana stahl sich gelegentlich für ein paar Momente aus seiner Verpflichtung, um im Park von Hellbrunn aufzutanken und die Schönheit der Umgebung zu genießen.

»Aber Sie sind sicher nicht hergekommen, um sich meine Begeisterung für Steinzwerge anzuhören.«

»Nein, Frau Jadlinski, obwohl ich Ihre Begeisterung teile. Ich bin hergekommen, weil ich glaube, dass Sie mir etwas verschwiegen haben.« Er sah ihr direkt ins Gesicht. »Ich glaube, Sie wissen etwas vom Carmen-Projekt.«

Sie erwiderte zunächst nichts. Dachte nach. Dann antwortete sie in dem leicht amüsierten Tonfall, den er schon kannte. »Sie meinen, eine Frau mit wachem Verstand, die immer schon ihre Fühler nach allen Seiten ausstrecken musste, um in diesem schwierigen Metier nach oben zu kommen, die sollte einfach irgendwann einmal vom Carmen-Projekt gehört haben.«

»Ja, genau das meine ich. Und ich meine auch, dass Sie Hans Dieter Hackner davon erzählt haben. Denn er war ja der große Junge, wie Sie selbst sagten, der in seinem selbstverliebten Drauflosstürmen in Wirklichkeit wenig Ahnung hatte, was links und rechts von ihm passierte. Und den man deshalb auch ein klein wenig beschützen musste. Und ich denke, das haben Sie immer wieder getan. Ihn beschützt.«

Sie waren beim Pegasusbrunnen angekommen. Das gelbe Licht der Scheinwerfer, die von der Mauer des Schlosses auf den Brunnen strahlten, fiel auf ihr Gesicht und Merana sah, dass ihre Augen glitzerten.

»Ja«, sagte sie leise. »Aber vor diesem grässlichen Ende habe ich ihn nicht beschützen können. Und ich frage mich seitdem immer wieder, ob ich nicht mit daran schuld bin.«

»Weil Sie es ihm erzählt haben?«

Sie nickte und wischte sich mit den Fingern eine Träne aus dem Augenwinkel.

»Wann haben Sie Hackner vom Carmen-Projekt erzählt?«

»Bei der Premierenfeier. Ich hatte selbst erst zwei Tage vorher davon erfahren, und das eher durch Zufall. Es war schon ziemlich spät am Abend, als Dieter an den Tisch kam, wo ich gerade allein saß. Wir blödelten ein wenig herum und ich bemerkte nebenbei: ›Na, jetzt bist du ja bald ein gemachter Mann, wenn dir die Carmen die Taschen mit Geld füllt. Und ich werde ja auch ein wenig davon profitieren, dank deiner Großzügigkeit.‹ Er hat mich nur groß angesehen und hatte keine Ahnung, wovon ich sprach. Da war mir klar, dass Brehmstett versuchte, ihn auszutricksen. Also sagte ich ihm, was Brehmstett inzwischen alles unternommen hatte.«

»Und seine Reaktion?«

»Zunächst entgegnete er gar nichts. Er saß nur still da. Aber es kochte in ihm. Und dann: ›Jetzt verstehe ich, warum dieser Mistkerl mich seit drei Monaten drängt, meine Anteile zurückzukaufen‹.«

Merana blieb stehen. »Das hat Hackner gesagt? Brehmstett hatte versucht, die Anteile zurückzukaufen? Uns hat er etwas ganz anderes erzählt.«

»Das kann ich mir vorstellen.«

»Wie hat Hackner reagiert, nachdem Sie ihm das alles offenbart hatten?«

»In typischer Dieter-Manier. Zuerst hat er in einem Zug einen halben Liter Wein runtergeschüttet. Außerdem ein paar Schnäpse, während der Groll in ihm anstieg, wie die Lava in einem Vulkan.«

Merana nickte. Es war so, wie er vermutet hatte. Der große Hans Dieter Hackner, an dem ohnehin tief drinnen immer die Angst nagte, dass ihn keiner mochte, fühlte sich wieder einmal hintergangen. Zu Recht, was Brehmstett betrifft. Wohl zu Unrecht, was Ramina Haubendorf anbelangt. Und dass ausgerechnet auch noch Sebastiano Ramirez bei dieser Feier auftauchte, der nicht nur der kommende Star und Regisseur des Carmen-Projektes war, sondern offenbar, so musste es Hackner vorkommen, auch sein Nachfolger im Bett von Ramina Haubendorf, das muss seiner verletzten, gedemütigten Eitelkeit den Rest gegeben haben. Hatte er noch erfahren, dass man ihm den Jedermann wegnehmen würde – und er nichts mehr dagegen tun konnte?

›Ihm genügte ein Handschlag, Herr Kommissar. Wenn der große Hans Dieter Hackner etwas ausmachte, dann galt das wohl auch für alle anderen so. Unterschreiben konnte man später immer noch‹, erinnerte sich Merana an die Worte Brehmstetts. Konnte man nicht mehr. Es hatten schon andere unterschrieben. Die offenbar schlauer waren als er. Was für ein Verrat! Also auch hier, bei seinem Jedermann, hatte ihn Ramirez aus dem Feld gedrängt. Und Ramina Haubendorf, die er groß gemacht hatte, er, der unvergleichliche Hackner – die übernahm ausgerechnet seine Paraderolle, den Tod!

Da war es kein Wunder gewesen, dass er ausrastete. Und jetzt war auch klar, warum er ›Du auch‹ gebrüllt hatte, als er auf Ramina losstürmte.

Nicht nur Brehmstett hintergeht mich, nicht nur die übrige hinterhältige Welt, nein – DU AUCH! Und war Ramina Haubendorf, die ebenfalls Gedemütigte, darauf in Hackners Paraderolle geschlüpft und hatte Ernst gemacht? Hatte sie ihm kurz darauf den Tod gebracht? Merana schüttelte unwillkürlich den Kopf. Das konnte er sich einfach nicht vorstellen. Aber er sah die Bilder wie in einem Film im Schnelldurchlauf. Hackner, der die Lava in seinem Gefühlsvulkan nicht mehr bändigen konnte. Der aufsprang, Ramina konfrontierte und in seiner Wut und seinem Gefühl der Demütigung nichts anderes mehr tun konnte als zuzuschlagen. Die Jadlinski, wie sie erschrocken ›Dieter‹ rief. Ramina, die dastand, bleich wie Linnen. Hackner, der vielleicht jetzt erst registrierte, was er getan hatte. Sich auch schämte. Den ebenfalls aufgestandenen Ramirez zur Seite stieß und wegrannte, den Dolch in der Sakkotasche. Ramina, die ebenfalls davonstürmte. Brehmstett, der Hackner folgte. Der ihn ja nur nach Hause begleiten wollte, wie er sagte. Das sei ja nur,

›wie sagt ihr da in Österreich, einen »Flohhupfer« vom Bischofsbräu weg‹. Und der dann am Anfang der Kaigasse umgedreht haben wollte.

»Warum haben Sie mir das nicht schon früher erzählt, Frau Jadlinski?«

»Ich weiß nicht.« Sie drehte um, ging wieder auf das Theater zu. »Vielleicht weil ich am Montag, als Sie mich bei der Probe auf der Pernerinsel aufsuchten, noch viel zu verwirrt und mitgenommen war. Möglicherweise auch, weil ich Brehmstett nicht zu Unrecht anschwärzen wollte. Ich traue ihm wirklich jede Gaunerei zu, aber einen kaltblütigen Mord dann doch nicht. Vielleicht auch …« Sie sprach nicht weiter, setzte ihren Weg fort.

»Vielleicht auch, weil Sie dachten, es könnte Ramina Haubendorf gewesen sein?«

Er sah, wie sie nickte.

»Kann sein, ja.«

»Und denken Sie das noch immer?«

Nun blieb sie doch stehen und sah ihm in die Augen. »Ich weiß überhaupt nicht mehr, was ich denken soll, Herr Kommissar.«

Das konnte er ihr nachfühlen.

»Aber ich weiß nicht, ob Sie sich vorstellen können, wozu eine tief verletzte Frau fähig sein kann.«

Doch, das konnte er sich vorstellen. Er hatte es schon oft erlebt. Bei dem Bühnenarbeiter damals war auch eine tief verletzte Frau im Spiel gewesen. Die hatte sich nicht mehr anders zu helfen gewusst als zuzuschlagen. Mit einer Eisenstange. Und anschließend gewartet, bis man sie fand und abholte.

»Ich muss jetzt wieder zurück, Herr Kommissar.

Ich habe noch ein Rendezvous mit Herrn Rilke. Und das die ganze Nacht.« Sie drückte ihm leicht den Arm und ging davon.

Sein Handy läutete. Es war Andrea Lichtenegger.

»Wie geht es ihr?«, fragte Merana.

»Ganz gut. Die Schnittwunden sind nicht tief. Der Arzt meinte, sie sei möglicherweise mit den Händen voraus durch eine Glastür gestürzt. Sie haben ihr ein Beruhigungsmittel gegeben. Sie schläft. Wenn Sie möchten, kann ich noch hierbleiben. Eventuell wacht sie auf und ist in besserer Verfassung. Dann könnte ich behutsam versuchen, herauszukriegen, was passiert ist.«

Merana sagte nicht: ›Aber Andrea, das ist Ihr freier Sonntagabend!‹ Er sagte nur: »Danke, das ist nett von Ihnen. Und bitte verständigen Sie mich, wenn sich etwas ergibt.« Im Anschluss gab er ihr noch die Telefonnummer von Alex Danovski. »Rufen Sie ihn bitte an, er ist ein Freund von ihr. Und macht sich bestimmt große Sorgen.«

Er beendete das Gespräch. Dann fiel ihm noch etwas ein. Er wählte die Nummer von Elena Braga und erzählte ihr, was mit Ramina passiert ist. Sie machte ihm keinen Vorwurf, dass er sich nicht früher gemeldet habe: »Danke für die Nachricht. Ich fahre gleich ins Krankenhaus.«

Merana sah auf die Uhr. Es war kurz vor halb zehn. Ihm blieb noch ein halber Tag, rund 12 Stunden, bevor Brehmstett aus London zurückkommen würde.

Was war in der Mordnacht zwischen Hackner und Brehmstett tatsächlich vorgefallen? Hatte es eine Auseinandersetzung gegeben? Oder war Brehmstett Hackner nur in sicherem Abstand gefolgt? Merana lehnte sich gegen die Marmorbalustrade am Eingang des Gartenparterres und sammelte seine Gedanken. Was konnte er Brehmstett nachweisen?

Er hatte gelogen, als er sagte, Hackner habe vom Carmen-Projekt gewusst. Dafür hatte er eine einzige Zeugin, Deborah Jadlinski, und die hatte es von Hackner erfahren, der tot war. Ein geschickter Anwalt, und über einen solchen würde Herwig Brehmstett garantiert verfügen, würde diese Aussage wohl auseinandernehmen wie Sandro einen weich gekochten Branzino. Aber wenn Brehmstett gar nicht mitbekommen hatte, dass Hackner über seine Machenschaften Bescheid wusste – denn offenbar hatte es während der Feier keine Auseinandersetzung zwischen den beiden gegeben, dazu lagen keine Zeugenaussagen vor –, dann war er eventuell durchaus der Ansicht, Hackner sei nur wegen Ramina so ausgerastet. Dann hätte er ihn sicher einholen wollen, um ihn zu beruhigen. Aber hätte Hackner ihm seinen Verrat vorgeworfen, hätte es mit Sicherheit geknallt. Und das sicher lautstark. Merana fiel die Ohrenzeugin ein, von der Braunberger berichtet hatte, die irgendwo in der Kaigasse wohnte.

Sie hatte angegeben, Stimmen auf der Straße gehört zu haben, die Stimmen von zwei Männern, die heftig stritten. Verstanden hatte sie kaum etwas, aber es könnte sein, dass es um eine Frau gegangen war. Merana wählte Braunbergers Nummer.

»Kannst du dich noch erinnern, was Brehmstett

sagte, als du ihm von unserer Ohrenzeugin erzählt hast?«

»Er sagte, er könne sich schon vorstellen, dass jemand etwas gehört hat. Der Hackner habe ja lautstark getobt. Frauennamen seien dabei sicher auch gefallen. Wenn der Hackner einmal in Fahrt gewesen wäre, habe er sich ja über jeden und jede aufgeregt.«

»Wo wohnt die Frau?«

»Kaigasse 7b, sie heißt Mathilde Dantendorfer. Soll ich hinkommen?«

»Nein danke, Otmar. Ich will nur etwas überprüfen, falls sie zu Hause ist. Weißt du schon, wann der Brehmstett morgen zurück sein wird?«

»Ja, er nimmt die Frühmaschine und landet um neun in Salzburg.«

Dann blieben ihm nicht einmal mehr zwölf Stunden. Er bedankte sich und beendete das Gespräch.

SONNTAG, 6. AUGUST, 22 UHR

Im Erdgeschoss des Hauses Kaigasse 7b war eine kleine Buchhandlung und daneben ein Bierlokal. ›Tagesspezialität Salzburger Bierfleisch, neun Euro‹ pries ein Schild neben dem Eingang an. Es gibt sie schon noch, die kleinen Gaststätten, wo man günstig essen konnte, dachte Merana, als er das Schild las. Auch wenn sie schon fast ausgestorben sind. Das Haus war alt, 16. Jahrhundert, schätzte er, als er die Treppe hochstieg. Aber innen war behutsam renoviert worden. Im dritten Stock drückte Merana auf den Klingelknopf neben dem Schild ›Dantendorfer‹. Er hörte Schritte langsam näherkommen. Die Sichtklappe des Türspions wurde geöffnet.

»Sie wünschen?«, fragte eine leise Stimme.

Merana hielt seinen Dienstausweis in Höhe des Spions und sagte: »Mein Name ist Kommissar Merana. Entschuldigen Sie die Störung so spät am Abend. Aber es wäre schön, wenn ich Sie kurz sprechen könnte, Frau Dantendorfer.«

Merana hörte, wie eine Sicherheitskette ausgeklinkt und ein Schlüssel im Türschloss zweimal umgedreht wurde. Die Tür öffnete sich. Vor ihm stand eine kleine weißhaarige Frau mit einer Brille. Sie trug ein an den Ärmeln schon leicht abgewetztes dunkelgraues Kleid und hatte ein dickes braunes Tuch über ihre Schultern geworfen.

»Das finde ich aber nett, dass ich am Sonntagabend einmal Besuch bekomme, noch dazu von einem Kommissar«, lachte sie und ließ Merana eintreten. Dann sperrte sie wieder zweimal zu und hängte die Sicherheitskette ein.

»Ich hoffe, Sie sind ein echter Kommissar, und nicht so ein windiger Vertreter, der mich dazu überreden will, irgendeinem Neffen in Amerika Geld zu schicken, weil der in Schwierigkeiten sei. So einer war nämlich schon einmal da. Der hatte sogar einen Polizeiausweis. Aber der war nicht echt, wie sich später herausstellte, nachdem ich bei Ihren Kollegen angerufen hatte.«

Merana unterdrückte ein Schmunzeln. Die resolute Dame wusste sich offenbar zu helfen. »Keine Sorge, Frau Dantendorfer, mein Ausweis ist echt.«

»Das glaube ich Ihnen«, meinte die Alte und bot ihm einen Platz auf dem Biedermeiersofa an, während sie sich auf einen Stuhl setzte. »Sie haben so ein ehrliches Gesicht.«

Merana nahm Platz. Sie befanden sich in einem kleinen Wohnzimmer. An der Wand gegenüber war eine Vitrine mit Gläsern und Bildern aufgestellt. Eines der Bilder zeigte ein junges Paar in einer Laube. Auf dem Schoß der Frau konnte Merana ein etwa dreijähriges Mädchen ausmachen. Es war ein fröhliches Bild. Daneben hing das Porträt eines alten Mannes. Über einer Ecke des Rahmens entdeckte der Kommissar einen Trauerflor. Vor dem Fenster neben der Vitrine waren die Vorhänge zugezogen. Etwas seitlich vom Fenster stand ein Fernseher. Eingeschaltet, aber ohne Ton. Es lief gerade ein Reisebericht über Ägypten. Merana sah Pyramiden und Menschen mit Tüchern auf den Köpfen.

»Darf ich Ihnen etwas anbieten, Herr Kommissar? Einen Tee oder Kaffee? Oder trinken Sie mit mir ein

Schlückchen Himbeerlikör? Ich habe mir gerade einen eingeschenkt. Er ist ausgezeichnet. Mein Schwiegersohn in der Südsteiermark macht ihn selbst.«

Merana lehnte dankend ab. »Sehr nett. Aber ich will Sie wirklich nicht lange aufhalten.«

Ihr bisher so freundlicher Gesichtsausdruck wurde um eine Spur trüber. »Das ist aber schade«, sagte sie, und in ihre Augen hinter den Brillengläsern schlich ein wenig Traurigkeit.

Mit einer Familie, die weit weg in der Südsteiermark wohnt, und mit womöglich nur mehr wenigen Bekannten wird sie wohl nur selten jemanden haben, der ab und zu mit ihr ein Gläschen trinkt. Er sollte das Angebot doch annehmen, immerhin wollte er eine offene und zum Reden bereite Zeugin, und ganz sicher keine vergrämte.

»Also wenn Sie schon die Qualität des Likörs Ihres Herrn Schwiegersohnes so preisen, dann sollte ich mich vielleicht doch überreden lassen. Aber bitte nur einen kleinen Schluck.«

Ihre Augen strahlten. »Das ist sehr vernünftig, junger Mann. Und selbst wenn Sie es nur tun, um einer alten Frau eine Freude zu machen.«

Da schau her, dachte Merana. Nicht nur freundlich, sondern auch intelligent. Das würde ihrer Aussage noch mehr Gewicht verleihen. Er nahm sein gut gefülltes Glas, prostete ihr zu, probierte einen Schluck und lobte die Qualität des Likörs. »Sie hatten recht, er ist ausgezeichnet.«

Sie lachte und lehnte sich zurück. »So, Herr Kommissar, jetzt kommen Sie besser zu Ihrem Anliegen, sonst hole ich noch das Fotoalbum mit den Bildern meiner Enkeltochter Sarah, die im September drei wird«, sagte sie mit einem Schmunzeln und deutete mit der Hand in Richtung Vitrine.

»Die schau ich mir gern ein anderes Mal an«, antwortete Merana. »Aber jetzt muss ich Sie etwas Wichtiges fragen. In dieser Woche waren Beamte meiner Abteilung bei Ihnen, um sich zu erkundigen, ob Sie in der Nacht von Sonntag auf Montag etwas gehört haben.«

»Aha«, sagte sie, und ihre Augen funkelten hinter den Gläsern. »Trauen Sie meiner Aussage nicht, oder haben Ihre Leute nicht alles ordentlich berichtet, sodass der Chef selbst noch einmal nachfragen muss?«

Merana hob zur Beruhigung die Hände. »Nein nein, alles bestens. Es haben sich nur bei unseren Ermittlungen ein paar Dinge ergeben, die womöglich das eine oder andere, das Ihnen aufgefallen ist, in einem neuen Licht erscheinen lassen.«

Frau Dantendorfer nahm einen kräftigen Schluck aus ihrem Likörglas, stellte es hin und begann: »Wie ich Ihren Beamten schon sagte, habe ich am Sonntagabend ferngesehen. Und zwar bis gegen zwei Uhr. Da lief nämlich ein alter Hans-Moser-Film, und den wollte ich unbedingt sehen. Ich habe schon fünfmal an den ORF einen Brief geschrieben, sie sollten doch die schönen alten Filme nur am Nachmittag spielen oder zumindest am Abend, aber nicht so spät in der Nacht. Die vom Fernsehen haben mir zwar freundlich zurückgeschrieben, aber genützt hat es nichts.«

»Und was passierte dann?« Merana beugte sich vor.

»Laut Ihrer Aussage hörten Sie Stimmen von unten, aus der Gasse.«

»Ja, es waren die Stimmen von zwei Männern. Einer der beiden war besonders laut. Und es hörte sich an, als ob sie stritten.«

Merana sah zum Fenster hinüber. Er hörte nichts, das von draußen hereinkam. »Hatten Sie am vergangenen Sonntag auch die Vorhänge zugezogen, so wie jetzt?«

Sie schaute kurz zum Fenster. »Beim Fernsehen schon. Aber als der Hans-Moser-Film zu Ende war, habe ich das Gerät ausgeschaltet, die Vorhänge aufgemacht und das Fenster gekippt, weil ich noch ein wenig frische Luft wollte. Und da habe ich die Stimmen gehört.«

»Gesehen haben Sie die beiden Männer nicht?«

»Nein, die Fensterverriegelung ist kaputt. Ich kann es nicht öffnen, um mich hinauszubeugen. Und durch das gekippte Fenster sehe ich die Straße nicht.«

»Wie lange haben Sie die Stimmen gehört?«

»Nicht lange, vielleicht eine knappe Minute, wenn überhaupt. Dann haben sich die Stimmen entfernt.«

Merana dachte nach. »Sie gaben außerdem an, es sei bei diesem Streit möglicherweise auch um eine Frau gegangen.«

»Ja, ich glaube mich zu erinnern, dass ein- oder zweimal ein Frauenname gebrüllt wurde. Aber ich weiß nicht mehr, welcher.«

»War es vielleicht Ramina?«

Sie schüttelte den Kopf.

»Deborah?«

Wieder ein Kopfschütteln. »Nein, das war es auch nicht.«

Merana beugte sich vor, bemerkte eher beiläufig: »Kann es ein Frauenname aus einer Oper gewesen sein?«

Sie sah ihn groß an und ihr Gesicht wurde plötzlich ganz jung. »Ja, das war es! Jetzt, wo Sie es sagen.« Sie schlug sich mit der Hand gegen die Stirn. »Jetzt weiß ich es wieder. Es war Carmen.«

Merana atmete tief durch. »Sind Sie ganz sicher, Frau Dantendorfer?«

Sie nickte eifrig und schenkte sich erneut ihr Glas voll. »Da bin ich mir sicher, es war Carmen.« Sie hob das Glas, prostete ihm zu und summte beschwingt den Anfang des Toreromarsches.

»Frau Dantendorfer, bitte erinnern Sie sich genau: Wann haben Sie das Fenster geöffnet?«

Sie nahm einen Schluck Himbeerlikör. »Ich habe nicht auf die Uhr gesehen. Aber gleich, nachdem der Film aus war.«

»Sind Sie ganz sicher? Sind Sie nicht vielleicht vorher noch in die Küche gegangen oder auf die Toilette?«

Sie schüttelte den Kopf. »Nein, ich weiß es noch ganz genau. Ich habe mir das angeschaut, wo am Schluss all die Namen durchlaufen, weil ich nachsehen wollte, ob die Tochter der Gräfin da im Gasthaus die Olga Tschechowa war. Ich konnte mich nicht mehr recht daran erinnern. Und als ich ihren Namen gelesen hatte, habe ich den Fernseher ausgeschaltet und das Fenster aufgemacht.«

Merana wollte sich erheben. »Danke, Frau Dantendorfer. Sie haben mir sehr geholfen.«

»Darauf sollten wir noch einmal das Glas heben, Herr Kommissar«, sagte sie schnell und füllte Meranas leeres Glas erneut halb voll.

Merana nahm das Getränk, stieß mit ihr an, trank es aus und verabschiedete sich.

Als er schon im Stiegenhaus war, rief sie ihm noch nach: »Und falls Sie einmal nichts Besseres zu tun haben, dann besuchen Sie mich doch wieder. Ich würde Ihnen gern die Fotos meiner Enkeltochter zeigen. Und selbst gemachten Likör gibt es auch noch genug.«

Er winkte ihr noch einmal zu, dann eilte er nach unten.

Er drückte am Handy die Kurzwahltaste für Otmar. Der meldete sich sofort, als habe er die ganze Zeit das Telefon neben sich gehabt und nur auf den Anruf gewartet.

»Wie ist es gelaufen, Martin?«

»Gut. Sie ist eine nette alte Dame mit einem guten Himbeerlikör und einem noch besseren Gedächtnis. Otmar, ruf bitte beim ORF an und frag, wann genau am Sonntag in der Nacht der Hans-Moser-Film aus war. Ich erkläre dir alles andere später.« Das war es also gewesen. Der Frauenname war nicht Ramina gewesen, um die war es nicht gegangen. Es hatte sich alles um Carmen gedreht. Hackner und Brehmstett hatten über das Carmen-Projekt gestritten. Und wenige Minuten später war Hackner tot. Jetzt hatte Merana nicht nur Deborahs Aussage. Jetzt hatte er noch eine Zeugin. Und wenn Brehmstett hinter Gittern war, dann würde er mit Mathilde Dantendorfer auch einen ganzen Tag die Fotos der kleinen Sarah anschauen, nur um ihr eine Freude zu machen. Das Handy schrillte.

»Hast du die Zeit, Otmar?«

»Ja, der Film war exakt um 2.04 Uhr aus.«

Merana wurde es heiß. »Was? Das kann nicht sein.«

»Doch, ich habe es extra zweimal überprüfen lassen.«

In Meranas Kopf begann sich alles zu drehen. »Aber um 2.04 Uhr, da war Brehmstett ja schon längst im Hotel. Kann sich der Nachtportier geirrt haben?«

»Das glaube ich nicht. Er hatte laut Aussage gerade ein Telefonat mit einem Gast in den USA geführt wegen einer Reservierung und sich den Zeitpunkt des Anrufs notiert, als Brehmstett ins Hotel kam. Es war genau 1.50 Uhr.«

Merana sagte nichts mehr. Lähmende Stille breitete sich zwischen den beiden Beamten aus.

»Was ist los, Martin? Bist du noch dran? Soll ich rüberkommen?«

Meranas Stimme war heiser. »Nein danke, Otmar. Ich muss jetzt allein sein. Und nachdenken. Ich melde mich später noch einmal.« Er unterbrach die Verbindung.

Seine Gedanken wirbelten durcheinander und er fühlte sich, als stünde er wieder auf dem Residenzplatz. Aber von oben prasselten keine Regenfontänen auf ihn runter, sondern Millionen aus der Bahn geworfener Dominosteine.

Ohne nachzudenken stieß Merana die Tür des Bierlokals auf, setzte sich wie ferngesteuert an einen freien

Tisch am Fenster, stützte die Ellbogen auf die Tischplatte und vergrub das Gesicht in seinen Händen.

»Ist Ihnen nicht gut?«, fragte eine Stimme.

Er sah auf. Neben ihm stand eine stark geschminkte Frau mittleren Alters, in einem gelben Dirndlkleid, mit einem leeren Tablett in der Hand.

»Danke, es geht schon.« Seine Stimme war immer noch heiser.

»Möchten Sie etwas trinken?«

Er wusste zwar nicht, wie sich der Himbeerlikör mit einem hefetrüben Weißbier vertragen würde, aber er bestellte eines. Es war ihm egal.

Die Kellnerin hatte längst das Weißbier vor ihn hingestellt, und er saß immer noch da, unfähig, einen klaren Gedanken zu fassen.

Der Brehmstett kann es nicht gewesen sein!

Die Jadlinski hat recht gehabt. ›Ich traue ihm wirklich jeder Gaunerei zu, aber einen kaltblütigen Mord dann doch nicht.‹ Die Jadlinski hatte offenbar eine bessere Menschenkenntnis als er selbst.

Hatte er sich verrannt? War es doch Ramina Haubendorf gewesen, die verletzte Seele? Die gesehen wurde, wie sie in der Mordnacht in der Innenstadt mit blutigen Händen herumirrte. Hatte er etwas übersehen?

Oder war es ein völlig Unbekannter? Einer, dem sie noch gar nicht begegnet waren und der ebenso zufällig am Ort war wie der Obdachlose? Merana sah wieder das von Panik erfasste Gesicht des alten Mannes mit dem gelben Pilzhut vor sich. War doch er es gewesen?

Kapuziner-Schorsch, der aufgeschreckt war und Angst um seinen Schlafplatz hatte. Kapuziner-Schorsch, der in der darauf folgenden Nacht auf dem Domplatz tanzte. Kapuziner-Schorsch, der, wenn er seine hellen Momente hatte, auf dem Kapuzinerberg saß und mit Andrea Lichtenegger Volkslieder sang. Andrea? Da war etwas. Andrea? Herrgott noch einmal, da war doch etwas gewesen!

Andrea? Andrea? Andrea? Da war dieser schemenhafte Gedankenfetzen gewesen, als sie während der Aufführung des Jedermann über die Stufen der Zuschauertribünen in Richtung Ausgang gedrängt hatten, und den er nicht fassen konnte, weil sein Handy gesummt hatte und er abgelenkt wurde. Was war da nur gewesen? Merana versuchte, sich zu konzentrieren. Er klopfte mit den Handballen gegen seine Schläfen, als könnte er den Gedankenfetzen herausschütteln. Irgendetwas hatte dieses plötzlich entstandene schemenhafte Gebilde in seinem Kopf ausgelöst. Was nur?

Er gab sich alle Mühe, sich zu erinnern. Es musste mit dem zu tun haben, was er gesehen oder gehört hatte. Es hatte irgendwie mit Andrea zu tun. Er nahm das Handy aus der Tasche. Wählte ihre Nummer.

Sie war gleich dran. Sagte mit leiser Stimme: »Guten Abend, Herr Kommissar. Es hat sich noch nichts ergeben. Sie schläft noch, Alex sitzt bei ihr am Bett und wartet, bis sie aufwacht …«

Er wollte gleich zur Sache kommen. »Andrea, erinnern Sie sich noch, als wir heute bei Abbruch der Vorstellung zum Ausgang hintrieben?«

»Natürlich. Das werde ich nicht so schnell vergessen. So viel Wasser von oben habe ich überhaupt noch nicht auf meinen Kopf bekommen.«

»Erinnern Sie sich noch, was die Leute ringsum so alles sagten?«

»Wie meinen Sie das?«

»Da waren einige Leute, die sich beschwert hatten, dass wir nicht ins Festspielhaus übergesiedelt sind.«

»Ja, das waren einige. Ich erinnere mich an diesen Mann mit dem bayerischen Akzent.«

Merana hielt kurz inne. Lauschte in sich. Nein, das war es nicht. »Da war auch eine ältere Frau, Andrea, die beklagte sich, dass sie schon einige Jahre lang eine Karte haben wollte.«

»Ja, ich erinnere mich an sie.«

»Und wissen Sie noch, was Sie dann gesagt haben, Andrea? Bitte denken Sie ganz genau nach.«

Am anderen Ende war es still. »Ich glaube, ich sagte so etwas wie: Ich kann die alte Dame verstehen. Da wartet man so lange auf seine Eintrittskarte und dann kann man gar nicht die ganze Vorstellung sehen.«

Merana dachte nach. Horchte wieder in sich hinein. Nein, das war es auch nicht gewesen. »Ich glaube, Sie haben es anders formuliert, Andrea. Bitte denken Sie ganz genau nach. Es ist wichtig. Extrem wichtig.«

Wieder Stille auf der anderen Seite. Vielleicht überlegte sie, was denn an einem Sonntagabend, der nicht viel Erfreuliches gebracht hatte, so extrem Wichtiges an ein paar harmlosen Beschwerden über den Abbruch einer Vorstellung sein könnte.

Aber vielleicht konzentrierte sie sich auf ihre Überlegungen. Nach einer Weile hörte er sie langsam sagen:

»Also, Herr Kommissar, ich stelle mir gerade in meinem Kopf vor, wie wir beide unter Ihrem Sakko zum Ausgang drängen, mehr geschoben werden als dass wir selbst schieben. Und dann war da die ältere Dame, die sagte, sie habe seit sieben Jahren auf eine Jedermannkarte gewartet. Und jetzt hätte sie eine bekommen, und die wäre auch noch sehr teuer gewesen. Und ich entgegnete, wenn ich mich recht erinnere, ich könne die Frau verstehen, da wartet man lange auf eine Chance ...«

»Ja, Andrea, genau das sagten Sie.« Merana jubelte fast auf. Die Leute am Nebentisch, zwei stämmige Kerle im T-Shirt mit Tätowierungen an den Oberarmen, schauten ihn verwundert an.

»Sie benutzten das Wort ›Chance‹, Andrea ... bitte erinnern Sie sich daran, was Sie daraufhin erwiderten?« Er konnte förmlich spüren, wie sie nachdachte, die Stirn in Falten legte.

»Ich glaube, ich sagte, dann ist die Chance auf die Karte da und man investiert viel Geld, und dann plötzlich wegen eines Wetterumschwungs ...«

Das war es! Der Wetterumschwung! In Meranas Kopf wurde es schlagartig hell. Als seien alle Sonnen der Milchstraße zugleich aufgegangen. Am liebsten hätte er Andrea geküsst, aber die war weit weg.

»Richtig, Andrea, das sagten Sie, wegen eines Wetterumschwungs ... Das ist es! Andrea, Sie sind ein Schatz!« Und noch bevor sie nachfragen konnte, was er damit meinte, beendete er die Verbindung.

Merana lehnte sich zurück. Um ihn war mit einem Mal eine große Stille. Das Niederprasseln der entgleisten Dominosteine auf seinen Kopf hatte aufgehört. Er atmete tief durch. Was hatte er, als er Montag früh zum Domplatz kam, betreten? Einen Tatort. Richtig. Aber was hatte er zugleich betreten, mit dem Tatort? Eine Bühne! Genau. Eine Bühne! Einen Ort szenischer Darstellung. Und vom ersten Augenblick an hatte ihn die Atmosphäre aus Kulissen und Rollenspiel eingefangen, und er hatte sich davon verleiten und unbewusst in eine bestimmte Richtung lenken lassen: zu Figuren, zu Darstellern, zu Theatermenschen, zu Künstlern, vor der Bühne und hinter der Bühne. Und er, Merana, hatte diese Bühne, vom ersten Schritt an, als er an die Leiche herangetreten war, in Wirklichkeit nie verlassen. Dabei hätte er nur auf sein Gefühl achten sollen. Was war ihm an diesem Tatort sofort aufgefallen? Und später auch noch einige Male? Es war alles *zu theatralisch!*

Viel zu theatralisch. Unecht! Schlecht inszeniert! Übertrieben war ihm alles vorgekommen, als Hackner da lag, den Dolch in der Brust, der nicht einmal das Original war, sondern eine Kopie. Die Hände gefaltet. Und dann auch noch ohne Schuhe. Für die verschwundenen Schuhe mochte eine übel gelaunte Schicksalsgöttin gesorgt haben, die auch die Verantwortung dafür übernehmen sollte, dass dies einem armen Obdachlosen schließlich das Leben gekostet hatte.

Aber jetzt sah Merana klar. Jetzt stand er nicht mehr auf der Bühne, jetzt befand er sich nicht mehr inmitten eines Theaterraums. Zumindest nicht mehr in diesem.

Von Anfang an waren die Hinweise da gewesen und er hatte sie nicht bemerkt. Die meisten wurden ihm unabsichtlich in den Weg geworfen, aber er hatte sie nicht deuten können. Wie hatte Sandro so treffend formuliert? ›Sie immer nur interessiert die Käfer in Gras und die stuccatura in Mauer, aber nie die Sorgen der kleinen fleißigen Unternehmer wie mich!‹

Und Aichmüller hatte gesagt: ›Im Grund genommen war mein Bruder doch auch ein sehr traditioneller Mensch.‹

Und dann schwirrten noch andere Erinnerungen in Meranas Kopf und fügten sich zu einem Gesamtbild zusammen: ›Des Satans Fangnetz in der Welt hat keinen andern Nam als Geld.‹ – ›Die wichtigsten Finanziers, Herr Kommissar, trifft man in London.‹ – ›Merana, alarmier dein Einsatzkommando und nimm die ganze Saubande fest.‹ – ›Da wartet man jahrelang auf seine Chance und dann plötzlich, wegen eines Wetterumschwungs.‹

Es wurde Zeit. Merana stand auf. Legte vier Euro neben das unberührte, noch immer volle Weißbierglas und verließ das Lokal.

SONNTAG, 6. AUGUST, 23 UHR

Merana ging langsam durch die Kaigasse stadtauswärts, die Hände fest in den Taschen seines Sakkos vergraben. Für einen Sonntagabend waren nicht mehr allzu viele Menschen unterwegs. Die meisten hatten sicher das schwere Gewitter und der sintflutartige Regen aus der Stadt getrieben. Zwei junge Japanerinnen im Dirndlkleid überholten ihn zwitschernd und kichernd und verschwanden bald darauf in einem Hoteleingang. Ein junger Mann mit Schirmmütze kam ihm auf einem Fahrrad entgegen. Er erinnerte ihn an den Schüler, der Hackner gefunden hatte. War das wirklich erst sieben Tage her? Merana kam es vor wie eine Ewigkeit. In der Ferne hörte er Musik. Er blieb an der Ecke zur Herrengasse stehen, bei der ehemaligen Kirche St. Nicolai, die einst auch Sitz der ›Allerseelenbruderschaft‹ gewesen war. Die ursprüngliche, alte gotische Kirche hatte Erzbischof Wolfdietrich zu Beginn des 17. Jahrhunderts abreißen und durch eine ›moderne‹, barocke ersetzen lassen. Damals scherte man sich wenig um etwaige Denkmalschützer. Die Musik muss vom Kapitelplatz kommen, dachte Merana.

Dort war, wie er wusste, eine große Leinwand aufgestellt, wo Opernproduktionen der Salzburger Festspiele unter freiem Himmel gezeigt wurden. ›Festspielnächte‹ nannte sich das Spektakel. Keine schlechte Idee. So kamen zumindest all jene, die sich keine der oft sündteuren Karten leisten konnten, auch in den Genuss einer Oper. Er ging weiter bis zum ›Mozartkino‹, dem ehemaligen Kasererbräuhaus, das noch zu Mozarts Zeiten ein Wirtshaus gewesen war. Auch an dieser Stelle war viel umgebaut und erneuert worden. Unter dem heutigen Kinosaal lagen die Reste einer römischen Tempelanlage. Ja, nichts hat ewig Bestand, sinnierte Merana, und dennoch … Der Kommissar blieb stehen und schaute auf die Filmanzeigen: ein Horrorthriller und eine Familienkomödie, nichts, was ihn interessierte. Dann setzte er langsam seinen Weg stadtauswärts fort, bis er vor dem Haus stand, zu dem er wollte. Er blickte an der Fassade hoch. In der Wohnung brannte Licht. Er war also zu Hause.

Die Haustür stand offen. Merana stieg die Treppen hoch und läutete. Hier gab es kein Namensschild neben der Klingel. Man wusste wohl auch so, wer hier wohnte. Die Tür wurde geöffnet.

»Guten Abend, Herr Doktor Aichmüller.«

»Guten Abend, Herr Kommissar.« Der Rechtsanwalt sagte kein weiteres Wort. Er drehte sich nur um und ging den Flur entlang in Richtung Salon. Merana trat ein, schloss die Tür und folgte ihm. Als Merana an der offenen Tür zum Salon stehenblieb, sah er, dass Aichmüller am großen Esstisch beim Fenster Platz genommen hatte. Auf dem Tisch standen eine Flasche Cognac und zwei Schwenker aus geschliffenem Glas.

»Möchten Sie sich nicht setzen, Herr Kommissar?«, bat Aichmüller und deutete auf einen der Stühle. Sein Gesicht war eingefallen, die Augen lagen wie in dunklen Höhlen.

Merana verhielt sich ruhig, ließ das Bild auf sich wirken. Der Rechtsanwalt schwieg, senkte den Kopf.

Merana betrat den Salon, zog einen Stuhl zurück, setzte sich Aichmüller gegenüber und wartete. Dann bemerkte er, auf die zwei Cognacschwenker deutend: »Das sieht ja fast so aus, als hätten Sie mich erwartet, Herr Doktor Aichmüller?«

Nach einer Weile hob Aichmüller den Kopf. »Ich weiß nicht, ob ich Sie erwartet habe. Aber ich wusste, dass Sie früher oder später vor meiner Tür stehen würden. Und wenn Sie sich noch länger Zeit gelassen hätten, wäre ich vielleicht zu Ihnen gekommen.«

Merana sah ihn prüfend an, ob er die Wahrheit sprach. Oder ihm etwas vormachte. Im Grunde genommen war es egal.

Eine Zeit lang sprach keiner der beiden Männer ein Wort.

Dann begann Merana. »Warum wären Sie gekommen? Um Ihr Gewissen zu erleichtern? Immerhin haben wir ja einen offiziellen Täter. Einen Obdachlosen. Und über den brauchten Sie sich auch keine Gedanken mehr zu machen. Der ist ja tot.«

Der Rechtsanwalt sah den Kriminalbeamten lange an. Merana bemerkte einen Anflug von Bartstoppeln an Aichmüllers Kinn. Seine Haut war fahl.

»Ich weiß es nicht genau, warum ich gekommen wäre, Herr Kommissar. Aber ich wäre gekommen. Es ist nicht leicht, damit zu leben. Immerhin habe ich mich ja auch nicht darauf vorbereitet. Es war ja nie meine Absicht, ein …«, er stockte, hob hilflos die Hände und legte sie auf den Tisch, »ein Mörder zu werden.« Dann griff er nach der Cognacflasche. Er nahm den Verschluss ab, hielt inne, betrachtete seine Hand mit dem Verschluss aus gedrehtem Glas, steckte diesen wieder auf die Flasche. Aus seinen Gesten sprach Resignation.

»Wollen Sie mir erzählen, wie es abgelaufen ist, Herr Doktor Aichmüller?«

Aichmüller nickte, schwieg aber.

Ich muss ihm Zeit lassen, dachte Merana.

Dann griff Aichmüller erneut zur Cognacflasche. »Wollen Sie einen Cognac, Herr Kommissar?«

»Nein, danke.« Wer wohl mein unberührtes Weißbier getrunken hat, fiel Merana in diesem Augenblick ein.

Aichmüller goss den Weinbrand in eines der Gläser, halb voll. Stellte die Flasche weg. Legte die linke Hand um das Glas, aber trank nicht. »Ich hörte Hans Dieter in jener Nacht heimkommen. Ich war noch auf, hatte noch ein paar Papiere durchgesehen, die ich am nächsten Tag in London brauchen würde, und wollte mich gerade hinlegen. Das muss so gegen zwei Uhr gewesen sein. Er polterte in die Wohnung und war sturzbetrunken, wirkte aggressiv, war aufgeregt und schimpfte unverständliches Zeug. Ich wollte ihm helfen, ins Bett zu gehen, aber er riss sich los, zischte etwas wie ›Lass mich, dich brauche ich auch nicht‹, brüllte, dass er auf der Stelle zurückmüsse, um es denen zu zeigen, stolperte aus der Wohnung und die Treppe hinunter.« Aichmüller machte eine Pause, war mit den Gedanken wohl bei jener nächtlichen Szene.

»Und dann sind Sie ihm nach?«, fragte Merana.

»Ja, bin ich. Obwohl er so betrunken war, hielt er sich gut auf den Beinen. Und ich brauchte fast bis zum Anfang der Kaigasse, bis ich ihn eingeholt hatte. Etwa auf Höhe der kleinen Buchhandlung kriegte ich ihn endlich zu fassen. Ich wollte ihn überreden, umzukehren. Aber er packte mich am Kragen, schüttelte mich und sagte: ›Weißt du, was dieses Aas vorhat?‹ Und für ein paar Momente war er urplötzlich nüchtern, wie auf einen Schlag.« Wieder machte der Anwalt eine Pause.

»Und da hat er Ihnen vom Carmen-Projekt erzählt«, half Merana behutsam nach, »und dass Herwig Brehmstett versucht hatte, ihn hereinzulegen, ihm seine Anteile abzukaufen, wahrscheinlich für ein Butterbrot, ohne ihm zu sagen, welche satten Gewinne die Agentur bald abwerfen würde.«

»Ja«, antwortete Aichmüller, »das hat er. Und das Ganze in einem halbwegs klaren Ton. Und er sprach auch nicht laut, eher gepresst. Doch plötzlich, von einer Sekunde auf die andere, gebärdete er sich wieder wie ein Verrückter, brüllte, der hinterhältige Hund könne sich auf etwas gefasst machen mit seiner Carmen und ähnliches Zeug. Dann gab er mir einen Stoß und rannte davon. Ich wusste zuerst nicht, was ich machen sollte, bin aber dann doch hinterher. Umso mehr, als sich am Himmel die Wolken zusammenbrauten und zu erwarten war, dass jederzeit das Gewitter losbrechen würde. Schließlich landeten wir auf der Jedermannbühne am Domplatz.«

Der Anwalt legte wieder eine Pause ein. Hob jetzt doch das Glas, nahm einen kleinen Schluck. Dann setzte er den Cognac angewidert ab, schob ihn zur Seite.

Merana sah, wie Aichmüller das Gespräch mitnahm. Auf seiner Stirn standen kleine Schweißperlen. Merana ließ ihm Zeit, fragte dann aber doch: »Und was ist auf dem Domplatz passiert?«

Aichmüller erwiderte lange nichts, stierte vor sich hin, ließ offenbar die Szene noch einmal in seinem Innern vorüberziehen. Dann schüttelte er langsam den Kopf. So als könne er nicht glauben, was er in seiner Erinnerung sah. Überraschend lachte er kehlig auf und sagte: »Dieser verrückte Kerl hatte sich doch glatt mitten auf die Bühne gelegt und gemeint, ich solle ihn in Ruhe lassen, er wolle jetzt schlafen. Und wenn er munter werde, könnten die alle etwas erleben. Ich sagte: ›Dieter, du kannst doch hier nicht schlafen. Es wird gleich zu regnen anfangen.‹ Er brummte nur bockig wie ein trotziges Kind: ›Und ob ich das kann, schau her!‹ Er zog beide Schuhe aus und schleuderte sie zum hinteren Bühnenrand. Mit einem Mal packte ihn wieder die Wut. Er brüllte, er werde ihnen allen einen Strich durch die Rechnung machen, alle hätten ihn hintergangen. Falsche Welt und falsche Freunde und ähnlich wirres Zeug. Und dann zog er dieses Etui aus der Jackentasche, das er offenbar die ganze Zeit bei sich getragen hatte, riss den Dolch heraus und fuchtelte damit vor meinem Gesicht herum. ›Die glauben, sie können mich mit so etwas abspeisen‹, keuchte er. ›Mit billigen Duplikaten. Imitationen. Alles ist billig in dieser Stadt, nichts ist echt. So wie auch du!‹ Und dann beschimpfte er mich, sagte mir, dass er von mir noch nie etwas gehalten habe, mich für einen Versager hielt, er froh sei, dass unsere Mutter ihn mit nach Hamburg genommen habe und nicht mich. Dann gab er mir einen kräftigen Stoß und legte sich wieder hin.«

Wieder machte Aichmüller eine Pause. Sah gierig auf das Cognacglas, griff aber nicht danach. Er atmete schwer.

»Und dann?«, fragte Merana ganz ruhig. »Was ist dann passiert?«

Der Anwalt schaute Merana nicht an, als er weitersprach, verhielt sich so, als rede er zu sich selbst: »Ich weiß auch nicht, wie … Plötzlich hatte ich diesen Dolch in der Hand und …« Seine Stimme brach. Er starrte ins Leere.

Merana wartete. Dann vollendete er den Satz. »Und dann haben Sie sich neben ihn hingekniet und zugestochen.«

Aichmüller schwieg noch immer. Sein Blick war weiterhin starr. Er zeigte keine Regung.

»Anschließend haben Sie ihm die Hände gefaltet«, sprach Merana weiter.

Jetzt rührte der Anwalt sich, sah Merana an. »Ja, habe ich«, sagte er, als wundere er sich jetzt noch darüber. »Ich weiß auch nicht, warum – merkwürdig, nicht? Und ich habe …« Er schüttelte ungläubig den Kopf und seine Augen wurden feucht. »Und dann ist auf einmal, wie aus dem Nichts …« Er suchte nach Worten.

»Eine Gestalt aufgetaucht«, half Merana nach.

»Ja, aufgetaucht ist das richtige Wort. Wie eine Erscheinung.« In Aichmüllers Gesicht kroch jenes

Entsetzen, das er wohl auch in der Nacht gespürt hatte. »Sie wuchs am Bühnenrand völlig unvermittelt in die Höhe. Das Gewitter war inzwischen ausgebrochen und es hatte zu regnen begonnen. Im Schein des nächsten Blitzes sah ich, dass da vor mir ein alter Mann stand, mit bleichem Gesicht. Und irgendeinem Ungetüm von Hut auf dem Kopf. Ich bin zu Tode erschrocken und habe sogar geschrien. Dann habe ich mich hochgerappelt und bin davongerannt, über den Kapitelplatz in die Kaigasse und nach Hause.« Er war erschöpft. Zum ersten Mal seit Beginn ihrer Unterredung lockerte er die selbst gewählte steife Haltung und lehnte sich zurück.

Schweigen war im Raum. Langes Schweigen.

Erst jetzt bemerkte Merana, dass irgendwo eine Uhr leise tickte. Das Geräusch war ihm bisher noch gar nicht aufgefallen. Er sah sich um. Eine französische Portaluhr mit zweigeteiltem Ziffernblatt und einem kunstvollen Aufbau aus gedrechselten Säulen stand auf einem Tischchen in der Ecke. Merana betrachtete eine Zeit lang die wunderschöne antike Uhr, dann drehte er wieder den Kopf zu Aichmüller und sagte: »Und dann haben Sie den alten Mann nach dem Begräbnis wiedergesehen.«

Aichmüller nickte schwach. »Ja, und ich bin sehr erschrocken.«

»Er auch«, murmelte Merana und sah wieder die Bilder vor sich. Der alte Mann, der aus dem Käsegeschäft kam. Die strauchelnde Ramina Haubendorf. Der herbeieilende Revierinspektor Gerber in Uniform. Und die Panik in den Augen des Alten. Aber er war nicht wegen Gerber erschrocken, sondern wegen Aichmüller. Völlig unvermittelt war da am helllichten Tag dieses Gesicht wieder, das er auch in jener Nacht im Aufzucken des Blitzes gesehen haben musste, so wie umgekehrt Aichmüller sein Gesicht erkannt hatte. Da hatte Kapuziner-Schorsch Panik erfasst.

Mein Gott, dachte Merana, Aichmüller ist neben mir gegangen und ich habe nicht den richtigen Schluss aus der plötzlichen Angst des Alten gezogen.

Und wieder fragte er sich, ob der Obdachlose noch am Leben wäre, wenn er Gerber nicht hinter dem Alten hergeschickt hätte. Diese Frage würde er wohl nie mehr aus seinem Kopf kriegen. Und es würde auch nie eine Antwort darauf geben.

Sie schwiegen wieder beide eine Zeit lang. Merana beobachtete sein Gegenüber. Aichmüller saß da und hatte die linke Hand um das Cognacglas gekrallt. Auf seiner Stirn perlten immer noch kleine Schweißtropfen. Mit den Fingern der rechten Hand schabte er leicht über die aprikosenfarbene Satin-Tischdecke. Würde der Rechtsanwalt noch etwas sagen? Es sah nicht so aus.

Na gut, dachte Merana, dann werde ich jetzt das Wort ergreifen. So leicht kommst du mir nicht davon. Er beugte sich vor, nahm die Flasche und schenkte sich nun doch etwas Cognac ins Glas. Vorsichtig nahm er einen Schluck davon. Hervorragende Qualität. Er hatte auch nichts anderes erwartet im Hause Aichmüller.

Dann stellte er das Glas wieder zur Seite, musterte seinen Gesprächspartner mit einem langen Blick und begann. »Wissen Sie, was mich lange in die Irre geleitet hat, Herr Doktor Aichmüller?«

Der Rechtsanwalt hörte auf, über die Tischdecke zu schaben. »Die fehlenden Schuhe?«

Merana schüttelte den Kopf. »Nein, die gefalteten Hände.«

Ein Funken von Interesse erwachte in den müden, fast gelblichen Augen des Anwaltes.

Merana beugte sich leicht vor. »Eine theatralische Szene, diese gefalteten Hände. Fast eine Spur zu theatralisch. Brehmstett hätte das nie getan, dem fehlt jede Ader zu so einer rührenden Geste. Und von den Theaterleuten hätte es auch niemand gemacht. Für die wäre es wohl wieder zu aufgesetzt gewesen. Das sah eher nach billigem Theater aus. Sie haben es einfach so gemacht.«

Jetzt erwachten einige Lebensgeister im eingesunkenen Körper des Rechtsanwaltes. »Was stört Sie daran?«, fragte er und wurde zum ersten Mal laut. »Er war immerhin mein Bruder, den ich in einem Anfall von Wut erschlagen habe, wie Kain den Abel.« Kaum hatte er das gesagt, sackte er wieder zusammen.

Merana presste die Lippen aufeinander und nickte ein paar Mal mit dem Kopf. »Da mag was dran sein. Soweit ich mich an die Bibel erinnere, hat Gott auf Abel mehr geschaut, und Kain war eifersüchtig. Aber ich nehme Ihnen diese biblischen Gefühle nicht ganz ab. Dieses biblische Gekränktsein. Die biblische Wut. Es hat lange gedauert, bis ich klar sehen konnte. Dabei hätte mich die Figur des Mammon beim Spiel auf dem Domplatz schon viel eher draufbringen können. Es geht nicht um verletzte Ehre, nicht um getäuschte Gefühle, es geht in Wirklichkeit nicht um das, was dauernd vorgegaukelt wird. Es geht immer nur um das eine. Nämlich ums Geld. So wie in dieser Stadt. Dieses Ablenkungsmanöver in der ganzen Stadt, die Kulissen, die schönen Fassaden, die Kunsttempel, dieses ganze Gepränge ist in Wahrheit nur dazu da, um im Hintergrund ein riesiges Geschäft zu machen, Geld zu scheffeln, Reichtum anzuhäufen.«

›Überall Kohle machen, wo es nur geht.‹ Merana hatte wieder die Stimme des bayerischen Jedermannbesuchers im Ohr.

»Ich glaube Ihnen, Herr Doktor Aichmüller, dass Sie keinen Mord geplant hatten. Ich glaube Ihnen, dass Sie, als Ihr Bruder bei seiner Heimkehr, polternd und betrunken, auf der Stelle wieder umdrehte, ihn nur zurückholen wollten. Ich denke, selbst als Sie in der Kaigasse standen und Ihr Bruder vom Carmen-Projekt und Brehmstetts fiesem Betrug erzählte, hatten Sie noch nicht an Mord gedacht. Und als er Sie dann beschimpfte, Sie eine billige Kopie und einen Versager nannte, da mag Sie das zwar getroffen haben. Aber ich denke, es hat Sie nicht allzu sehr getroffen. Ich nehme an, das war nicht das erste Mal, dass Ihr Bruder so etwas gesagt hatte. Wenn er betrunken war, wurde er immer ausfällig. Das kannten Sie doch schon. Das war nichts Neues. Das hätte nie als Motiv gereicht, um den Dolch zu nehmen und zuzustoßen.« Merana wartete auf Aichmüllers Reaktion. Aber es kam keine. Der Rechtsanwalt saß immer noch da, die Linke um das Cognacglas verkrampft und den Blick auf irgendeinen Punkt hinter Meranas Rücken fixiert. »Hören Sie mir überhaupt zu, Herr Doktor Aichmüller?«

Endlich ein Zeichen. Ein schwaches Nicken, mehr nicht.

Merana begann wieder zu sprechen. »Erst als Ihr Bruder sagte: ›Die werden mich kennenlernen. Denen mache ich einen Strich durch die Rechnung‹, da hat Ihnen wohl zum ersten Mal gedämmert, was das bedeutete. Vielleicht hat Ihr Bruder sogar noch zugelegt, vielleicht hat er gesagt: ›Keinen Cent werden die verdienen, wenn ich nicht will!‹ Da ist Ihnen klar geworden: Der macht ernst. Schade um das viele schöne Geld, das hier zu verdienen wäre, nur weil da einer auf stur schaltet, aus gekränkter Eitelkeit und Stolz.«

Wieder schaute Merana auf Aichmüller. War da eine Reaktion zu erkennen? War dieses leichte Zucken an den Mundwinkeln Zeichen einer inneren Angespanntheit? Merana fuhr fort: »Aber wenn Ihr Bruder nicht mehr wäre, dann würde dieses Geschäft funktionieren und aller Voraussicht nach einen Riesengewinn bringen. Und wer immer an Cosmos beteiligt ist, würde eine Menge Geld dabei verdienen. Und Sie würden erben, wenn Ihr Bruder nicht mehr wäre. Das war Ihnen klar. Denn Ihr Bruder war ja auch bei all seinen Eskapaden im Grunde ein Traditionalist. Da vererbt man seinen Besitz nicht an geschiedene Frauen oder gerade aktuelle Bettgespielinnen. Das bleibt in der Familie. Plötzlich wäre also das Erbe Ihres Bruders viel wert. Und was passiert mit dem Geld, wenn einer stirbt? Es geht auf den Nächsten über, so wie der Mammon es dem reichen Jedermann erklärt: *Ich bleib dahier und wo bleibst du?* Und Sie brauchten Geld, Herr Doktor Aichmüller, viel Geld.«

Jetzt reagierte Aichmüller. Er schob das Glas energisch zur Seite. Richtete sich auf, sein Blick war nicht mehr so trüb wie vorhin, da war viel Unmut auszumachen. Er sah Merana direkt ins Gesicht: »Ich habe Ihnen doch schon gesagt, Herr Kommissar, dass ich meinen Bruder getötet habe. Was wollen Sie noch?«

»Ihnen sagen, was Sie wirklich angetrieben hat.«

Aichmüller starrte ihn an. »Lassen Sie uns gehen, Herr Kommissar.«

Merana blieb ruhig sitzen, ging nicht auf Aichmüllers Aufforderung ein. »Warum waren Sie in London, Herr Doktor Aichmüller?«

Falls der Anwalt von dieser Frage überrascht war, zeigte er es nicht. »Was hat das mit dem Tod meines Bruders zu tun?«

»Viel«, sagte Merana. »Sehr viel.«

›Die wichtigsten Finanziers, Herr Kommissar, trifft man in London.‹ Und zu Brehmstetts Aussage fiel Merana ein weiterer Satz ein, einer, den Birgit bei ihrem Opernbesuch im Festspielhaus gesagt hatte. ›Das war der Walkner, Bauspekulant. Der gehört auch zur Mafiabande des Bürgermeisters, so wie dein sauberer Herr Aichmüller.‹

»Also, Herr Doktor Aichmüller. Alles begann, als die politischen Drahtzieher in der regierenden Stadtpartei und ihre geschäftstüchtigen Hintermänner planten, nach der Wahl das Altstadterhaltungsgesetz so hinzubiegen, dass für bauwütige Spekulanten alles möglich wäre. Das wusste vermutlich nur ein ganz kleiner

Kreis. Und Sie gehörten zu diesem Kreis. Da tat sich für Sie unverhofft eine große Chance auf. Vielleicht die Chance Ihres Lebens, auch einmal im Rampenlicht zu stehen. Aber es musste schnell gehen, bevor ein anderer auf die Idee käme. Und das Risiko war abschätzbar. Also bedienten Sie sich Ihrer Kontakte und brachten internationale Finanziers dazu, Ihnen Geld zu geben, zu investieren, Altstadthäuser und Liegenschaften im großen Stil zu kaufen, womöglich sogar zu überhöhten Preisen, was ja egal war. Denn nach der Gesetzesänderung wären diese Immobilien wohl ein Vielfaches wert, und Sie ein gemachter Mann. Und dann plötzlich, der Skandal. Zwei Wochen vor der Wahl. Der Plan flog durch die Recherchen eines Journalisten auf. Die Wahl wurde für die regierende Stadtpartei zum Desaster. Es würde kein geändertes Gesetz geben. Und Sie sitzen auf einmal da, die Pläne zerplatzt, und im Nacken die Geldgeber, die sicher vehement darauf drängten, ihr Geld wiederzubekommen. Ich denke, deshalb waren Sie in London, um Ihre Geldgeber noch hinzuhalten, so gut es ging.« Merana sah es an Aichmüllers Gesicht, dass er recht hatte. Vielleicht war es nicht genau so gewesen, aber die Richtung stimmte. »Der kleine Rechtsanwalt aus der Provinz, der vielleicht jahrelang auf so eine Chance gewartet hatte, versucht sich in der ganz großen Geschäftswelt, möchte auch gern ein Big Player sein. Und dann: peng! Wie aus heiterem Himmel ein Gewitter. Ein politischer Wetterumschwung, der alles zunichtemachte.

Und deshalb haben Sie Ihren Bruder umgebracht. Weil Sie das Geld brauchten!«

Aichmüller brach nicht zusammen angesichts Meranas Ausführungen. Das hatte Merana auch nicht erwartet. Aber es zuckte stark in Aichmüllers Gesicht. An der rechten Schläfe schwoll eine Ader an. Er blieb lange so sitzen, die Hände auf den Tisch gelegt, und starrte ins Nirgendwo. Dann schob er überhastet die Cognacflasche und die beiden Gläser in die Mitte des Tisches und stand langsam auf. »Bringen wir es hinter uns, Herr Kommissar. Es wird Ihnen nichts nützen, Ihre Theorien beweisen zu wollen. Vergessen Sie es. Wozu auch? Es wird sowieso keinen langen Prozess geben. Ich werde mich schuldig bekennen. Und alles wird schnell gehen. Also lassen Sie uns endlich gehen.«

Merana sagte nichts.

Er warf einen Blick auf die französische Uhr in der Ecke. Es war Punkt Mitternacht. Eine neue Woche begann.

Er stand auf und wählte die Nummer der Dienststelle.

Als Aichmüller eine Viertelstunde später von zwei Streifenbeamten zum Polizeiwagen geführt wurde, sah er fast ein wenig erleichtert aus. Der Druck der letzten Tage und Stunden haben ihm doch ziemlich zugesetzt, dachte Merana. Und noch etwas sah der Kommissar, als Aichmüller langsam in den Wagen stieg. In seinen Augen stand Trauer.

›Es war ja nie meine Absicht, ein Mörder zu werden.‹ Das traf auf die meisten Mörder zu, die Merana kannte.

Er war sicher, dass Aichmüller in einem Moment,

als er erkannte, was sich aus dem Erbe für eine Chance ergeben würde, aus Gier zugestoßen hatte, um seine eigene Haut zu retten. Ist es leichter, mit der Schuld umzugehen, wenn man zu sich selbst sagen kann, man hat aus Wut zugestoßen, weil die Seele gekränkt war, und nicht aus Gier? Merana wusste es nicht. Aber die Trauer in Aichmüllers Gesicht, die war echt. Das hatte der Kriminalbeamte schon bei seinem ersten Besuch gespürt.

Dass hier einer um einen Menschen trauerte, den er für immer verloren hatte.

Merana stand neben Carola und Braunberger auf der Straße. Sie sahen den Rücklichtern des davonfahrenden Streifenwagens lange nach. Es hatte wieder leicht zu regnen begonnen. Ein junger Mann fuhr mit dem Rad die Gasse entlang, stadtauswärts. War das derselbe wie vorhin? Merana wusste es nicht.

Er drehte sich zu seinen beiden vertrauten Mitarbeitern um, hatte sich nicht gewundert, dass Braunberger zusammen mit Carola aufgetaucht war. Er kannte seinen besten Fährtenleser und hatte fast angenommen, dass Braunberger die ganze Nacht über in der Dienststelle warten würde. Vielleicht würde Kaltner beim nächsten Mal auch dabei sein, freiwillig. Heute hatte er einen Empfang beim Bürgermeister vorgezogen.

»Wie bist du draufgekommen, Martin?«, fragte Otmar.

»Das ist eine lange Geschichte«, erwiderte Merana und spürte, wie die Müdigkeit nach ihm griff. »Aber sie hat mit dem Gewitter heute Abend zu tun. Mit dem plötzlichen Wetterumschwung.«

Die beiden anderen sahen ihn an, fragten aber nicht weiter. Er würde es ihnen ein anderes Mal erzählen, spätestens morgen.

Merana wandte sich an Carola. »Weißt du etwas von Ramina Haubendorf?«

Sie nickte. »Wir haben versucht, ihr Herumirren durch die Stadt nachzuvollziehen. In der Gstättengasse rannte sie in einen Kellner mit einem Tablett voller Gläser. Beide stürzten. Dabei zerschnitt sie sich Hände und Arme. Man wollte ihr helfen, aber sie ist einfach davongerannt, war von niemandem aufzuhalten.«

Wie ein verschrecktes, verwundetes Tier, dachte Merana. So wie in der Mordnacht. Und irgendwann ist sie am Domplatz gelandet, wo Hackner lag. Tot. Im eigenen Blut. »Sollen wir dich mitnehmen?«, fragte Carola.

Merana schüttelte den Kopf. Auch wenn er todmüde war, er brauchte jetzt Bewegung. Und er brauchte für ein paar Augenblicke sich selbst. Allein.

Er nickte den beiden zu. Und ging.

Die Scheinwerfer, die bis Mitternacht den Domplatz bestrahlt hatten, waren längst ausgeschaltet. Die Jedermannbühne lag im Dunkeln.

Die riesige Westfront des Domes mit den Türmen stand da wie eine dunkle Wand. Die Portale der Eingangsschlünde waren geschlossen. Für heute würde wohl kein dunkler Bote mehr aus ihnen auf den Platz schreiten. Es war still.

Ringsum standen, wie jahrhundertealte stumme Zeugen, die Häuser der Stadt. Ja, vieles in dieser Stadt war Fassade. Und dahinter oft nichts. Aber er liebte sie trotzdem, die Stadt Salzburg. Vielleicht würde er einmal ein Teil von ihr werden, nicht nur ein Gast.

Er setzte sich wieder in Bewegung.

Morgen früh würde er seinen Bericht verfassen. Alles andere war danach Sache des Chefs, des Herrn Hofrat. Das war Merana recht so. Er liebte es nicht, im Mittelpunkt zu stehen. Die lichtesten Höhen des Karriereweges, die den Herrn Polizeipräsidenten so reizten, waren nicht die seinen. Anschließend würde er sich freinehmen und am Nachmittag, wenn das Wetter gut war, an den Fuschlsee fahren. Am Dienstag würde er für Birgit und Daniela kochen. Calamaretti auf Rucola mit Trüffelpolenta, Danielas Lieblingsessen. Und dann? Dann würde er sich ins Auto setzen und die Großmutter besuchen.

ENDE

Weitere Krimis finden Sie auf den folgenden Seiten und im Internet: www.gmeiner-verlag.de

MARTIN MUCHA
Seelenschacher

371 Seiten, Paperback.
ISBN 978-3-8392-1133-5.

WIENER SEELEN Den schlecht bezahlten Wiener Universitätslektor Arno Linder plagen einmal mehr die Geldsorgen. Da kommt es ihm gerade recht, dass ihn ein alter Bekannter um einen Gefallen bittet. Bruder Erich, der Sekretär und Vertraute des Wiener Kardinals Gutbrunn, hat ein seltsames Anliegen: Ein kleines privates Kreditbüro akzeptiert die Seelen seiner Kunden als Sicherheit. Mutter Kirche ist natürlich beunruhigt und will sich informieren.

Die Aussicht auf ein Nebeneinkommen und die eigene Neugier drängen Arno dazu, den Auftrag anzunehmen. Nicht ahnend, dass er damit schon bald knietief in neuen Schwierigkeiten steckt …

CLAUDIA ROSSBACHER
Steirerblut

273 Seiten, Paperback.
ISBN 978-3-8392-1136-6.

AUF HEIMATBESUCH Als Abteilungsinspektorin Sandra Mohr vom LKA in Graz ausgerechnet in die steirische Krakau gerufen wird, um in einem rätselhaften Mordfall zu ermitteln, ist sie alles andere als begeistert. Schließlich hat sie ihrer Heimat nicht ohne Grund vor Jahren den Rücken gekehrt.

Die Suche nach dem Mörder der Journalistin Eva Kovacs, deren nackte, grausam zugerichtete Leiche im Wald aufgefunden wurde, gerät für sie zur Konfrontation mit einer verschworenen Dorfgemeinschaft, aber auch mit der eigenen Vergangenheit …

GMEINER
Wir machen's spannend

FRIEDERIKE SCHMÖE
Wernievergibt

276 Seiten, Paperback.
ISBN 978-3-8392-1135-9.

TOD IM KAUKASUS Die Münchner Ghostwriterin Kea Laverde nimmt einen Auftrag ihrer ehemaligen Agentin Lynn Digas an. Der droht ein Geschäft durch die Lappen zu gehen: eine Reportage über den Tourismus in Georgien nach dem Augustkrieg von 2008. Lynns Reporterin Mira ist zwar nach Tiflis gereist, hat sich aber von dort nicht mehr gemeldet.

Kea tritt die Reise an. Sie sucht Kontakt zu Mira, doch diese ist spurlos verschwunden. Ebenso wie die deutsch-georgische Mezzosopranistin Clara Cleveland, die als gefeierte Künstlerin der Bayerischen Staatsoper ein Konzert in Tiflis platzen lässt …

ISABEL MORF
Satzfetzen

270 Seiten, Paperback.
ISBN 978-3-8392-1132-8.

ZÜRCHER AFFÄREN Die umstrittene Zürcher Kantonsrätin Angela Legler, gerade intensiv mit einem neuen Radwegekonzept für den Kanton beschäftigt, wird erstochen aufgefunden. Zunächst wird ein politisches Motiv vermutet, schließlich war die Politikerin kurz zuvor von einer Parlamentsmitarbeiterin beschuldigt worden, bestechlich zu sein. Oder handelt es sich um eine Beziehungstat? Denn die verheiratete Frau hatte offenbar auch eine Affäre …

Kommissar Beat Streiff ermittelt in alle Richtungen – unterstützt von seiner Freundin Valerie Gut, Besitzerin des Fahrradgeschäfts »FahrGut« im Stadtkreis Wiedikon.

GMEINER
Wir machen's spannend

Unsere Lesermagazine

2 x jährlich das Neueste aus der Gmeiner-Bibliothek

DIN A6, 16 S., farbig

10 x 18 cm, 16 S., farbig

24 x 35 cm, 20 S., farbig

GmeinerNewsletter

Neues aus der Welt der Gmeiner-Romane

Haben Sie schon unseren GmeinerNewsletter abonniert?
Alle zwei Monate erhalten Sie per E-Mail aktuelle Informationen aus der Welt der Krimis, der historischen Romane und der Frauenromane: Buchtipps, Berichte über Autoren und ihre Arbeit, Veranstaltungshinweise, neue Krimiseiten im Internet und interessante Neuigkeiten.

Die Anmeldung zum GmeinerNewsletter ist ganz einfach. Direkt auf der Homepage des Gmeiner-Verlags (www.gmeiner-verlag.de) finden Sie das entsprechende Anmeldeformular.

Ihre Meinung ist gefragt!

Mitmachen und gewinnen

Wir möchten Ihnen mit unseren Romanen immer beste Unterhaltung bieten. Sie können uns dabei unterstützen, indem Sie uns Ihre Meinung zu den Gmeiner-Romanen sagen! Senden Sie eine E-Mail an gewinnspiel@gmeiner-verlag.de und teilen Sie uns mit, welches Buch Sie gelesen haben und wie es Ihnen gefallen hat. Alle Einsendungen nehmen automatisch am großen Jahresgewinnspiel mit ›spannenden‹ Buchpreisen teil.

GMEINER

Wir machen's spannend